구경꾼들

spectators

구경꾼들

spectators

윤성희 장편소설

문학동네

차례

1

방에는 커튼이 없었다. 아버지는 카운터에 전화를 해서 방을 바꿔달라고 했다. "커튼이 왜 없어요?" 모텔 주인이 되물었다. 모텔 주인은 장부를 뒤져 낮에 402호를 대실한 손님이 있었는지 찾아보았다. 없었다. 부인이 그런 식으로 비상금을 만든다는 것을 모텔 주인은 모르고 있었다. 그날 낮, 꿈의 궁전 402호에는 사귄 지 십육 년이나 된 커플이 묵었다. 남자친구가 화장실에 갔다 온 뒤 손을 씻지 않는 모습이 아무렇지 않게 느껴진 뒤로, 여자친구가 자기보다 더 뚱뚱하다는 사실이 놀랍지 않은 뒤로, 그들은 오직 모텔에서만 데이트를 했다. 그들의 유일한 취미는 모텔에서 물건을 훔쳐 하나씩 나눠 갖는 거였다. 커튼을 떼면서 여자는 대낮이라 다행이라고 생각했다. 만약 저녁이었다면 유리창에 얼굴이 비쳤을 것이고, 그랬다면 자신이 아주 초라하게 느껴졌을 거라고, 여자는 생각했다. 결혼을 반대하는 남자의 어머니가 돌아가시기만을 기다렸지만, 부잣

집 막내딸로 태어나 어릴 때 보리차 대신 녹용 달인 물을 마셨다는 남자의 어머니는 그 흔한 감기조차 걸리지 않았다. 모텔 주인은 바꿔줄 빈방이 없다고, 원한다면 돈을 돌려주겠다고 말했다. "방이 없다는데요?" 아버지가 묻자 어머니가 고개를 끄떡였다. "괜찮아요. 그냥 쓸게요." 아버지가 말했다. 어머니는 침대 시트에서 머리카락 하나를 찾아냈다. 그것을 엄지와 검지로 조심스럽게 집어들었다. 낮에 묵었던 연인들의 한숨이 아직 모텔 방에 남아 있었고, 그래서, 만난 지 한 달도 안 됐지만 아버지와 어머니는 서로 십 년은 넘게 사귄 듯한 기분이 들었다.

"어릴 때, 아이스박스에 갇힌 적이 있어요." 수화기를 내려놓은 아버지가 어머니 옆에 앉았다. 그사이 어머니는 침대 시트에서 갈색 머리카락을 하나 더 찾아냈다. "이틀이나 갇혔죠." 골목길에 버려진 아이스박스를 주워온 사람은 할머니였다. 김장을 하기 전에 아이스박스를 땅에 묻을 생각이었다. 입맛이 까다로운 증조할머니는 살얼음이 살짝 도는 동치미 국물에 말아먹는 국수를 좋아했다. 할머니는 저녁을 짓고 있었고, 어린 아버지는 부엌 문지방에 걸터앉아 도마질 소리에 맞춰 고개를 끄떡이고 있었다. 그러다 아버지는 문지방에 구멍이 나 있는 것을 발견했다. 아버지는 낮잠을 자고 있는 증조할머니의 머리에서 실핀 하나를 뺐다. 그리고 구멍에 실핀을 넣었다. 실핀 끝에 나뭇밥이 묻어나왔다. 손가락으로 만져보았다. 곱고 부드러웠다. "엄마." 아버지가 할머니를 불렀다. "매워. 딴데 가서 놀아." 양파를 썰면서 할머니가 말했다. 음식 솜씨가 없는 할머니는 하루에 세끼를 먹어야 하는 인간이 징그럽다고 생각했다.

처녀 때는 박꽃같이 웃는다는 말을 자주 듣던 할머니였는데, 결혼한 지 이 년 만에 위장병에 걸렸다. 늘 속이 쓰렸고, 늘 얼굴을 찌푸렸다. 아버지는 쪼그리고 앉아서 구멍에서 벌레가 나오길 기다렸다. 하지만 벌레는 나오지 않았다. 기다리다 지친 아버지는 구멍을 혀로 핥아보았다. 생각보다 썼다. 밥물이 끓어넘쳤다. 아버지는 마당으로 나와 침을 뱉었다. 침은 아버지의 그림자 안으로 떨어졌다. "국민학교 일학년 때 부모님이 소년소녀세계문학전집을 사주셨죠. 그 책들을 읽다 쓸쓸하다, 라는 단어를 처음으로 보게 되었는데, 전단번에 그 뜻을 이해할 수 있었어요." 아버지가 어머니의 손을 잡았다. 그리고 손에 힘을 주었다.

아버지는 마당 한 귀퉁이에 있는 아이스박스의 뚜껑을 열어보았다. 낮에 수세미를 팔러 왔던 사내에게서 났던 것과 같은 냄새가 났다. 아이스박스는 몸에 딱 맞았다. 아이스박스 안에 누워 손톱으로 스티로폼에 십자 모양의 자국을 내며 아버지는 낮에 왔던 사내를 떠올렸다. 왼팔이 없는 사내는 수세미 천 개를 팔아야 의수를 살 수 있다고 말했다. "그럼 구백구십 개를 팔거든 다시 와요. 그때 열 개를 사드릴게요." 할머니가 말했다. 아버지는 '의수'라고 중얼거려보았다. 이상한 단어였다. 아버지는 아이스박스 안에 손톱 자국을 천 개 만들어야겠다고 생각했다. 하지만, 아홉까지밖에 셀 줄 몰랐고, 그래서 아홉까지 세고 아버지는 잠이 들었다. 할아버지는 아버지가 없어졌다는 이야기를 듣자마자 마루에 있는 상을 집어던졌다. 상다리가 부러졌다. "어떤 옷을 입었죠?" 경찰이 물었다. 할머니는 흰색 티셔츠에 빨간 반바지를 입었다고 말했다. 그러자 옆에 있던 증조할머니가 손을 내저었다. "아니다. 파란 반바지에 난닝구 입었다. 작년 생일날 내가 사준 바지잖니. 올봄에 부쩍 커서 이젠 허리가 꽉 낄 텐데." 증조할머니는 치마 속으로 손을 집어넣더니 고쟁이 주머니에서 손수건을 꺼냈다. 그러고는 코를 풀었다. "그제야 식구들은 할머니가 색맹이라는 걸 알았어요. 그날 제가 입었던 바지는 빨간색이었거든요." 아버지 이야기를 듣던 어머니가 입꼬리를 올리며 미소를 짓더니, 우리 엄마는 초록색을 파란색이라고 말해요, 색맹도 아니면서, 하고 말했다. 증조할머니는 옆집에 사는 과부를 의심했다. 죽은 아들을 닮았다며 유난히 아버지를 예뻐한 여자였다. "지난번에는 한 번만 내 손자를 데리고 자면 안 되겠냐고 부탁을 하더라니까. 뭐, 죽은 아들 기일이라나." 경찰은 수첩에 옆집 여자의 이름을 적었다. 할머니는 수세미 외판원에게 유괴를 당한 게 틀림없다고 생각했다. 수세미를 사지 않아서 앙심을 품었을지 모른다고 말했지만 경찰은 비웃기만 했다. 증조할머니는 동사무소로 가서 안내방송을 했다. 사대독자라는 말을 세 번이나 반복했다. "걱정 마요. 여섯 살 때까지만 사대독자였으니까. 다행이죠. 누가 사대독자와 결혼하겠어요?" 어머니는 아버지의 말에 아무 대답도 하지 못했다. 방금 한 말이 프러포즈인지 아닌지 헷갈렸기 때문이었다.

사람들이 동네 뒷산을 뒤지는 동안, 아버지는 아이스박스가 여섯 번이나 버려졌다는 것을 알게 되었다. 돼지껍데기집을 했던 부부가 첫번째 주인이라는 것. 바다에 빠진 열세 살짜리 여자아이의 목숨을 구하기도 했다는 것. 아이스박스를 보트 삼아 섬까지 가려던 소년 때문에 영원히 바다 위를 떠돌 뻔했다는 것. 아버지는 오 년 동안 주인이 일곱 번이나 바뀌었다는 사실이 놀라웠다. 나도 너처럼 다섯 살이야. 아버지는 아이스박스에게 속삭였다. 다섯 살. 그렇게 말을 하고 나자 갑자기 배가 고파졌다. 배가 고파지자 엄마가 보고 싶어졌다. 아버지는 아이스박스의 뚜껑을 손바닥으로 밀었다. 하지만 열리지 않았다. 동네 사람들 중 누군가 아이의 소식을 물으려고 왔다가 마당에 내동댕이쳐진 상을 발견하고는 그것을 아이스박스 위에 올려놓았던 것이다. 아버지는 엄마, 하고 불러보았다. 엄마, 라고 부를수록 오줌이 마려워졌다.

아버지가 발견된 것은 이틀이나 지난 뒤였다. 링거를 맞는 동안 아버지는 식구들에게 아이스박스에게서 들은 이야기를 들려주었다. 친목회 회원들이 아이스박스에 술을 가득 채워 야유회를 갔다가 돌아오는 길에 바닷가에 버렸다고. 아이스박스는 보름달이 초승달이 될 때까지 그 자리에 서 있었다고. 아들이 헛소리를 한다고 생각한 할머니는 식구들에게 말했다. "아들이 더 필요해요." 그러자 증조할머니가 할머니의 두 손을 잡고는 눈물을 흘렸다. "이제부터 살림은 내가 하마. 넌 부엌에는 얼씬도 마라." 할아버지는 아들 낳는 한약을 짓기 위해 용하다는 한의원을 찾아갔다. 백 명도 넘는 사람들이 줄을 서 있었다. 거기서 이박삼일 동안 줄을 선 뒤 할아버지는 한약을 지어왔다. 약을 먹기 전에 할머니는 할아버지에게 다시는 화를 내지 않겠다는 약속을 하라고 말했다. "화가 나면 저 뒷산에 가서 소리를 지르고 올게." 할아버지가 약속했다. 할머니는 한 번만 더 상을 집어던지면 도망을 가버릴 거라고 협박한 뒤에 한약을 마셨다. 증조할머니는 찬장 깊숙한 곳에서 가운데가 움푹 파인 도마를 꺼냈다. 친정어머니에게서 물려받은 도마였다. 할아버지는 아무리 술을 마시고 싶어도 막걸리 두 잔 이상은 마시지 않았고, 할머니는 졸린 눈을 비비며 삼십육 개월 할부로 산 백과사전을 'ㄱ'부터 차례대로 읽기 시작했다. "일 년 후 남동생이 태어났어요. 어머니는 백과사전을 반도 읽지 못했죠. 다시 일 년 팔 개월 후 둘째동생이 태어났죠. 어머니가 '조로아스터교'란 항목을 읽고 있을 때 진통이 왔다고 해요. 여동생은 백과사전을 다 읽은 후에 태어났고요. 셋 중 누가 공부를 가장 잘했을 것 같아요?" 어머니는 둘째동생이요, 하고 대답했다. "직접 물어보세요, 동생들한테." 그 말을 들은 순간, 어머니는 아버지가 무슨 말을 하고 있는지 확실히 알게 되었다. 나는 대답하기를 망설이는 어머니의 귀에 대고 이렇게 속삭였다. 좋다고 말해요, 어서. 어머니는 귀를 만지작거리다가 대답했다. "좋아요."

하루에 백 개씩 돼지족발을 썰면서 외할머니는 고향집에 걸려 있는 벽시계를 생각하곤 했다. 시계에 밥을 주는 일은 언제나 외할머니 담당이었다. 키가 작은 외할머니를 위해 시계 밑에는 다듬잇돌이 놓여 있었다. 거기에 올라서서 까치발을 하고 태엽을 감으면 세상이 자신을 위해 멈춰줄 것만 같은 기분이 들었다. 고향집을 떠날 때만 해도 외할머니는 다신 그 시계에 밥을 줄 수 없을 거라고는 상상도 못 했다. 터미널 다방에서 그 남자를 기다릴 때만 해도 몇 달 후면 다시 집으로 돌아갈 수 있을 거라고 생각했다. 하지만 남자는 약속장소에 나오질 않았다. 외할머니는 쌍화차 한 잔을 시키고 일곱 시간을 다방에 앉아서 남자가 보낸 편지를 읽고 또 읽었다. 다방을 나오면서 외할머니는 뱃속에 있는 아이에게 이렇게 말했다. 남자든 여자든 상관없단다. 근데, 절대 니 아비 얼굴만은 닮지 말거라. '주방보조구함'이라고 적힌 식당 문을 열 때까지 그 말을 몇 번이나 중얼거렸다. 난방이 되지 않는 식당에서 의자를 붙이고 잠을 자면서, 손님들이 남긴 반찬을 양재기에 담아 밥을 비벼 먹으면서, 외할머니는 결심을 했다. 이애가 학교에 들어가기 전까지 어떤 일이 있어도 방 두 개짜리 집을 사겠어! 어머니가 외할머니에게 결혼할 남자가 있다고, 아이를 가졌다고, 쉽게 말을 하지 못한 것은 그래서였다. 방 두 개짜리 집에 외할머니 혼자 남을 테니까.

내가 뱃속에 있는 동안, 어머니는 자주 거울을 보았다. 자주 이를 닦았다. 그리고 변기에 앉아서 국민학교 이학년 때 문방구에서 지우개 훔친 일을 생각했다. 딱히 지우개가 필요한 것은 아니었다. 필통 속에는 지우개가 두 개나 있었으니까. 그저, 지우개를 보는 순간 체육시간에 줄넘기를 한 개도 하지 못한 자신이 떠올랐고, 그러자 자기도 모르게 지우개를 집어들었다. 어머니는 지우개를 주머니에 넣고 다녔다. 용기가 필요할 때마다 주머니에 손을 넣고 지우개를 만지작거렸다. 지금 그 지우개가 있으면 얼마나 좋을까! 그런 생각을 하자 눈물이 났다. 변기 물을 내리면서 어머니는 자신이 그때로부터 얼마 자라지 않았다는 것을 깨달았다. 겁이 덜컥 났고, 어머니는 안방으로 건너가 잠든 외할머니의 이 가는 소리를 오랫동안 들었다.

잠든 외할머니의 얼굴을 들여다보면서 어머니는 나지막이 중얼거렸다. "엄마, 어떻게 할까요?" 외할머니가 어젠 말이다, 하면서 잠꼬대를 했다. 그때, 어디선가 피아노 소리가 들려왔다. 피아노를 연주한 사람은 옆집 아이였다. 아이의 아버지는 십 년 전에 친구에게 오백만원을 빌려주고 돌려받지 못한 적이 있었다. 그 친구를 다시 본 것은 텔레비전에서였다. 친구는 다섯 번의 부도 끝에 재기에 성공한 사업가가 되어 있었다. 아이의 아버지는 〈성공비결〉이라는 프로그램의 게시판에 들어가 글을 남겼다. 며칠 후 원금의 몇 배가 되는 이자를 들고 친구가 찾아왔다. 아이의 아버지는 오백만원을 뺀 나머지 돈을 돌려주었다. 거실 구석에서 멜로디언 연주를 하던 아이는 서로 부둥켜안고 우는 아버지와 아버지의 친구를 보면서 고개를 갸웃거렸다. 일주일 후, 아이 앞으로 피아노 한 대가 배달되었다. 의사가 되는 게 꿈이었지만 피아노를 보는 순간 아이의 꿈은 바뀌었다. 피아노를 선물받은 아이는 너무 설레 잠을 잘 수가 없었고, 그래서 새벽부터 일어나 자기가 부를 줄 아는 동요를 치기 시작했다. 어머니는 음정 박자가 하나도 맞지 않는 피아노 소리에 맞춰 흥얼거렸다. 그러자 피아노를 치는 누군가의 손가락이 머릿속에 떠올랐다. 길고 가느다란 손이었다. 어머니는 허공에 대고 손가락을 움직여보았다. 열 손가락이 제각각 움직이는 걸 보니 눈물이 날 것 같았다. 어머니는 외할머니를 흔들어 깨웠다. "엄마, 손가락은 참 놀라워요." 외할머니가 눈을 떴다. "왜, 무슨 일이야?" 어머니는 외할머니에게 피아노 소리를 들어보라고 말했다. 외할머니가 다시 눈을 감고 피아노 소리를 들었다. 어머니는 갑자기 팔굽혀펴기를 하고 싶어졌다. 인간 말고 팔굽혀펴기를 할 수 있는 동물이 이 세상에 또 있을까? 어머니는 외할머니에게 모든 것을 다 이야기하고 싶어졌다. 딸의 이야기를 들은 외할머니는 이렇게 말했다. "걱정 마. 너 없으면 남자친구도 맘껏 집으로 불러들일 거다. 그건 그렇고, 옆집 꼬마가 우리 손자의 목숨을 구했네." 그때 뱃속에서 나는 열 손가락을 꼼지락거렸고 어머니는 간지러운지 배를 만지작거렸다.

버스정류장에서 어머니는 수십 개의 눈동자가 프린트된 티셔츠를 입고 있는 남자를 보았다. 남자는 담배를 피우고 있었다. 어머니는 그중 하나가 누군가의 눈과 닮았다고 생각했다. "뭘 봐요?" 남자가 어머니의 배를 흘끗 보았다. "이 눈이요. 어디서 많이 본 것 같아서요." 어머니가 남자의 티셔츠를 가리키며 말했다. 남자가 고개를 숙이고는 자신의 티셔츠를 내려다보았다. "이거요?" "아니요, 그 옆에요." "이 눈이요?" 남자가 왼쪽 옆구리를 가리켰다. "네, 저런 눈빛을 어디서 본 것 같아서요." 어머니가 말했다. "세상엔 비슷한 사람이 많아요." 남자가 담배를 던졌다. 담배는 포물선을 그리며 도로 한가운데로 떨어졌다. 어머니와 남자는 담배 위로 트럭이 지나가는 것을 보았다. 어머니는 버스 안에서 같은 티셔츠를 입은 남자를 만났다. 버스정류장에서 만났던 사람보다는 키가 작았다. 어디서 본 눈빛이더라. 어머니는 그 눈빛을 생각하다가 내려야 할 정류장을 지나쳤다. 시장 입구에서 또 한번 똑같은 티셔츠를 입은 남자와 어깨가 부딪혔을 때, 어머니는 누군가 자신을 놀리고 있는 것은 아닐까, 생각했다. 그렇지 않고서야 똑같은 옷을 입은 사람을 하루에 세 명이나 만날 수는 없을 테니까. 어머니 뱃속에서 하품만 해대던 나는 처음으로 저 밖이 궁금하다는 생각이 들었다.

아버지는 출장중이었다. 예정일이 한 달이나 남았기 때문에 병원에 있다는 어머니의 말을 믿지 않았다. 어머니는 할 수 없이 옆에 있는 간호사에게 전화기를 바꿔주었다. "제가 갈 때까지 못 낳게 하세요." 아버지는 말했다. "그건 뱃속에 있는 놈 마음이죠." 간호사가 대답했다. 천 명이 넘는 아이가 태어나는 것을 지켜보면서 간호사는 이 세상이 생각보다 간단할지 모른다는 생각이 들곤 했다.

외할머니는 족발을 썰다 말고 전화를 받았다. 전화를 끊고 외할머니는 다시 부엌으로 가서 족발을 마저 썰었다. 가게에는 단골 손님인 김씨 할아버지와 친구들이 깍두기에 소주를 마시고 있었다. 외할머니는 족발을 담은 접시를 깍두기 옆에 놓았다. 그리고 옆 테이블에서 의자를 하나 끌어와 할아버지들 사이에 앉았다. "나도 한잔." 외할머니가 소주잔을 들었다. "건배." 잔을 비운 외할머니는 빈 잔에 다시 소주를 채웠다. "건배." 외할머니가 또다시 잔을 들었다. "오늘 뭔 일 있어?" 눈 밑에 점이 있는 할아버지가 물었다. "응, 빨리 마시고 가라고. 가게 문 닫아야 하거든. 손자가 태어난다네."

할아버지와 할머니는 다투고 있었다. 아버지의 전화를 받자마자 할머니는 말했다. "그렇게 먹고 싶은 게 많으면 직접 하든지. 또 반찬이 맘에 안 든다고 저러고 있다." 할아버지가 수화기 쪽으로 고개를 돌리고 소리쳤다. "일주일 내내 설렁탕이다." 할아버지는 같은 반찬이 상에 올라오면 밥을 먹지 않았다. 할머니는 그런 할아버지가 미워질 때마다 사골을 끓여 국물이 다 떨어질 때까지 상에 올렸다. "엄마, 아버지한테 그렇게 반찬 투정하시면 우리 분가한다고 전해주세요. 손자 얼굴도 안 보여줄 거예요."

할아버지와 할머니는 택시를 탈 것인지 버스를 탈 것인지를 놓고 싸웠다. "돈이 썩어나지." 택시를 타려는 할머니에게 할아버지가 말했다. 할머니는 가계부까지 검사하지 않는 게 어디냐고 생각하며 화를 삭였다. "당신은 버스 타고 와요. 난 택시 탈 테니." 할머니는 그렇게 말하고 택시 문을 닫았다. 족발을 썰다 손을 베었을 때도 버스를 타고 병원에 갔던 외할머니는 택시 기사에게 팁을 주었다. 아버지는 같이 출장을 간 과장에게 차를 빌렸다. 시속 140킬로미터까지 밟자 엔진에서 가래 끓는 소리가 났다. 나중에 내 돌잔치에 온 과장은 과속딱지 다섯 장을 아버지에게 주었다. 큰삼촌은 오토바이를 몰고 왔다. 사흘이나 집에 들어오지 않았던 작은삼촌은 왼쪽 팔에 깁스를 한 채 나타났다.

"안녕." 고모가 두 손을 펼쳤다. 손바닥에 안녕, 이라고 쓰여 있었다. "그게 뭐냐?" 아버지가 물었다. "플래카드를 만들 시간이 없어서." 고모가 말했다. "날 닮은 것 같아." 작은삼촌이 말했다. "있을 건 다 있냐?" 할아버지가 물었지만 아무도 대답하지 않았다. "아빠보다는 키가 커야 해." "처음으로 빠진 이는 나를 줘." 큰삼촌의 책상 서랍에는 동생들의 젖니가 보관되어 있었다. "아직 이도 안 난 애한테 잘한다." "처음으로 할 줄 아는 말이 고모였으면 좋겠어." 외할머니가 손등으로 내 이마를 만졌다. 그리고 중얼거렸다. "우리 엄마 닮았네." 나는 식구들을 보면서 이렇게 생각했다. 뭐, 이 정도면 나쁘지 않네. 적어도 심심하진 않을 것 같아.

2

고모가 일곱 살이 되던 해에 할아버지는 이사를 가기로 결심을 했다. 고모가 태어났을 때 할아버지는 이런 생각을 했다. '이애가 학교에 들어가기 전에 예쁜 방을 꾸며줄 거야.' 시장에서 떡을 팔아 결혼한 지 팔 년 만에 집을 마련한 증조할머니는 증조할아버지가 생전에 베던 목침을 어루만지며 말했다. "이 집을 샀을 때 니 애비와 나는 다짐을 했단다. 여기서 손자손녀 키우며 죽을 때까지 살자고." 증조할머니는 옷소매로 눈가를 훔쳤다. 할아버지는 증조할머니가 울고 있지 않다는 걸 알고 있었다. 증조할머니는 양파를 썰 때를 빼고는 눈물을 흘려본 적이 없었다. 할아버지는, 아이는 넷이나 되는데 방은 세 개밖에 안 된다고, 대학에 보내려면 아이들에게 공부방이 필요하다고, 말했다. 할아버지는 적금통장을 바닥에 펼쳤다. 통장은 모두 다섯 개였다. "저도 제 힘으로 마련한 집에서 손자손녀 키우며 죽을 때까지 살고 싶어요."

이사를 가게 될지도 모른다는 이야기를 들은 아버지는 동생들을 데리고 문방구로 갔다. 그리고 노트 한 권을 샀다. 거기에 살고 싶은 집을 그릴 생각이었다. 아버지는 언젠가 보았던 주말의 영화를 떠올려보았다. 다락방에서 잠을 자는 아이들이 어찌나 부러웠던지! 노트에 이층집을 그리는 아버지에게 큰삼촌이 말했다. "형, 내 방은 지하에 있었으면 좋겠어." 큰삼촌은 주머니에서 종이 한 장을 꺼내 아버지에게 보여주었다. 우스꽝스러울 정도로 코가 커다란 박사가 비커를 들고 무엇인가를 실험하고 있는 장면이 그려진 만화의 한 페이지였다. 종이 귀퉁이에 떡볶이 국물이 묻어 있는 걸로 봐서 학교 앞 만홧가게에서 찢어온 것이 분명했다. "발명가들의 공통점이 뭔지 알아? 작업실이 있다는 거야. 그것도 지하에." 큰삼촌이 검지를 입술에 대고는 속삭였다. 큰삼촌은 언제나 비밀을 고백하는 사람처럼 말을 했다. 그 이야기를 듣고 놀라는 사람은 고모밖에 없었지만. "넌 혼자 자는 거 안 무서워?" 아버지가 고모에게 물었다. "할머니가 얼마나 코를 고는지 모르지? 난 차라리 오빠들하고 잘래." 작은삼촌은 노트에 이렇게 적어달라고 부탁을 했다. "셋째의 방은 잠들면 저절로 불이 꺼지는 형광등을 달아줄 것." 아버지가 작은삼촌의 머리를 쥐어박았다. "그런 게 어디 있냐?" 큰삼촌이 재빨리 끼어들었다. "지하실만 만들어줘. 내가 발명할게."

이층집을 사기에는 적금통장의 돈이 터무니없이 모자랐지만 그래도 할아버지는 포기하지 않았다. 자식들의 희망사항은 노트 한 권을 다 채웠다. 아버지가 노트 한 권을 새로 샀을 때, 큰삼촌이 지하실이 없는 집도 상관없다고 말을 했을 때, 할아버지는 오 년째 비어 있는 이층집을 찾아냈다. 이층에서 아이가 떨어져 죽는 사고가 생기지 않았다면 그 정도 가격에 내놓지 않았을 집이라고, 부동산 중개인이 말했다. 중개인은 분홍색 잠옷을 입은 여자아이 귀신이 나타난다는 소문은 이야기하지 않았다. 하지만 그 소문을 들었다 해도 할아버지는 집을 계약했을 것이다. 중개인의 말처럼 할아버지가 가진 돈으로 그만한 집을 산다는 것은 거의 불가능한 일이었으므로.

할아버지는 개망초로 덮인 마당을 거닐며 생각했다. 어느 집이나 죽는 사람은 있는 법이라고. 개구리 한 마리 손으로 못 잡을 정도로 겁이 많던 할아버지가 용감해진 것은 증조할아버지가 돌아가신 후부터였다. 증조할아버지의 장례식을 치른 후, 할아버지는 잠들기 전에 하루에 열 번씩 이렇게 중얼거렸다. '이제부턴 나를 믿어야 해.' 그렇게 주문을 외우고 잠에 들면 증조할아버지가 꿈속에 나타나 대답해주었다. '얘야, 걱정 마라.' 할아버지는 아이가 떨어졌다는 이층 창가에 서서 아래를 내려다보았다. 이 창문은 위험하니까 막아버려야겠어. "수리를 많이 해야겠네. 조금만 더 깎아주세요." 할아버지는 흔들리는 문을 닫았다 열었다 하며 중개인에게 말했다. 거실 벽에 걸린 괘종시계는 12시 24분에 멈춰 있었다. "크리스마스이브네." 할아버지는 행운의 네잎클로버를 찾은 사람처럼 기분이 좋아졌다.

집은 방이 여섯 개나 되었다. 이층에 방이 네 개가 있었는데, 그중 하나는 한 사람이 겨우 누울 정도로 작았다. 게다가 그 방은 창문도 없었다. 목수는 할아버지에게 차라리 그 방을 없애는 게 어떻겠냐고 말했다. "가운데 벽을 없애 두 방을 하나로 만들죠." 할아버지는 목수의 제안을 받아들였다. 벽을 허물다가 목수는 방이 왜 그렇게 작고 또 창이 없는지를 알게 되었다. 애당초 하나였던 방을 두 개로 나누어놓았던 것이다. 그러니까 목수는 그 방을 원래 있던 상태로 되돌려놓은 셈이었다. 방을 수리하고 난 뒤 목수의 머릿속에는 이런 의문이 들었다. 그런데 이 집은 왜 계단이 밖에 있는 걸까? 목수는 밖으로 나와 이층의 벽돌을 자세히 살펴보았다. 일층과 이층의 벽돌 색이 달랐다. "혹시 이 집, 일층과 이층을 따로 지었어요?" 목수가 할아버지에게 물었다. 할아버지는 부동산으로 달려가 중개인에게 목수가 물었던 것과 똑같은 질문을 했다. 부동산 중개인은 처음 듣는 얘기라고 했다.

처음 그 집을 지은 사람은 어느 버스회사 사장의 사위였다. 성공할 때까지 고향에 돌아가지 않겠다는 편지를 써놓고 가출을 했던 남자는 서울로 올라오는 버스에서 사고를 당했다. 버스가 전봇대를 들이받고 언덕 아래로 굴렀다. 당장 잘 곳이 없었던 남자는 병원에 입원해 있는 게 그다지 나쁘지 않았다. 남자가 허리가 아프다며 퇴원을 하지 않자 버스회사측에선 그에게 말단 사원 자리를 주었다. 버스회사 사장은 서류를 놓고 왔다며 집으로 전화를 걸어 딸에게 심부름을 시키곤 했는데, 그건 동업을 하는 또다른 사장의 아들이 버스회사에서 일을 하고 있어서였다. 사장은 딸이 동업자의 아들과 결혼을 한다면 인생에서 더 바랄 게 없다고 생각했다. 딸이 서류를 가지고 회사를 찾은 어느 날, 말단 사원인 남자는 화장실에 가기 위해 현관문을 열었다가 사장의 딸과 눈이 마주쳤다. 수줍음이 많은 남자는 고개를 숙이고 뒤로 물러섰다. 여자는 남자가 자신을 위해 문을 열어준 것이라고 착각했고, 마치 자신이 외국의 유명 여배우라도 되는 듯한 상상에 빠졌다. 사장이 지나치게 애지중지 키우는 바람에 딸은 직장생활 한번 하지 않고 집에서 드라마만 보면서 세월을 보내고 있었다. 첫눈에 사랑에 빠진 딸은 결혼을 반대하면 죽어버리겠다고 말했다. 사장은 딸이 어렸을 때 죽어버리겠다고 말하고는 정말로 달리는 차 앞으로 뛰어든 적이 있었다는 것을 떠올렸다. 개를 못 키우게 했다는 이유 때문에 딸을 잃을 뻔한 이후로 사장은 어쨌든 살아 있는 게 최선이라고 생각하게 되었다. 사장은 결국 결혼을 허락했고, 덤으로 딸 앞으로 등기를 해놓은 낡은 집을 한 채 선물했다.

낡은 집에는 허리가 기역자로 구부러진 노파가 살고 있었다. 딸에게 집에 누군가 살고 있다는 이야기를 전해들은 사장은 말했다. "그 노파가 아직도 살아 있어? 월세가 안 들어오기에 죽은 줄 알았지." 정신이 오락가락하는 노파는 그곳이 여지껏 자기 집이라고 믿고 있었다. 오래전에 연락이 끊어졌다는 아들을 찾아내는 데 한 달이 넘게 걸렸다. 살던 집을 억울하게 빼앗겼다고 생각한 노파는 떠나기 전 마당에 있는 우물에서 물을 길었다. 두레박을 올릴 때 허리가 잠깐 펴졌다. 물을 마신 뒤 두레박에 남은 물을 마당에 뿌렸다. 그리고 우물을 향해 침을 뱉었다. 낡은 집을 허물고 신혼집을 지으면서 사위는 우물을 메웠다. 마당의 우물이 메워지던 그 순간, 허리가 굽은 노파는 며느리의 구박을 받으며 저녁밥을 먹고 있었다. 며느리는 결혼한 지 구 년 만에 처음으로 시어머니의 존재를 알게 되었다. "밥 좀 흘리지 말고 드세요." 며느리의 사나운 눈길을 피해 간신히 가지무침을 젓가락으로 집는 순간, 십오 년 동안 새벽마다 우물물을 마셔왔던 노파의 심장이 멈추었다. 일층짜리 예쁜 양옥집이 지어진 것은 세 달이 지난 후였다.

이층을 지은 사람은 세 살 때 천자문을 뗐다는 아들을 둔 부부였다. 버스회사 사장의 사위와 딸은 그 집에서 이 년을 넘기지 못했다. 동물원에 갔다가 곰에게 먹이를 주던 딸이 오른팔을 물리는 사고를 당했고, 몇 차례나 수술을 했지만 오른손을 살리지 못했다. 요리책을 사서는 첫 장부터 마지막 장까지 요리를 해보던 딸은 방 안에 틀어박혀 밖으로 나오질 않았다. 결국 사위는 부인을 위해서라도 처가살이를 하기로 결심하고 시골에서 조그맣게 과수원을 했다는 부부에게 집을 팔았다. 부부가 과수원을 팔아 서울로 이사를 온 것은 아들 때문이었다. 농사를 짓는 것 말고는 다른 재주가 없던 부부는 이층에 방을 드려 하숙을 치기로 했다. 시골에 계시는 노부모가 먹을거리들을 부쳐주었다. 세 명이었던 하숙생이 네 명으로 늘고 다섯 명으로 늘었다. 창문이 없는 방이 생긴 건 몇 년째 사법고시를 준비하던 학생의 부탁 때문이었다. 누워서 잠을 잘 수 없도록 작은 방을 만들어달라고 했을 때, 부부는 공부를 잘하는 것이 좋은 것만은 아니라는 생각이 들었다. 고향에서 천재 소리를 듣던 아들의 성적도 점점 나빠지고 있었다.

고시생은 책을 찢어서 벽에 붙였다. 천장에도 붙였다. 고시생이 밀린 하숙비를 갚지 않은 채 사라졌을 때 그 방에는 찢어진 책과 팬

티 두 장만이 남아 있었다. 지각을 했다는 이유로 담임선생님에게 따귀를 맞은 후로 아들은 몽유병에 걸렸다. 자다 눈을 떠보면 고시생이 살았던 그 방이었다. 벽에 붙어 있는 종이에는 한문이 가득했다. 아들은 그중에 자신의 이름과 같은 한자가 있는지를 찾아서 손톱으로 자국을 내보곤 했다. 한자를 다 찾게 되면 학교에 가리라 결심하면서.

부부는 다시 고향으로 내려가기로 했다. 하지만 그사이 고향의 과수원은 두 배나 땅값이 올랐고, 집을 팔아 살 수 있는 땅은 마늘밭뿐이었다. 부부에게 집을 산 사람은 아이가 딸 하나밖에 없었기 때문에 이층집이 필요없었다. 그들을 사로잡은 것은 잔디가 깔린 마당이었다. "앵두나무를 심어보는 게 소원이었어요." 그들은 집을 계약하면서 중개인에게 말했다. "그럼 이층은 세를 놓으실래요?" 중개인이 물었다. 이층은 쉽게 세가 나가지 않았다. 이층을 지은 부부가 화장실을 따로 만들지 않았기 때문이었다. 세가 나가지 않자 부부는 이층 현관문을 잠가버렸다. 어떻게 해서 딸이 이층으로 올라갈 수 있었는지, 창문에 매달려 무엇을 보려 했는지, 부부는 알 수 없었다. 부부가 그 집을 버리다시피 떠난 것은 그래서였다. 내가 현관문을 잠갔던가? 하는 질문이 머릿속을 떠나지 않았던 것이다.

집을 수리하다가 목수는 망치를 세 번이나 떨어뜨렸다. 한번은 망치가 발등으로 떨어져 뼈가 부러질 뻔했고, 한번은 공구상자로 떨어져 아끼던 대패에 흠집을 내기도 했다. 연탄가스로 부모님을 잃고 어린 나이에 고아가 된 목수에게 이처럼 못질을 하기 힘든 집은 처음이었다. 목수는 일을 하다 말고 자주 쉬었다. 그늘진 담벼락에 쪼그려앉아 있으면 몇 년 전에 끊었던 담배 생각이 절로 났다. 그럴 때면 담뱃불이 톱밥에 떨어져 불이 났던 사고를 떠올리며 마음을 다잡았다. 목수는 할아버지의 주문대로 아이가 떨어졌다는 이층의 창문을 막아버렸는데, 창문을 막기 전에 문틀에 자기 이름의 초성을 따서 'ㅎㅇ'이라고 새겼다. 목수는 수리한 집 어딘가에 자신의 이름을 새겨넣는 버릇이 있었다. 그것은 목수에게 일을 가르쳐준 김씨의 버릇이기도 했다. 목수는 일층 화장실 문 아래에도, 싱크대 문 안쪽에도, 이층의 마룻바닥에도 이름을 새겼다. 집수리를 마친 목수는 남은 나무로 네 사람이 나란히 앉을 수 있는 벤치를 만들었다. "이건 선물이에요." 벤치에 마지막 못질을 하고 난 뒤 목수가 말했다. 물론 벤치에도 'ㅎㅇ'이라고 새겨넣었다.

증조할머니는 안방을 쓰겠다고 우겼다. 부엌 옆에 있는 방은 꼭 식모들이 쓰는 방 같아서 싫다고 했다. "어머니는 혼자지만 우리는 둘이에요." 할아버지가 말했다. 아버지는 동생들이 이층으로 뛰어올라가 각자 방을 고르는 모습을 구경했다. 작은삼촌은 고등학교 수학선생님이 된 대학생이 묵었던 방을 골랐다. 여자아이가 떨어졌던 방이었다. 큰삼촌은 창이 없던 방을 골랐다. 하숙집 아들이 방문을 잠그고 며칠씩 틀어박히곤 했던 그 방은 이제 가장 전망 좋은 방이 되었다. "그럼 난 이 방." 아버지는 동생들이 차지하고 남은 방을 골랐다. 방문을 여니, 창밖으로 앞집의 붉은 벽돌이 보였다. 일층과 이층을 세 번이나 반복해서 왔다갔다하던 고모가 마당 한가운데 서서 울었다. "내 방은 없어." 그제야 할아버지는 방이 하나 모자란다는 것을 깨달았다. "나랑 같이 쓰기 싫으냐. 고얀 놈!" 증조할머니가 말했다. "할머니가 싫은 게 아니야. 오빠들만 방이 있는 게 억울한 거라고." 할아버지가 큰삼촌과 작은삼촌에게 둘이 같은 방을 쓰라고 했다. 큰삼촌은 자신이 고른 방을 양보하지 않았고 작은삼촌 역시 마찬가지였다. 할아버지는 삼촌들에게 가위바위보를 하라고 시켰다. 눈치 빠른 삼촌들은 똑같이 가위를 내었다. 지친 고모가 나 그냥 할머니랑 잘래, 하고 말할 때까지 삼촌들은 가위를 내고 또 냈다.

"이제부터 용돈을 반으로 줄인다." 할머니는 말했다. 집이 커졌으니 난방비도 훨씬 많이 들 거라고 할머니가 말하자 큰삼촌이 대꾸했다. "지금은 여름이잖아요. 겨울에만 용돈을 줄여주세요." "은행 대출금도 갚아야 한단다." 할머니가 말했지만, 대출금이라는 말이 무슨 뜻인지 알아들은 사람은 아버지밖에 없었다. 매일 지렁이 모양의 젤리를 한 봉지씩 사먹던 작은삼촌은, 앞으로는 이틀에 한 봉지씩 사먹어야 한다는 사실을 깨닫고는 원래 살던 집으로 다시 이사를 가자고 떼를 썼다. 삼촌은 식구들이 젤리를 빼앗아먹지 않겠다고 약속을 받은 후에야 고집을 접었다. 하지만 고모는 여전히 작은삼촌의 뒤를 따라다니며 젤리를 얻어먹었다. 작은삼촌이 가게에서 젤리를 훔치다 걸렸을 때 그 모든 탓을 고모에게 돌렸는데, 그것 때문에 아버지에게 비겁한 놈이라는 소리를 들어야 했다. "난 비겁한 남자가 아니야." 작은삼촌이 두 주먹을 쥐고 아버지에게 말했다. 그러나 국어 실력이 별로였던 작은삼촌은 비겁하다는 말을 겁쟁이라는 뜻으로 착각을 했고, 겁이 없다는 걸 증명하려고 이층에서 뛰어내렸다. 오른쪽 다리가 부러졌고, 놀란 식구들은 단체로 우황청심환을 먹었다. 그후로 무려 일곱 번이나 더 깁스를 하게 될 줄은 꿈에도 생각하지 못한 채.

아버지는 작은삼촌이 깁스를 푸는 날 파티를 하자고 말했다. "파티가 뭐니?" 증조할머니가 물었다. 어떻게 설명을 해야 좋을지 몰라 망설이던 아버지는 방으로 가 사전을 꺼내왔다. "잔치예요." 아버지가 사전을 보며 말했다. "누가 결혼했니?" 온 식구들이 웃었다. 영화에서 본 것처럼 마당에 둘러서서 고기를 구워먹자고 할아버지가 말했다. "이 나이에 서서 밥을 먹어야겠냐." 증조할머니가 고개를 절레절레 흔들었다. 할아버지는 인근 공사장에 가서 나무를 얻어왔다. "이번 일요일까지 탁자와 의자를 만들 거야." 하지만 형광등 한 번 갈아본 적이 없던 삼대독자인 할아버지는 톱질도 제대로 못했다. 다시는 화를 내지 않겠다는 약속을 깨고 할아버지는 화장실 거울을 보고 스스로에게 욕을 했다.

학교에서 돌아오는 길에 아버지는 갈빗집 앞에 쌓여 있는 상을 보았다. 화로를 넣을 수 있도록 가운데가 뚫려 있는 것이었다. 아버지는 '내부수리중'이라고 써붙인 갈빗집 문을 열고 들어갔다. "저 밖에 있는 상 하나만 주시면 안 될까요?" 아버지는 페인트칠을 하고 있는 남자에게 말했다. 아이스박스에 갇혔다 나온 후로 아버지는 사물을 보면 어떤 이야기가 저절로 떠오르곤 했다. 그래서 페인트칠을 하는 남자에게 이런 이야기를 들려주었다. 오토바이가 버스 정류장에 서 있는 부모님을 덮쳤다고. 사고를 낸 사람은 딸의 생일 케이크를 뒷자리에 싣고 가던 중이었다고. 비가 오는 날이었는데,

그 케이크가 어머니의 블라우스를 검게 물들였다고. "초코케이크였어요. 생각해보니 부모님 생신에 케이크를 사드린 적이 한 번도 없어요." 오토바이 사고를 당한 부모님은 깁스를 한 채 집에 누워 있다고 아버지는 말했다. 남자는 아버지의 이야기를 들으면서도 페인트칠을 멈추지 않았다. "이번주가 어머니 생신인데 고기를 구워드리고 싶어요. 이왕이면 갈빗집에 온 것처럼." 페인트칠을 하는 남자가 자기는 가게 주인이 아니라고 말했다. "하지만 네가 저 상을 들고 간다면 못 본 척해주마." 남자는 가게 주인이 일당 외에 점심값을 따로 주지 않는 것이 불만이었다. 남자는 아버지가 상을 훔칠 때 일부러 화장실에 가서 오랫동안 변기에 앉아 있었다. 아버지는 얼른 집으로 달려가 큰삼촌을 불렀다. 아버지가 앞에서, 큰삼촌이 뒤에서, 상을 들었다.

망치로 엄지손가락을 내리친 뒤에 할아버지는 포기를 선언했다. "우리가 대신 만들면 뭐 해주실 거예요?" 아버지가 물었다. "원하는 거 다." 할아버지가 말했다. 작은삼촌이 잔디밭에 돗자리를 폈다. 아버지와 큰삼촌이 이층에 숨겨두었던 상을 꺼내와 돗자리 가운데 놓았다. 그걸 본 할아버지는 소원을 들어준다는 말은 무효라고 했다. 할아버지가 원한 것은 커다란 식탁이었다. "서서 고기를 구워야 해. 그래야 멋있다고." 증조할머니가 코웃음을 쳤다. "멋이고 뭐고 가서 고기나 사와. 쇠고기로." 마당에서 상추를 씻던 할머니가 삼겹살로 먹죠, 라고 말했다. 증조할머니가 몇 개 남지 않은 이를 할아버지에게 보였다. "난 무조건 쇠고기다." "우리 식구 배불리 먹으려면 십 인분은 있어야 해요." 할머니가 할아버지에게 말했다. "내가 알아서 할게." 할아버지가 두 손으로 귀를 막고 말했다. 증조할머니와 할머니가 싸울 것 같은 기운이 돌면 할아버지는 항상 두 손으로 귀를 막았다. 결국, 할아버지는 등심 한 근과 삼겹살 네 근을 사왔다.

가을의 끝 무렵이었지만 한낮이라 더웠다. 숯불 앞에 앉은 식구들의 얼굴이 붉게 달아올랐다. 술을 한잔 기울인 할아버지와 증조할머니의 얼굴은 더욱 붉었다. "파라솔이 있어야겠어요." 아버지가 말했다. "파라솔이 뭐냐?" 증조할머니가 물었다. "우산 같은 거예요." 아버지의 말이 끝나자마자 작은삼촌이 집 안으로 들어가 우산을 찾아왔다. 우산은 세 개밖에 없었고, 할아버지를 제외한 식구들은 두 명씩 짝을 지어 우산을 썼다. 삼겹살을 다 먹는 동안 아무도 등심에 손을 대지 않았다. 증조할머니는 할아버지에게 양보를 했고, 할아버지는 할머니에게 양보를 했고, 할머니는 다시 증조할머니에게 양보를 했다. 결국 소고기는 까맣게 탔고, 식성이 좋은 작은삼촌이 다 먹어치웠다. 할아버지는 얼른 돈을 벌어 평생 소고기만을 먹게 해드리겠다고 증조할머니에게 약속을 했다.

할아버지는 그 약속을 지키지 못했다. 증조할머니가 돌아가시고 난 뒤에야 할아버지는 그때 소고기를 한 근밖에 사오지 않았던 자신이 한심하게 느껴졌다. 삼우제를 마치고 할아버지는 마당 한구석에 세워둔 상을 불태웠다. 할아버지는 매운 연기를 들이마시며 울었다.

불타는 상을 보면서 죄책감에 사로잡힌 사람은 할아버지뿐만이 아니었다. 고모에겐 물 좀 떠와라, 하는 증조할머니의 목소리가 하루 종일 들렸다. 그때마다 고모는 성냥으로 귀를 후볐다. 식구들이 고모의 버릇을 알아차렸을 때는 이미 중이염이 중증이 된 후였다. 고모는 평생 수영을 할 수 없게 되었는데, 텔레비전에 해수욕장 장면이 나올 때마다 증조할머니에게 물을 떠다드리지 않은 자신을 탓하며 쌤통이라고 스스로에게 말하곤 했다. 증조할머니가 돌아가시기 전날이었다. 고모는 할머니에게 방에 커튼을 쳐달라고 부탁했다. 할머니는 이사를 오면서 새 커튼을 해달았는데 또 무슨 커튼이냐고 물었다. "그거 말고, 이렇게 방 가운데 커튼을 달아줘." 고모는 손가락으로 천장을 가리켰다. "텐트처럼 말이야. 그럼 내 방이 생기잖아." 그 말을 들은 증조할머니는 장 속에 숨어 있기를 좋아했던 어린 시절을 떠올려보았다. 몸을 동그랗게 말고 어둠 속에 숨죽이고 있다보면 평소에 들리지 않던 소리들이 들리는 듯했다. "그렇게 해줘라." 증조할머니가 할머니에게 말했다. 그날 밤 할머니는 천장에 커튼을 달아주었다. 고모는 커튼을 친 다음 이불을 펴고 자리에 누웠다. 형광등이 증조할머니 쪽에 있어서 고모만의 방은 어두웠지만, 불을 끄는 것은 늘 고모의 몫이었기 때문에 고모는 자리에서 일어나 불을 꺼야 할지 어떨지 잠시 고민했다. 한참 후에 증조할머니가 자니, 하고 물었다. "안 자면 물 좀 떠와라." 고모는 낮에 본 만화영화의 주인공이 되는 상상을 하는 중이었고, 그 상상에서 깨어나기 싫어 대답하지 않았다. 고모는 늦잠을 잤다. 아침에 일어나 커튼을 젖혀보니 이른 새벽 일어나 국민체조를 하던 증조할머니가 여전히 자고 있었다. 증조할머니의 장례식이 치러지는 동안 고모는 가위로 커튼을 잘라버리겠다고 결심했다. 커튼만 치지 않았더라면, 그래서 평소처럼 증조할머니와 한 이불을 덮고 잠을 잤더라면, 심장이 멈춘 것을 알아차렸을 거라고 고모는 생각했다. 하지만 색종이를 자르는 문구용 가위로는 커튼이 잘 잘리지 않았고 손에 물집만 잡혔다.

증조할머니가 돌아가신 후 마당에 작은 싹이 하나 돋았다. 상을 태운 자리였기 때문에 식구들은 증조할머니가 보낸 선물이라고 생각했다. 아버지와 삼촌들은 자갈을 구해와 싹 주변에 둥그렇게 쌓았다. 고모는 싹이 무엇으로 자랄지 궁금하다며 나무도감을 사달라고 졸랐다. 할아버지가 책을 사주었지만 아무리 책을 들여다봐도 싹의 모양만으론 무슨 나무인지 알 수 없었다. 고모는 하루에 한 번씩 물을 주면서 그것이 얼른 자라기를 기다렸다.

식구들의 생각과 달리 싹은 증조할머니가 보낸 선물이 아니었다. 하숙을 쳤던 부부가 살던 때였다. 부부는 아침마다 사과를 한 쪽씩 먹었다. 과수원을 새로 인수한 사람이 같은 고향 사람이었기 때문에, 부부는 자신들이 십여 년간 농사를 지었던 그 사과나무의 사과를 사먹을 수 있었다. 하숙생 중 사법고시를 준비하던 남자는 새벽이면 광에 들어가 몰래 사과 하나를 꺼냈다. 마당을 서성이며 나는 할 수 있다, 라고 두어 번 중얼거린 후 사과를 먹었다. 그리고 마당에 사과 씨를 뱉었다. 씨는 하숙집을 들고 나는 사람들의 발에 밟혀 땅속으로 파묻혔다. 다음에 집을 산 부부는 마당에 앵두나무를 심었다. 부모님들이 앵두나무를 심는 동안 어린 딸이 모종삽을 가지고 마당에서 놀았다. 하숙생이 뱉었던 무수한 사과 씨들은 더 깊숙이 땅속으로 들어갔다. 할아버지는 상을 태운 후 재들을 그냥 마당에 내버려두었다. 며칠 동안 비가 내렸고, 그 재가 땅속으로 스며들어갔다. 그리고, 죽었다고 생각했던 사과 씨 중 하나가 가까스로 싹을 틔우기 시작했다.

싹이 나무의 모양새를 갖추기까지는 십 년이 넘게 걸렸다. 작은삼촌은 거름을 주어야 한다며 나무 둥치에 오줌을 누었다. 앙상한 가지는 좀처럼 굵어지지 않았다. 그러다 마침내 나무에 붉은 열매가 하나 달렸다. 첫 열매를 딴 사람은 막 걸음마를 시작한 나였다. 나는 열매를 따서 입에 넣었다. 그러고는 이내 얼굴을 찌푸렸다. 떫은맛이 어떤 것인지 그때 나는 처음으로 알게 되었다. 찡그린 내 얼굴을 보고 고모가 웃었다. 아버지가 사진기를 들고 와 그 모습을 찍었다.

3

증조할머니가 돌아가신 후 고모는 불을 켜고 잠을 잤다. 식구들은 고모의 방을 지날 때마다 문틈으로 새어나오는 불빛을 보고도 모른 척해주었다. 잠을 자다 아침이 밝은 줄 알고 깜짝 놀라 깨면 늘 새벽이었다. 그러면 고모는 증조할머니의 유품인 라디오를 틀었다. 생각보다 많은 사람들이 새벽 네시에 일어나 어디론가 가고 있었다. 서울과 부산을 왕복하는 트럭 운전기사가 보낸, 부인의 생일을 축하해달라는 사연을 들으면서 고모는 커튼을 달았던 자리가 희미하게 남아 있는 천장을 보고 '해피 버스데이'라고 중얼거려보았다. 고모의 담임선생님들은 가정통신란에 또래보다 조숙하고 신중한 편이라고 적었다. 할머니는 고모를 임신했을 때 낳을까 말까 망설였는데 그 때문에 아이가 조숙해진 것은 아닌가 하고 생각했다. 할아버지는 가정통신란에 도장을 찍으면서, 어렸을 적에 경운기에 깔려 죽을 뻔했던 사람을 구한 적이 있었던 것을 생각해냈다. 그래서 술을 마시면 네 아이 중 딸년이 날 가장 많이 닮았어요, 하고 사람들에게 말하고 다녔다. 할아버지 할머니는 당신들의 막내딸에게 친구가 별로 없다는 사실을 알지 못했다. 도시락을 남기는 짝에게 새벽 네시에 건물 청소를 하는 사람들이 얼마나 많은 줄 아니? 하고 말하는 아이를 좋아할 친구는 많지 않았다.

아버지의 결혼 소식을 듣자마자 고모는 분가할 거야? 하고 물었다. "축하한다는 말도 안 하고. 섭섭한데?" 말은 그렇게 했지만 아버지는 식구들 중 누군가 분가할 것인지 물어주길 바랐다. 아버지의 통장에는 지하방 한 칸 얻을 돈도 없었다. 아버지는 마당 한쪽에 방 두 칸짜리 집을 짓고 싶었다. "마당에 새로 방을 드려요." 아버지의 마음을 읽어낸 큰삼촌이 말했다. 큰삼촌은 식구들이 무엇을 생각하는지 알아차리는 능력이 있었다. "모아놓은 돈은 얼마나 되는데?" 할아버지가 아버지에게 물었다. 그제야 아버지는 생각보다 집안에 돈이 많지 않다는 것을 알았다. "네가 오빠하고 방을 바꿔라." 할머니가 고모에게 말했다. "거봐. 그럴 것 같아서 내가 분가할 건지 물은 거야! 그리고 난 고3이잖아." 할머니가 방을 바꿔야 하는 세 가지 이유를 댔다. 그 방이 집에서 두번째로 크다는 것, 부엌이 옆에 있다는 것, 이층에는 화장실이 없다는 것. 할머니의 이야기를 듣고 고모는 공부만 잘했어도, 하고 생각했다. 아버지가 망설이는 고모의 귀에 대고 이렇게 속삭였다. "곧 조카도 생기는데."

아버지가 쓰던 방에서는 하늘이 전혀 보이지 않았다. 방을 바꾼 후에야 고모는 지금까지 그 사실을 몰랐다는 것에 깜짝 놀랐다. 창밖으로 보이는 것은 앞집의 붉은 벽돌뿐이었다. 창틀에는 깡통 두 개가 매달려 있었는데, 하나에는 담배꽁초가 수북했고 다른 하나에는 빗물이 고여 있었다. 창틀에는 담배를 비벼끈 흔적이 있었다. 담뱃불 자국이 난 창틀을 만지면서 고모는 오빠가 좋아하는 음식은 뭐였지? 생각해보았다. 빨간색 티셔츠를 입은 적이 있던가? 어떤 노래를 즐겨 부르지? 생각하면 할수록 아는 게 하나도 없었다. 고모는 화가 났다. 하지만 누구에게 화가 난 것인지 알 수가 없어서 고모는 다섯 번씩 밑줄을 그어가며 읽은 국사교과서를 창밖으로 던져버렸다.

고모는 큰삼촌과 작은삼촌의 방을 몰래 드나들며 책상 서랍을 뒤지기 시작했다. 작은삼촌은 재수학원에 다닌다고 했지만 실제로 학원에 나가지는 않았다. 작은삼촌이 사수를 할 때까지 고모는 그 사실을 아무에게도 이야기하지 않았다. 대신 모르는 수학문제를 체크해두었다가 식구들이 모두 모인 저녁 자리에서 물어보곤 했다. 큰삼촌이 실연을 당하고 죽을 결심을 했었다는 사실을 알게 되었을 때, 고모는 가짜로 우울증에 빠진 척했다. 고모는 밤마다 잠이 오지 않는다며 큰삼촌의 방문을 두드렸다. 큰삼촌은 고모를 위해 야식을 만들었고, 이야기를 들려주었고, 코미디언 흉내를 냈다. 고모는 식구들 몰래 삼촌들의 이야기를 방송국에 보냈다. 분명 고모가 쓴 편지였지만, 라디오를 통해 흘러나오는 사연은 전혀 다른 이야기인 것처럼 느껴졌다. 어머, 저런 일이! 자신이 보낸 편지였는데도 다른 사람의 사연인 것처럼 놀라는 일이 잦아졌다.

할머니는 한지를 구해 부채를 만들었다. 내가 낮잠을 자면 할머니는 내 머리맡에 앉아서 부채질을 해주었다. 가끔 고모나 삼촌들도 부채질을 해주었지만 나는 잠결에도 할머니의 부채질이 아니라는 것을 알아차렸다. 바람의 속도가 변함이 없는 사람은 할머니뿐이었다. "어머니, 팔 안 아파요?" 어머니가 물으면, 할머니는 처녀시절에 팔굽혀펴기를 얼마나 잘했는지 자랑을 하곤 했다. "일 분에 오십 개는 족히 했다." 할머니는 부엌에서 벗어날 수만 있다면 하루 종일이라도 내게 부채질을 해주었을 것이다. 증조할머니가 돌아가신 후, 식구들은 오랫동안 간이 맞지 않는 음식을 먹었다. "너무 짜요." "엄마, 이건 국이에요, 찌개예요?" "한 달 내내 된장찌개인 거 알아?" 이런 이야기를 들을 때마다 할머니는 숟가락을 내려놓으며 말했다. "너, 수학 삼십점 맞았을 때 내가 혼냈니? 그리고, 넌 문방구에서 그 뭐냐, 장난감 조립하는 거, 그거 훔쳤을 때 내가 뭐라고 했는지 기억해봐." 옆에서 말없이 밥을 먹던 할아버지가 도둑질을 했는데도 혼을 안 냈어? 소리를 질렀다. "당신 돈 조금 벌어왔다고 내가 잔소리한 적 있어요? 그러니 아무도 내게 잔소리하지 말아요." 할머니의 말이 끝나자 식구들은 다시 고개를 숙이고 열심히 밥을 먹었다. 그래도 장조림은 잘해요, 라고 중얼거리면서.

내게 부채질을 하면서 할머니는 속삭였다. '누가 뭐래도 니 맘대로 살아야 한다.' 애비 없는 자식이라는 말을 들을까봐 길에 껌 한 번 버린 적이 없던 어머니는 기저귀를 갈아줄 때마다 좋은 사람이 되어야 한단다, 라고 속삭였다. 고모는 내 귓불을 살짝 깨문 다음 귀에 대고 뭐라고 속삭였는데, 무슨 말인지 알아들을 수 없었지만 귀가 간지러워서 나는 웃었다. 고모는 박수를 치면서 내 말을 알아듣나봐, 라고 말했다. 작은삼촌은 얼른 커서 같이 술 마시자고 했다가 할머니에게 등짝을 맞았다. 아버지는 십이 개월 할부로 산 캠코더로 자고 있는 내 모습을 찍었다. "건강한 게 최고지." 큰삼촌은 내 옆에서 낮잠을 자거나, 책을 읽거나, 노트에 무엇인가를 끼적였다. 내가 또래보다 일찍 몸을 뒤집은 것은 그래서였다. 큰삼촌의 노트에 무엇이 적혀 있는지 궁금해서.

식구들은 큰삼촌이 말이 없는 사람이라고 생각했지만, 그것은 사실과 달랐다. 큰삼촌은 엄지와 검지로 동그라미를 만들면서 이렇게 할 수 있는 동물은 인간밖에 없단다, 라고 말하곤 했다. 큰삼촌은 지구 저편에서 발굴된 화석에 대해서도 말해주었고, 이사온 날 만났다는 분홍색 잠옷을 입은 여자아이의 이야기도 들려주었다. "처음 만났을 때 나랑 나이가 같았지." 큰삼촌은 저녁이면 마당 벤치에 앉아 그 아이가 오길 기다렸다가 도통 머리를 감지 않는 짝과, 당구큐로 만든 몽둥이를 들고 다니는 선생님과, 발뒤꿈치를 들고 걷는 어느 여자애의 이야기를 하며 수다를 떨었다. 큰삼촌의 이야기를 듣다보면 웬일인지 기저귀가 금세 축축해졌고, 그래서 나는 자주 울었다. "이런 울보. 걱정 마. 이젠 여기 안 사니까." 큰삼촌은 나를 늘 울보라고 불렀다. 훗날, 시간이 아주 많이 흐른 후에야, 나는 큰삼촌이 내 이름을 한 번도 불러주지 않았다는 사실을 깨닫게 되었다. 이사온 지 일 년이 지난 후 큰삼촌은 여자아이에게 떠나라고 말했다. "왜 떠나야 하는데?" 여자아이가 물었다. "이제 나는 너보다 나이가 많아졌으니까. 그리고 너는 구구단도 외우지 못하고 죽었잖아. 다시 태어나서 구구단을 외워야지." 큰삼촌에게 정말 떠났어요? 하고 묻고 싶었지만 그때 나는 할 줄 아는 말이 몇 개 없었다. 그래서 최선을 다해 옹알거렸다.

"애가 말을 했어요." 큰삼촌의 말에 안방에서 낮잠을 자고 있던 할머니가 거실로 나왔다. 어머니는 칼을 손에 든 채 부엌에서 달려 나왔다. "뭐라고 했어요?" 어머니가 물었다. 그러고는 손에 쥔 칼을 보고는 다시 부엌으로 들어가 칼을 내려놓았다. 그사이 큰삼촌은 캠코더의 전원을 켰다. "다시 말해봐." 큰삼촌이 내 볼을 꼬집었다. "엄마라고 말했어요?" 어머니가 다시 물었다. "아니요. '이런', 뭐 이렇게 말했어요." 그 말을 들은 할머니는 한지가 다 찢어져 살밖에 남지 않은 부채로 큰삼촌의 머리를 때렸다. "분명히 그렇게 말했어요. 내 말이 끝나자 이런, 하고 대꾸했다니까요."

저녁 밥상에서 그 이야기를 전해들은 식구들은 제각각 반응을 보였다. 큰삼촌의 말을 믿은 사람은 작은삼촌뿐이었다. "난 쟤가 시큰둥한 아이가 될 줄 알았어. 큰형이 그랬잖아." "내가 언제?" "형은 한 번도 다정한 적이 없었어." 아버지는 학창 시절 용돈을 받으면 늘 육교 아래에서 구걸을 하는 걸인들에게 돈을 주었다는 사실을 동생들에게 말하려다 말았다. 대신 생선의 가시를 발라 아무도 눈치채지 못하게 어머니의 밥 위에 올려놓았다. "왜 고모라고 말을 안 했지?" "아가씨, 저도 아직 엄마 소리도 못 들어봤어요." 그날 저녁, 큰삼촌은 밥을 두 그릇이나 먹었다. 그러고는 설거지를 하겠다며 앞치마를 둘렀다. "뒤집는 것도 내가 처음으로 보았고 말하는 것도 내가 처음으로 들었어요. 그러니 특별 보너스예요."

걷는 것까지 큰삼촌에게 보여줄 생각은 없었다. 현관 입구에는 신발장이 있는데 작은삼촌은 신발장 문 닫는 걸 잊곤 했다. 작은삼촌이 밖에 나가고 나면 반쯤 열린 문 사이로 신발들이 보였다. 신발은 한 칸에 두세 켤레씩 포개져 있을 정도로 많았다. 식구들 중 누구도 밖에 나갈 때 어떤 신을 신을지 고민하지 않았다. 나는 궁금했다. 그렇다면 저 많은 신들은 다 누구의 것이지? 그래서 신발장이 있는 쪽으로 한 발을 내디뎠다. 마침 집에는 큰삼촌밖에 없었다. 내가 한 걸음 더 내딛자 큰삼촌은 거실장을 열어 캠코더를 찾았다. 하지만 캠코더는 고모가 식구들 몰래 가지고 나간 뒤였다. 큰삼촌은 거실 바닥에 굴러다니는 볼펜을 집어들었다. 그리고 기저귀를 찬 엉덩이를 뒤로 빼고 엉거주춤하게 서 있는 내게 다가왔다. 큰삼촌이 내 발을 따라 거실에 발바닥을 그렸을 때 나는 간지러워 웃었다. "형수님, 애가 걸었어요. 이게 첫 발자국이에요." 큰삼촌은 수박 한 통을 사들고 들어오는 어머니에게 말했다. 삼촌은 거실 바닥에 그린 발바닥 그림을 가리켰다. 어머니는 또래보다 일찍 걷기 시작했다며 내 머리를 쓰다듬었다. 나는 속으로 말했다. 보행기를 안 사줘서 그랬어요.

결혼하기 전 어머니는 주말이면 외할머니의 식당에서 일을 했다. 그때 손님 중 다리를 저는 아가씨가 한 명 있었다. 한 달이면 한두 번 찾아와 족발에 소주 반병씩을 먹던 아가씨였는데, 손님이 뜸하면 어머니가 합석해 나머지 반병을 마셔주곤 했다. 여자는 어릴 때 보행기를 타다가 부엌으로 떨어져 다리를 다쳤다고 했다. "옛날 집이었거든요. 부뚜막이 있던 재래식 부엌이요. 엄마의 소원은 입식 부엌을 갖는 거였는데, 제가 다치고 나서야 그 소원을 풀 수 있었죠." 고모가 백일 선물로 보행기를 사주겠다고 했을 때, 어머니는 그 이야기가 떠올랐다. "보행기는 안 태울래요. 이렇게 사람이 많은 집에서 혼자 보행기 타고 노는 아이로 만들고 싶지 않아요." 어머니의 말에 고모는 저도 보행기 한번 못 타봤어요, 하고 대답했다.

작은삼촌은 볼펜은 금방 지워질 수 있다며 송곳으로 다시 발바닥을 그렸다. 그리고 왼발 가운데에는 날짜를, 오른발 가운데에는 내 이름을 적어넣었다. 잔칫집에 갔다가 술을 한잔하신 할아버지는 마룻장에 새겨진 발바닥을 보면서 다 큰 어른들이 잘하는 짓이다, 혀를 찼다. "이 집에서 평생 살아야겠네." 할머니가 말했다. 언젠가는 분가를 할 수 있을 거라고 생각한 어머니는 이사갈 때 마룻장을 뜯으면 되죠, 대꾸했다.

삼촌들은 마당에도 거실처럼 내 발바닥을 그렸다. 내가 처음으로 신을 신고 걸음을 걸었던 날이었다. 큰삼촌은 마당에 희미하게 찍힌 발자국을 보고는 기상청에 전화를 걸어 일기예보를 확인했다. "비가 와서 발자국이 지워지면 안 되잖니." 비가 온다는 예보가 없었는데도 우산으로 내 발자국을 가려두었다. 다음날 고모는 동네의 모든 문방구를 뒤지고 다녔다. 마음 같아서는 아기 신발을 그 자리에 놓아두고 싶었다는데 그러려면 신발을 네 켤레나 사야 했다. 결국 고모는 어느 문방구에서 곰 발바닥 모양의 스티커를 찾아냈다. 타일에 미끄러지지 않도록 욕실 바닥에 붙이는 스티커였다. 고모가 사온 곰 발바닥 스티커를 본 큰삼촌은 목젖이 보이도록 크게 웃었다. 고모는 큰삼촌의 웃음소리가 낯설었다. 오빠가 이렇게 웃는 걸 본 적이 있었던가, 고모가 생각하는 동안 큰삼촌이 말했다. "우리 나중에 북극곰 보러 알래스카에 가자." 삼촌은 모종삽으로 흙을 살짝 파내고 내가 발을 디뎠던 자리마다 곰 발바닥 모양의 스티커를 묻었다.

큰삼촌은 잠이 오지 않는 새벽이면 마당으로 나와 곰 발바닥을 따라 걸어보곤 했다. 발자국은 일곱 번 정도 이어지다 끊어지는데, 그 지점에서 내가 넘어졌기 때문이었다. 오른발, 왼발, 오른발, 왼발…… 그렇게 중얼거리다보면 처음으로 걸음마를 배우는 아이가 된 기분이 들었다. 더 디딜 발자국이 없어지면 큰삼촌은 어린 내가 그랬듯이 두 다리에 힘을 풀고 마당에 모로 넘어졌다. 큰삼촌은 마당에 누워 별이 보이지 않는 하늘을 오랫동안 쳐다보았다. 왼쪽 어깨가 이슬에 젖었다. 큰삼촌은 미처 몰랐으리라. 훗날, 큰삼촌이 떠난 그 집에서, 내가 큰삼촌이 그랬던 것처럼 잠이 오지 않는 새벽이면 어린아이처럼 걸음마를 연습해보았다는 것을.

할아버지는 아침마다 역기를 들었다. 회사 창립기념 체육대회에 참석했다가 할아버지는 허리를 다친 적이 있었다. 할아버지는 할 줄 아는 운동이 없었다. 심지어 줄넘기를 열 개 이상 넘어본 적도 없었다. 증조할아버지의 사주에 자식이 하나도 없다는 말을 들은 증조할머니는 결혼한 지 십이 년 만에 태어난 아들을 애지중지 키웠다. 걸음마를 시작한 아이가 문지방에 걸려 넘어질까봐 문지방을 없앨 정도였다. 할아버지의 피부는 구두에 원피스만 입던 방앗간집 딸보다도 하얬다. 친구들이 놀릴 때마다 할아버지는 친구들의 눈을 똑바로 쳐다보며 소리를 질렀다. 화가 날 때마다 소리를 지르는 버릇은 그때 생긴 것이었다. 체육대회에 간 할아버지는 줄다리기 선수로 뽑혔다. 깃발을 든 심판이 호루라기를 불었고, 할아버지는 줄을 잡아당겼다. 서너 번 팽팽하게 밀고 당기다가, 갑자기 줄이 앞으로 확 당겨졌다. 한번 휘청거리기 시작하자 할아버지의 팀은 손쓸 틈도 없이 무너졌다. 할아버지 뒤에 서 있던 사람들이 줄을 놓았다. 순간, 넌 사내자식이 윗몸일으키기도 못하냐며 놀리던 체육선생님의 얼굴이 생생하게 떠올랐다. 할아버지는 줄을 놓지 않았다. 무릎이 꺾였다. 심판이 다시 호루라기를 불 때까지, 할아버지는 오십 미터는 족히 끌려갔다. 줄다리기를 하다 허리를 다친 할아버지는 일주일이나 병가를 냈다. 집에서 쉬는 동안 할아버지는 네 명의 아이들과 나란히 누워 낮잠을 잤다. 잠에서 깨어나면 할아버지는 허리에 손을 얹은 채 엉거주춤한 자세로 마당을 거닐었다. 어쩌자고 네 명이나 낳은 거야. 할아버지는 주먹으로 머리를 쥐어박으면서 후회를 했다. 허리가 다 낫자 할아버지는 역기를 샀다. "역기는 왜?" 할머니가 물었다. "막내가 결혼할 때까지 매일 운동을 해야겠어." 할아버지가 말했다. 팔뚝의 알통이 나날이 굵어졌다.

퇴근을 하고 집으로 돌아오는 버스 안에서 할아버지는 자리를 양보받았다. 버스에 올라타자 머리를 양갈래로 땋은 여학생이 자리에서 벌떡 일어나 말했다. "할아버지, 여기 앉으세요." 할아버지가 나? 하고 묻자 여학생이 네, 하고 대답했다. 자리에 앉아 두어 정거장을 가다가 할아버지는 태어나서 처음으로 자리를 양보받았다는 사실을 알게 되었다. 할아버지가 자리에서 벌떡 일어났다. 여학생이 놀란 눈으로 할아버지를 쳐다보았다. "내가 그렇게 늙어 보여? 난 할아버지가 아냐." 버스 승객들이 일제히 할아버지를 쳐다보았다.

다음 정거장에서 내린 할아버지는 누군가에게 알통을 보여주고 싶은 충동에 사로잡혔다. 할아버지는 길을 걷다 '정든집'이라는 술집을 발견했다. 할아버지가 처음으로 막걸리를 마셨던 술집도 '정든집'이란 이름이었다. 증조할아버지를 찾으러 갔다가 옆 테이블에서 술을 마시던 짓궂은 청년들에게 잡혀 막걸리 한 대접을 마셨던 일을, 할아버지는 아직도 잊지 않았다. 아홉 살 무렵의 일이었다. 술집에는 청년 두 명이 술을 마시고 있었다. 할아버지는 그들의 테이블을 슬쩍 넘겨보았다. 안주는 돼지고기 두루치기였다. "아줌마, 두루치기에 소주 한 병." 할아버지는 주방을 향해 호기롭게 외쳤다. 안주는 줄지 않았다. 딱 소주 한 병만 마시자, 라고 생각했지만 두 병을 다 마시고도 안주가 남았다. 할아버지는 소주를 한 병 더 시켰다. 이번에는 소주가 남고 안주가 모자랐다. 할아버지는 다시 닭똥집볶음을 시켰다. 안주가 남으면 소주가 모자랐고, 소주가 남으면 안주가 모자랐다. 그날 할아버지는 돼지고기 두루치기, 닭똥집볶음, 파전을 먹었다. 소주 다섯 병과 함께. "소주 한 병 더 주세요." 여섯 병째 술을 시키자 술집 주인이 더이상 안 팔겠다고 했다. "할아버지, 그만 드시고 집에 가세요." 술집 주인이 냉수 한 사발을 주면서 말했다. 할아버지는 테이블에 머리를 박고 울었다. "내가 할아버지로 보여? 내가 할아버지로 보여?" 할아버지는 그 말만 했다. 그러다가 갑자기 옷소매를 걷고는 술집 주인에게 팔뚝을 만져보라고 말했다. "이 알통을 봐. 쌀 한 가마니도 들 수 있다구."

할아버지가 술집에서 술을 마시는 동안 나는 거실에서 작은삼촌과 놀고 있었다. 작은삼촌은 관객이 별로 없는 운동경기를 보러 다니는 걸 좋아했다. 고교 육상대회 같은 것들. 포환던지기나 장애물 달리기를 보면 쓸쓸하다는 말을 하는 게 얼마나 사치스러운지 알 것 같다고 삼촌은 생각했다. 작은삼촌은 거실에 베개를 늘어놓고는 말했다. "한번 넘어봐." 삼촌은 내가 세 발짝에 한 번씩은 넘어져서 무릎에 보호대를 차고 있다는 것을 잊고 있었다. "뭐하는 거야?" 할머니가 물었다. "조기교육." 작은삼촌이 대답했다. 나는 최선을 다해 베개를 넘어보려 했지만 베갯잇의 끝자락에 걸려 넘어졌다. 바닥에는 할아버지가 쓰던 지압봉이 있었고, 거기에 이마를 부딪쳤다. 작은삼촌은 나를 업고 병원으로 달려갔다. 할머니에게 평생 들을 욕을 다 들어가며.

술에 취해 집으로 돌아온 할아버지는 계속 내가 할아버지 같아? 라는 말만 중얼거렸다. 할머니는 할아버지가 무슨 말을 하는지 도통 알아들을 수가 없었다. "그럼 당신이 할머니요?" 할머니가 되물었다. "손자가 다친 건 생각도 안 하고." 할머니가 베개로 할아버지의 등을 때렸다. 다음날 아침, 할아버지는 내 이마를 보더니 식구들에게 소리쳤다. "이거 어떻게 된 거야?" "넘어졌어. 세 바늘 꿰맸다고. 당신 술 마시며 놀 때." 할머니가 대답했다. 할아버지가 내 이마를 만졌다. 아직 술이 덜 깨서 눈이 빨갰다. 나는 그 눈이 무서워서 울었다. "미안하다, 미안해." 할아버지가 바닥에 주저앉더니 어린아이처럼 엉엉 울었다. "할아버지라고 불러라. 할아버지라고 불러." 할아버지가 울면서 중얼거렸다. 의아한 눈으로 할아버지를 바라보던 식구들에게 할머니가 말했다. "아침이나 먹자. 오늘 국은 뭐냐?"

결혼 전에 어머니는 음식을 잘한다는 말을 들어본 적이 없었다. 어머니는 아주 어릴 때부터 설거지와 청소를 했다. 식당 일에 지친 외할머니는 집에 돌아오면 퉁퉁 부은 다리를 주무르며 텔레비전을 보았고, 그러다가 소파에 기대어 잠이 들곤 했다. 외할머니는 어머니가 떠나고 혼자 남게 되자 비로소 청소를 해본 지가 십여 년도 넘었다는 사실을 깨닫게 되었다. 어머니가 결혼을 하고 처음으로 한 음식은 콩나물국이었다. 외할머니의 식당은, 청양고추를 넣은 콩나물국을 잊지 못해 또 온다는 손님이 있을 정도로 콩나물국이 유명했다. 어머니는 다른 건 몰라도 콩나물국과 동치미는 자신있었다. 할아버지는 콩나물국을 먹으면서 아가, 이젠 마음놓고 술을 마셔도 되겠다, 라고 말했다. 작은삼촌은 국을 한 숟가락 떠먹더니 아예 대접째 들이마셨다. "너무 맛있어요, 새언니." 고모는 용기를 내어 새언니라고 말했다. "이젠 온 식구들이 살찌겠다." 할머니가 삐쩍 마른 큰삼촌을 보면서 말했다. 하지만 식구들의 예상과 달리 어머니는 할 줄 아는 음식이 많지 않았다. 어머니는 매일 콩나물국을 끓였다. 식구들은 콩나물국을 먹으면서 요리솜씨를 칭찬했던 것을 후회했다. 어머니가 친정에 간 날 식구들은 저녁을 먹으면서 가족회의를 했다. "누군가 말해야 해요. 다른 것도 먹고 싶다고." 작은삼촌이 말했다. "난 못 해!" 고모가 말했다. 자신은 얄미운 시누이가 되고 싶지 않다고 했다. "그럼 나도 싫다. 까다로운 시어머니는 어디서나 욕을 먹는 법이야." 할머니가 말했다. 할머니는 그동안 즐겨 보았던 드라마들을 떠올렸다. "차라리 형보고 말하라 그러죠." 삼촌들이 말했다. 하지만 그 의견에 할머니가 다시 강하게 반대했다. "우리가 뭐라 해도 걔 혼자 마누라 편을 들어야 하는 게야." 할머니는 할아버지를 째려보았다. "난 말 못 한다. 며느리 사랑은 시아버지라고 안 그랬냐." 말은 그렇게 했지만, 어머니에게 콩나물국을 그만 먹고 싶다고 말한 사람은 할아버지였다. 당신의 아들이 일주일 내내 같은 국을 먹는다는 사실을 알면 하늘에 계신 어머니가 슬퍼할 거야. 할아버지는 생각했다.

할아버지의 말을 들은 어머니는 그제야 식구들에게 솔직히 말했다. 할 줄 아는 게 없다고. "제가 잘하는 건 요리가 아니라 청소예요." 어머니는 소파 아래에 쌓인 먼지나 화장실 변기의 찌든 때를 닦는 일을 좋아했다. 하지만 삼촌들은 어머니가 자신들의 방을 청소하는 걸 싫어했다. 어머니의 말을 듣는 순간 할머니는 며느리가 사랑스럽게 느껴졌다. 할머니도 속상한 일이 있을 때마다 발가벗은 채로 화장실을 청소하곤 했다. "나도 그렇단다." 누가 뭐라 해도 큰며느리는 내 편으로 만들어야지, 할머니는 생각했다. 그래서 할머니는 밥을 먹고 있는 식구들에게 말했다. "그렇게 먹고 싶은 게 많으면 직접 해먹어. 아님, 요리사를 고용할 만큼 돈을 많이 벌든지." 그 말을 들은 어머니는 입안에 있던 밥을 씹지도 않고 삼켰다. 목이 메어왔고, 물을 두 컵이나 마신 후에도 계속 가슴이 아려왔다. "얘야, 넌 장래희망이 뭐였니?" 괜찮니, 라고 물어보려고 했지만 생각과는 다른 말이 튀어나왔다. "현모양처는 아니었어요." 어머니는 대답했다. 어머니는 할머니에게 섭섭한 마음이 들 때마다 장래희망이 무엇이었는지 물어봐주었던 그날의 아침식사를 떠올렸다. 그러면 섭섭한 마음이 눈 녹듯 사라졌다.

"이제부터 먹고 싶은 게 있으면 냉장고에 쪽지를 붙여주세요." 어머니가 포스트잇을 식구들에게 나눠주면서 말했다. "그럼 내가 처음으로 쓸까?" 할아버지는 고등어조림이라고 적었다. 어머니는 방으로 들어가 외할머니에게 전화를 걸었다. 어머니는 요리노트라고 적은 공책을 펼쳐 첫 장에 고등어조림이라고 썼다. 고모는 인터넷에서 요리법을 찾아 요리 순서를 같이 적어주었다. 고모는 여러 가지 요리 비법을 알게 되었다. 큰삼촌은 오늘은 일찍 집에 올 거예요, 저녁은 제가 할게요, 라는 쪽지를 종종 남겼다. "누군지 도련님이랑 결혼하는 여자는 땡잡은 거예요." 어머니는 큰삼촌이 결혼을 할 때를 대비해서 적금을 하나 부어야겠다고 생각했다. 유치원에서 종이로 카네이션을 접는 방법을 배웠을 때, 나는 카네이션을 여덟 개나 접어야 했다. 큰삼촌에게 카네이션을 주면서 나는 삼촌의 귀에 대고 속삭였다. "나는 큰삼촌이 해준 카레가 세상에서 젤로 맛있어." 큰삼촌은 나중에 꼭 삼촌을 위해 카레를 만들어줘, 하고 말했다. "응." 나는 새끼손가락을 걸고 약속했다.

4

군대에 간 작은삼촌은 일 년 만에 살이 십오 킬로그램이나 쪘다. 같이 입대한 동기 중에 디스크 수술을 전문으로 하는 병원의 원장 아들이 있었다. 그 동기를 교묘하게 괴롭히는 선임이 있었는데, 그 때문에 동기는 살이 십오 킬로그램이 빠졌다. 군대에서 삼촌과 동기는 뚱뚱이와 홀쭉이로 불렸다. 홀쭉이는 안 가본 곳이 없을 정도로 여행을 많이 다녔다. 홀쭉이의 여행 이야기를 들으면서 삼촌은 사수를 하는 대신 세계일주를 떠났어야 했다고 생각했다. 작은삼촌은 식구들에게 편지를 보냈다. "제가 휴가를 나가면, 모두 같이 여행을 가요." 식구들은 한글 공부를 해야 한다며 나에게 답장을 쓰게 했다. 각자 하고 싶은 말을 한마디씩 하라고 했더니 모두 똑같은 말을 했다. "건강해라." "더 없어요?" 조금 길게 말해달라고 부탁하자 밥 잘 먹고 건강해라, 라고 말했다. 할 수 없이 나는 옆집에 새로 이사온 사람들에 대해, 천하장사라는 소시지를 하루에 다섯 개씩 먹는 짝꿍에 대해 썼다. 길 건너 비디오가게가 망했다는 소식도 전하고, 내가 우유를 마시기 시작했다는 소식도 전했다. 작은삼촌은 내 편지를 홀쭉이에게 읽어주었다. 외아들인 홀쭉이는 작은삼촌에게 말했다. "우리 아버지가 바람이라도 피워 어디 숨겨둔 동생이 있었으면 좋겠어." 작은삼촌은 홀쭉이에게 제대를 하면 집으로 초대를 하겠다고 약속했다. 그러자 홀쭉이는 만약 부모님이 디스크를 앓게 되면 공짜로 수술을 해주겠다고 약속했다. 그 말은 홀쭉이를 괴롭힌 선임이 그토록 듣고 싶은 말이었다. 선임은 홀쭉이를 볼 때마다 허리 디스크로 몇 년째 고생하는 어머니가 생각났고, 수술비가 없어서 수술을 못 시켜드리는 자신이 무능력하게 느껴졌다. 그래서, 홀쭉이를 보면 참을 수 없이 화가 치밀었다. 홀쭉이는 선임이 죽도록 미울 때마다 작은삼촌이 읽어준 편지를 떠올렸다. "삼촌, 여행을 가기에는 제 가방이 너무 작아요. 책가방밖에 없어요." 홀쭉이는 그 꼬마아이에게 멋진 가방을 선물해야지, 하고 생각했다.

나는 달력에 동그라미를 쳤다. 작은삼촌이 휴가를 나온다는 날이었다. "이날 여행을 가야 해요." 나는 텔레비전을 보고 있는 식구들에게 말했다. 할아버지는 이 식구들이 다 움직이려면…… 말하다가 말문을 닫았다. 아버지가 네 살 때쯤 계곡으로 물놀이를 간 적이 있었다. 수영을 싫어했던 할아버지는 나무 그늘에 돗자리를 펴고 낮잠을 잤다. 계곡은 다섯 살짜리 아이가 들어가기엔 너무 깊었다. 아버지는 할아버지 옆에서 수박 안에 들어 있는 씨를 골라냈다. 집으로 돌아올 때까지 수박 씨로 돗자리 위에 여러 가지 그림을 그리며 시간을 보냈다. 집에 돌아와서 아버지는 할머니에게 모기에 물린 종아리를 보여주었다. 할머니가 침을 발라주었다. "튜브도 하나 안 사주고." 아버지는 피가 나도록 종아리를 긁어대면서 울었다. 할아버지는 아버지의 얼굴을 쳐다보고는 너 어릴 적에 계곡에 놀러 갔던 거 생각나니? 물었다. 아버지가 고개를 저었다. "제 기억에는 한 번도 가족여행이란 걸 간 적이 없어요." 큰삼촌이 대답했다. 사실 아버지는 계곡에 놀러 갔던 일을 기억하고 있었다. 그래서 큰삼촌의 말을 들으면서 '네가 태어나기도 전의 일이야' 하고 속으로 중얼거렸다. "이참에 어디 가서 고기 구워 먹고 하룻밤 놀죠." 아버지가 할아버지에게 말했다. "가려면 니들끼리 가라." 할머니는 집 나가면 고생이라고 말을 하려다가 말았다. 며느리가 들어온 이후로, 손자가 생긴 이후로, 할머니는 말을 할 때마다 잔소리쟁이로 보이지 않도록 신경을 썼다. 그래서, 큰삼촌이 왜요? 하고 물었을 때 젊은 애들끼리 놀아야지, 대답했다. 나는 고모에게 전화를 걸어 여행을 가는 것에 찬성인지 반대인지 물었다. "좋은 데로 가면." 할머니가 일찍 들어와라, 하고 소리쳤다. 고모가 네, 하고 큰 소리로 대답했다. "고모 귀 따가워." 뭐가 웃긴지 내 말에 고모가 깔깔 거리며 웃었다. 나는 수화기를 내려놓으며 말했다. "고모는 무조건 찬성이래요."

어머니는 말이 없었다. 큰삼촌이 어머니 눈치를 살피더니 형수님, 하고 불렀다. "걱정 마세요. 우리 남자들이 다 할게요." 그렇게 말하며 큰삼촌은 내 어깨에 손을 올렸다. 갑자기 어른이 된 기분이 들었고, 그래서 나는 어깨를 으쓱거리며 나만 믿어, 엄마, 하고 말했다. "니들은 그렇게 눈치가 없니?" 할머니가 한심하다는 듯 우리를 봤다. "그래, 다 같이 가자. 안사돈께 전화해라." 그 순간 아버지는 자신이 얼마나 무심한 남편인지를 깨달았다. "우리 엄마는 구두가 한 켤레도 없어요." 결혼 전 아내가 했던 말이 떠올랐다. 외할머니는 한 번도 고속도로를 달려본 적이 없었다. 외할머니는 36-1번 버스밖에는 타지 않았다. 집 앞에서 36-1번을 탄 뒤 열두 정거장을 가서 내리면 거기에 외할머니의 족발집이 있었다. 어머니는 추석날에도, 설날에도, 문을 닫지 않았던 족발집으로 전화를 걸었다. 놀러 가자는 어머니의 전화를 받은 외할머니는 니 결혼식 날에도 가게 문 열었던 거 알아? 하고 되물었다. 옆에서 듣고 있던 아버지가 수화기를 가로챘다. "장모님, 제가 예쁜 구두 사드릴게요. 같이 가세요."

여행을 가기 전날, 아버지는 회사에서 봉고를 빌려왔다. 봉고는 영업부의 김대리가 몰던 것인데, 조수석의 의자가 갈색으로 얼룩져 있었다. 김대리는 그 얼룩을 볼 때마다 헤어진 여자친구가 생각났다. 김대리의 취미는 지방의 한적한 국도변에 있는 버스정류장의 사진을 찍는 것이었다. 언젠가 아버지에게 사진을 보여주면서 김대리는 말했다. "이 할머니는 글쎄, 한 시간째 버스를 기다리고 있더라고." 아버지는 이십 년은 훨씬 지난 듯한 포스터가 아직 붙어 있는 버스정류장의 사진을 보면서, 술을 마시며 김대리 흉을 보았던 자신이 부끄럽게 느껴졌다. 김대리는 그 버스정류장에서 여자친구를 만났다. 여자는 버스정류장에 앉아서 신발을 벗고 물집이 난 뒤꿈치를 들여다보고 있었다. 김대리는 정거장 맞은편에 차를 세우고 그 모습을 찍었다. 그날 김대리는 여자를 서울까지 데려다주었다. 여자는 고맙다며 휴게소에서 커피를 사왔다. "헤이즐넛은 아니죠?" 김대리가 여자가 내민 커피를 받으면서 말했다. 그 말에 여자가 그건 정말 참을 수 없는 맛이에요, 하고 대답했다. "맞아요." 김대리는 얼마 전에 책을 읽었는데 실연을 당하고 우울증에 빠진 주인공이 집에서 헤이즐넛 향 커피를 마시는 장면이 있었다고 말했다. "혹시 그 책에 이런 문장 있지 않았어요? 헤이즐넛 향이 거실에 은은하게 퍼졌다." 여자의 말에 김대리가 맞아요, 맞아요, 하면서 웃었다. 그때 앞차가 비상등을 켰다. 김대리가 급브레이크를 밟았다. 여자가 들고 있던 커피를 쏟았다. 커피는 여자의 허벅지를 적시고 의자로 스며들었다. 결국, 여자는 뒷자리로 자리를 옮겨야 했다. 김대리는 운전을 하면서 룸미러로 여자의 얼굴을 몰래 훔쳐보았다. 김대리가 사랑에 빠진 것은 그 순간이었다. 그런 사정을 모르는 아버지는 김대리에게 키를 받으면서 회사 차라고 너무 지저분하게 쓴 거 아니야, 하고 말했다. 그 말이 섭섭했던 김대리는 가다 펑크나 나라고 속으로 중얼거렸다.

할머니가 봉고를 훑어보더니 담배 냄새가 너무 나서 타고 싶지 않다고 했다. 냄새 제거제를 뿌려보았지만 담배 냄새는 가시지 않았다. 김대리는 골초였다. 담배는 여자가 김대리와 헤어지기로 결심하게 한 수많은 이유 중 하나였다. 큰삼촌은 초를 켜두면 담배 냄새가 사라질 거라고 말했고, 그 순간 나는 고모 방에 눈사람 모양의 초가 있다는 것을 생각해냈다. 나는 고모 방으로 달려가 눈사람 모양과 크리스마스트리 모양의 초를 가지고 왔다. 초에 불을 붙이자

달콤한 향이 차 안에 퍼졌다. 초가 탈 동안 할머니는 정육점에 고기를 사러 갔다. "쇠고기로 사와." 할아버지가 할머니의 등에 대고 소리쳤다. 나와 큰삼촌은 마당 벤치에 앉아서 벤치가 그네였으면 좋겠다는 이야기를 했다. 나는 그네를 타는 것처럼 다리를 앞뒤로 흔들었다. 아버지는 옆집에서 빌려온 아이스박스를 마당 수돗가에 내려놓았다. 아이스박스 바닥에는 아이스크림이 끈적끈적하게 말라붙어 있었다. 아버지는 아이스박스에 물을 가득 채웠다. 그때, 군복을 입은 작은삼촌이 마당에 들어섰다. 살이 쪄서 가뜩이나 작은 눈이 더 작아 보였다. "집 앞에 있는 차는 뭐야? 연기가 나네." 작은삼촌이 말했다. 놀란 아버지가 봉고로 달려갔다. 앞좌석 문틈으로 연기가 새어나오고 있었다. "물 가져와." 아버지가 큰삼촌에게 소리쳤다. 큰삼촌이 아이스박스를 번쩍 들더니 대문 열어, 하고 소리쳤다. 작은삼촌이 재빨리 대문을 열었다. 아버지가 얼른 조수석 쪽 문을 열었고, 그와 동시에 큰삼촌이 아이스박스에 있던 물을 차 안으로 끼얹었다. 조수석 의자는 등받이만 남기고 모두 탔다. 물론, 커피 얼룩 역시 흔적도 없이 사라졌다. 나는 물이 흥건한 봉고 차 바닥에서 반쪽만 남은 눈사람 초를 찾아냈다.

하마터면 봉고를 태울 뻔했다는 이야기를 들은 고모는 식구들에게 그 초가 얼마나 소중한 건지 아느냐고 화를 냈다. 나는 몸통과 팔 한쪽이 남은 눈사람을 고모에게 돌려주었다. "내가 그랬어. 미안!" "올해 크리스마스에 이것보다 더 멋진 걸로 선물해줘." 고모가 대답했다. 나는 내게 그럴 돈이 어디 있냐고 대꾸했다. "세뱃돈 있잖아." 고모는 그동안 고모가 나에게 준 세뱃돈만 십만원은 넘을 거라고 말했다. 나는 내 돈을 모두 빼앗아간 아버지를 째려보았다.

외할머니의 구두를 사러 백화점에 갔던 어머니는 봉고를 보자 얼굴을 찌푸렸다. 불에 그슬린 냄새까지 더해져서 봉고는 처음 가져왔을 때보다 더 심한 냄새가 났다. 어머니는 부엌으로 가서 사과 하나를 꺼내와 손으로 반을 가르더니 한쪽은 앞자리에, 한쪽은 뒷자리에 올려놓았다. "내일은 좀 나아질 거예요." 어머니는 눈으로 봉고의 좌석이 몇개인지 세었다. 봉고는 12인승이었다. 불에 탄 좌석을 빼고도 식구들이 모두 앉을 수 있었다. 만약 9인승이었다면 한 좌석이 모자랐을 테고 그럼 여행 내내 가장 불편해할 사람은 외할머니일 것이다. 어머니는 구두가 들어 있는 쇼핑백을 보면서 생각했다. 그래도, 다행이야.

아버지는 새벽 네시에 온 식구들을 깨웠다. 고등학교를 다닐 적엔 이틀에 한 번씩 지각을 하던 작은삼촌이 단번에 일어나 아버지를 놀라게 했다. 고모는 출발하기 오 분 전에 깨워달라며 이불을 뒤집어썼다. 큰삼촌은 세수를 하고 겨드랑이에 구멍이 난 줄무늬 티셔츠를 입었다. 그건 삼촌이 기분좋은 날만 입는 옷이었는데, 낡은 옷을 입는 게 못마땅한 할머니는 언젠가 큰삼촌 몰래 옷을 버리겠다며 벼르고 있었다. 할아버지는 마당으로 나가 운동을 할까 생각했지만 평소와 달리 몸이 움직여주질 않았다. "나 아무래도 아픈가 보다. 계속 잠만 온다." 할아버지는 거실 소파에 비스듬히 누웠다. 할머니가 할아버지의 이마를 짚어보았다. "열은 없는데." 부엌에서 콧노래를 부르며 쌀을 씻던 어머니는 부엌 창 밖으로 하늘을 보았다. 밥을 하는 그 시각이면 언제나 앞집에 사는 꼬마아이가 유치원 옷을 입고 대문 앞에 서 있었다. 하지만 꼬마아이가 보이지 않았다. 게다가 겨울날의 아침처럼 앞집 대문이 어둠 속에 잠겨 있었다. "지금 여덟시 맞아요?" 어머니가 거실 쪽으로 고개를 돌리고 물었다. "응." 아버지가 거실 벽에 걸린 괘종시계를 보면서 말했다. 그러다 문득 왜 종이 울리지 않지? 하는 의문이 들었다. 아버지는 방으로 들어가 어머니의 화장대에 놓여 있는 자명종을 보았다. 네시 십분이었다. 아버지는 새벽에 화장실에 갔다가 거실에 있는 벽시계가 여덟시를 가리키고 있는 것을 보았다. 늦게 출발하면 차가 막히는데. 그렇게 생각한 아버지는 온 방을 돌아다니며 식구들을 깨웠다. "아버지, 더 주무세요. 아프신 게 아니라 졸린 거예요." 아버지가 소파에서 졸고 있는 할아버지에게 말했다. "도대체 시계 밥 담당은 누구야?" 할머니가 서랍에서 건전지를 찾으며 중얼거렸다. 식구들은 다시 방으로 돌아가 잠을 잤다.

외할머니는 아침에 머리를 두 번이나 감았다. 그제 파마를 했는데, 아직도 머리에서 파마약 냄새가 나는 듯했기 때문이다. 미역국에 밥을 한 공기 반이나 말아먹고, 지갑에 돈을 얼마나 넣어가야 하나 고민을 하며 짐을 챙기고, 가지고 있는 화장품은 모두 다 발랐다. 그래도 출발한다는 전화가 오지 않았다. 리모컨을 돌려가며 방송국 3사의 아침 드라마를 모두 보고, 세탁기를 돌리고, 빨래를 널고 난 뒤에 외할머니는 조심스럽게 어머니에게 전화를 걸었다. "언제 가냐?" 외할머니의 말에 어머니는 잠결에 지금 몇신데, 되물었다. "아까 열시 넘었어." 어머니가 자고 있는 아버지를 깨웠다. "늦었어." 아버지는 새벽에 그랬던 것처럼 온 방을 돌아다니며 모두 일어나요, 소리쳤다. 화장실에 들어가 나오지 않는 할아버지 때문에 아버지와 어머니는 싱크대에서 세수를 했다. "내가 진작 이층에도 화장실 하나 더 만들자고 했죠?" 작은삼촌이 투덜댔다. "삼촌은 얼굴이 까매서 세수 안 해도 티 안 나." 내가 말했다. 고모와 할머니는 아이스박스에 담을 음식들을 챙겼다. "배고파." 냉장고 문을 열었다 닫았다 하며 고모가 말했다. "지금 밥할게요." 어머니는 새벽에 씻다 만 쌀을 밥솥에 안쳤다. "언제 밥해서 먹냐. 사돈어른 기다리시는데, 가다가 사먹자." 할머니가 말했다. 외할머니의 전화를 받은 지 삼십 분 만에 여덟 명의 식구들이 간신히 세수를 마쳤다.

외할머니는 경비실 앞에 앉아 우리를 기다리고 있었다. 운전을 하고 있는 아버지를 본 할머니는 손을 두어 번 내젓더니, 제복을 입은 경비아저씨에게 뭐라 몇 마디를 한 뒤에 자리에서 일어났다. "저 사람은 누구냐? 둘이 잘 어울리는데." 뒷자리에 앉은 할머니가 이렇게 말했다가 고모의 구박을 받았다. "배고플 때는 재미있는 이야기를 해야 하는 법이야." 할머니가 고모를 흘겨보았다. 어머니는 외할머니에게 구두를 신겨드렸다. 외할머니는 잠깐만, 하더니 경비실로 가서는 신고 있던 신을 경비에게 맡겼다. 어머니는 처음 걸음마를 배우는 아이처럼 조심스럽게 걷는 외할머니를 보면서 눈가를 훔쳤다. 어머니는 외할머니의 등에 업혀 잠이 들던 그 시절로 돌아가고 싶다는 생각이 들었고, 갑자기 옆에 서 있는 나를 꼭 껴안으며 자주 업어줄걸, 하고 생각했다. 업어 키우면 다리가 휜다는 기사를 읽은 후 어머니는 나를 거의 업어주지 않았다. 나는 속으로, 대신 자주 안아줬잖아요, 하고 대답했다. "출발." 아버지가 경적을 길게 울렸다. "얼른 차에 타요. 우리 모두 배고파요." 나는 봉고에 막 올라타려는 외할머니의 엉덩이를 밀었다.

휴게소에 도착하기도 전에 도로는 막히기 시작했다. 앞차의 브레이크 등이 켜졌다 꺼졌다 하는 것을 보고 있으니 갑자기 오줌이 마려왔다. 나는 배에 힘을 주고 손바닥으로 방광을 꾹 눌러보았다. 몇 분은 참을 수 있을 것 같았다. "휴게소 아직 멀었어?" 옆에 앉은 작은삼촌에게 물었다. "왜, 배고파? 이거라도 씹어." 작은삼촌이 주머니에서 껌을 꺼내주었다. 나는 껌을 씹으면서, 쌍시옷자로 시작하는 단어들을 생각했다. 오줌이 마려운데 바로 화장실에 갈 수 없는 상황이라면 오줌이 마렵다는 생각 말고 다른 생각을 해야 한다고, 언젠가 선생님이 말해준 적이 있었다. 하지만 아무리 생각해도 '쏘리'라는 단어밖에 생각나질 않았다. 작은삼촌은 내게 자주 꿀밤을 먹였는데, 내가 머리를 만지며 울먹이려고 하면 '쏘리' 하고 말하곤 했다. 나는 다리를 꼬며 계속 쌍시옷으로 시작하는 단어들을 생각했다. 그때, 큰삼촌이 내 이마에 손을 올리면서 말했다. "얘 멀미해요. 얼굴 좀 봐요." 그제야 나는 사실은 오줌이 마렵다고, 하지만 사람들이 다 보는 길거리에서 오줌을 누고 싶지는 않다고 말했다. 아버지는 비상등을 켜고 갓길을 달렸다. 회사에서 융통성이 없다고 상사에게 구박을 받던 아버지는 갓길을 달리면서 박하사탕을 먹고 심호흡을 하는 것처럼 가슴속이 시원해지는 느낌을 받았다. 아버지는 미소를 지었다.

"난 국수." "난 자장면." "아침도 안 먹었는데 밥을 먹어야지." 여덟 명이 각자 먹고 싶은 것을 말하자 아버지는 주문할 음식을 외우려다가 포기했다. 그러곤 오천원씩 주면서 각자 알아서 시켜먹으라고 했다. "나도?" 나는 좋아서 박수를 쳤다. "먹고 싶은 게 육천원이면 어떻게 해?" 고모가 물었다. 고모는 육천원짜리 돈가스가 먹고 싶다고 했고, 삼천오백원짜리 가락국수를 먹을 예정이었던 큰삼촌이 천원을 보태주겠다고 했다. 아버지에게 오천원을 받은 나는 슈퍼마켓으로 가서 음료수 두 병과 과자 네 봉지와 초코파이 두 개를 골랐다. 돈이 모자라 과자 한 봉지를 뺐더니 이번엔 돈이 조금 남았다. 남은 돈은 아버지가 다시 뺏을 게 분명했기 때문에, 나는 계산대 옆에 놓여 있는 소시지를 샀다. 비닐봉지를 들고 돈가스를 먹고 있는 고모 옆으로 가자, 고모가 돈가스 한 점을 입에 넣어주었다. 김밥과 유부초밥을 먹고 있는 어머니의 접시 한끝에 김밥 끄트머리 두 개가 놓여 있었다. 내 몫이었다. 나는 얼른 고맙습니다, 하고 손으로 김밥을 집어먹었다. "목이 메네." 작은삼촌에게 라면 국물을 마셔도 되냐고 물었다. "국물만 마셔." 나는 국물을 마시는 척하면서 라면 가락을 씹지도 않고 삼켰다. 식구들에게 이번에는 배가 아파요, 화장실 갈게요, 하고는 식당 밖으로 나왔다. 나는 벤치에 앉아 소시지와 과자 한 봉지와 음료수 하나를 먹었다. 그리고 초코파이 하나를 꺼내 마시멜로를 감싸고 있는 빵을 손가락으로 뜯어 먹었다. 엄지와 검지가 금세 초콜릿으로 물들었다. "왜 그렇게 먹니?" 왼손에 깁스를 한 남자가 물었다. "여기 가운데 하얀 거요, 이것만 따로 먹으려고요." 내 대답에 남자가 그걸 혓바닥 위에 올려놓고 가만히 있으면 기분 좋아지지? 하고 되물었다. "어떻게 알아요?" "나도 그래." 나는 비닐봉지를 뒤져 초코파이를 꺼냈다. 남자에게 주면서 이게 마지막 초코파이예요, 하고 두 번이나 반복해서 말했다. "나도 너처럼 먹어야지." 남자가 초코파이 봉지를 뜯으면서 말했다. 마침내, 흰색의, 동그란, 마시멜로가 모습을 드러냈다. 나는 그걸 들어 하늘의 해를 가려보았다. "달 같지 않아요?" 그러자 남자도 마시멜로를 하늘을 향해 들었다. 나는 남자의 얼굴에 둥그렇게 그림자가 지는 것을 보았다. "하나, 둘, 셋." 남자가 말했고, 우린 동시에 마시멜로를 혓바닥 위에 올려놓았다. 혓바닥이 간지러워졌다.

저 멀리서 누군가가 나를 불렀다. 돌아보니 식구들이 서 있었다. 어머니가 달려와 내 등을 때리며 말했다. 얘가 겁도 없이! 남자가 마시멜로를 꿀꺽 삼켰다. 그러고는 내게 윙크를 하고 깁스한 팔로 하늘을 한번 가리키더니 자리에서 일어났다. 나는 남자에게 안녕히 가세요, 라고 말할지, 즐거웠어요, 라고 말할지 고민했다. 하지만 내 입에서 나온 말은 뭉게구름이었다. 내가 뭉게구름이라고 말하자 식구들이 동시에 고개를 들어 하늘을 바라보았다. "예쁘네." "저건 꼭 커피잔처럼 생겼네." 어머니가 말하고는 손을 들어 컵을 잡는 시늉을 해 보였다. 외할머니의 기억에는 고기 누린내가 달력에까지 배어 있는 족발집에서 스테인리스 물컵에 커피믹스를 타서 한 번에 마시곤 하던 딸의 모습만이 남아 있었다. 외할머니는 우아하게 커피를 마시는 딸의 모습을 상상해보았다. 그러자 결혼을 시키지 말고 공부를 더 시켰어야 했다는 생각이 들었다. 식구들이 하늘을 보는 사이에 남자가 사라졌다. 작은삼촌이 꿀밤을 먹이면서 말했다. "이 꼬맹이가 무섭지도 않냐. 낯선 사람이랑." 나는 비닐봉지를 끌어안으면서 작은삼촌이 과자를 달라고 하면 절대 주지 않을 거라고 결심했다. 그때, 초록색 티셔츠에 검은색 반바지를 입은 일곱 살가량의 남자아이를 찾는다는 안내방송이 나왔다. 식구들이 동시에 주변을 두리번거렸다. 갑자기 나는 억울한 생각이 들었다. 그래서 이마를 만지면서 소리쳤다. "저렇게 잃어버린 아이들이 많은데. 내가 겁이 없는 게 아니라 엄마 아빠가 겁이 없는 거라고." "안 잃어버렸잖아." 아버지가 말했다. "쏘리라고 말해줘." 내가 말했다. 아버지가 내 입가에 묻은 초콜릿을 닦아주었다. "그래, 쏘리다, 쏘리. 너 잔돈 남은 거 있으면 내놔."

여름이 지난 바닷가에는 사람들이 별로 없었다. 외할머니는 죽어서 딱딱해진 불가사리를 집어들었다. 그제야 태어나서 처음으로 바다를 본다는 사실을 깨달았다. 그런데도 하나도 낯설지가 않았다. 아주 오래전, 바다에 발을 담그고, 바위에 물보라가 이는 것을 오랫동안 바라본 적이 있었던 것만 같았다. 외할머니는 신발을 벗고 바다를 향해 걸어갔다. 할머니는 외할머니가 바닷물에 발을 담그는 것을 보더니, 나도, 하며 양말을 벗었다. 양말에는 구멍이 나 있었다. "엄마, 이런 거 신지 말라니까." 고모가 잔소리를 했다. 나는 할머니 몰래 양말을 모래사장에 묻었다.

작은삼촌은 모래사장에 누워 이대로 휴가가 영원했으면 얼마나 좋을까, 하고 생각했다. 고모는 조개껍질을 주우러 다녔다. "혹시 그걸로 목걸이를 만들려는 건 아니지?" 내가 물었다. 고모는 아무 대답도 하지 않았다. 나는 두꺼비집 만들기를 했는데, 손을 빼내자마자 모래가 무너졌다. 열번째 집을 무너뜨리자 책을 읽던 큰삼촌이 바보, 하고 중얼거렸다. "큰삼촌이 나보고 바보래." 나는 아버지에게 고자질을 했다. "큰삼촌도 어릴 때 바보였어. 열 살 때까지 신발 오른짝 왼짝도 구별 못 했다니까." 큰삼촌은 그건 일부러 그런 거라고 말했다. 그러고는 갑자기 내 신을 벗겨 반대로 신겨주었다. "걸어봐." 삼촌이 시키는 대로 걸어보았다. 모래사장에 오른쪽 왼쪽이 반대로 찍힌 발자국이 새겨졌다. "뭔가 마음이 편해지지 않아?" 큰삼촌이 물었다. 나는 고개를 저었다. "발가락 아파." 큰삼촌은 고개를 갸웃거렸다.

큰삼촌은 읽던 책을 베고 모래사장에 누웠다. "옆에 와서 누워봐." 나는 큰삼촌의 오른팔을 베고 누웠다. "삼촌은 평생 신발을 거꾸로 신을 수도 있었어." 큰삼촌은 열 살 때 가출을 한 적이 있었다. 아버지는 용돈을 받으면 동생들을 학교 앞 만홧가게에 데려가주곤 했다. 큰삼촌은 그 만홧가게에서 한글을 배웠다. 다리를 저는 여자와 얼굴이 심하게 얽은 곰보 남자가 가게 주인이었다. 부부가 가게에 나란히 앉아 있는 모습을 보고 있으면 누구나 저렇게 예쁜 여자가 왜 저런 남자와 결혼을 했지, 하는 의문이 들었다. "다리를 저는 것 말곤 흠잡을 데 없이 예뻤거든." 큰삼촌은 겁이 많았다. 언젠가 혼자 만홧가게에 간 적이 있었는데 옆자리에 앉아서 만화를 읽던 중학생이 너 돈 있냐? 하고 묻자 바로 주머니에 있는 돈을 전부 다 꺼내준 적도 있었다. 자신이 초라하게 느껴질 때마다 큰삼촌은 신발을 바꿔 신었다. 그러고 두 발을 내려다보면 자신이 어릿광대처럼 느껴졌고, 마음이 편해졌다. "난 잘 모르겠어. 마음이 편해지기는커녕 우스꽝스러워질 것만 같아." 나는 몸을 돌려 큰삼촌의 얼굴을 보며 말했다. 큰삼촌은 눈이 커다란 소녀들이 나오는 만화를 좋아했다. 고아인 소녀가 백만장자와 사랑에 빠지는 만화를 즐겨 읽는 큰삼촌을 아버지는 기지배라고 놀렸다. 그런 만화를 읽을수록 큰삼촌은 만홧가게 주인 여자가 좋아졌다. "그러던 어느 날이었는데……" 만화를 읽고 있는데 어디선가 욕하는 소리가 들렸다. 여자의 손에는 주걱이 들려 있었다. 여자의 입에서는 삼촌이 한 번도 들어보지 못했던 아주 이상한 욕들이 흘러나왔다. 곰보 남자가 의자를 집어 가게 밖으로 던졌다. 가게 구석에서 싸움을 구경하던 큰삼촌은 곰보 남자가 가게 입구에 주저앉아 엉엉 울기 시작하자 자리에서 일어났다. 읽던 만화책을 바닥에 내려놓고 주걱으로 자기 가슴을 내리치던 주인 여자의 곁을 조심스럽게 지나갔다. "그때였어. 그렇게 그악스럽게 싸우던 여자가 너무나 상냥한 목소리로 내게 말하는 거야. 내일 또 와라. 오늘은 돈 안 받으마." 큰삼촌은 그 여자의 상냥한 목소리가 어찌나 무서웠던지 뒤도 안 돌아보고 뛰었다. "내가 가출을 한 날은 내 생일이었어." 아침에 미역국을 먹는데, 온 식구들이 큰삼촌을 둘러싸고 서서 생일축하 노래를 불렀다. 심지어 고모는 오빠 생일 축하해, 하며 볼에 뽀뽀를 해주기도 했다. 그때 큰삼촌의 머릿속에는 만홧가게 여자의 상냥한 목소리가 떠올랐다. 그날 큰삼촌은 학교에 가지 않았다. 신발을 거꾸로 신고 하염없이 걷다보니 문이 열린 정미소가 나타났다. 삼촌은 천장까지 쌓인 쌀자루 사이에 몸을 숨기고는 몸을 동그랗게 말고 창밖으로 보이는 벽돌집을 뚫어지게 보았다. 저 집의 창문이 열리고 누군가 밖을 내다볼 때까지 가만있어봐야지. 하지만 저녁이 되어도 창문은 열리지 않았다. 그러다 깜빡 잠이 들었고, 큰삼촌이 다시 잠에서 깨었을 땐 누군가 정미소의 문을 잠그고 퇴근한 후였다. "그 빈 정미소에서 혼자 노래를 불러봤어. 아침에 식구들이 불러준 생일축하 노래였지. 세상에서 가장 지루한 생일파티였어." 다음날 집으로 돌아온 큰삼촌은 할아버지에게 종아리 열 대를 맞았다. 종아리를 맞는 순간, 너무 아파서 눈물이 났고, 큰삼촌은 자기가 아직 어린아이라는 사실을 깨달았다. "그래서 더이상 신발을 거꾸로 안 신기로 한 거야."

외할머니와 할머니는 바다에서 나올 생각을 하지 않았다. 그사이 바닷물이 점점 차올랐다. 파도가 한번 일자 모래사장에 벗어둔 외할머니의 구두가 바다에 떠내려가기 시작했다. "구두!" 할아버지가 소리치며 바다로 달려갔고, 외할머니도 구두를 쫓아가기 시작했다. 외할머니의 가슴이 바다에 잠겼다. 외할머니가 손을 뻗었다. 구두가 손끝에 닿았다가 다시 파도에 밀려 멀어졌다. 외할머니가 앞으로 한걸음을 더 내디디려 할 때 할머니가 외할머니의 손을 잡아당겼다. 다시 파도가 쳤고, 외할머니와 할머니가 물에 잠겼다가 떠올랐다. 할아버지가 허우적거리는 할머니의 손을 간신히 잡았다. 바닷가에 서서 외할머니와 할머니는 부둥켜안고 울었다. 구두는 이제 보이지도 않았다. "또 사드릴게요." 어머니가 말했다. 아버지가 외할머니를 업었다. "봉고까지 업어다드릴게요." 나는 외할머니의 엉덩이를 뒤에서 밀면서 배고프니 빨리 가요, 할머니, 하고 말했다. 내 말에 모두들 아이스박스에 들어 있는 소고기를 생각했다. "고기는 우리가 구울게요." 큰삼촌과 작은삼촌이 어깨동무를 했다. "나도요." 내가 말했다.

5

새벽에 일어난 외할머니는 배를 내놓고 잠을 자는 작은삼촌에게 이불을 덮어주었다. 작은삼촌은 양말을 한쪽만 신고 있었다. 양말 한쪽은 동그랗게 말려 소파 밑에 들어가 있었다. 외할머니는 소파 밑에서 양말을 꺼내 오른손을 넣어보았다. "오빠." 외할머니는 중얼거렸다. 집을 나오기 전, 외할머니가 마지막으로 한 일은 식구들의 양말을 빤 거였다. 빨래를 하고 있는데 학교에 갔다 돌아온 외할머니의 오빠가 양말을 던지며 말했다. "이것도 빨아." 양말 한쪽은 대야 안으로, 다른 한쪽은 수챗구멍으로 떨어졌다. 외할머니는 수챗구멍으로 떨어진, 목이 늘어난, 양말을 보면서 눈물을 흘렸다. 외할머니는 빨던 양말을 전부 대야에 집어넣고, 이불 빨래를 할 때처럼, 발로 밟았다. 비누거품이 사방으로 튀었다. 외할머니는 오빠에게 소리쳤다. "나도 손 두 개, 발 두 개야. 오빠도 마찬가지고." 외할머니는 작은삼촌의 양말을 소파에 올려놓고 자리에서 일어났다. 그리고 일출 보러들 안 가요? 하고 나지막이 말했다. 방 안에서 이 가는 소리가 들려왔다.

외할머니는 구두를 잃어버린 모래사장에 앉아 기괴하게 솟은 바위 사이로 해가 뜨기를 기다렸다. 그때였다. 모래사장 저편에서 검은색 물체가 움직이는 것이 보였다. 외할머니는 지난밤 캠프파이어를 하며 시끄럽게 노래를 부르던 청년들이 버리고 간 담요인가보다, 생각했다. 조심스럽게 다가가보니 그것은 담요가 아니라 침낭이었다. "해 떴어요?" 침낭 속에서 잠을 자던 사람이 눈도 뜨지 않은 채 물었다. "이제 곧. 그런데 여자야, 남자야?" 곧 해가 뜰 것처럼 갑자기 주위가 환해졌다. "여자예요. 해 뜨겠어요. 얼른 저 좀 일으켜주세요." 외할머니는 침낭의 어깨 부분을 잡고 앞으로 당겼다. 저 멀리서 누군가 아~ 소리를 질렀다. "바닷가에서 일출 보는 건 처음이야." 외할머니는 일출을 보면서 소원을 빈다는 말은 거짓말이 아닐까, 생각했다. 해가 떠오르는 것은 순간이었다. 아름답다, 라는 생각을 하기에도 모자란 시간인데 도대체 언제 소원을 빈단 말인가! 침낭 소녀가 텔레비전이랑 똑같네요, 하고 말했다. 그제야 외할머니는 이 바닷가가 낯설지 않은 이유를 알게 되었다. 방송이 시작될 때, 애국가와 함께 화면에 나오는 일출 장면은 바로 이 바닷가에서 촬영한 것이었다.

침낭 소녀는 일주일째 여행중이라고 했다. "솔직히 말해. 여행이야, 가출이야?" 외할머니가 묻자 소녀는 침낭 옆에 있는 배낭을 가리켰다. "저 배낭을 한 달 동안이나 쌌어요." 처음에는 손톱깎이를 찾을 생각이었다. 인터넷에 배낭여행중 가장 필요한 것은? 이라는 질문을 했더니 누군가 손톱깎이라고 대답을 해준 것이었다. 소녀는 책상 서랍을 뒤졌다. 초등학생 때부터 썼던 책상 서랍에는 온갖 잡동사니가 가득했다. 머리카락을 마구 자른 인형과 쓰다 만 일기장이 나왔다. 인형의 온몸에 송곳으로 찌른 흔적이 보였다. "엄마가 이혼했을 때 조금 방황했어요. 그때 그런 거였어요." 소녀는 말했다. 소녀는 배낭을 뒤져 외할머니에게 부러진 머리핀, 거울, 허리띠의 버클, 알이 깨진 안경 따위를 보여주었다. 그 모든 것들이 서랍에 들어 있었다. 소녀는 작은 티셔츠 하나를 꺼내 모래사장 위에 펼쳤다. "옷장에는 이게 있더라고요. 초등학교 다닐 적에 너무 좋아했던 거였어요." 늘 똑같은 티셔츠만 입는다고 반 아이들이 놀리기도 했는데, 그때마다 소녀는 매일 빨아 입는다고 대꾸했다. 안방 서랍 안쪽에서는 배냇저고리가 나왔다. 옷 사이에 돈이 감춰져 있었다. "그래서 훔쳤니?" 외할머니가 물었다. "아주 조금이요. 그 옷은 제 옷이잖아요." 배냇저고리는 배낭에 넣지 않았다. "그것마저 없어진다면 엄마가 너무 슬퍼할 것 같아서요." "니가 없어져서 이미 충분히 슬퍼할걸." 외할머니는 모래사장에 동그라미를 그렸다 지우고 그렸다 지웠다. "가출 아니라니까요!" 소녀가 목소리를 높였다. "네가 여기 있는 걸 니 엄마가 아니? 알면 여행이고 모르면 가출이야." 그러자 소녀가 고개를 가로저으며 말했다. "며칠만 더 이러고 있다가 집에 갈 거예요. 집에 돌아갈 걸 알고 있으면 여행이에요." 외할머니는 자리에서 일어나 구름에 가려진 해를 오랫동안 바라보았다. 소녀가 몸을 뒤뚱거리며 자리에서 일어났다. "가출이면 아침밥을 사주려고 했는데, 여행이니 네가 알아서 사먹어라." 외할머니는 소녀의 침낭에 묻은 모래를 털어주면서 말했다.

숙소로 돌아온 외할머니는 잠을 자고 있는 어머니의 귀에 대고 물었다. "사돈 어르신들이 밥을 질게 드시니, 되게 드시니?" 어머니가 잠결에 중간이야, 하고 대답했다. 외할머니는 다른 식구들이 깨지 않도록 조심스럽게 아침밥을 지었다. 된장찌개를 끓이다 말고 다시 한번 어머니에게 짜게 드시니? 싱겁게 드시니? 하고 물었다. "몰라. 찌개가 다 똑같지." 하지만 어머니는 아침밥을 먹으면서 된장찌개가 다 똑같은 것만은 아니라는 사실을 깨달았다. 밥을 두 그릇이나 먹는 어머니를 보면서 할머니는 말했다. "그래도 엄마 밥이 좋지?" 작은삼촌이 저는 아니었어요, 하고 대답했다. 그리고 표정이 굳어지는 할머니를 보면서 입안의 밥풀이 튀어나올 정도로 깔깔대며 웃었다.

뒤집힌 봉고를 보면서, 작은삼촌은 아침에 왜 그런 말을 했는지 후회하고 또 후회했다. 넌 도대체 빈말이란 걸 할 줄 몰라. 그렇게 말하고 떠난 여자친구가 비로소 옳다는 생각이 들었다. "엄마, 괜찮아?" 작은삼촌이 봉고를 향해 소리를 질렀다. 하지만 그 소리는 도로 위쪽에서 들려오는 사람들의 비명소리에 묻혀 봉고까지 닿지 못했다. 엄마가 잘못되면 난 굶어 죽을 거야. 작은삼촌은 봉고가 있는 쪽으로 기어가면서 직감적으로 오른쪽 다리가 부러졌다는 것을 깨달았다. "다들 괜찮아?" 작은삼촌이 다시 한번 소리쳤다.

숙소에서 출발할 때는 안개가 끼지 않았다. 외할머니가 끓여준 된장찌개를 먹고 난 뒤 식구들은 설거지 내기 가위바위보를 했다.

고모를 빼고 모두들 주먹을 냈다. 혼자 가위를 낸 고모는 자기가 화장실에 간 사이 식구들이 짠 게 틀림없다며 설거지를 하지 않겠다고 우겼다. "그럼 내가 할까?" 외할머니가 옷소매를 걷자 고모가 깜짝 놀라며 얼른 개수대 앞에 섰다. 아버지는 숙소 벽에 붙어 있는 관광지도를 살펴보았다. "근처에 절이 있는데, 가볼까요?" 어머니는 절이라면 문화재가 있기 마련이고, 부모라면 당연히 문화재 앞에 아이를 세우고 사진을 찍어줘야 하는 법이라고 말했다. 그래서 식구들은 절에 들렀다. 숙소 화장실에 있던 슬리퍼를 신고 있던 외할머니는 그 모습이 창피하다며 차에서 내리지 않겠다고 했다. "외할머니랑 사진을 찍고 싶은데." 나는 말했다. 절에 들른 식구들은 나란히 서서 약수를 마셨다. 약수를 들이켜는 순간 외할머니는 내 말을 듣길 잘했다고 생각했고, 그래서 내 머리를 한번 쓰다듬었다. 할머니는 절 입구에서 산수유를 샀다. "그걸 어디에 써요?" 나는 할머니가 건네주는 산수유 한 알을 입에 넣고는 물었다. "끓여서 먹지. 야뇨증에 좋아." 할머니가 대답해주었다. "야뇨증이 뭔데요?" 할머니는 자면서 오줌을 누는 거라고 설명해주었다. 나는 침을 뱉었다. "전 오줌 안 싸요." 침 색이 붉었다. 아버지는 삼촌들이 운전면허를 따지 않으면 다시는 가족여행을 떠나지 않겠다고 말했다. 작은삼촌은 면허증이 있는데 또 딸 수 없다고 대꾸했다. 그 말을 들은 아버지가 2종 보통 면허증으로 온 식구들이 다 탈 수 있는 차를 몰 수 있니? 하고 물었다. 큰삼촌은 오토바이 면허증이 있다고 말을 하려다 참았다. "니들은……" 아버지가 다시 잔소리를 하려는 순간, 고모가 재빨리 끼어들었다. "차라리 내가 딸게. 대형으로. 우리가 전부 결혼하고 아이를 낳으면 누군가 버스를 몰아야 할 거야."

외할머니는 시계를 들여다보면서 오후 장사는 할 수 있을 거라고 생각했다. 외할머니가 찬 시계는 어머니가 학창 시절에 차던 것이었다. 어머니가 결혼하고 난 뒤, 외할머니는 그 시계를 어머니의 빈 화장대에서 찾아냈다. 외할머니가 자꾸 시계를 보자 어머니는 아버지에게 어디 가서 회나 한 접시 먹자고 말했다. "그러고 보니 바닷가까지 와서 회도 안 먹고 가네." 할아버지의 말에 아버지는 항구 쪽으로 차를 몰았다. 항구에는 회를 먹으려는 사람들로 붐볐다. 주차장에 들어가는 데만 삼십 분이 넘게 걸렸고, 큰 차를 모는 데 익숙하지 않은 아버지는 주차를 하다 옆 차의 범퍼를 긁었다. 차 주인을 찾아 십만원을 물어주고 나니 아버지의 지갑에는 삼만원도 남지 않았다. 그제야 아버지는 이번 여행에 너무 많은 돈을 썼다는 것을 깨달았다. "회는 집에 가서 먹자." 아버지는 한 사람당 삼천원씩 내야 하는 자릿값이 너무 아깝다고 말했다. "삼구 이십칠. 그 돈이면 광어 한 마리는 더 살 수 있어." 사람 많은 곳이라면 질색인 할머니는 여자 화장실에 줄이 십 미터도 넘게 늘어선 것을 보고는 바로 아버지 편을 들었다. 자릿값을 아껴 회를 더 산다던 아버지는 달랑 우럭 한 마리만 샀다. "왜 한 마리만 사? 사람이 몇명인데." 큰삼촌이 물었다. 아버지는 난 광어 싫어해, 하고 대답했다. 결국 광어를 산 사람은 큰삼촌이었다. "멍게도 좀 사지. 어머니가 좋아하시잖아." 아버지가 계산을 하는 큰삼촌의 어깨를 두드렸다.

십 년을 넘게 운전했지만 앞차의 브레이크 등이 그처럼 커다랗게 보인 적은 처음이었다고 아버지는 병원으로 찾아온 보험사 직원에게 말했다. 아버지는 마치 앞차가 후진을 해오는 것 같은 착각에 빠졌다. 아버지는 급브레이크를 밟으면서 너무 늦었다고 생각했다. 오른쪽 타이어가 터지면서 차가 한 바퀴를 돌았다. 그때, 큰삼촌은 팔짱을 낀 채, 운전을 하는 아버지의 뒤통수를 바라보며 절대 형에겐 광어회를 주지 않겠다는 결심을 하고 있었다. 작은삼촌은 창밖으로 얼굴을 내밀고 담배를 피우고 있었다. 나는 고모와 스무고개를 하고 있었다. 고모가 움직입니까? 하고 질문을 하는 순간, 식구들의 몸이 일제히 오른쪽으로 쏠렸다. 봉고는 앞차에 부딪치는 대신 가드레일을 들이받고는 그 충격으로 뒤집혔다. 내 머리와 고모의 머리가 부딪혔다. 작은삼촌의 몸이 창밖으로 튕겨나가는 것이 보였다. 봉고는 뒤집힌 채 언덕 아래로 미끄러졌다. 주머니에서 빠진 잔돈들이 아버지의 이마를 때렸다. 동전 하나가 볼에 붙었지만 아버지는 손을 움직일 수가 없었다. 회를 먹고 왔으면 사고가 안 났을지 모른다는 생각만이 머릿속에 맴돌았다.

"다들 괜찮니?" 뒤쪽에서 할아버지의 목소리가 들렸다. "대답해봐. 우선, 우리 손자?" 나는 응, 하고 대답했다. 전 괜찮아요, 하고 말하고 싶었지만 혓바닥을 심하게 깨물어서 제대로 말을 할 수가 없었다. "첫째는?" 아버지가 괜찮아요, 하고 대답했다. "둘째는?" 큰삼촌이 여기 있어요, 하고 대답했다. "셋째야!" 아무 대답도 없자 할아버지가 다시 셋째야, 하고 불렀다. 그때 멀리서 작은삼촌의 목소리가 들려왔다. "셋째니?" 할아버지가 소리를 질렀다. 작은삼촌이 네, 저는 괜찮아요, 하고 대답했다. "가서 사람들을 불러와." 할아버지가 다시 한번 소리를 질렀다. 작은삼촌은 부러진 나뭇가지를 하나 집었다. 그걸 지팡이 삼아 도로 위쪽을 향해 기어올라갔다. "막내는 아픈 데 없고?" 고모는 잘 모르겠다고 대답했다. "그냥 머리가 아파요. 그런데 아빠, 엄마 먼저 물어봐야 하는 거 아니에요?" "니 엄마는 무사해. 지금 내 손을 잡고 있어." 그제야 운전석에 앉아 깨진 유리창을 멍하게 바라보던 아버지가 자신이 얼마나 한심한 가장인지를 깨달았다. "여보, 괜찮아? 장모님은요?" 어머니가 아무 말도 하지 않았다. 아버지는 갑자기 겁이 났다. "여보, 미안해. 회를 먹고 왔으면 사고가 안 났을 텐데. 앞으로 평생 당신 말만 들을게." 아버지가 울기 시작했다. 아버지의 울음소리를 듣고 있으니 나도 덜컥 겁이 났다. 나도 아버지를 따라 울기 시작했다. "울지 마. 우린 괜찮아." 어머니의 목소리가 가느다랗게 떨렸다. "아가, 울지 마. 외할미 안 죽었어." 그 순간, 나는 외할머니한테 오줌을 쌌다는 사실을 고백하고 싶은 생각이 들었다. 나는 할머니가 알려준 야뇨증이란 단어를 열 번 중얼거려보았다.

도로 위로 올라간 작은삼촌은 갓길에 널브러진 사람들을 보는 순간 부러진 오른쪽 다리의 통증 따윈 아무렇지 않게 느껴졌다. 눈앞에 보이는 모든 차들이 엉겨 있었다. 삼촌은 안개에 가려 보이지 않는 곳에도 차들이 그렇게 뒤엉겨 있을 거라고 짐작했다. 화물차의 연료탱크가 터지면서 불이 났고, 그 불길이 바람을 타고 다른 차들로 옮겨갔다. 그날 저녁, 39중 추돌사고로 15명이 사망하고 무려 52명이 중경상을 입었다는 뉴스가 방송되었다. 작은삼촌은 불에 타는 차를 보면서 발을 동동 구르는 사람들에게 도와달라고 외쳤다.

할아버지는 작은삼촌이 다시 돌아올 때까지 절대 움직이면 안 된다고 말했다. "함부로 움직이면 평생 불구가 될 수 있어." 어릴 적 할아버지의 장래희망은 소방관이 되는 거였다. 하지만 효자였던 할아버지는 그 꿈을 증조할머니에게 이야기한 적이 단 한 번도 없었다. 할아버지는 쉬지 않고 식구들의 이름을 불렀다. 할머니는 지금까지 할아버지가 이렇게 듬직하게 느껴진 적이 없었다. 할머니는 바퀴벌레를 죽이지 못하는 할아버지를 볼 때마다 결혼한 것을 후회하곤 했다. 할머니는 신혼여행에서 할아버지가 겁쟁이인 것을 처음으로 알게 되었다. 가까운 온천으로 신혼여행을 떠난 할아버지와 할머니는 한 시간 후에 온천 입구에서 만나기로 하고 각자 남탕과 여탕으로 들어갔다. 십 분이나 지났을까. 직원이 할머니의 이름을 부르며 남편 되는 분이 밖에서 기다린다고 말했다. 할머니는 몸의 물기도 제대로 닦지 못한 채 다시 옷을 입었다. "왜, 무슨 일이야?" 할아버지가 온천 안에 문신을 한 남자들이 있다고 말했다. "무서워. 난 목욕 못 하겠어." 그때 할아버지의 떨리는 목소리를 할머니는 아직까지 기억하고 있었다. 할머니는 고개를 돌려 할아버지의 얼굴을 보았다. 이마에서 피가 흐르고 있었다. "당신 이마." 할아버지가 대답했다. "괜찮아, 이까짓 것."

외할머니는 눈을 감고 아침에 보았던 일출을 떠올려보려고 애를 썼다. 다시 소원을 빌어볼 생각이었다. 하지만 해가 떠오르는 풍경은 그려지지 않았고, 집에 돌아갈 걸 알고 있으면 여행이라고 말하던 소녀의 목소리만이 들려왔다. 어머니는 집에 돌아가면 가족사진을 찍어야겠다고 생각했다. 괘종시계를 없애고 거기에 가족사진을 걸어야겠어. 어머니는 왠지 그 괘종시계가 싫었다. 종이 울릴 때마다 어머니는 숨을 죽이고 종이 몇 번 울리는지 숫자를 세었다. 그러다보면 하루가 아주 빨리 지나가는 것처럼 느껴졌다. 고등학교에 다닐 적에 어머니는 버스정류장 앞에 있던 사진관에서 사진을 훔친 적이 있었다. 반장의 가족사진이었는데, 사진관 입구에 진열되어 있어서, 버스를 타고 내리는 사람들은 누구나 볼 수 있었다. 어머니의 기억에 의하면 사진은 거의 삼 년이 넘게 걸려 있었다. 반장은 아버지가 돌아가신 후 사진관 주인에게 그 사진을 치워달라고 부탁을 했다. 사진관 주인은 그럴 수 없다고 말했다. "그래서 공짜로 사진을 찍어준 거 아니니. 사진 값 가지고 와라." 그 이야기를 전해들은 반 아이들이 밤 열두시에 버스정류장에서 모이기로 했다. 누군가가 오빠가 쓰던 아령을 들고 왔다. 유리를 깨려는 순간, 에디슨이라는 별명을 가진 아이가 맞은편 도로에서 기다려, 하고 소리쳤다. 차가 한 대도 지나가지 않았지만 에디슨은 신호등이 파란색으로 바뀌기를 기다렸다. 에디슨 옆에는 에디슨하고 똑같이 생긴 아저씨가 서 있었다. "우리 아버지야!" 에디슨의 아버지가 주머니에서 열쇠뭉치를 꺼냈다. 일 분도 지나지 않아서 사진관 문이 열렸다. "참고로, 우리 아빠 도둑은 아니야." 에디슨이 말했다. 반장에게 가족사진을 돌려주면서 어머니는 나도 아버지가 없어, 하고 고백했다. 하지만 그 말은 반장에게 아무런 위로가 되지 못했다.

아버지는 아이스박스에 갇혔을 때처럼 두 손을 가랑이 사이에 집어넣고 잠을 자고 싶었다. 자꾸만 눈이 감겼고, 그때마다 할아버지가 첫째야, 하고 불렀다. 큰삼촌은 옥상 난간에 서서 떨어지면 어떤 기분일까 상상하던 어느 날이 떠올랐다. 이제 다시는 그런 생각을 하지 않을게요. 큰삼촌은 기도했다. 분홍색 잠옷을 입은 여자아이가 보고 싶어졌다. 떠나보내지 않았다면 여행도 같이 왔을 텐데. 그랬다면 이리저리 돌아다니면서 식구들을 보살펴주었을 텐데. 고모는 라디오에서 이와 비슷한 사연을 들은 것 같았다. 고모는 편지지에 온 가족이 교통사고를 당했지만 한 명도 다치지 않았다는 사연을 적는 자신의 모습을 상상해보았다. 첫 문장을 뭐라고 하지? 돌아가신 할머니가 나온 꿈을 꾸었다고 할까? 아니야, 고모는 고개를 저었다. 너무 진부해. 나는 자꾸만 침이 고였다. 침을 삼킬 때마다 피 맛이 났다. 침을 뱉고 싶었지만, 고모의 어깨 위에 내 얼굴이 포개져 있어 그럴 수가 없었다. 며칠 후, 나보다 먼저 퇴원을 하면서 고모는 말했다. 내가 숨을 쉴 때마다 어깨가 따뜻해졌다고. 그러면 안심이 되었다고.

마침내 구급차들이 도착했다. 소방관들이 정신없이 뛰었다. 작은삼촌이 소방관들을 따라 오른발을 들고 앙감질로 뛰었다. "좀 도와주세요." 소방관 한 명이 뒤돌아 작은삼촌을 보더니 조금만 기다리세요, 더 급한 사람도 많아요, 하고 말했다. 작은삼촌은 들고 있던 지팡이를 바닥에 꽂고는 왼발로 힘껏 바닥을 굴렀다. 장대높이선수처럼 멀리 날아오를 수 있을 거라 생각했지만 지팡이는 몸의 무게를 이기지 못해 부러졌고, 작은삼촌은 이내 바닥에 떨어졌다. 앞서 달리던 소방관이 놀라 제자리에 섰다. 작은삼촌이 재빨리 소방관의 다리춤을 붙잡았다. "저 아래에 차가 있어요." 작은삼촌이 말했다. 그제야 소방관이 몸을 돌려 언덕 아래를 내려다보았다.

저녁 뉴스를 보다 김대리는 조수석 쪽이 완전히 우그러진 봉고가 도로 위로 견인되는 장면을 언뜻 보았다. 차 번호를 확인하려는 순간 화면은 불에 타서 뼈대만 남은 차들이 엉겨 있는 장면으로 넘어갔다. 김대리는 텔레비전을 껐다. 그리고 체하지 않도록 삼십 번씩 씹어가며 라면을 마저 먹었다. 대학에 다닐 때, 김대리는 단짝친구의 사고를 이처럼 뉴스를 통해 본 적이 있었다. 당구장에서 자장면을 먹고 있을 때였다. 당구장 천장에 매달려 있는 텔레비전에서 대낮에 이십대 남성이 칼에 찔려 죽었다는 뉴스가 나왔다. 카메라는 흰색 선이 그려진 아스팔트 바닥을 오래 보여주었다. 사람을 눕혀 놓고 가장자리를 따라 흰색 페인트를 칠한 것만 같았다. 김대리는 거기 누우면 어떤 기분일지를 상상해보았다. 자신의 몸이 흰색 선 안에 딱 들어맞을 것 같았다. 오른팔이 하늘을 향해 있어서, 마치, 우주를 나는 로봇같이 느껴졌다. 뉴스는 곧 다음 소식으로 넘어갔지만 김대리는 오랫동안 텔레비전을 보았다. 한참 만에야 왼손에는 자장면 그릇을, 오른손에는 나무젓가락을 들고 있다는 것을 알아차렸다. 젓가락으로 불어터진 자장면을 들어올렸다. 한 덩어리가 된 자장면의 한쪽을 베어물었다. 아무 맛도 나지 않았다. 그날 이후로 김대리는 더이상 자장면을 먹을 수 없게 되었다. 자장면만 생각하면, 어디선가 돼지 누린내가 나는 듯했고, 그러면 체한 것처럼 명치끝이 답답해졌다. 김대리가 라면을 다 먹을 때까지 뉴스를 확인하지 않은 것은 그래서였다. 라면을 볼 때마다 죄책감을 느끼게 된다면 그것은 혼자 사는 남자에겐 너무 가혹한 일이 될 테니. 라면을 다 먹은 김대리는 부엌과 거실 창문을 활짝 열고 맞바람을 맞으며 설거지를 했다. 그러고는 방송국으로 전화를 걸어 사고 현장에 있던 봉고의 차 번호를 물어보았다. 기자는 차 번호는 확인할 수 없지만, 사망자나 부상자의 명단은 알려줄 수 있다고 했다.

기자가 알려준 병원에 아버지는 없었다. 김대리는 화상으로 얼굴을 알아볼 수 없는 환자가 아버지일지도 모른다는 생각에 응급처치가 끝날 때까지 그 곁을 지켰다. 간호사가 남편이세요? 하고 물었고, 그제야 그 환자가 낯선 여자라는 것을 알아차렸다. "부모님에게 연락하세요. 오늘을 넘기기 힘들지도 몰라요." 그 말을 들은 김대리는 화장실 좀, 하며 자리에서 일어났다. 김대리는 응급실 밖에서 웅성거리는 사람들에게 다가가 부상자들이 어느 병원으로 흩어졌는지를 물어보았고, 모두 다섯 군데의 병원으로 나누어졌다는 것을 알아냈다. 그리고 네번째 병원에서 아버지를 찾아냈다.

아버지는 이마에 세 바늘을 꿰맨 것이 전부였다. 오른쪽 어깨가 부러진 줄 알았는데 단순히 뼈가 탈골된 거였다. 김대리는 아버지에게 펑크나 나라, 라고 욕을 했다는 사실을 고백했다. "내가 미쳤나봐." 김대리는 주먹으로 가슴을 쳤다. 오른쪽 바퀴가 터지지 않았다면 차는 가드레일을 들이받지 않았을 거고, 그러면 언덕 아래로 굴러떨어지지 않았을 것이다. 만약 그랬다면 봉고는 앞에 달리던 화물차를 정면으로 들이박았을 것이다. 아버지가 몰던 봉고 뒤에는 결혼한 지 두 달밖에 안 된 신혼부부가 탄 승용차가 따라오고 있었다. 그리고 그 뒤에는 10톤 트럭이 달려오고 있었다. 봉고가 언덕 아래로 구르던 그 순간, 뒤따라오던 승용차는 두 대의 트럭 사이에 끼어 종잇장처럼 구겨져버렸다. 화물차에서 불길이 치솟았다. 이내 승용차로 불길이 옮아붙었고, 누가 남편이고 누가 부인인지도 알아볼 수 없을 정도로 타버렸다. "어쨌든, 타이어가 터져서 이렇게 살았잖아." 아버지가 말했다.

김대리는 병실을 돌아다니며 식구들에게 살아 있어주어서 고맙다고 말했다. 식구들은 여기저기 흩어져 있었다. 할아버지는 왜 병실이 다르냐고 항의를 했다가 간호사에게 그게 얼마나 배부른 소리인지 아느냐고, 잔소리를 들었다. "할아버지, 오늘밤 죽을 고비를 넘겨야 하는 환자가 다섯은 넘어요. 아시겠어요?" 그 말을 들은 할아버지는 그제야 비로소 얼마나 기적 같은 일이 벌어진 것인지 알게 되었다. 단 한 번도 종교를 가져본 적이 없던 할아버지였지만, 병원 옥상에 올라가 하늘을 보고 고맙습니다, 라고 외쳤다. 큰삼촌과 작은삼촌은 아예 병원이 달랐다. 작은삼촌이 바짓가랑이를 붙잡았던 소방관이 뒤집힌 봉고에서 식구들을 구하는 동안, 할아버지는 똑같은 말을 다섯 번도 넘게 말했다. "모두 같은 병원으로 가게 해줘요." 소방관은 대답하지 않았다. 화재 현장에서 동료 네 명을 한꺼번에 잃고 난 후부터 소방관은 어떤 것도 섣불리 약속하지 않았다. 괜찮습니다, 저희만 믿으세요, 하는 말조차 하지 않았다. 김대리는 큰삼촌과 작은삼촌에게도 인사를 하고 싶다고 했다. 아버지와 김대리는 택시를 타고 삼촌들이 입원한 병원으로 갔다. 김대리가 처음으로 찾아갔던 그 병원이었다.

큰삼촌은 조수석의 의자가 불에 타지 않았다면 자기가 거기에 앉았을 거라는 생각을 했다. 아버지가 운전하는 차를 탈 때면 큰삼촌은 조수석에 앉아 지도를 보고, 라디오 채널을 바꾸고, 음악 테이프를 갈아 끼우는 일을 했다. 봉고에서 마지막으로 구출된 사람은 큰삼촌이었다. 소방관은 안쪽으로 움푹 파인 조수석을 가리키면서 물었다. “저기 아무도 안 앉았어요?” 큰삼촌이 고개를 끄덕이자 소방관이 정말 기적이에요, 하고 말했다. 그래서 큰삼촌은 김대리가 찾아오자 대뜸 이렇게 말했다. “미안해요. 의자를 태웠어요. 그런데, 의자가 안 탔으면 어쩔 뻔했어요.” 김대리는 침대에 걸터앉은 채 삼촌들에게 의자에 어째서 커피 얼룩이 생겼는지 얘기해주었다. 봉고를 운전할 때마다 그 여자가 생각나 괴로웠다고. 한번은 정지신호를 못 보고 횡단보도를 건너는 아이를 칠 뻔도 했다고. “그러니까 잘 태웠어요.” 김대리는 말했다.

6

외할머니는, 세상이 심심해요? 하고 취재를 온 기자에게 물었다. “우리 같은 사람이 왜 신기한 거요?” 외할머니가 보기에는 뒤집힌 차에서 살아나는 것은 기적에 속하지도 않았다. 외할머니의 단골손님 중에는 트럭에 깔렸지만 뼈 하나 부러지지 않은 사람도 있었다. 부인이 교통사고가 나서 결혼 십 주년 기념으로 가려던 여행을 포기했는데, 묵을 예정이었던 호텔에서 폭탄테러가 일어나 수십 명의 사상자가 발생했던 일을 겪은 사람도 있었다. “시멘트 반죽에 빠졌던 사람 이야기도 해줄까요?” 외할머니는 시멘트 반죽에 빠져 죽다 살아난 남자의 이야기를 내게 세 번이나 들려주었다. 항상 혼자 와서 족발과 소주 두 병을 먹고 갔다고, 그렇게 십 년이나 드나들다가 어느 날 갑자기 발길을 끊었다고, 외할머니는 말했다. 그 사람 좋아했어요? 묻고 싶었지만 나는 묻지 않았다.

기자는 외할머니에게 한번 쓴 지폐가 다시 돌아온 적이 있느냐고 물었다. "그걸 어떻게 알아요? 돈에다 이름을 써놓은 것도 아니고." 외할머니의 옆 침대에 누워 있던 고모가 말했다. "우리 아버지와 어머니는 진짜로 돈에 이름을 써놓았었죠." 기자가 이야기를 시작하자 할머니가 고모의 침대로 건너왔다. "할아버지가 결혼을 반대했어요. 아버지는 할아버지의 말을 거역할 만한 배짱은 없었죠. 아버지가 어릴 적 교통사고를 당할 뻔했는데 그걸 할아버지가 몸으로 막았거든요. 할아버지는 아버지에게 내가 누구 때문에 다리를 절게 되었는데, 라고 말했어요. 그 한마디에 아버지는 결혼을 포기했어요." 병실에 있는 사람들이 모두 자리에서 일어나 기자의 이야기에 귀를 기울였다. "헤어지면서 아버지는 그 흔한 반지 하나 선물하지 않았다는 사실을 깨닫게 되었죠. 서로 돌려줄 물건이 하나도 없었던 거예요. 그때 어머니가 지갑에서 천원짜리 한 장을 꺼냈어요. 어머니가 거기에 이름을 적었어요. 그리고 아버지에게도 이름을 적으라고 했죠." 이름이 적힌 천원짜리 지폐는 공원 앞에서 구걸을 하는 거지의 깡통에 들어갔다. 그날 밤 거지는 그 돈으로 칼국수를 사먹었고, 칼국숫집 주인은 그 돈을 P시에서 출장 온 어느 사내에게 거스름돈으로 건네주었다. 그후 삼 년 동안 천원짜리는 P시를 돌고돌았다. "아버지는 P시에 놀러 갔다가 그 지폐를 발견했어요. 톨게이트에서 요금을 내고 거슬러받은 돈이었죠. 그 돈이 없었다면 저는 태어나지도 않았을 거예요."

기자의 이야기를 들은 후, 외할머니는 가방에서 빗을 꺼내 머리를 빗었다. "할 수 없네. 이왕이면 예쁘게 찍어줘요." 아버지는 이마의 꿰맨 상처가 신경이 쓰이는지 앞머리를 자꾸만 앞으로 내렸다.

사진을 찍으려다 말고 기자가 갑자기 고개를 갸웃거리더니 물었다. "그런데 아까 모두 아홉 명이라 그러지 않았어요?" "몰랐어요? 다른 병원에 있는데." 아버지가 말했다. 기자가 수첩에 무엇인가를 끼적이면서 한가족인데 병원이 다르다니, 중얼거렸다. 그 이야기를 들은 할아버지가 그런 배부른 소리 하지 마요, 소리쳤다. 깜짝 놀란 기자가 펜을 떨어뜨렸다. 신문사 입사시험에 합격한 기념으로 산 펜이었다. 스스로에게 선물한 최초의 물건이었는데, 포장코너에 가서 오천원을 주고 따로 포장까지 했다. 그걸 첫 출근 날까지 간직하고 있다가 책상을 배정받자마자 자리에 앉아 포장을 뜯었다. 그러면서 결심했다. 한 달에 한 번씩 구두 굽을 갈 정도로 뛰어다니겠다고. 그냥 일곱 명만 사진을 찍으면 안 되겠냐는 할머니의 말에 그러면 기사를 싣지 않겠다고 우긴 것은 그 결심 때문이었다. "나머지 두 명은 따로 사진을 찍어서 옆에 붙여요." "전 지금 링거 맞고 있어요." "그럼 거기 두 사람을 여기로 데리고 와요." "가려면 우리가 가야지. 걔네들은 다리가 부러졌잖아." "난 우리 이야기가 뉴스거리가 되는 게 도대체 이상해." "참, 무슨 신문이라고 했죠?" 식구들이 너도나도 떠드는 동안 기자는 누군가에게 휴대폰으로 문자를 보냈다. 잠시 후, 문자가 도착했다는 알림음이 울렸고, 휴대폰의 문자메시지를 읽는 기자의 얼굴에 미소가 번졌다. "온 식구들이 병원복을 입고 가족사진을 찍는 게 어디 쉬운 일이에요." 기자의 말에 온 식구들이 고개를 끄떡였다.

그래서 우리는 삼촌들이 입원한 병원으로 갔다. 기자가 몰고 온 차를 탔는데, 그 차 역시 승합차였다. "난 다시는 봉고는 안 타려 했는데." 차에 올라타면서 할아버지가 말했다. 작은삼촌은 오른쪽 다리가 부러졌고 큰삼촌은 왼쪽 다리가 부러졌다. 휠체어에 앉은 삼촌들을 가운데 두고 식구들이 빙 둘러섰다. 나는 삼촌들 가운데 섰다. 이마의 멍이 눈으로 내려와 팬더처럼 보였고, 그래서 나는 손으로 V자를 만들어 양쪽 눈을 가렸다. 기자가 하나, 둘, 셋, 하고 외쳤다.

다음날 아침, 할아버지는 병원 로비를 서성이며 신문이 배달되기를 기다렸다. 할아버지는 간호사에게 가위를 빌려 사진을 오렸다. 그리고 그걸 접어서 지갑에 넣었다. 하지만 할아버지는 돌아가시는 그날까지 다시는 그 사진을 꺼내 보지 않았다. 그건 처음이자 마지막으로 찍은 가족사진이었다.

사흘 후 큰삼촌의 사망기사가 같은 지면에 실렸다. 가족사진을 찍었던 기자는 병원 입구에 서서 그 기사를 써야 할지 말아야 할지 망설였다. 기자의 카메라에는 사흘 전에 찍은 가족사진이 아직 남아 있었다. 기자는 그 카메라로 폴리스라인이 쳐진 사고 현장을 찍었다. 바람이 불자 카메라 앵글 안으로 종이컵 하나가 들어왔고, 기자는 하얀색 종이컵이 피가 굳은 아스팔트 위로 굴러가는 장면을 찍었다. 그 종이컵이 큰삼촌이 마지막으로 들고 있었던 물건이라는 것을 아는 사람은 없었다. 종이컵 테두리가 잘근잘근 씹혀 있는 것을 본 사람도 없었다.

큰삼촌이 입원한 병실에는 하루 종일 텔레비전을 보는 아저씨가 있었다. 어찌나 볼륨을 크게 틀어놓는지 큰삼촌은 두통이 다 생길 지경이었다. 게다가 큰삼촌의 침대는 텔레비전 바로 앞에 놓여 있었다. 소리 좀 줄여달라고 부탁을 하자 아저씨는 한쪽 귀가 멀어서 잘 들리지 않는다고 말했다. 볼륨이 높아질 때마다 큰삼촌은 그 아저씨를 찾아온 사람이 아무도 없었다는 사실을 생각하며 참았다. 병실 문이 열릴 때마다 가장 먼저 고개를 돌리는 걸로 보아서 누군가를 기다리는 게 틀림없었다. 큰삼촌이 병실 밖으로 돌아다니게 된 것은 그래서였다. 큰삼촌은 병원을 돌아다니면서 어느 자판기 커피가 가장 맛있는지를 찾아보았다. 사고가 난 날, 큰삼촌은 병원 로비에 있는 자판기의 커피를 뽑아들고 병원 밖으로 나갔다. 벤치에 앉아 커피를 한 모금 마실 때 목에 보호대를 찬 남자가 옆에 앉았다. 큰삼촌은 남자와 시시한 이야기들을 주고받았다. 이를테면, 비가 올 때가 됐죠? 그러게요, 가뭄이라 큰일이에요, 하는 말들을. "간호사 휴게실 가는 길에 있는 자판기 커피가 이 병원에서 제일 맛있어요." 큰삼촌이 말했다. 남자가 담배를 한 모금 빨면서 고개를 끄떡였다.

큰삼촌의 사고 현장을 가장 먼저 목격한 남자는 정형외과 치료 외에 정신과 치료를 병행해야 했다. 불면증에 시달리던 남자는 어느 날 밤, 큰삼촌이 해주었던 말이 문득 떠올랐고 그래서 간호사 휴게실을 찾아갔다. 자판기 앞에 섰을 때에야 남자는 동전을 갖고 오질 않았다는 걸 알았다. 환자복 주머니에는 코 푼 휴지만이 들어 있었다. 남자는 휴지를 쓰레기통에 넣고는 간호사 휴게실 문을 두드렸다. 퇴근시간이 지났지만 집에 가지 않고 휴게실에서 토막잠을 자던 간호사가 동전이 없다며 천원짜리 한 장을 주었다. 남자는 커피를 한 잔 뽑아 마셨다. 다른 커피와 똑같은 맛이었다. 그래서 남자는 뭐가 맛있다는 거요, 하고 중얼거렸다. 남자는 커피 한 잔을 더 뽑아 다시 간호사 휴게실 문을 두드렸다. 돈을 빌려주었던 간호사에게 커피 한 잔과 남은 동전을 돌려주었다. "이 밤에 잠도 안 자고……" 간호사가 말끝을 흐렸다. "잠이 안 와요." 남자가 말했다. "저도요." 간호사가 말했다. 간호사는 남자에게 얼마 전에 자신이 담당한 환자가 자살을 했다는 이야기를 들려주었다. "당신 탓이 아니에요." 남자가 간호사에게 말했다. 간호사가 잠을 못 이루는 이유는 자살한 환자에 대한 죄책감 때문이 아니었다. 환자는 온몸에 붕대를 감고 있었다. 제대로 걷지도 못하는 환자가 어떻게 병원 옥상까지 올라갔는지 간호사는 아무리 생각해도 알 수가 없었다.

벤치에서 남자와 몇 마디를 주고받은 후 큰삼촌은 목발을 겨드랑이에 끼고 자리에서 일어났다. "다리보다 겨드랑이가 더 아파요." 큰삼촌이 웃었다. 큰삼촌은 쓰레기통을 향해 발걸음을 옮겼다. 쓰레기통 입구가 열려 있었고, 큰삼촌은 종이컵을 던져보고 싶다는 생각을 잠깐 했다. 그러다 문득 온 식구가 병원에 입원해 있다는 사실을 떠올리고는 참았다. 만약 종이컵이 쓰레기통 밖으로 떨어지면 재수없는 일이 일어날 수도 있으므로. 큰삼촌은 종이컵 바닥에 남은 커피를 마저 마셨다. 한 모금도 되지 않았지만, 큰삼촌은 커피를 마시는 척하면서, 계속 하늘을 보았다. 하늘이 맑네. 큰삼촌은 중얼거렸다. 사실, 하늘은 맑지도 않았다. 구름이 병원 쪽으로 서서히 몰려오는 중이었다. 그때 누군가 병원 옥상을 가리키며 어, 라고 소리쳤다. 옥상에 서 있는 물체가 무엇인지 깨달을 시간도 없었다. 창가에 서서 팔짱을 낀 채 하루 종일 무엇인가를 생각할 수 있는 삼촌이었지만, 정작 중요한 그 순간에는 아무것도 생각하지 못했다. 아무것도 깨닫지 못했다.

김대리가 응급실에서 만났던 전신에 화상을 입은 여자는 하룻밤을 넘기지 못한다는 간호사의 예상과 달리 다음날 눈을 떴다. 병원 옥상에 서서 여자는 병원 건너편 도로를 보았다. 신호등이 바뀌고 다섯 명이 지나갔다. 다음 신호에는 여덟 명. 그다음 신호에는 한 명. 제발 한 명도 도로를 건너지 않기를 여자는 바랐다. 신호가 열 번 바뀔 때까지 한 번이라도 길을 건너는 사람이 없다면, 그러면, 죽지 말자. 여자는 생각했다. 신호가 열 번 바뀌자 다시 한번 열 번을 기다렸다. 그러다 누군가 자신을 가리키며 어! 하고 소리쳤다. 그 순간 여자는 모든 게 무서워졌다. 여자는 주위를 둘러보았다. 사방이 거울인 방에 서 있는 것처럼 붕대를 친친 감은 수십 명의 사람들이 자신을 둘러싸고 있었다. 여자는 눈을 감았다. 그리고 허공을 향해 몸을 던졌다.

기자는 발밑으로 굴러온 종이컵을 집어 쓰레기통에 버렸다. 기자는 우리 식구들에게 부모님 이야기를 했던 것을 후회했다. 이야기는 거기서 끝나는 게 아니었으므로. 천원짜리 지폐가 돌고돌아 제자리를 찾는 데는 삼 년이 필요했지만 그 행복이 무너지는 데는 단 오 분도 걸리지 않았다. 마치 큰삼촌의 어깨 위로 떨어진 누군가의 몸뚱이처럼.

가게 입구에는 '어디 갔어요? 족발 먹고 싶어요'라고 적힌 쪽지가 붙어 있었다. 외할머니는 셔터 문을 반쯤만 올리고 가게 안으로 들어갔다. 불을 켜자 수십만 마리의 바퀴벌레가 사방으로 흩어졌다. 일주일 전이었다면 놀랐겠지만 외할머니는 이제 더이상 바퀴벌레 따위에 가슴이 철렁이지 않을 거라는 것을 알고 있었다. 외할머니는 냉장고에서 소주 한 병을 꺼냈다. 그리고 일주일 전 먹던 음식이 그대로 남아 있는 탁자에 앉았다. 여행을 떠나기 전날, 마지막 손님들이 족발을 먹던 상이었다. 만취상태로 가게를 찾은 세 명의 청년들은 새벽 네시가 되도록 자리에서 일어나지 않았다. 결국, 외할머니는 태어나서 처음으로 딸과 같이 여행을 가게 되었다며 청년들을 내쫓았다. 화난 청년들은 술값을 주지 않고 떠났다. 외할머니는 세 개의 잔에 모두 술을 따랐다. 그리고 차례대로 술을 마셨다. 족발에서 쉰내가 물씬 풍겼고, 상추는 짓물러 있었다. 소주 한 병을 다 마신 뒤 외할머니는 의자를 붙이고 자리에 누웠다. 그리고 아는 사람이라고는 한 명도 없던, 난방이 되지 않는 식당에서 밤을 보내던, 그 시절을 떠올렸다. 그때 외할머니를 견디게 한 것은 몇 달 후면 아이가 태어난다는 것이었다. 그것은 아는 사람이 한 명 생긴다는 뜻이었으니까. 외할머니는 시계를 한번 올려다본 뒤, 자리에서 일어나 전화를 걸었다.

전화벨이 울리자 할머니는 수화기에 손을 올려놓은 채 일곱을 세었다. 이게 둘째의 전화였으면 얼마나 좋을까, 생각하면서. "엄마, 저 늦어요." "술 조금만 마시고." "네." 한 번만 더 엄마 저 늦어요, 하는 말을 들어볼 수 있다면, 그렇다면, 천천히 오라고 대답할 텐데. 할머니는 수화기를 들었다. 전화기 저편에서 사돈이세요? 하고 외할머니가 물었다. "네." 할머니가 대답했다. "이 세상에 우리를 아는 사람이 몇명이나 있을까요?" 대뜸 외할머니가 물었다. 외할머니는 다시는 찾아가지 않은 고향집에 대해 이야기를 했다. 자신의 이름이 새겨진 고향집 마룻바닥과, 해바라기가 열 그루나 있던 마당과, 소용돌이를 그리며 물이 빠지던 수챗구멍에 대해. "전 다 기억하는데 고향에는 저를 기억하는 사람이 있을까요?" 외할머니는 잠자리를 잡다 넘어져 다친 무릎의 상처는 아직도 그대로라고, 심지어 아직까지 그 상처가 가렵기까지 하다고 말했다. "일곱 살 때 다친 상처인데도 그래요. 그런데…… 전, 우리 가족에겐 죽은 사람일까요?" 할머니는 큰삼촌이 중학생이었을 때 종아리를 때린 적이 있는데 자꾸 그 기억이 떠오른다고 말했다. "단지 수학시험을 못 봤을 뿐이었어요." 할머니는 목이 메어왔다. 외할머니는 할머니가 실컷 울 때까지 아무 말도 하지 않았다. 삼십 분이 지나고 한 시간이 지났다. 코 푸는 소리가 들렸다. 그리고 이내, 사돈 아직 거기 있어요? 하고 할머니가 물었다. "그래요, 여기 있어요." 할머니와 외할머니는 아침이 될 때까지 이야기를 했다. 큰삼촌이 얼마나 늦게 걸음을 걷기 시작했는지, 어머니가 얼마나 늦게까지 젖을 먹었는지에 대해. "잊지 마세요. 우리가 할 수 있는 일은 최선을 다해 기억하는 거예요." 전화를 끊기 전에 외할머니가 말했다.

전화를 끊은 할머니는 걸레를 들고 마당으로 나갔다. 그리고 큰삼촌의 오토바이를 닦았다. 큰삼촌이 오토바이를 처음 몰던 날, 할머니는 오토바이가 중앙선을 넘어온 트럭에 치이는 꿈을 꾸었다. 만약 자신보다 앞서 죽는 자식이 있다면 그건 둘째일지도 모른다는 어렴풋한 예감에 사로잡히곤 했는데, 그런 이유 때문에 할머니는 큰삼촌이 오토바이 모는 것을 싫어했다. 오토바이를 닦은 후, 할머니는 사과나무 아래 떨어진 나뭇잎 하나를 주웠다. 할머니는 그 나뭇잎을 식탁 위에 올려놓았다. 할머니는 오랜만에 아침밥을 차렸다. 괘종시계가 여덟 번 울리기를 기다린 다음 식구들을 깨웠다.

식탁에는 밥그릇이 여덟 개가 놓여 있었다. 하지만 아무도 할머니에게 왜 밥을 여덟 그릇이나 펐는지 묻지 못했다. 나는 어머니가 아버지에게 눈짓을 보내는 것을 보았다. 아버지가 고모에게 눈짓을 보냈고, 고모가 작은삼촌에게 눈짓을 보냈고, 마침내 작은삼촌이 내 허벅지를 손가락으로 찔렀다. 나는 아무도 손대지 않은 밥그릇을 가리키면서 물었다. "할머니, 저 배고픈데 한 그릇 더 먹어도 돼요?" 그러자 할머니가 네 큰삼촌한테 물어보고 먹어라, 하고 대답했다. 그 순간, 할아버지가 숟가락을 떨어뜨렸다. 그리고 할머니의 이마를 만졌다. "열은 없으니 걱정 마." 할머니가 말했다. "기억하면 죽지 않아. 사돈이 그랬다." 내가 죽은 큰삼촌의 나이를 넘어설 때, 그때까지, 할머니는 큰삼촌을 기억하는 일을 멈추지 않았다. 할머니의 독백이 점점 늘어갔다.

할머니는 매일 큰삼촌의 방을 청소했다. 책상 서랍에서 큰삼촌의 일기가 나왔지만 할머니는 일기장을 펼쳐보지 않았다. 할머니는 단 한 번도 자식들의 책상을 뒤져본 적이 없었다. "내 자식이라고 모든 걸 다 알 수 있는 건 아니야." 할머니는 일기장을 손바닥으로 쓰다듬었다. 나도 할머니처럼 일기장 위에 손바닥을 올려놓았다. "솔직히 난 궁금해, 할머니." 할머니가 일기를 다시 책상 서랍에 넣으면서, 그럼 아무도 안 볼 때 이 할미도 모르게 몰래 와서 보렴, 하고 말했다. "하지만……" 갑자기 할머니가 목소리를 낮춰 속삭였다. "하지만, 너만의 큰삼촌은 이 일기장에 없을지도 몰라." 나는 큰삼촌의 책상 서랍에 엄지손톱만한 단추와 베지밀 병뚜껑을 넣어두었다. 그것은 큰삼촌이 사고를 당한 장소에서 주운 것들이었다. 장례식을 치르는 동안 나는 병원 공원 벤치에 앉아 병원을 오고가는 사람들을 멍하니 바라보았다. "뭘 보니?" 목에 보호대를 찬 남자가 물었다. 남자는 나를 장례식장에서 보았다고, 이마에 감긴 붕대를 보고 알아보았다고 했다. 나는 눈썹 위를 가리켰다. "여섯 바늘 꿰맸어요." "오늘은 하늘이 맑네." 남자가 말했다. 나는 내가 벤치에 앉아 있는 동안 구급차가 여섯 번이나 지나갔다고 말해주었다. "구급차, 타봤어요?" 남자가 목에 찬 보호대를 가리키며 대답했다. "이것 때문에." 남자와 나는 구름이 움직이는 것을 보았다. 구름의 그림자가 병원 옥상을 향해 서서히 다가오고 있었다. "미안하다. 내가 한마디만 더 말을 걸었더라면 네 삼촌은 죽지 않았을 텐데." 문득 눈썹 위에 난 상처를 남자에게 보여주고 싶었다. "이 상처가 평생 낫지 않았으면 좋겠어요. 아니, 흉터라도 남았으면 좋겠어요." 나는 큰삼촌이 마지막으로 서서 하늘을 보았던 그곳으로 걸어갔다. 그리고 엎드려 바닥에 귀를 대보았다. "뭐하니?" 지나가던 사람이 쪼그리고 앉아 내게 물었다. "물소리가 들려요." 나는 거짓말을 했다. 언젠가 큰삼촌과 같이, 그렇게 바닥에 귀를 댄 채 마당에 엎드린 적이 있었던 것 같았다. 큰삼촌이라면 물소리가 들린다고 말해주었을 것이다. 나는 희미하게 남아 있는 핏자국 위에 단추가 하나 떨어져 있는 것을 보았다. 단추를 주워 주머니에 넣었다. 그 순간, 누군가의 발에 차인 병뚜껑이 내 앞으로 굴러왔다. 나는 그 병뚜껑도 주머니에 넣었다. 큰삼촌의 책상 서랍을 열 때마다 큰삼촌과는 전혀 상관없는 단추와 병뚜껑이 가장 먼저 눈에 들어왔다.

나는 큰삼촌의 야구모자를 물려받았다. 모자는 컸다. 눈을 덮을 정도로. 평소에는 챙을 뒤로 돌려 거꾸로 썼지만, 불리한 일이 생길 때면 똑바로 모자를 썼다. 그리고 아무것도 안 보이고 아무것도 안 들리는 척을 했다. 어머니가 숙제해라, 말하면 모자를 푹 눌러쓴 뒤 뭐라고? 안 들려! 대답하곤 했다. 그 모자를 쓰고 있으면 아무것도 무서운 게 없었다. 가게에 들러 초코파이 하나를 훔쳐보았는데, 심장이 떨리지 않았다. 다음날 초코파이를 하나 더 훔쳤다. 그 다음날도, 또 그 다음날도. 나는 훔친 초코파이를 큰삼촌의 옷장에 숨겨두었다. 그러던 어느 날, 가게 주인 할아버지가 내 손을 덥석 잡았다. "이제 그만해라." 나는 주인 할아버지의 눈을 보았다. 모든 것을 알고 있다는 눈빛이었다. 나는 얼른 모자의 챙을 앞으로 돌렸다. "그런다고 안 보이는 건 아니지." 주인 할아버지는 내게 새끼손가락을 내밀었다. 나도 새끼손가락을 내밀었다. "용서하는 게 아니야. 하루에 한 시간씩 일주일 동안 일해라." 그날 밤, 나는 초코파이가 옷장 가득 차 있는 꿈을 꾸었다. 옷장 문을 열면 초코파이가 와르르 내 앞으로 쏟아졌다. 잠에서 깬 나는 맨발로 마당을 서성였다. 내가 처음으로 마당을 걸었던 그 발자국을 따라서. 나는 할아버지의 역기를 들어보았다. 움직이지 않았다. 큰삼촌의 오토바이에 올라타보았다. 핸들까지 손이 닿지 않았다. 치! 나는 하늘을 향해 침을 뱉었다.

그 침은 이내 내 얼굴 위로 떨어졌다. 마당의 사과나무 가지를 꺾었다. "이 나쁜 놈, 도둑질이나 하고!" 할아버지 목소리를 흉내내며 나는 나를 꾸짖었다. 사과나무 가지 하나로 손바닥을 내리쳤다. 손바닥이 아팠고, 눈물이 났다. 이런 울보, 하는 큰삼촌의 목소리가 어디선가 들렸다. 그제야 나는 큰삼촌이 한 번도 내 이름을 불러준 적이 없다는 것을 깨달았다. "난 이제 더이상 울보가 아니야." 나는 다시 한번 나뭇가지로 손바닥을 때렸다. 나는 생각했다. 울보는 예전의 일이라고. 이젠 아니라고. 하지만 큰삼촌의 기억에 내가 울보였다면 당분간은 삼촌의 기억대로 울보로 남아주겠다고.

아버지의 말에 의하면 울보는 원래 큰삼촌의 별명이었다. 별명을 지어준 사람은 아버지였는데, 걸음마를 시작한 큰삼촌은 맨홀 뚜껑만 보면 울음을 터뜨렸다고 한다. 이사를 오기 전에 살던 옛집에는 대문 앞에 맨홀이 있어서 어린 큰삼촌은 밖으로 나갈 때마다 자지러지게 울었다. 할머니는 큰삼촌을 임신했을 때 혹시 맨홀 때문에 놀란 일이 있었는지 기억을 더듬어보았지만, 생각나는 것이라곤 밤마다 동그랑땡이 먹고 싶었는데 할아버지가 한 번도 사다주지 않았던 일뿐이었다. 그래서 큰삼촌이 울 때마다 할머니는 할아버지를 째려보면서 잠만 처잤으면서, 하고 화를 냈다. 초등학생이 되면서 더이상 맨홀 뚜껑을 무서워하지 않게 되었지만 아버지는 계속 큰삼촌을 울보라고 불렀다. "그때마다 삼촌이 뭐라 했는지 아니? 형, 나중에 내가 복수할 거야. 그렇게 말했어." 그러니까 큰삼촌이 나를 울보라고 부른 것은, 내가 정말 울보여서가 아니라, 아버지에게 복수하기 위해서였다. "넌 원래 용감한 아이야." 아버지가 내 손바닥에 연고를 발라주면서 말했다.

큰삼촌은 아버지에게 소년소녀세계문학전집을 물려받았다. 그 동화책을 읽은 후, 큰삼촌은 아버지가 무엇을 생각하는지 짐작을 해내곤 했다. 아버지가 할아버지 할머니가 티격태격하는 걸 구경하고 있으면 큰삼촌이 다가와 팔짱을 끼고는 말했다. "형, 지금 진짜 부모님은 어디에 있을까, 하는 생각 했지?" 아버지가 길을 걷다 멈추고 하늘을 쳐다보기라도 하면 큰삼촌은 다 안다는 듯한 표정으로 고개를 끄떡였다. "나도 그래, 형." 큰삼촌이 그렇게 말할 때마다 아버지는 아이스박스의 이야기를 듣던 다섯 살 무렵의 꼬마로 되돌아가서 동생 따위는 필요없다고 말하고 싶어졌다. 큰삼촌이 아버지의 생각을 알게 된 것은 동화책 때문이었다. 아버지에겐 책의 귀퉁이를 접어두는 버릇이 있었다. 게다가 동화책을 사주면서 할머니는 기억하고 싶은 부분이 있다면 밑줄을 그어두라고 일러주었다. 그건 할머니가 백과사전을 읽을 때 익힌 습관이었다. "나중에 커서 밑줄 그은 부분을 다시 읽어보렴. 그러면 네가 얼마나 자랐는지 알 수 있을 거야." 할머니의 말을 들은 후 아버지는 오른손에 연필을 쥔 채 책을 읽었다. 큰삼촌은 동화책을 읽다가, 밑줄 친 문장이 나오면 서너 번 반복해서 읽었다. 큰삼촌에게 독서는 다른 사람이 친 밑줄과 자신이 칠 밑줄 사이를 오가는 일이었다. 그래서 큰삼촌은 책을 반드시 두 번 이상 읽었다. 큰삼촌은 새 책보다 헌 책을, 특히 손때의 흔적이 많이 남아 있는 책을 좋아했다. 동화책을 다 읽은 후, 큰삼촌은 노트에 아버지가 고른 문장들을 적었다. 그 덕에 큰삼촌은 초등학교를 졸업할 때까지 한 번도 받아쓰기를 틀린 적이 없었다. 아버지의 열여섯번째 생일날, 큰삼촌은 아버지가 밑줄을 친 문장들로만 이루어진 한 권의 책을 만들어 선물을 했다. "그것도 모르고 난 그애를 미워했어." 아버지는 잠든 어머니의 얼굴을 보면서 밤마다 고백을 했다. "이 집에 지하실이 있었다면 얼마나 좋았을까." 아버지는 지하실이 있다면 혼자 있고 싶을 때마다 숨을 수 있을 것이라고 생각했다. 어디선가 곰팡이가 슨 책의 냄새가 나는 것 같았다. 햇빛이 들지 않는, 습기로 공기가 축축한, 그런 지하실에서 잠을 자고 싶었다.

사실, 어머니는 자고 있지 않았다. 하지만 아버지를 안심시키기 위해 코를 골면서 자는 척을 했다. 어머니는 아버지가 큰삼촌의 운동화를 몰래 버린 적이 있다는 이야기를 듣고는 아버지의 손을 잡고 위로를 해주고 싶었다. 어머니는 아버지가 잠들기를 기다렸다가 말해주곤 했다. "당신 잘못이 아니에요." 어머니는 아버지의 발을 들여다보았다. 자기보다 더 커버린 동생을 보게 될 때의 느낌은 어떤 것일까? 어머니는 그 느낌을 상상해보려고 애썼다. 더이상 동생들이 자신의 신발을 물려신지 않을 거라는 것을 알게 된 장남의 심정을. 왠지 쓸쓸한 느낌이 들긴 했지만, 그 심정과 비교할 수 있는 장면이 떠오르지 않았고, 그래서 어머니는 쓸쓸하다는 감정이 맞는 것인지 판단할 수 없었다. 어머니는 새벽마다 잠든 아버지의 발을 가만히 쓰다듬어주었다.

7

어머니는 마루에 신문을 펼쳤다. 할머니가 돋보기를 썼다. 신문지 위에 쌀을 쏟으면서 어머니가 말했다. "키가 있어야 편한데." 할머니가 쌀벌레를 손가락으로 꾹 누르며, 어차피 키질을 할 줄 아는 사람도 없잖니, 하고 대답했다. "언제 이 많은 벌레를 다 잡아? 그냥 먹는 게 낫겠다." 나는 어머니 옆에 쪼그리고 앉아서 쌀을 산처럼 쌓았다 허물기를 반복했다. 어머니가 벌레를 고르다 말고 오줌싸개 놀이 할까? 하고 물었다. "그게 뭐야?" 어머니가 부엌으로 가더니 젓가락 하나를 들고 나왔다. 쌀을 산처럼 쌓고 그 가운데 젓가락을 꽂았다. 먼저 어머니가 쌀더미의 한쪽 귀퉁이를 퍼냈다. "이렇게 해서 마지막에 이 막대를 쓰러뜨리는 사람이 지는 거야." 그 말에 나는 가장자리에 있는 쌀알 서너 개를 손가락으로 집었다. "어머니, 얘 좀 보세요. 누굴 닮아서 이렇게 소심한 거예요?" 어머니가 쌀더미의 반쪽을 과감하게 허물어뜨렸다. 젓가락이 오른쪽으로 살짝 기울었다. 내 차례가 되자 할머니가 이번엔 얼마나 용기가 있는지 볼까? 하고 말했다. "치, 난 남자잖아." 나는 어머니가 허물어뜨린 쌀더미의 반대편을 과감하게 쓸어내렸다. 동시에 할머니가 후, 하고 입바람을 불었다. 젓가락이 쓰러졌다. "넌 오늘 오줌 싸겠다." 할머니가 웃었다.

어머니와 할머니가 다시 쌀벌레를 고르는 동안 나는 혼자서 오줌 싸개 놀이를 했다. 그러다가 쌀벌레가 나오면 손가락으로 벌레를 눌러 죽였다. 나는 죽은 벌레들을 신문에 실린 누군가의 얼굴 위에 올려놓았다. 벌레가 많아지자 눈동자가 사라졌다. 이어서 흰 이도 사라졌다. 마침내 얼굴을 벌레로 전부 덮게 되자, 그걸 자랑하기 위해 나는 어머니를 불렀다. "엄마, 이것 봐." 어머니가 벌레를 잡는 것을 멈추고 고개를 숙이더니, 쌀을 손바닥으로 밀어내고 신문을 읽기 시작했다. "어머니, 이것 좀 보세요." 신문에는 지구 저편에서 일어난 황당 사고가 실려 있었다. 생활고를 비관한 미혼모가 삼층 건물에서 뛰어내렸는데, 하필이면 그 아래를 지나가던 남자를 덮쳤다는 것이었다. 그런데 놀랍게도 둘 다 죽지 않았다. 남자는 어깨와 다리가 부러졌고 여자는 타박상을 입은 게 전부였다. "이 신문 언제 거냐?" 할머니가 물었다. "세 달 전 신문인데요." 삼촌의 사고 삼 일 뒤에 발행된 신문이었다.

퇴근하고 돌아온 아버지에게 어머니는 신문을 보여주었다. "어때?" 어머니의 말에 아버지가 뭐가? 하고 되물었다. 어머니는 아버지에게 기사를 읽었을 때 삼촌의 얼굴이 떠오르지 않았다고 말했다. "누구인지 모르는 그 두 사람의 얼굴이 막연하게 떠올랐어. 도련님이 가장 먼저 생각나야 하는 거 아니야? 우리는 가족인데?" 어머니는 큰삼촌의 장례식을 치르다가 문득 이런 생각이 들었다. 내 아들이 아니어서 다행이야. 구급차에 실려갈 때 어머니는 하마터면 삼촌들이 입원한 병원으로 후송될 뻔했다. 어머니는 내 손을 놓지 않았다. 어찌나 세게 쥐었는지 손목에 멍이 다 들 지경이었다. "전 외동딸이에요. 큰며느리고요. 그러니 우리들은 부모님이 있는 병원으로 가게 해주세요." 만약 그때 삼촌들이 입원한 병원으로 후송이 되었다면 그 사고를 당한 사람은 큰삼촌이 아니었을지도 모른다고 어머니는 생각했다. 어머니는 장례식 중에 그런 생각을 했다는 것에 대해 죄책감을 느꼈다.

아버지는 신문을 접어 어머니의 화장대 서랍에 넣었다. 그러다 문득, 이 신문이 어디에서 난 거지? 하는 생각이 들었다. 우리집에서 구독하지 않는 신문이었다. 아버지는 고모에게 세 달 전 신문을 사가지고 온 적이 있는지 물었다. 고모는 큰삼촌이 죽은 후로 지금까지 글씨가 적힌 종이는 읽지 않는다고 말하고 싶었지만, 아니, 하고 짧게 대답했다. 할아버지는 내가 싫어하는 신문이다, 하고 말했다. 아버지는 치료를 마치고 다시 군대로 돌아간 작은삼촌에게까지 전화를 걸어 신문이 어떻게 해서 우리집에 오게 되었는지를 물었다. 작은삼촌은 아버지의 말에 대답은 하지 않고, 형, 다리가 시큰거려, 하는 말만 계속 반복했다.

신문은 잘못 배달된 것이었다. 신문배달을 하는 소년은 28인치 청바지를 입어보는 게 소원이었다. 소년은 미숙아로 태어났다. 소년의 어머니는 사골국물에 우유를 타서 먹었다. 결혼한 지 십일 년 만에 얻은 아들이었기에 누구보다 건강하게 키우고 싶었다. 청소년이 된 소년은 뚱뚱한 자신의 몸이 싫었고, 아버지를 따라 대중목욕탕에도 가지 않았다. 소년의 아버지에겐 아들과 목욕탕에 가보는 것이 소원이 되었다. 소년은 텔레비전에서 신문배달을 하면서 살을 뺀 남자의 사연을 보았고, 그날로 신문배달 일을 시작했다. 배달을 한 지 얼마 지나지 않아 소년은 지독한 독감에 걸렸다. 고열에 헛소리를 하면서도 소년은 신문배달을 해야 한다고 우겼다. 소년의 집 거실에는 이런 가훈이 걸려 있었다. '안 되면 되게 하라.' 자수성가한 소년의 할아버지가 손수 쓴 가훈이었다. 소년의 아버지는 그 가훈이 싫었다. 그래서 아들에게 안 되는 건 안 되는 거라고 말해주었다. "네 대신 배달을 해줄게. 대신 나랑 같이 목욕탕에 가야 한다." 소년의 아버지는 아들이 시키는 대로 우편함에 세모가 그려진 집을 찾아다니며 신문배달을 했다. 우리집 우편함에도 세모 표시가 되어 있었는데, 그것은 작은삼촌이 어렸을 적에 별을 그리려다 만 것이었다. 그래서 소년이 독감에 시달리는 동안 신문이 배달되었다. 어머니는 그것을 펼쳐보지도 않고 베란다에 쌓아두었다.

아버지는 새벽에 화장실에 가는 척하고 자리에서 일어났다. 그리고 어머니의 화장대 서랍에 넣어둔 신문을 꺼냈다. 화장실 변기에 앉아서 아버지는 기사를 읽고 또 읽었다. 기사 귀퉁이에는 눈코입만 겨우 알아볼 수 있는 남자의 얼굴이 흐릿하게 인쇄되어 있었다. 아버지는 남자의 얼굴을 한참 동안 노려보았다. 신문에는 사고날짜가 적혀 있지는 않았다. 지구 저편에서 이편으로 소식이 전달되는 데는 며칠이 걸릴 수도 있을 것이다. 아버지는 왠지 같은 날 같은 시간에 사고가 났을 것만 같은 생각이 들었다. 그런 생각이 들 때마다 아버지는 변기의 물을 내리고 또 내렸다.

아버지는 퇴근을 하면서 커다란 가방을 사가지고 왔다. "이건 뭐니?" 할머니가 물었다. 아버지는 식구들에게 신문에 실린 그 사람들을 만나러 가겠다고 했다. "가서 당신이 상상한 그 사람인지 확인해 보자." 아버지가 어머니에게 말했다. 어머니가 회사는 어쩌고요? 하고 물었다. 아버지는 나를 한번 본 뒤 말했다. "휴가를 냈지." 하지만 사실 아버지의 직장 상사는 휴가를 허락지 않았다. 이렇게 회사가 어려운데 보름이나 휴가를 내다니 제정신이냐며 상사는 화를 냈다. "이 회사가 제 첫 직장이에요." 아버지는 말했다. 상사는 그래서? 하고 되물었다. 상사에겐 늘 그래서? 하고 되묻는 말버릇이 있었는데, 그것 때문에 부하직원 중 한 명은 스트레스성 원형탈모가 생기기도 했다. 아버지는 자리로 돌아와 지난 서류들과 앞으로 처리해야 할 서류들을 정리하기 시작했다. 그리고 체크해야 할 일들을 포스트잇에 적어 벽에 붙였다. 해야 할 일이 많았기 때문에 점심을 걸렀다. 상사는 자기와 같이 밥을 먹기 싫어서 점심을 거른 거라고 오해를 했고, 점심을 먹으면서 다른 동료들에게 아버지의 험담을 했다. 시원하게 속내를 말하지 않아 답답하다는 거였다. 그러다 문득 몇 달 전에 아버지에게 안 좋은 일이 일어났다는 것을 깨달은 상사는, 얼른 자리에서 일어나 직원들의 점심값을 모두 계산했다. 퇴근을 하기 전에 아버지는 종이를 한 장 꺼내 휴가를 가야 하는 이유를 적었다. '입사 이후 한 번도 결근한 적이 없음'이라고 적은 후, 몇 분을 망설이다 결근 옆에 괄호를 치고 '지각도'라고 적었다.

사실 지각을 한 적이 있었지만, 지하철이 고장나 늦은 것이기 때문에 지각이라고 볼 수 없다고 아버지는 생각했다. 아버지는 사내 체육대회에서 달리기를 일등했던 것, 그것 때문에 아버지가 속한 부서가 우승을 해서 십만원짜리 상품권을 받았던 것, 팔 년 전에 친절사원으로 뽑힌 적이 있었다는 것 등등을 적었다. 그리고 맨 마지막에 이런 충고를 하는 것도 잊지 않았다. '그래서? 하고 물을 때마다 숨이 턱턱 막힙니다. 그 소리가 듣기 싫어서라도 저는 회사를 그만두겠습니다.' 어머니는 보름 이상 휴가를 주는 회사가 어디 있냐며 고개를 갸웃했다. 아버지는 작년 여름휴가도 반납했다고, 밀린 휴가를 다 챙기면 한 계절을 쉬고도 남는다고 말했다.

나는 나를 빼놓고 여행을 가는 부모님에게 삐쳐서 일주일 동안이나 말을 하지 않았다. 하지만 부모님이 떠나기 전날 밤 아끼던 벙어리장갑을 여행가방에 몰래 넣어두었다. 내가 다섯 살 무렵에 끼던 장갑이었는데, 그 장갑을 끼고 처음으로 눈싸움을 했다. 눈뭉치는 아버지의 얼굴을 맞혔고, 큰삼촌의 등을 맞혔고, 할머니의 항아리를 맞혔다. 봄이 되자 나는 장갑을 빨아 항아리 위에 올려놓았다. 장갑에서 햇빛 냄새가 났고, 나는 장갑을 종이에 싸서 옷장 깊숙한 곳에 넣어두었다. 이다음에 내게도 아이가 생기면 그때 그 아이가 이 장갑을 끼고 눈싸움을 했으면 좋겠다고 생각하며. 어머니는 숙소에 도착해서 짐을 풀다가 장갑을 발견했다. 그 장갑이 내가 보낸 화해의 선물인 것을 눈치챈 어머니는 한국이 몇시인지도 생각하지 않고 무작정 집으로 전화를 걸었다. 잠결에 전화를 받은 할머니에게 어머니는 나를 바꾸어달라고 말했다. "무슨 일인데." 놀란 할머니가 물었다. "그냥 목소리를 듣고 싶어서요." 어머니가 말했다. 할머니가 자고 있는 나를 깨우면서 그렇게 걱정이 되면 데려가지, 하고 중얼거렸다. "올 겨울엔 눈사람을 만들자." 어머니가 말했다. 나는 응, 대답하고는 이내 다시 잠들었다. 아침밥을 먹으면서 나는 할머니에게 꿈속에서 어머니와 전화통화를 했다고 말했다가 그제야 그게 꿈이 아니라는 사실을 알게 되었다. 그후로도 어머니는 아무 때나 전화를 걸었다. 나는 늘 꿈인지 실제인지 헷갈렸고, 아침이 되면 할머니에게 어제 전화통화했어? 하고 묻는 게 일상이 되었다.

보름 후에 돌아오겠다던 부모님은 겨울이 지나도록 오지 않았다. 나는 혼자 눈사람을 만들었다. 고모가 도와주겠다고 했지만 나는 혼자 만들겠다고 우겼다. 어머니가 전화를 걸어오면 나 혼자 눈사람을 만들었다고 말할 생각이었다. 부모님이 아주 많이 미안해하도록. 하지만 내 말에 어머니는 이렇게 답했다. "여긴 아주 덥단다. 등에 땀띠가 났어."

일 년 후, 부모님이 긴 여행에서 돌아왔을 때 나는 키가 한 뼘은 더 자랐다고 자랑을 했다. "잔소리하는 사람이 없어서 이렇게 맘 편히 키가 자랐나봐." 내 말에 어머니가 꺼내놓은 물건들을 다시 가방에 넣는 시늉을 했다. "그럼 다시 가?" 나는 얼른 가방에 두 다리를 밀어넣었다. "나도 데리고 간다면." 그제야 어머니는 나를 꼭 껴안고 미안하다고 사과했다.

부모님은 가방에서 커다란 비닐봉지를 꺼내 내게 주었다. "선물이야." 비닐봉지에 담긴 물건을 바닥에 쏟았다. 보푸라기가 인 장갑, 색이 바랜 모자, 뒤축을 꺾어신은 흔적이 남아 있는 신발. 목이 늘어난 티셔츠 등등이었다. “이게 뭐야?” 내가 화를 내자 아버지가 장갑을 내 손에 끼워주면서 말했다. “이 장갑의 주인이 누구인지 아니?” 그 장갑은 투신자살을 기도한 여자 때문에 죽다 살아난 남자의 아들 것이라고 했다. “그럼, 만났어요?” 그러자 아버지와 어머니가 자랑스럽게 응, 하고 고개를 끄떡였다.

공항에 도착해서야 어머니는 아버지에게 아무런 계획이 없다는 것을 알았다. 호텔 예약을 안 해놓은 것은 물론이고 가이드북조차 챙겨오지 않았다. 아버지가 한심하게 느껴졌다. 그래서 공항 로비에서서 당신을 믿은 내가 바보야, 하고 소리쳤다. 아버지는 어디나 사람 사는 곳은 다 똑같기 마련이라고 했다. “그러니 나만 믿어.” 아버지는 택시를 잡고 가장 좋은 호텔로 가자고 말을 했다. 택시기사는 운전석의 선바이저 안쪽에서 집게손가락만한 빗을 꺼내더니 룸미러를 보며 수염을 정리했다. 그러고는 오케이! 라고 소리쳤다. 호텔로 가는 동안 아버지와 어머니는 교통사고 현장을 보았다. 도로가 막혀 앞으로 나아가지 못하자 아버지가 어머니에게 거봐, 도로가 막히는 것도 똑같지, 하고 말했다. 아버지의 말이 끝나자 운전기사가 다시 오케이! 했다. 차가 서서히 정체된 길을 뚫고 지나갈 때 어머니가 옆 차선을 가리켰다. “저것 봐, 사람이 죽었나봐.” 승용차와 트럭 한 대가 엉겨 있었는데, 승용차의 뒷좌석은 앞으로 밀려 형체도 알아볼 수 없었다. 이마에 피가 흐르는 남자가 트럭의 운전석에 앉아 뭐라 소리치고 있었다. 구급대원들이 열리지 않는 승용차 문을 열기 위해 안간힘을 쓰고 있었다. 안쪽에 사람이 얼핏 보였다. 아버지는 사람이 죽는 것도 어디나 똑같잖아, 하고 말하려다 말았다. "오케이!" 그때 택시기사가 다시 한번 소리쳤다. 그제야 아버지는 이번 여행이 어떻게 될 것인지 무서워지기 시작했다. 택시기사의 오케이라는 말보다 차라리 어머니의 바보라는 말을 듣는 게 훨씬 낫다는 생각이 들었다.

호텔에 도착한 부모님은 사흘 동안 잠만 잤다. 아침에 눈을 뜨면 로비로 내려가 천천히 뷔페를 먹고 방이 있는 팔층까지 계단을 이용해 걸어서 올라갔다. 그리고 저녁이 될 때까지 다시 잠을 잤다. 어머니는 한국으로 돌아가면 호텔처럼 커튼을 달아야겠다고 생각했다. 커튼만 치면 언제가 낮이고 언제가 밤인지 알 수 없었다. 저녁은 호텔 맞은편에 있는 허름한 식당에서 먹었다. 어떤 음식이 유명한지 알지 못한 부모님은 늘 옆 테이블에서 먹는 것과 똑같은 음식을 시켰다. 음식은 그럭저럭 맛이 괜찮았다. 재료가 무엇인지 알 수 없는 음식도 있었지만 식성이 까다롭지 않은 어머니는 남김없이 다 먹었다. 아버지는 음식을 씹다 뱉고 싶은 마음이 든 적도 있었지만 꾹 참았다. 어머니에게 나만 믿어, 라고 말했기 때문이었다.

사흘 동안 잠을 잔 뒤 아버지는 서점으로 가서 지도를 사왔다. 지도를 호텔 바닥에 펼쳐놓고 아버지와 어머니는 병원을 찾아 동그라미를 그렸다. "해외토픽에 날 정도면 작은 병원은 아닐 거야." 어머니는 국립병원을 가장 먼저 가봐야 한다고 말했다. 부모님은 코팅을 한 신문기사를 가방에 넣고 국립병원을 찾아갔다. 아버지는 병원 안내원에게 기적적으로 살아남은 남자의 이름을 말했다. 병원 안내원은 몇 번이나 이름을 되물은 다음 그런 환자는 입원한 적이 없다며 고개를 저었다. 아버지는 안내원에게 신문기사를 보여주었다. 안내원이 돋보기를 꼈다. 그리고 너무 작아서 제대로 알아볼 수 없는 남자의 얼굴을 한참 동안 보더니 노, 하고 말했다. 부모님은 지도를 펼쳐 국립병원에 가위표를 쳤다. 그런 식으로 일주일 동안 부모님은 지도에 나와 있는 모든 병원을 찾아다녔다.

"그래서, 어디서 찾았어요?" 나는 장갑에 일어난 보푸라기를 뜯어내며 물었다. 빨아서 항아리 위에 올려놓아야겠어, 하고 생각하며. 엄지에 묻은 갈색 얼룩이 지워지지 않으면 어떻게 하지, 하고 생각하며. "결국 남자를 찾지 못했어. 마지막 병원엘 갔다 오는 날이었단다. 그날은 정말 피곤했어. 배가 고픈 우리는 호텔에 도착해 늘 가는 식당에 들렀지. 주인이 막 식당 문을 닫으려는 참이었어." 식당 주인은 벽에 걸린 시계를 가리켰다. 열시가 지나 있었다. 부모님은 두 손으로 배를 만지면서 배가 고픈 시늉을 했다. 식당 주인이 테이블 위에 올려놓았던 의자를 다시 내려놓았다. 식당에 다른 손님이 없었기 때문에 부모님은 어떤 음식을 시켜야 할지 몰랐다. 식당 주인이 메뉴판을 펼쳤다가 이내 덮었다. 그러더니 자기가 다 알아서 하겠다고 말하고는 부엌으로 들어갔다. 그날 부모님은 그 식당에서 한 번도 먹어보지 못한, 다른 사람들이 먹는 것도 한 번도 보지 못한, 그런 음식을 먹었다. 아버지는 식당 주인에게 맥주를 권했다. 식당 주인은 맥주 한 병을 숨도 쉬지 않고 단번에 들이켰다. 부모님이 놀란 표정을 짓자 식당 주인이 벽에 걸린 사진을 가리켰다. 세 명의 남자들이 맥주병 모양의 트로피를 들고 웃고 있었다. 식당 주인은 그중 가운데 서 있는 남자가 자신이라고 말했다. 주인은 맥주 빨리 마시기 대회의 우승자였다. 아버지는 식당 주인과 대결을 해보고 싶다고 했다. 아버지가 반도 마시기 전에 주인이 한 병을 비웠다. 아버지가 다시 한번! 소리쳤다. 다섯 번을 진 아버지가 가운뎃손가락을 뒤로 꺾어 손목에 붙이면서 말했다. "이건 할 수 없지?" 식당 주인이 끝마디가 잘린 가운뎃손가락을 보여주면서 할 수 없다고 고개를 저었다. 아버지가 미안하다고 사과를 했다. 두 남자가 티격태격하는 사이 어머니는 벽에 걸린 사진을 뚫어지게 들여다보았다. 어머니는 오른쪽에 서 있는 남자가 낯이 익다고 생각했다. 어머니는 신문을 꺼내 두 장의 사진을 번갈아 보았다. "여보, 이 사람 닮지 않았어?" 식당 주인이 어머니가 가리킨 남자를 보더니 뭐라고 말을 했다. 아버지가 식당 주인에게 다시 말해보라고 했다. 식당 주인의 입에서 나온 말은 부모님이 그토록 찾아다니던 남자의 이름이었다. 지난 십 년 동안 맥주 빨리 마시기 대회 결승전에서 늘 만났다고, 자기가 다섯 번 이기고 그 남자가 다섯 번 이겼다고, 식당 주인은 말했다. 그러다 갑자기 테이블을 손바닥으로 탁 치더니 맥주 한 병을 한 번에 들이켰다.

식당 주인은 맥주 빨리 마시기 대회 담당자에게 전화를 걸어 참가자 명단에서 남자의 연락처를 찾아달라고 부탁했다. 담당자는 작년에 작성한 서류들은 모두 창고에 있다고, 그런데 창고를 뒤져 서류를 찾아오는 일을 담당한 사환은 지금 휴가중이라고 대답했다. 식당 주인은 그럼 당신이 하면 되지 않나요? 하고 되물었다. "그건 제 일이 아니라 사환의 일이에요. 사환의 어머니는 지금 중환자실에 있어요. 생사를 오가는데 당신은 너무하는군요." 담당자는 식당 주인이 인정도 없는 사람이라는 듯 나무랐다. "우선은 사환의 어머니가 빨리 낫기를 기도해야겠군요." 부모님은 정말로 하루에 한 번씩 사환의 어머니를 위해 기도했다. 사환의 전화를 기다리는 동안 부모님은 식당에서 하루 세 끼를 먹었다. 손님이 뜸한 시간에는 탁자를 가게 앞에 내놓고 식당 주인과 카드 게임을 하기도 했다. 부모님은 메뉴판에 있는 첫번째 메뉴부터 차례대로 시켜가며 별점을 매겼다. 전 세계를 떠돌아다니는 미식가가 된 기분이 들었다. 메뉴판의 음식을 거의 다 맛보았을 즈음에 사환이 식당으로 전화를 해서 남자의 연락처를 알려주었다. "그래, 어머님은 어때요?" 식당 주인이 물었다. "이젠 식사도 잘하시고 혼자 화장실도 가세요." 사환이 대답했다.

남자는 사고의 후유증으로 다리를 절게 되었다. 걸을 때마다 어깨가 한쪽으로 기운 그림자가 자신을 따라왔다. 그래서 병원에서 퇴원한 후 남자는 외출을 하지 않았다. 직장도 그만두었다. "그러니 아무도 안 만나고 싶어요." 남자는 그렇게 말하고 전화를 끊었다. 식당 주인은 사고로 가운뎃손가락의 손마디가 잘렸을 때 어머니가 해주신 이야기를 떠올렸다. 붕대에 감긴 아들의 손을 보더니 어머니가 갑자기 바지를 내리고 엉덩이를 아들에게 보여주었다. 병원 로비였고, 사람들이 가던 길을 멈추고 쳐다보았다. "이 엉덩이 흉터 보이지? 어릴 때 솥뚜껑을 깔고 앉았단다." "그건 엉덩이잖아요. 전 손가락이고요." 그러자 다시 바지를 입은 어머니가 고개를 끄떡이며 말했다. "그 말이다. 내가 하고 싶은 말이. 당연히 니 손가락이 더 아프지. 하지만 내가 엉덩이를 데었을 땐, 세상 누구도 나보다 더 아플 거라고는 생각지 못했어." 어머니의 엉덩이를 본 후로 식당 주인은 보이지 않는 곳에 누구나 흉터가 있을 거라는 상상을 하곤 했다. 저 사람의 등에는 아주 보기 흉한 사마귀가 있을 거야. 저 사람 엉덩이에는 종기가 나서 의자에 앉기도 힘들 거야. 그런 상상을 하다보니 개가 물고 간 잘린 손가락 마디쯤은 아무렇지 않게 느껴졌다. 수화기를 내려놓으면서 식당 주인이 휴~ 하고 한숨을 쉬었다. 그러고는 손바닥을 펼쳐 끝이 뭉툭하게 잘린 손가락을 뚫어지게 보았다. "우리가 찾으러 가요."

식당 주인은 가게 문을 닫았다. 그리고 가게 앞에 세워둔 승용차를 가리키면서 타요, 하고 말했다. 부모님은 그 차가 움직이는 것을 한 번도 본 적이 없었다. 차의 천장이 찌그러져 있어서 누군가 버린 차라고 생각을 했다. "제 친구가 그랬어요." 식당 주인은 찌그러진 천장을 손바닥으로 탁탁 쳤다. "그 친구의 여자친구가 절 좋아하게 되어서요." 어느 날 밤, 화가 난 친구는 자동차 위에 올라서서 소리쳤다. "사과하기 전엔 안 내려가." 그리고 친구는 음악을 틀어놓고 춤을 추기 시작했다. 참지 못한 이웃 주민이 신고를 해서 경찰이 출동을 했다. 경찰이 왔지만 친구는 자동차에서 내려올 생각을 하지 않았다. "나쁜 놈은 제가 아니에요. 저 자식을 잡아가요. 내 여자친구를 빼앗아갔어요." 식당 주인은, 왜 그 친구를 말리지 않았는지 아세요? 하고 아버지에게 물었다. 아버지는 글쎄, 하고 대답했다. 좌회전 신호를 기다리는 사이, 식당 주인이 뒷좌석으로 고개를 돌렸다. "예쁜 여자를 얻으려면 그 정도는 감수해야죠." 그러고는 윙크를 했다.

마침내 남자의 집에 도착했다. 남자의 어머니가 문 밖으로 고개만 내민 채 아들은 아무도 만나고 싶어하지 않는다고 말했다. "잠깐만요." 식당 주인이 문을 닫지 못하도록 오른발을 디밀었다. 쪽지에 뭐라고 써서 남자의 어머니에게 건네주었다. "저기 저 나무 아래에서 기다릴게요. 이걸 전해주세요." 나무 아래에는 할아버지들이 삼삼오오 앉아 있었다. 아버지는 다시 한번 어머니에게, 거봐 사람 사는 건 다 똑같잖아, 하고 말했다. 어느 마을이나 나무 그늘 아래에서 세월을 보내는 노인들이 있기 마련이라고. 아버지의 말에 식당 주인이 웃었다. 하지만 어머니는 아무 반응도 보이지 않았다. 어머니는 삼십 년 후 자신의 모습을 상상해보려고 애를 썼지만 아무런 영상도 떠오르지 않았다. 식당 주인이 휘파람을 불자 어딘가에서 음료수 병을 짊어진 아이가 뛰어나왔다. "뭐 마실래요? 전 환타." 아버지도 식당 주인을 따라 환타를 집었다. 해가 졌고 나무 그늘에 앉아 있던 할아버지들이 하나둘 자리를 뜨기 시작했다. 어머니가 아버지에게 더 늦기 전에 돌아가야 하는 거 아닐까, 하고 귓속말로 속삭였다. 식당 주인이 걱정 마요, 걱정 마요, 하고 말했다. "곧 저 문이 열릴 거예요." 식당 주인이 엄지와 검지로 총 모양을 만들어 대문을 향해 총을 쏘는 시늉을 했다. 그러자 거짓말처럼 누군가가 문을 빠끔 열고 고개를 내밀었다. 남자는 식당 주인이 건넨 쪽지를 들고 있었다. 거기에는 이렇게 적혀 있었다. "올해도 대결을 해야죠. 잊지 않았죠? 우리 전적은 10전 5승 5패예요."

부모님은 남자가 다가오는 것을 보다 눈을 감았다. 다리 저는 모습을 보고 싶지 않았다. 남자의 그림자가 아버지의 얼굴을 덮었다. 아버지는 눈을 뜨고 남자의 얼굴을 올려다보았다. 남자는 키가 컸다. 큰삼촌은 사남매 중에서 키가 가장 작았다. 큰삼촌은, 나는 환갑이 될 때까지 일 년에 일 센티미터씩 자랄 거야, 라고 말하곤 했다. 농담처럼 말했지만 열일곱 살에 성장이 멈추었던 큰삼촌은 정말 스물두 살이 되어 다시 자라기 시작했다. 일 년에 일 센티미터씩. 만약 큰삼촌이 죽지 않았다면 육십 살이 될 때까지 자랐을까? 남자가 아버지 옆에 앉더니 대뜸 이 나무의 가지를 자른 사람은 다 죽었어요, 하고 말했다. "지난 몇 달 동안 나는 매일 이 나무의 가지를 잘라야겠다고 생각했어요. 그 때문에 다리가 아니라 차라리 손이 부러졌으면 했다니까요." 남자가 손을 뻗어 나뭇가지를 자르는 시늉을 했다. 어머니가 얼른 남자의 손을 붙잡았다. 남자의 양볼이 붉어졌다.

이백 년 전 나무가 있던 자리에는 집이 한 채 있었다. "그 집에는 결혼한 지 십 년 만에 간신히 얻은 아들이 하나 있었죠." 아들은 사대독자였다. 그 이야기를 듣는 순간 아버지는 속으로, 나도 그럴 뻔했어요, 하고 중얼거렸다. 아들에게는 몽유병이 있었다. 아침에 자고 일어나면 발바닥이 새까맸다. 아들은 두 다리를 문지방에 묶고 잠을 잤다. 그런 날이면 전 세계를 떠돌아다니는 꿈을 꾸었다. 아들은 동네 아이들을 모아놓고, 아무도 가보지 않은 땅을 밟아본 방랑자처럼 이야기를 했다. 그 이야기를 듣기 위해 이웃 마을에 사는 아이들이 다리도 없는 강물을 헤엄쳐 건너오기도 했다. "그 아들이 사춘기가 되었을 때였어요." 어느 날 잠을 자고 일어났는데, 일 년 동안 키가 조금도 자라지 않았다는 걸 깨닫게 되었고, 그러자 갑자기 세상이 시시하게 느껴졌다. 그래서 아들은 더이상 다리를 묶고 자지 않았다. "그 아들은 밤마다 온 마을을 돌아다녔어요. 마을 사람들이 길을 걷다가 빼죽한 돌이라도 보이면 그 아들을 위해 치워주곤 했다고 해요." 어느 날, 아들은 정신을 차려보면 늘 같은 집 대문 앞에 자신이 서 있는 것을 발견했다. 이야기를 거기까지 듣다 말고 아버지가 아, 하고 고개를 끄떡였다. "그 집에는 아름다운 여인이 있었죠? 아마 이루어질 수 없는 사랑 아닌가요?" 말없이 이야기를 듣던 어머니가 아버지의 옆구리를 찔렀다. 어머니는 아버지가 어디나 사람 사는 곳은 똑같다는 말을 증명하기 위해 애쓰는 것처럼 느껴졌다. 여행이 끝나기 전에 그 말이 틀렸다는 걸 증명해야지, 하고 어머니는 생각했다. 아버지의 말처럼 그 집에는 육 개월 전에 결혼을 한 여인이 살고 있었다. 남자는 아버지에게 그후론 당신이 상상한 것과 똑같아요, 하고 말했다. 질투심에 불탄 여인의 남편이 아들의 집에 불을 지른 것만 빼고는. "자신의 집이 활활 불타는 동안 사랑에 빠진 여인의 집 담벼락을 서성거렸다는 죄책감에 시달린 아들은 맨발로 집을 떠났어요." 아들은 잿더미 속에서 자신의 발을 묶었던 문지방을 찾아냈다. 거기에 부모님의 이름을 새겼다. 그러고는 새까맣게 타버린 부모님의 시체를 묻고 그 위에 문지방을 꽂았다. "그 문지방이 저 나무가 되었다고 해요." 남자는 부모님에게 자세히 보면 나무에 아들이 새겨놓은 이름을 찾을 수 있다고, 그 이름을 찾는 사람에겐 엄청난 행운이 찾아온다고 했다. "하지만, 저 나무를 자른 사람은 다 죽었어요." 남자는 어렸을 적에 나뭇가지를 잘라 장난감 칼을 만들었던 친구를 떠올렸다. 칼싸움을 할 때 그 친구를 찌른 사람은 남자였다. 물론 남자의 칼도 장난감 칼이었다. 배를 움켜쥐고 과장되게 으악, 하고 소리를 지르며 쓰러지는 척을 하던 친구는 놀이가 끝날 때까지 그 자리에서 일어나지 않았다. "거짓말처럼 친구는 그렇게 죽었어요." 나뭇가지를 잘라서 죽은 사람은 열 명도 넘었다. "원한다면 더 말해줄까요?" 부모님은 더 들려달라는 말도 그만 듣고 싶다는 말도 하지 않고, 그저 멍하니 가로등에 달라붙는 하루살이들을 보았다. 아주 오랜 시간이 흘렀다. 식당 주인이 자동차 시동을 걸고 라디오를 틀었다. 처음 들어보는 노래였지만 어머니가 그 노래를 따라 흥얼거렸다. 그때 아버지가 말했다. "우리집에도 사과나무가 있어요." 아버지는 남자에게 이십 년 동안 자란 사과나무에 대해 말해주었다. 상을 불태운 자리에서 기적처럼 사과나무가 자라났다고. 그런 식으로 증조할머니가 우리들에게 선물을 보내주었다고. 누가 먼저 크는지 그 나무와 키 대결을 펼쳤던 동생이 있었다고. "당신은 살았지만 내 동생은 그러지 못했어요."

남자는 지구 저편에서 자신과 똑같은 일을 당한 사람이 있다는 아버지의 이야기를 듣고 놀랐다. 남자는 아버지에게 큰삼촌이 사고를 당한 날짜와 시간을 물으려다가 참았다. 그런 식으로 세상의 균형이 유지된 것이라면 자신은 평생 누군가를 사랑하며 살 수 없을 것만 같았다. 평생 누구를 미워하며 살 수도 없을 것만 같았다. 착하게 사는 것이, 그렇게 단순한 일이, 자신에겐 세상에서 가장 힘든 일이 될 것만 같았다. 남자는 아버지의 손을 잡고 고백했다. "지금도 저 나무의 가지를 잘라보고 싶은 생각이 들어요." 퇴원 후 내내 우울증에 시달린 남자는 나뭇가지를 잘라 자신의 운명을 다시 한번 시험해보고 싶은 충동에 사로잡히곤 했다. 아버지는 남자에게 아이스박스에 갇혔던 다섯 살 때의 이야기를 해주었고, 남자는 아버지에게 트럭이 발등 위로 지나간 적이 있었는데 멍도 들지 않았다는 이야기를 해주었다. 말없이 팔짱을 끼고 이야기를 듣던 식당 주인이 손마디가 잘린 가운뎃손가락을 보여주었다. "이 손가락으로 욕을 하면 사람들이 화를 내지 않아요."

이야기를 듣다 말고 내가 고개를 갸웃거리며 물었다. "그런데 아빠, 어떻게 그 사람들이 한 말을 다 알아들었어? 그 사람들은 아빠 말을 어떻게 알아들었고?" 할머니가, 영어학원 한 번을 안 보냈는데도 장하다, 하고 말했다. 아버지가 어깨를 으쓱했다. "그 사람들은 그 사람들 말로, 나는 한국말로 말했는데, 한 십분의 일은 대충 알아듣겠더라고." 아버지의 말에 할아버지가 그럼 그 남자가 신문기사 속의 남자인지도 확실하지 않은 거 아니냐고 대꾸했다. "그냥 믿어요, 아버지." 아버지가 대답했다. "그냥 단어들을 머릿속에 펼쳐놓아요. 그리고 가만히 있어요. 그러면 그 단어들이 알아서 저절로 이리저리 연결되는 순간이 찾아와요. 일곱 개의 단어로 한 이야기가 탄생되기도 하죠." 그런 식으로 부모님은 일 년 동안이나 여행을 다닐 수 있었다.

부모님의 여행이 길어진 것은 남자의 집으로 배달되는 수많은 편지들 때문이었다. 부모님은 남자에게 절대 나뭇가지를 자르지 말라고 부탁을 하고는 차에 올랐다. 그건 차마 자살을 할 용기도 없는 사람만이 저지르는 비겁한 짓이라고 아버지는 생각했다. 헤어지고 일 킬로미터쯤 갔을까. 갑자기 골목길에서 남자가 튀어나왔다. "어떻게 된 거예요?" 급브레이크를 밟으며 식당 주인이 말했다. 남자가 숨을 헐떡이며, 지름길로 왔어요, 대답했다. "우리 엄마 음식 솜씨가 괜찮아요. 우리집에서도 며칠 머물다 가세요." 남자가 부모님에게 말했다.

남자의 어머니는 부모님을 볼 때마다 눈시울을 훔치고는 부엌으로 들어가 음식을 했다. 남자의 집에 머무는 동안 부모님은 하루에 다섯 끼 이상을 먹어야 했다. 어느 날 샤워를 하다가 어머니는 불어난 뱃살을 보고 깜짝 놀랐다. 나를 임신했을 때를 제외하고는 늘 똑같은 허리 사이즈를 유지했던 어머니는 새벽마다 낯선 동네를 달렸다. 동양 여자가 아침마다 달리기를 하는 것을 보기 위해 동네 사람들이 창밖으로 고개를 내밀었다. 몇몇은 박수를 쳐주기도 했다. 달리기를 하다 어머니는 남자의 집에 매일같이 우체부가 찾아온다는 것을 알았다. 남자의 집 대문 앞에서 숨을 고르며 뭉친 근육을 풀고 있으면 우체부가 편지 몇 통을 우편함에 넣고 갔다. "편지가 참 많이 와요." 아침밥을 먹으면서 어머니가 물었다. 그러자 남자가 한쪽에 쌓여 있는 박스를 가리키며 말했다. "저게 다 편지예요. 제 사연이 뉴스에 나간 뒤로 이렇게 편지가 많이 와요." 부모님은 진한 커피를 한 잔씩 들고 편지 한 통을 꺼내 읽었다. 거기에는 다섯 살 때 연날리기 대회 구경을 갔다가 연줄에 다리가 감겨 하늘로 날아갈 뻔한 사연이 적혀 있었다. 잠깐이지만 거꾸로 세상을 보았는데, 자신을 향해 달려오는 사람들에게 하마터면 손을 흔들 뻔했다고도 쓰여 있었다. 어머니는 초등학교에 다닐 때 친구들과 풍선 안에 쪽지를 넣어서 하늘로 날려보낸 적이 있었다. 쪽지에는 같이 풍선을 날린 세 명의 친구 이름과 주소가 적혀 있었다. '이 풍선을 발견하게 되면 이 주소로 편지를 써주세요. 풍선이 어디까지 날아갈지 실험하는 중입니다.' 주소 아래에 메모를 남겼다. 하지만 끝끝내 편지는 오지 않았다. 욕조 배수구에 머리카락이 감겨 질식사할 뻔한 사람과 홈런 볼에 맞아 한쪽 눈을 실명한 사람의 사연을 읽은 후, 부모님은 남자의 차를 빌려 백화점엘 갔다. 그 나라 사람들의 유행에 맞춰 옷을 두 벌씩 샀고, 15개국의 언어가 들어 있는 전자사전을 샀다. 편지를 읽는 동안 한 달이 지나고 두 달이 지났다.

그 편지들 틈에서 부모님은 한국에서 온 편지를 한 통 발견했다. 자신의 동생은 건설노동자였는데, 아파트 공사현장이 무너지면서 건물더미에 깔렸다는 이야기였다. 구조대원들이 동생을 찾아내는데 사흘이 걸렸고, 동생은 기적처럼 죽지 않았다. 손가락 하나 움직일 수 없는 장애인이 되었지만. 편지를 보낸 주부는 그 동생을 돌보면서 차라리 죽었으면 얼마나 좋았을까, 하는 생각을 늘 했다고 썼다. 부모님은 망설임 끝에 답장을 보내기로 했다. 남자에게 도착한 수많은 편지들과, 가지를 자른 사람은 전부 죽는다는 전설이 떠도는 마을과, 담벼락에 기대 침을 뱉어가며 해바라기를 하는 마을 사람들에 대해 부모님은 적었다. '혹시, 친구가 없다면 저희 집에 가세요. 제 이야기를 하면 따뜻하게 반겨줄 겁니다.' 부모님의 답장을 받은 주부는 우리집으로 꽃바구니를 보냈다. '고맙습니다. 여행 잘

하세요' 라고 적힌 쪽지와 함께. 고모는 그 꽃바구니가 자기 앞으로 온 것이라고 착각을 했고, 얼마 전에 소개로 만난 남자에게 고마워요, 라는 문자를 보냈다. 문자를 받은 남자는 어떻게 답을 보내야 할지 몰랐다. 그러다 고모가 탄 버스가 시야에서 사라질 때까지 버스 정류장에 서 있었던 일이 생각났고, 그게 뭐 힘든 일인가요, 라는 답을 보냈다. '그럼 종종 부탁해요.' '그럼 다음에 만날 때 맛있는 거 사주세요.' 꽃바구니의 꽃이 시들기 전까지 이런 문자들이 오갔다.

부모님은 편지를 읽은 후, 남자에게 인상적인 사연들을 이야기해 주었다. 남자와 부모님은 답장을 보낼 편지들을 신중하게 골랐다. 답장을 받은 사람들 중 몇몇은 다시 답장을 해주었다. 시간이 되면 놀러 오라는 사람들도 있었다. 부모님은 그 편지들을 복사해 가방에 넣었다. 그들을 만나는 데 일 년은 너무도 짧았다.

8

고모는 남자와 손을 잡고 길을 걷다가 문득 남자의 이름에 'ㅎㅇ'이 들어간다는 사실을 깨달았다. 고등학생 때 짝사랑했던 영어선생님의 이름에도 'ㅎㅇ'이 들어갔는데, 단어를 제대로 못 읽는다는 이유로 뺨을 맞은 후 고모는 'ㅎㅇ'이 들어간 이름을 가진 사람과는 절대 사귀지 않겠다고 결심을 했다. 'ㅎㅇ'은 이층의 마룻장에 새겨져 있었다. 고모는 그것을 이층으로 올라가 살게 된 그해에 발견했는데, 그후로 걸레질을 하다 말고 'ㅎㅇ'으로 시작하는 단어들을 만들어보곤 했다. 고모는 누가, 왜, 그것을 새겨넣었는지 궁금했고, 그래서 즐겨 듣던 라디오 프로그램에 그 이야기를 적어 보냈다. 사연을 들은 청취자가 방송국에 전화를 해서 자기 집에도 똑같은 것이 새겨져 있다고 말했다. "우리집에는 여러 곳에 있어요. 안방은 천장에 새겨져 있어서 이사한 지 십 년 만에 발견했을 정도예요." 다른 청취자는 자기네 집에는 'ㅅㅇ'이 새겨져 있다고 했고, 또다른 청취자는 'ㅇㅇ'이 새겨져 있다고 했다. 이 모든 사연을 들은 후, 라디오 DJ는 이런 결론을 내렸다. 세 아들을 둔 목수가 있었다. 목수는 집을 수리할 때마다 자신의 이니셜을 새겨넣었다. 일종의 상표처럼. 아버지의 일터에서 나무쪼가리를 가지고 놀던 삼형제는 커서 전부 목수가 되었고, 일을 완성하면 아버지가 하던 대로 자기 이름을 새겨넣었다. "이름의 끝이 전부 이응으로 시작하는 걸 보면 제 이야기가 맞지 않을까요? 어찌 되었든 오늘은 이름에 이응이 들어가는 분들 행운 있으세요." 이름에 이응이 들어 있지 않은 고모는 라디오 DJ의 마지막 말이 마음에 들지 않았다. 그날, 고모는 지하철 문이 닫힐 때 가방 끈이 문에 끼는 일을 당했다. 그후로 계속해서 반대쪽 문만 열렸고, 결국 고모는 내려야 할 정거장에서 내리지 못했다. 내 이름에 이응이 없어서 그래, 고모는 생각했다. 그때 누군가가 뭐하니? 하고 물었다. 영어선생님이었다. "니가 안 내리길래 나도 안 내렸다." 영어선생님이 말했다. "너, 가출하려는 거지?" 선생님이 다시 한번 물었다. 고모는 문에 낀 가방을 가리키며 말했다. "아니에요. 이것 때문에 못 내린 거예요." 고모가 탄 지하철은 서해안의 어느 바닷가가 종점이었는데, 가출한 청소년들이 즐겨 가는 곳 중 하나였다. 영어선생님은 그 지하철에서 가출한 아이들을 족집게처럼 찾아냈다. 니가 안 내리길래 나도 안 내렸다, 는 말은 그런 뜻이었다. 하지만 고모는 선생님이 자기를 좋아해서 한 말이 아닐까, 하고 상상을 했다. 그러다 선생님의 이름에 'ㅎㅇ'이 들어간다는 것이 생각났고, 행운이 있으라는 라디오 DJ의 낭랑한 목소리가 떠올랐고, 꽤 오랫동안 영어선생님을 좋아하게 되었다.

꽃다발을 보낸 적이 없는 남자는 고모가 계속해서 꽃 이야기를 하는 게 이해가 되지 않았다. 하지만 고모가 조잘거리는 게 그다지 싫지 않았고, 그래서 그저 웃으면서 말없이 고개를 끄떡였다. 고모를 소개해준 동창이 남자에게 될 수 있으면 말을 많이 하지 말라고 충고를 해주었기 때문이었다. 남자는 혀가 짧았다. 그 때문에 많은 여자들에게 차였다. 고모는 곧 다가올 자신의 생일날 남자가 어떤 꽃을 보낼 것인지 내심 기대를 했다. 하지만 생일날 고모가 받은 선물은 작은 곰인형이 달린 열쇠고리였다. 식구 중 누군가는 늘 집에 있었기 때문에 고모는 열쇠를 갖고 다닌 적이 없었다. 그 이야기를 한 적이 있는 것 같은데 열쇠고리를 선물하다니. 남자가 무심한 사람이라는 생각이 들었다. 한번 그런 생각이 들자 남자의 행동이 모두 마음에 들지 않기 시작했다. 고모는 남자에게 헤어지자고 말을 했다. 남자는 뭐가 문제냐고 물었다. 딱히 할말이 생각나지 않은 고모는 지난번 설렁탕 먹을 때 왜 나한테 묻지도 않고 소금이랑 파를 넣었어요? 하고 말했다. "전 그런 사람 싫어해요. 제가 소금을 먹는지 안 먹는지 어떻게 알아요?" 헤어지자는 고모의 이유가 납득이 가지 않은 남자는 당신 역시 혀 짧은 소리가 싫은 거죠, 하고 말했다.

남자와 헤어지고 집으로 돌아와 고모는 식구들 앞에서 결심을 했다. "다시는 이름에 'ㅎㅇ'이 들어가는 사람과는 사귀지 않겠어." 고모는 식구들이 아무도 없는 날이면 혼자 집 안 곳곳에 숨겨져 있는 'ㅎㅇ'을 찾아다니며 놀곤 했다. 보물찾기를 하는 것처럼. 그때만 해도 고모는 'ㅎㅇ'이 자신을 어떻게 쫓아다닐지 상상도 하지 못했다. 고모는 그후로 다섯 명의 남자를 더 사귀게 되었는데, 모두 이름에 'ㅎ'과 'ㅇ'이 들어갔다. 다섯 번의 이별을 겪으면서, 고모는 열쇠고리를 선물했던 남자가 얼마나 좋은 사람이었는지 뒤늦게 알게 되었다.

고모는 자신이 까다로운 사람이라고 생각해본 적이 없었다. 고모는 가리는 음식이 없었고, 딱히 싫어하는 사람이 없었다. 깊은 이야기를 나누지는 않아도 가끔 만나 영화를 보고 수다를 떠는 친구들도 몇 있었고, 그 친구들과 사소한 싸움으로 의가 상했던 적도 없었다. 하지만 몇 번의 연애에 실패한 후 고모는 자신에게 적잖이 실망을 했다. 증권회사에 다니는 남자와는 네 번 만에 헤어졌는데, 운전을 할 때 경적을 지나치게 자주 울린다는 이유 때문이었다. "신호가 바뀌자마자 앞차가 출발을 하지 않는다고 경적을 울릴 정도라니까." 가장 오래 만난 사람은 진화론을 공부한다는 남자였다. 여섯 달 동안 도서관 앞 벤치에서 삼각김밥을 먹고 자판기 커피를 마시는 게 데이트의 전부였다. 가끔 고모는 그 남자를 위해 도시락을 싸기도 했다. 고모는 『우리 아이 간편 도시락 만들기』라는 요리책을 샀다. 고모는 그 책에 나와 있는 도시락을 다 싸고 나면 그때 결혼을 하리라고 생각을 했다. 고모가 요리책의 14페이지에 나와 있는 유부초밥을 싸가던 날이었다. 남자는 손으로 초밥을 집어먹으면서 소풍 때도 도시락을 싸주지 않았던 새어머니에 대해 이야기해주었다. "그래서 어떻게 했는지 알아요? 친구들에게 어머니가 암에 걸려 얼마 못 산다고 말을 했죠. 그러니까 모두들 자기 김밥을 먹으라고 했어요." 고모는 남자에게 음료수를 건네면서, 목메요, 천천히 먹어요, 하고 말했다. 남자는 고모가 건넨 음료수를 마시며 나뭇가지를 차고 하늘로 날아오르는 새를 보았다. 그때였다. "이게 뭐야." 남자가 이마를 만졌다. 새똥이었다. 고모는 벤치 주위에 말라붙어 있는 흰 새똥을 발로 툭툭 치면서 새똥 주의라는 푯말을 달아놓아야 하는 거 아니에요? 하고 농담을 했다. 남자가 새똥을 닦으면서 나지막이 에이 씨, 하고 중얼거렸다. 고모는 더이상 남자를 위해 도시락을 싸지 않았다. 유부초밥만 보아도 에이 씨, 하고 욕을 하던 남자의 얼굴이 떠올랐다. "새똥에 맞고 욕 안 하는 사람이 어디 있냐?" 새똥 때문에 헤어졌다는 이야기를 들은 작은삼촌은 고개를 절레절레 흔들었다. 그러고는 넌 평생 결혼 못 하겠다, 그렇게도 말했다. "그게 아니야, 오빠. 그 사람은 진화론인가를 공부한다고 했어. 그렇다면 자연의 법칙에 대해선 너그러워야 하는 거 아니야?" 고모의 말에 수긍하는 사람은 할머니뿐이었다.

하지만 몇 달 후, 작은삼촌은 새똥 때문에도 헤어질 수 있다는 사실을 받아들였다. 작은삼촌에게는 삼 년간이나 만난 여자가 있었다. 군대에 가 있는 동안 헤어질 수도 있었기에 작은삼촌은 연애를 한다는 사실을 식구들에게 비밀로 했다. 여자친구에게는 초등학교 때부터 늘 붙어다니던 단짝친구가 두 명 있었다. 그중 한 친구가 차를 산 기념으로 셋은 바닷가에 놀러 가기로 했다. 친구는 운전면허를 딴 지 얼마 되지 않았다. 친구가 운전이 서툴다는 것을 알게 된 작은삼촌은 위험하다며 자신이 기사 노릇을 해주겠다고 말했다. 여자친구는 그렇다면 가까운 서해안으로 가서 조개구이를 먹자고 했다. 원래는 속초로 여행을 갈 예정이었고 콘도까지 예약을 마친 상태였지만, 여자친구는 잠을 잘 때 코를 고는 버릇을 삼촌에게 들키기 싫었고, 그래서 당일치기로 여행을 가자고 두 친구를 설득했다. 작은삼촌은 일주일 전부터 신중하게 음악을 골랐다. '졸릴 때 들으면 잠이 깨는 음악'과 '친구들과 수다를 떨면서도 듣기 좋은 음악'을 선별해 CD를 만들었다. 하지만 차에는 CD플레이어가 없었다. 작은삼촌은 차 주인이 미안해할까봐 가방에서 CD를 꺼내지도 못했다. 작은삼촌은 조개를 구워 세 여자의 앞접시에 골고루 나눠주었고, 잔이 빌 때마다 술을 채워주었다. 삼촌은 자신과 둘이 있을 때는 말이 없던 여자친구가 동창들과 재잘거리며 수다를 떠는 모습을 사랑스럽게 바라보았다. 삼촌은 여자친구에게 미간을 찡그리며 응, 하고 말하는 버릇이 있다는 것을 그제야 알아차렸다. 돌아오는 길에 세 여자들은 잠을 잤다. 작은삼촌은 노래 몇 곡을 흥얼거리며 불렀다. 이번 여자친구의 생일에는 깜짝파티를 해줘야지, 하고 생각하면서. 하지만 여행을 갔다 온 다음날 여자친구는 전화를 받지 않았다. 그 다음날도. 일주일 후 작은삼촌은 여자친구의 집 앞에서 헤어지자는 말을 들었다. 작은삼촌이 운전을 할 때 추월을 자주 한다는 게 그 이유였다. "너 추월을 할 때, 앞서 가던 차의 운전기사가 누구인지 꼭 확인하는 거 알아?" 삼촌은 그런 적이 없다고 말했다. 하지만 작은삼촌은 추월을 할 때마다 오른쪽으로 고개를 돌려 운전기사의 얼굴을 보는 버릇이 있었다. "심지어 그날 너는 여섯 번이나 이런 말을 했어. 거봐, 아줌마네." "겨우 그거야?" 작은삼촌이 물었다. "응, 이제 안녕." 여자친구가 대문을 닫았다. 닫힌 대문을 발로 걷어차며 작은삼촌은 니가 언제부터 페미니스트가 됐니, 하고 빈정거렸다. 잠시 후, 대문이 열리더니 여자친구가 다시 나왔다. "널 위해 말해주는 건데 니가 생각하는 그런 이유는 아니야. 그냥 운전을 못하면 아줌마일 거라고 생각하는 니 상상력이 진부해서 그래." 그날, 작은삼촌은 혼자 포장마차에서 술을 마셨다. 탁자에는 잔을 두 개 올려놓았다. 그러고는 작은형이라면 뭐라고 말해주었을까, 하고 생각했다. 작은삼촌은 큰삼촌이 자신의 등짝을 때리면서 이렇게 말해주는 장면을 상상해보았다. "당연하지, 인마. 파마한 아저씨일 수도 있고, 여장을 한 남자일 수도 있잖아. 좀 재미있게 살자." 술에 취한 작은삼촌은 포장마차 주인에게 등짝을 좀 때려달라고 부탁했다. "제 등을 때리면서 이렇게 말해주세요. 인마, 좀 잘 살자." 팔뚝에 똑바로 살자, 라는 문신이 새겨진 포장마차 주인은 작은삼촌의 등을 있는 힘껏 때려주었다. 그리고 술값을 받지 않았다.

부모님이 여행에서 돌아왔을 때 가장 기뻐한 사람은 작은삼촌이었다. 심지어 작은삼촌은 아버지의 볼에 뽀뽀를 하기도 했다. 실연을 극복하는 동안, 작은삼촌은 자신의 등을 때려준 주인이 하는 포장마차에 가서 종종 술을 마셨다. 그때마다 삼촌은 얼굴이 똑같이 생긴 형제들이 술을 마시는 것을 보았다. 그들은 늘 같은 안주를 시켰다. 소주 다섯 병을 먹은 다음부터는 언성이 높아지고 마지막엔 늘 멱살을 잡으면서 싸웠다. 다시는 안 볼 것처럼 헤어져놓고는 다음날 어깨동무를 하며 나타나는 삼형제를 보면서, 작은삼촌은 두 형들과 저렇게 싸워본 적이 없다는 생각을 했다. "지금이라도 한번 싸워봐." 아버지가 주먹을 쥐고 권투선수처럼 자세를 취했다. 작은삼촌은 내 머리를 쓰다듬으면서 이놈이 자라면 셋이 술 마시러 가요, 그리고 그때 한번 신나게 싸워요, 하고 말했다. "잘하는 짓이다.

자식이 애비 먹살이나 잡으면 좋겠냐. 그냥 니들 둘이 먹어." 소파에 누워 자는 줄만 알았던 할아버지가 벌떡 일어나 말했다.

아버지는 편의점에 아르바이트 자리를 얻었다. 매일 넥타이를 매고 출근을 하던 아버지가 아르바이트를 하겠다고 했을 때 놀라지 않은 사람은 어머니밖에 없었다. 어머니는, 저는 이미 놀랐어요, 하고 말했다. 경비행기를 타고 어느 산악마을을 찾아가던 길이었다. 비가 왔고 번개가 칠 때마다 조종석 창밖으로 불꽃이 선명하게 보였다. 앞에 앉은, 유럽에서 온 노부부는 두 손을 잡고 기도를 올렸다. 비행기가 추락을 할지도 모르는 그 순간 아버지는 어머니에게 고백을 했다. 실은 휴가를 낸 게 아니라고. 어머니는 발밑에 내려놓았던 가방을 들어 아버지의 등을 향해 내리쳤다. "내가 그럴 줄 알았어. 아직 우리 애는 중학교도 안 갔는데." 비행기에 탄 모든 사람들이 부모님을 쳐다보았다. 아버지를 제외한 모든 승객들이 어머니를 향해 소리쳤다. "걱정하지 말아요. 우리 모두 살 수 있어요." 어머니는 아버지에게 비행기가 무사히 착륙하면 회사를 그만둔 것을 용서해주겠다고 말했다. 비행기는 착륙할 때 한쪽 바퀴가 나오지 않았고, 조종사는 모두에게 몸을 숙여 얼굴을 무릎 사이에 넣고 기도를 하라고 했다. 비행기는 활주로를 벗어나 잔디밭에 멈추었다. 한쪽 날개가 나무에 걸려 우그러졌다. 누군가 불이 붙을지 몰라요, 하고 외치자 경비행기에 있던 열 명의 승객들이 활주로를 가로질러 달렸다. 어머니는 비행기가 망가졌으니 무사히 착륙을 한 게 아니라고 말했다. "그러니 아직 용서해줄 수 없어요." 아버지는 아무도 죽지 않았으니까 무사한 것이라고 우겼다. 여행이 끝났고, 집에 돌아와서도, 부모님은 계속 그 문제를 두고 티격태격했다.

아버지는 저녁 아홉시부터 다음날 아침 일곱시까지 일을 했다. "하필이면 왜 밤에 일을 하냐?" 할머니는 아버지를 볼 때마다 사람은 어두워지면 잠을 자야 하는 법이라고 말했다. "시차 때문에 밤에 잠이 안 와요." 아버지는 말했다. 하지만 아버지가 밤에 일을 하는 것은 그 때문이 아니었다. 밤이 낮보다 시급이 더 셌기 때문이었다. 아버지는 아르바이트 비를 받자마자 빨간 내복을 세 벌 샀다. 내복을 선물받은 할아버지는 난 내복 안 입는다, 이 알통 좀 만져봐라, 하고 말했고, 할머니는 삼중보온메리냐? 물었다. "이건 너무 작네. 내가 이렇게 날씬해 보였다니 어쨌든 고맙네." 외할머니는 답례로 밤에 일을 하려면 몸이 튼튼해야 한다며 사골을 보내왔다.

아버지가 일을 하는 편의점에는 매일 새벽 세시에 찾아와 초콜릿을 사먹는 여자가 있었다. 여자는 편의점 한켠에 있는 간이탁자 앞에 앉아서 창밖을 바라보며 천천히 초콜릿을 먹었다. 텅 빈 정거장을 쳐다보면서. 그러다가 누군가와 이야기를 하는 것처럼 그렇죠? 저도 그래요, 하고 중얼거렸다. 그 여자가 무섭다며 그만둔 아르바이트 학생만 다섯 명이 넘었다. 사실 점장이 나이가 많은 아버지를 고용한 것도 그 때문이었다. 초콜릿 하나를 다 먹으면 여자는 산책이라도 하는 것처럼 편의점을 돌다가 다른 초콜릿을 집어들었다. 퇴근을 하고 집에 돌아오면 아버지는 아침밥을 준비하는 어머니 옆에 서서 초콜릿을 먹는 여자의 이야기를 해주었다. 어머니는 여자가 계절에 맞지 않는 옷을 입는다는 것을 알게 되었고, 허공에 대고 이야기를 할 때는 누구와 악수를 하는 것처럼 손을 흔든다는 것도 알게 되었다. "미친 여자일까?" 아버지의 말에 어머니가 아닐 것 같다고 말했다. "돈 계산은 늘 정확하다며. 내 생각엔 편의점이 있는 그 버스정류장에서 누군가 죽은 것 같아." "어쩌면 누구를 기다리는 건지도 모르지." 여자의 이야기는 아침 식탁으로 이어졌고, 마침내 고모와 작은삼촌까지 이야기를 지어냈다. 외할머니가 보내주신 사골로 끓인 곰국을 한 대접 먹은 후 작은삼촌은 그 여자를 구경하러 편의점에 갈 거라고 말했다. "오늘밤 같이 갈 사람." 작은삼촌이 엄지손가락을 내밀었다. "나도." 고모가 그 손가락을 잡았고, 그 위에 어머니가 손을 얹으면서 저도 데려가요, 말했다. 할머니가 내 손을 잡더니 말했다. "넌 자야지. 외로워서 그런 거야. 뭐 다른 게 있겠니. 그 여자가 잘못된 게 아니라 새벽까지 장사를 하는 사람들이 잘못된 거야." 말은 그렇게 했지만 편의점에 갔다 오라며 잠자는 우리를 깨운 사람은 할머니였다. 새벽 두시였다. "생각해보니 궁금하다. 얼른 가봐. 괜찮은 여자일지 모르니 넌 세수를 하고." 할머니는 아직 잠이 덜 깬 작은삼촌의 얼굴을 향해 물수건을 던졌다. 삼촌은 물수건으로 얼굴을 닦았다. 그리고 수건 가장자리를 손가락으로 말아 내 얼굴도 닦아주었다. 고모는 이를 닦는 대신 자기 전에 먹다 만 식은 커피를 한 모금 마셨다. 어머니만이 욕실에 들어가 세수를 하고 이를 닦았다. 어머니가 얼굴에 로션을 바르는 것을 보면서 고모가 둘이 오랜만에 데이트하는데 우리가 피해줘야 하는 거 아니야, 하고 말했다. "뭐가 오랜만이에요. 일 년이나 같이 돌아다녔는데." 어머니가 손바닥으로 뺨을 톡, 톡, 치면서 대꾸했다.

가게에는 손님이 한 명도 없었다. 우리는 찻길 건너편에 서서 카운터에 앉아 있는 아버지를 보았다. 아버지는 펜을 들고 무엇인가를 끼적이고 있었다. 차가 지나갈 때면 쓰던 것을 멈추고 도로 쪽을 멍하니 바라보다가 차가 커브길을 돌아 사라진 뒤에는 귓불을 만지작거렸다. 우리도 차가 지나가고 나면 아버지처럼 귓불을 만져보았다. 나는 도로에 어렴풋하게 남아 있는 자동차의 바퀴 소리를 들었고, 어느 집에서 갓난아이가 칭얼대는 소리를 들었고, 그리고 압력밥솥의 김이 빠지는 소리도 들었다. "배고파." 내가 말했다. 우리는 일부러 횡단보도의 신호가 빨간불이 될 때까지 기다렸다가 길을 건넜다. 나는 새벽에, 아무도 지나가지 않는 도로에서, 홀로 파란불이 될 때까지 기다리는 아버지의 모습을 상상해보았다. 쓸쓸했다. 편의점에 들어서자마자 나는 몸을 부르르 떨었다. "왜, 춥니?" 아버지가 물었다. 아버지에게 무단횡단을 한 적이 있느냐고 묻고 싶었지만 묻지 않았다.

우리는 손님인 척하기로 했다. 카운터에 모여 노닥거리는 우리를 보면 초콜릿 여자가 그냥 돌아갈지도 모른다고 아버지가 말했기 때문이었다. 작은삼촌은 내게 너 물건 훔쳐봤어? 하고 물었다. "물론 없지. 무슨 삼촌이 그런 걸 물어봐." 작은삼촌은 물건 훔치는 놀이를 한번 해보자고 했다. "진짜 훔치는 건 아니야. 어차피 네 아빠가 계산할 거니까." 고모가 바람잡이를 해주기로 했다. 어머니는 그래도 명색이 부모이기 때문에 그 놀이에 낄 수 없다고 말했다. "대신 나한테도 안 들키게 해야 한다. 들키면 혼날 거야." 고모가 아버지에게 우유 한 통을 들고 가서 유통기한이 하루밖에 안 남은 걸 팔면 어떻게 하냐고 항의를 했다. 아버지는 CCTV 화면을 힐끔힐끔 보면서 그럼 오늘 다 마시면 되잖아요, 하고 대답했다. 이번에는 작은삼촌이 소주를 가리키며 이건 편의점 안에서 마실 수 없나요? 하고 물었다. 아버지는 편의점 밖에 설치된 파라솔을 가리켰다. "참, 저기 꼬마손님." 아버지가 나를 불렀다. 아버지는 내 오른쪽 주머니가 불룩하다며 실례가 되지 않는다면 거기에 뭐가 있는지 봐도 되겠냐고 물었다. "만약 훔친 물건이 아니면 어떻게 하실 건데요?" "음, 미안하다고 사과를 하죠." 나는 오른쪽 주머니에 손을 넣고는 주먹을 쥐었다. 주머니가 더 불룩해졌다. "미리, 미안하다고 말해줘요." 나는 주머니에서 작은삼촌의 라이터를 꺼냈다. 작은삼촌이 휘파람을 불었다. 라이터를 주머니에 넣으라고 시킨 사람은 작은삼촌이었다. "껌을 훔치는 척해. 그리고 반드시 들켜야 해. 그래야 의심이 들어도 다음에 주인이 잡지 못해." 나는 작은삼촌에게 윙크를 했다. 고모가 고추장불고기 삼각김밥은 유통기한이 며칠인지, 또 시간이 지난 음식은 어떻게 처리하는지 물었다. "그렇게 궁금하면 여기서 일을 하시죠. 제가 일자리 알아봐드릴까요?" 고모가 모든 음식의 유통기한을 확인하는 동안, 새벽 세시가 되었고, 두툼한 코트를 입은 여자가 편의점 문을 열고 들어왔다.

여자는 초콜릿 한 통을 사서 편의점 구석자리로 갔다. 작은삼촌이 재빨리 김치사발면을 사서는 뜨거운 물을 받아 여자 옆에 앉았다. 고모도 사발면을 샀다. 어머니는 사발면 두 개와 계란 두 개를 샀다. 사발면에 계란을 넣은 후 뜨거운 물을 부었다. 나는 계란을 넣은 라면을 싫어했지만 어머니에게 말하지 않았다. 의자는 모두 네 개뿐이었다. 아버지가 창고에 들어가 우유박스를 꺼내왔다. 작은삼촌이 우유박스를 세워 만든 의자에 앉았다. "손님, 삼 분 지났습니다." 아버지가 말했다. 네 명이 동시에 사발면 뚜껑을 벗겼다. 편의점 가득 라면 냄새가 퍼졌다. 고모가 김치가 있었으면 좋겠다고 중얼거리면서 라면 국물을 들이켰다. "제가 사드릴까요?" 작은삼촌이 카운터를 향해 여기 꼬마김치 하나 갖다주세요, 하고 소리쳤다. "여기가 뭐 식당이에요?" 아버지가 소리쳤다. 하지만 잠시 후 아버지는 일회용 접시에 김치를 담아가지고 왔다. "저도 먹어도 될까요?" 내가 작은삼촌에게 물었다. "그럼요." 작은삼촌이 김치를 집어 내 사발면 안에 넣어주었다. 여자는 초콜릿을 먹다 말고 우리를 이상한 눈으로 바라보더니 반쯤 먹다 만 초콜릿을 내려놓고는 자리에서 일어났다. "그냥 가나봐." 고모가 속삭였다. 잠시 후, 여자가 사발면 하나를 들고 돌아왔다. 작은삼촌이 자리에서 일어나면서 제가 물 받아드릴까요? 하고 말했다. 뜨거운 물은 작은삼촌이 앉은 자리 뒤에 있었다. 여자가 고개를 끄떡였다. 삼 분이 지나는 동안 아무도 사발면을 먹지 않았다. 잠시 후, 카운터에서 삼 분입니다, 하는 소리가 들렸다. 여자가 젓가락을 들자, 우리도 다시 젓가락을 들었다.

일 년 전만 해도 여자는 평범한 직장인이었다. 아무리 늦어도 아침 여덟시 삼십분까지 출근을 했다. 일주일에 세 번은 야근을 했고, 돼지고기를 싫어하는데도 불구하고 직장 동료들과 삼겹살에 소주를 마시며 상사의 험담을 했다. 여자는 살면서 제가 아는 누구랑 닮았네요, 라는 말을 가장 많이 들었다. 여자는 지극히 평범했고, 그 평범한 얼굴이 오히려 많은 사람들을 떠올리게 했다. 심지어 입사 면접시험에서도 차대리 닮았네, 혹시 자매인가? 하는 질문을 받았다. 여자는 평소처럼 그 소리 백번째예요, 라는 말이 나올 뻔했지만 꾹 참았다. "입사하게 되면 꼭 그분을 언니로 삼겠습니다." 면접관들이 여자의 말에 웃었다. 여자의 어머니는 친구에게 사기를 당하고 그 충격으로 쓰러져 칠 년을 자리에 누워 지냈다. 여자 어머니의 손에는 늘 효자손이 쥐어져 있었다. 그 효자손으로 텔레비전 전원을 켰고, 전화가 오면 전화기의 통화 버튼을 눌렀고, 개미가 보이면 손가락 모양으로 구부러진 대나무 끝으로 개미의 길을 막았다. 그리고 효자손으로 발바닥을 긁으면서 늘 똑같은 말을 했다. "세상이 우리 편일 거라는 생각은 하지 마. 그리고, 등 좀 긁어라." 여자의 어머니는 효자손으로 할 수 있는 건 다 했지만 정작 등은 긁지 않았다. "나도 자식 손이 있는데 왜 효자손으로 등을 긁냐? 거기, 그래, 그 아래. 아, 시원하다." 여자는 어머니의 등에 난 손톱 자국을 보면 어렴풋이 자신의 미래가 보이는 듯했다. 이 방에서 벗어날 수 있을까? 여자는 등을 긁으면서 늘 그런 생각을 했다.

"그래서 방에서 벗어났어요?" 작은삼촌이 물어보았다. 여자가 후루룩 소리가 나게 라면 국물을 마셨다. 후루룩. 그것은 세상에서 가장 따뜻한 소리였다. 아기였을 때 그 소리를 들었다면 밤에 잠을 자다 오줌 따윈 싸지도 않았을 거라는 생각마저 들었다. 그후로 오랫동안, 쓸쓸한 기분이 느껴지면 나는 늘 여자가 국물을 마시며 냈던 그 소리를 생각했다. 아버지가 말없이 다가와 김밥 두 줄을 식탁에 올려놓았다. 나는 김밥을 사발면 안에 넣고 밥알에 국물이 스며드는 것을 보았다.

여자는 퇴근길에 개를 데리고 산책을 하던 아이의 교통사고를 목격했다. 그날 여자는 내려야 할 정거장에서 내리지 않고 두 정거장 전에 미리 내렸다. 날이 좋을 때면 여자는 종종 그렇게 몇 정거장 앞서 내려 집까지 걸어가곤 했다. 여자가 커브길을 돌았을 때, 119 구조대원이 트럭에 몸이 깔린 아이를 구하고 있었다. 흰색의 개는 저만치 떨어진 곳에 누워 있었는데, 숨을 쉴 때마다 뒤쪽 다리가 들썩였다. 구조대원들이 아이의 머리에 붕대를 감고 들것으로 옮겼다. 아이는 의식이 없는 듯했다. 그때 여자는 자기도 모르게, 죽었을 거야, 하고 중얼거렸다. 혼잣말이라고 생각했지만 여자의 목소리는 생각보다 컸다. 주변 사람들이 일제히 여자를 쳐다보았다. 지팡이를 짚고 있던 할아버지가 여자를 보며 혀를 찼다. 들것이 구급차에 실리는 순간, 여자는 아직 아스팔트 바닥에 붙어 있는 검은 그림자를 보았다. 그림자는 작았다. 방금 구급차에 실린 아이의 몸처럼. 여자는 자신의 그림자를 내려다보았다. 해가 지고 있었고, 그래서 여자의 그림자는 개가 누워 있는 곳까지 길게 드리워졌다. 개가 고개를 살짝 들었다. 여자와 눈이 마주쳤다. 여자는 개도 곧 죽을 것임을 알았다. 점점 차가워지던 어머니의 발이 떠올랐다. 여자는 잠결에 어머니의 몸이 차가워지는 것을 느꼈다. 여자는 자신의 발을 어머니의 발 위에 올려놓았다. 그리고 아침이 될 때까지 한 번도 눈을 뜨지 않았다. 보일러가 꺼진 거야. 그 말만을 중얼거리면서. 여자는 구급차가 사라질 때까지, 개가 눈을 감을 때까지, 그 자리에 서 있었다. 죽은 아이의 몸에서 떨어져나온 그림자는 여전히 바닥에 붙어 있었다. 그날 밤, 여자는 즐겨 보던 드라마도 보지 않고 일찍 잠자리에 들었다. 그리고 늘 그렇듯 알람이 울리는 시각에 눈을 떴다. 냉동실에서 식빵 두 쪽을 꺼내 버터를 발라 프라이팬에 구웠다. 유통기한이 지난 우유를 컵에 따라 냄새를 한번 맡아본 다음 마셨다. "그리고 출근을 했는데 과장이 뭐라 그랬는지 아세요?" 우리 식구들은 끄트머리만 남은 김밥을 내려다보았다. 고모가 김밥을 집으면서 되물었다. "뭐라 했는데요?" "어제 왜 결근했어? 물론 전 결근한 적이 없었는데 말이죠." 여자는 과장에게 오늘이 무슨 요일이냐고 물었고, 과장은 수요일이라고 답해주었다. 여자는 달력을 보았다. 탁상달력에는 월요일에 동그라미가 쳐 있고, '우수사원, 동남아 여행' 이라고 적혀 있었다. 여자는 분명 전날 여행사로 전화를 해서 우수사원으로 선정된 사람들에게 연말 선물로 지급될 동남아 부부 여행권을 예약했었다. "화요일은 도대체 어디 간 걸까요?" 고모는 혹시 스물네 시간을 잠을 잔 게 아니냐고 물었다. "저도 애인과 헤어지면 그렇게 스무 시간씩 잠을 자곤 하거든요." 여자가 설마, 한 번도 안 깼을까요? 되물었다. "허리가 아팠어요?" 어머니가 물었다. 오래 잠을 자고 나면 당연히 허리가 아프고 배가 고픈 법이라고. 여자는 허리도 아프지 않았고 배가 더부룩해서 식빵 두 쪽 중 한 쪽을 먹다 남겼다고 했다. "과연, 잃어버린 화요일에 전 뭘 했을까요?"

아무도 화요일에 여자에게 전화를 걸지 않았다. 여자는 휴대폰의 통화목록을 살펴보았다. 월요일 오후에 입사동기인 친구에게서 온 문자가 마지막이었다. 무단결근을 했는데도 누구 하나 안부전화를 걸지 않았다는 사실이 여자를 쓸쓸하게 했다. 여자는 아내가 임신을 한 기념으로 점심을 사겠다는 박대리를 따라나서지 않았다. 점심시간에 홀로 사무실에 남은 여자는 화요일에 어떤 일이 벌어졌는지 뉴스를 검색해보았다. "재미있는 일이 많았더라고요." 우선 화요일 저녁에 살인사건이 발생했다. 반지하방에 사는 자매가 살해당했고 범인은 아직 누구인지 밝혀지지 않았다. 맨홀에 빠져 일곱 시간이나 갇혔던 남자가 있었다. 한강에서 연달아 세 명이 투신자살을 시도했고 한 명도 죽지 않았다. 현금인출기를 통째로 도둑맞은 사건도 있었다. 누군가 주차장에 주차된 자동차 문을 전부 긁어놓았다. 주차장에는 오십 대가 넘는 차가 있었다. 여자는 CCTV에 희미하게 찍힌 범인의 모습을 보았다. 모자를 써서 얼굴을 알아볼 수가 없었다. 심지어 남자인지 여자인지조차도. "그러니까 본인이 그 일을 했다고 생각해요?" 작은삼촌이 물었다. 여자는 꼭 그렇지는 않아요, 하고 대답했다. "하지만, 그날 우리 동네에서는 이런 일들이 일어났어요." 의류수거함에서 고의성 방화로 추정되는 불이 연달아 났고, 건물 벽마다 심심해, 라고 낙서가 되어 있었고, 인도에 세워둔 입간판 몇 개가 순식간에 사라졌다. "그날 이후로 전 그중 혹시 제가 한 일이 있지 않을까, 하고 상상을 해요. 인도를 막는 입간판들을 볼 때마다 늘 걷어차고 싶었거든요." 여자는 세상엔 못 믿을 이야기란 없다는 생각이 들었다. 여자는 서점으로 가서 베스트셀러 10위 안에 들어 있는 소설들을 사왔다. 고등학교 이학년 때 방학숙제로 소설책을 읽은 이후 처음이었다. 케이블 텔레비전에서 방영하는 외국 드라마를 보기 시작했다. 밤을 새우는 일이 잦아졌고, 회사에 지각하는 일도 잦아졌다. 여자는 회사를 그만두었다. "우리 남편도 회사를 그만두었어요." 어머니는 카운터 쪽을 가리키며 말했다. "남편이에요?" 여자가 눈을 동그랗게 뜨고 물었다. "네, 우리 아빠예요." 내가 대답했다. "이 새벽에 뭐하는 거예요?" "뭐하긴요. 아버지 직장에 놀러 온 거죠." 고모가 말했다. 여자가 우리를 한심하다는 듯이 바라보았다. "참 이상한 사람들이네요." 그 말에 우리 식구들이 동시에 웃었다. "이상한 건 우리가 아니라 당신이에요. 왜 새벽 세시마다 초콜릿을 사먹죠?"

여자가 먹다 남은 초콜릿을 바라보았다. 그러고는 혼자 어깨를 으쓱했다. 여자는 효자손으로 발바닥을 긁으며 세상이 우리 편일 거라는 생각은 하지 말라고 말하던 어머니를 생각했다. 회사를 그만둔 여자는 시간이 아주 많아졌다. 학비를 벌기 위해 늘 아르바이트를 해야 했던 여자는 그처럼 오랫동안 쉬어본 적이 없었다. "한가해지니까 비로소 사기를 치고 달아난 어머니의 동창이 생각나더라고요." 여자는 자고 일어나면 밤새 일어난 사건 사고를 검색했다. 여자는 어머니의 동창에게도 세상이 자신의 편이 아니라는 사실을 알려주고 싶었다. "밤에 일어나는 그 수많은 사건들 중 하나가 그 여자에게 일어나지 않으리라는 법도 없잖아요." 여자는 초콜릿을 먹었다. 그리고 조용히 숨을 가다듬었다. "그래서 지금 저는 그 여자에게 어떻게 하면 가장 멋진 복수를 할 수 있을지 궁리하는 중이에요."

나는 여자에게 캐러멜 한 통을 선물로 주었다. "너 그거 어디서 났니?" 어머니가 물었다. 나는 고모와 작은삼촌을 번갈아 쳐다본 후, 아까 훔친 거야, 하고 말했다. 아버지 직장에서 도둑질을 하다니 역시 당신들이 더 이상해요, 하고 여자가 말했다. 할말이 없어진 나는 억지로 하품을 했다. "졸리니?" 어머니와 작은삼촌과 고모가 동시에 말했다. 편의점 출입문에 달린 작은 종이 흔들렸다. 아버지가 청소부에게 홍삼 드링크를 한 병 내밀었다. 나는 여자에게 우리 아빠는 저렇게 착해요, 공짜로 음료수도 주잖아요, 하고 말했다. 음료수를 다 마신 청소부는 병을 쓰레기통에 버리지 않고 조끼 주머니에 넣었다. 그리고 반대편 주머니에서 천원을 꺼내 아버지에게 주었다. "뭐가? 지금 돈을 받네." 여자가 말했다.

아침이 밝아왔다. 교대를 할 아르바이트 학생이 십 분 늦게 도착했다. 여자가 캐러멜을 주머니에 넣으면서 내 머리를 쓰다듬었다. "복수가 성공하면 반드시 이걸 먹을게." 여자가 정말로 사기꾼을 찾아 멋지게 복수를 하리라는 예감이 들었다. "만약에 잡히면 제가 초콜릿을 사가지고 면회 갈게요." 여자와 나는 손가락을 걸고 약속했다. 집으로 돌아오는 길에 우리는 무단횡단을 두 번 했다. "그래서 그 여자는 왜 날마다 편의점에 온다니?" 현관문을 열자마자 할머니가 물었다. "몰라요." 우리는 대답했다.

여자를 다시 본 건 일 년이 지난 어느 날이었다. 일요일이었고, 식구들은 늦은 아침을 먹고 있었다. 일요일 식단은 언제나 똑같았다. 어머니는 일요일이면 밥솥 가득 밥을 했다. 국도 찌개도 끓이지 않았다. 냉장고에 있는 모든 반찬들을 꺼내 식탁에 올려놓고, 밥통의 취사버튼을 누르면, 일요일의 아침 준비는 끝이었다. 식구들은 일어나는 순서대로 알아서 밥을 먹었다. 늦잠을 자는 식구들 때문에 아침상을 다섯 번이나 차리는 것을 본 할머니가 제안한 것이었다. "각자 취향대로 비벼 먹도록. 그게 싫으면 알아서 해먹든가." 콩나물무침 같은 것들은 늦게 일어나면 다 떨어지고 없었다. "낮 두 시에 일어났더니 남은 반찬이 김치밖에 없더라." 작은삼촌이 졸린 눈을 비비며 밥을 먹었다. 먹고 다시 잘 거야, 라고 말하며. 일찌감치 일어나 어묵볶음에 밥을 먹은 나는 소파에 누워 텔레비전을 보고 있었다. 사람들이 사막을 뛰고 있었다. "뭐하는 거예요?" 나는 소파 반대편에 누워 있는 할아버지에게 물었다. "달리기 대회를 하나보네." "설마." 나는 대답했다. 설마는 그즈음 즐겨 보던 만화책의 주인공이 즐겨 쓰는 말이었다. 엄마가 공부해라, 하고 말하면 주인공은 텔레비전 리모컨을 누르면서 설마, 하고 대답한다. 동생이 화장실에서 나오면서 나 변비인가봐, 하고 말해도 설마, 하고 대답한다. 가장 압권은 회사에서 잘린 아버지의 이야기였다. 4인용 소파에 나란히 앉아 텔레비전을 보는 장면, 동생이 텔레비전을 보다가 깔깔거리며 주인공의 어깨를 치는 장면, 여간해선 웃지 않는 아버지 혼자 마른세수를 하는 장면이 이어진다. 그러다가 마침내 아버지가 입을 연다. "나 회사에서 짤렸어." 그러면 주인공이 어깨를 으쓱하며 말한다. "설마." 내가 만화책에서 그 에피소드를 가장 좋아하는 이유는, 이어지는 다음 장면 때문이었다. 다시 네 명의 가족이 나란히 앉아 텔레비전을 보는데, 세상에, 텔레비전에서 방영되는 것은 방금 전 보여주었던 그 가족의 풍경이었다. 아이는 텔레비전 속의 주인공이 실직한 아버지에게 설마, 라고 말하는 장면을 웃지 않고 진지한 표정으로 본다. 왜 웃지 않는 거지? 나는 그 장면이 이상했다. 배꼽을 잡고 웃어야 비로소 이야기가 완성될 것만 같았다. 다른 만화책들처럼. 나는 사막을 달리는 사람들을 보았다. 걷기도 힘든데 뛰다니! 만화책 주인공이라면 설마, 라는 단어를 수십 번도 더 외칠 것이다. "한국인도 있네." 할아버지가 말했다. 선글라스를 끼고 스카프로 얼굴을 가린 여자가 다리를 절뚝이며 뛰고 있었다. 카메라는 그 여자를 한참 따라갔다. 여자가 뛰기를 멈추고 물을 꺼내 마셨다. "어, 그 여자다. 초콜릿!" 나는 외쳤다. 밥을 먹던 식구들이 부엌에서 달려나왔다.

물을 다 마신 여자는 다시 얼굴을 가리고 뛰기 시작했다. "어디?" "전혀 알아볼 수 없잖아." "난 여자인지 남자인지도 모르겠다." 식구들은 내 말을 믿지 않았다. "분명히 봤어. 물을 마실 때. 그 여자 입술 끝에 점이 있잖아." 일요일 오전에 사막을 달리는 사람들을 구경하는 일은 꽤 괜찮은 일이었다. 먼지가 화면 밖으로 나올 것만 같았다. 나는 이상하게 숨이 가빠왔다. 낮잠을 자면 멋진 꿈을 꾸게 될 것만 같았다. 나는 마라톤 중계를 즐겨 보는 어른이 될 것만 같았다. 일요일이면, 일주일 치 와이셔츠를 빨고, 전화기를 꺼놓고, 소파에 앉아 맥주를 홀짝거리며 마라톤 생중계를 보게 될 것이다. 여자의 뒤에는 덩치가 아주 큰 금발 여자가 있었다. 그리고 그 뒤에는 아무도 없고 취재용 지프만이 보였다. "꼴찌는 하지 말았으면." 고모가 말했다. "꼴찌면 어때." 작은삼촌이 말했다. 카메라가 바위 그늘에 앉아서 쉬고 있는 선수들을 보여주었다. 한 선수가 두 손으로 X자 모양을 만들었다. 포기한다는 뜻이었다. 카메라가 그 선수의 발을 잡았다. 피에 젖은 양발이 보였다. 곧이어 지프가 지나갔고, 경기를 포기한 선수가 지프에 올라탔다. 지프 뒷자리에는 대여섯 명도 더 되는 사람들이 앉아 있었다. "모두 포기한 건가요?" 선수들이 그렇다고 대답했다. 앳돼 보이는 남자아이가 여기까지 달린 것도 대단했어요, 하고 말했다. "너도 나가봐라." 작은삼촌이 내 등을 밀었다. 해가 졌다. 여자는 아직도 달리고 있었다, 고 말하고 싶지만 실은 여자는 걷고 있었다. 이미 도착한 사람들은 파티를 하고 있었다. 바비큐를 굽고, 맥주를 마시고, 어깨동무를 하고 춤을 추었다. 그러다가 누군가 결승지점에 들어오면 박수를 쳐주었다. 이제 카메라는 마지막 남은 두 여자를 보여주었다. "조금만 더, 조금만 더." 할머니가 말했다. 마침내 파티를 하는 사람들이 저 멀리 보인다. 여자가 마지막 남은 물을 마신다. 그러고는 신발 끈을 고쳐맨다. 아주 천천히. 여자는 저 멀리 결승지점을 향해 달렸다. 여자가 한 걸음 내디딜 때마다 우리들은 박수를 쳤다. 여자가 두 손을 번쩍 든 순간 아버지의 머릿속에는 여행중 만났던 수많은 사람들의 얼굴이 스쳐 지나갔다. 아버지는 손바닥을 내려다보았다. 왜 내가 이러고 있지? 아버지는 생각했다. 어머니는 학교 운동장에서 넘어졌던 어느 날이 생각났다. 무릎이 까졌고, 어머니는 받아쓰기 공책을 찢어 피가 나는 무릎에 붙였다. '해바라기'를 '헤바라기'로 틀리게 쓴 글자가 피에 젖었다. 고모는 다시 누군가를 만난다면 새똥 때문에 화를 낸다 해도 다 받아줄 수 있을 것만 같았다. 작은삼촌은 과연 복수는 성공한 걸까? 하는 궁금증이 들었다.

9

아버지는 아르바이트를 그만두었다. 편의점을 그만두는 날 아버지는 커다란 배낭을 사왔다. 이 년 전에 샀던 것보다 훨씬 큰 것이었다. "나도 들어가겠어요." "한번 들어가봐." 내가 배낭에 들어가자 아버지가 얼른 배낭 입구 끈을 조였다. "답답해요!" 소리치는 나에게 아버지는 짐이 되는 상상을 해보라고 했다. 나는 즐거운 일만 상상하기도 모자란 시간에 왜 짐이 되는 상상을 해야 하는지 모르겠다고 말하고 싶었지만, 얼른 밖으로 나가고 싶어 알았다고 대답했다. "우린 지금 어느 나무 그늘 아래서 잠시 쉬고 있어. 다섯 시간을 쉬지도 않고 걸은 후야." 나는 바람이 어느 쪽에서 불어오는지, 바람 끝에는 어떤 냄새가 나는지를 상상해보았다. 그러자 혼자 앉아서 시소놀이를 하던, 지루하게 시간이 더디 가던, 어느 오후가 떠올랐다. 혼자 시소를 올렸다 내렸다 반복하다보면 맞은편에 누군가 앉아 있는 것처럼 무게가 느껴졌다. 그러면 나도 모르게 좀 살살해,

엉덩이 아프잖아, 하고 중얼거리게 된다. 잠시 후 아버지가 배낭을 짊어지는 것이 느껴졌다. "자, 다시 길을 가볼까." 아버지는 마루를 한 바퀴 돌고 난 뒤 밖으로 나갔다. 여기부터는 언덕길이네. 우와, 천년은 더 산 것 같은 나무가 있어. 곧 해가 지겠네. 어디선가 맛있는 냄새가 나는데. 아버지가 갑자기 제자리에 멈추어 섰다. "얘야!" 나는 대답하지 않았다. 아버지가 배낭 옆을 주먹으로 툭툭 쳤다. "왜 말이 없어?" "짐이라면서요. 사람도 아닌데 어떻게 말을 해요." "그렇구나." 아버지는 배낭 끈을 조절한 다음 다시 걷기 시작했다. 나는 아버지의 등에 대고 이번에 가면 언제 올 거예요? 속삭였다. "네가 크면 이런 배낭을 메고 같이 걸어가자. 셋이서, 나란히."

할머니는 부모님이 다시 여행을 가겠다고 하자 절대 떠날 수 없을 거라고 말했다. "너희들 여권은 벌써 숨겨두었어. 못 찾을 거야." 할머니는 요즘 들어 아버지가 마당 벤치에 앉아 멍하니 하늘을 바라보는 일이 잦아졌음을 알아차렸다. 아버지가 고등학생이었을 때, 밥을 먹다 말고 한숨 쉬는 일이 잦아지더니 결국 가출을 했던 일이 떠올랐다. 할머니는 어머니의 화장대를 뒤져 여권 두 개를 찾아냈다. "어디에 숨겼는지는 내가 죽을 때 알려줄게." 할머니가 말했다. 아버지는 텔레비전 옆에 배낭을 두었다. 모든 식구들이 볼 수 있도록. 식구들이 텔레비전을 볼 때나, 차를 마실 때나, 아니면 마루에서 낮잠을 잘 때나, 아버지는 그 옆에 앉아서 배낭에 짐을 쌌다 풀었다 반복했다. 마침내 할아버지가 배낭을 발로 걷어차며 한마디를 했다. "넌 장남이야." 아버지는 말없이 마루에 늘어놓은 짐들을 배낭 안에 집어넣고는 이층으로 올라갔다. 큰삼촌의 빈방에 배낭을 넣은 후 아버지는, 네가 장남이었으면 어땠을까? 중얼거렸다. 아버지는 페인트를 사다가 대문을 칠했다. 시멘트로 갈라진 담장 틈을 메우고, 낡은 모기장을 새것으로 바꾸었다. 떨어져나간 화장실 타일을 붙이고 물줄기가 고르지 않은 샤워기도 고쳐놓았다. 식구들이 모두 말렸지만 도배까지 도전했다. 이틀이나 걸렸고, 몇 군데 벽지가 울긴 했지만 무늬까지 정확히 맞추었다. 도배가 끝나던 날 아버지는 작은삼촌에게 술 한잔하자, 라고 문자메시지를 보냈다. 작은삼촌은 단골 포장마차의 위치를 아버지에게 알려주었다. 아버지는 나를 데리고 포장마차로 갔다. 삼촌은 이미 어묵국물에 소주를 마시고 있었다. "이 녀석은 왜요?" "셋이 마시는 게 소원이라며." 아버지는 내 잔에 사이다를 따라주었다. 나는 아버지와 작은삼촌의 잔이 빌 때면 재빨리 술을 채웠다. 몇 번의 건배 후 아버지가 작은삼촌에게 종이 한 장을 내밀었다. "이게 뭐야?" 작은삼촌이 물었다. "너 다 가지라고. 집 말이야." 아버지는 한 푼도 물려받지 않겠다고, 그러니 모두 작은삼촌이 가져도 상관없다고 말했다. "유산을 물려받지 않겠다는 서약서야. 거기 서명도 했어." 작은삼촌이 술을 한잔 마시더니 낄낄거리며 웃었다. "뭐, 이러니 우리집이 대단히 부자인 것 같네. 달랑 집 한 채뿐인데 말이야." 작은삼촌이 종이를 접어 안주머니에 넣었다. "좋아. 그래도 제사는 형이 지내." 나는 작은삼촌에게 나중에 삼촌이 아이를 낳으면 그 아이에게 집을 물려줘도 아무 말 하지 않겠다고 말했다. 작은삼촌이 내 머리를 쓰다듬더니, 여기 맵지 않게 소시지볶음 해주세요, 하고 소리쳤다. "대신 조건이 있어." 아버지가 골뱅이무침의 소면을 젓가락으로 돌돌 말았다. "취직을 해." 작은삼촌이 고개를 숙이고 끝이 붉게 물든 나무젓가락을 뚫어지게 바라보았다.

부모님은 일주일에 한 번씩 엽서를 보냈다. 관광지에서 산 엽서일 때도 있었지만 대부분은 직접 찍은 사진을 인화해 뒷면에 사연을 적어 보냈다. 도통 재료가 무엇인지 알 수 없는 음식 사진 뒤에는 '오늘 이런 걸 먹었다. 너도 먹어보면 평생 음식투정은 안 하게 될 게다' 같은 글이 적혀 있었다. 부모님은 글 말미에 언제나 날짜와 도시의 이름을 적었고, 나는 날짜 순서에 맞춰 엽서를 정리해두었다.

외할머니와 똑같이 생긴 어떤 할머니와 어머니가 어깨동무를 하고 찍은 사진도 있었다. '정말 닮았죠? 엄마, 보고 싶어요.' 그 엽서를 받은 날, 나는 할머니를 졸라 외할머니 식당으로 갔다. 나는 주방 천장에 매달려 있는 끈끈이를 향해 소주병 뚜껑을 던져보았다. 뚜껑이 잠깐 붙었다가 이내 떨어졌다. 끈끈이에 달라붙어 있던 파리도 몇 마리 떨어졌다. "파리가 백 마리는 되겠어." 외할머니가 두 손으로 내 양볼을 쓰다듬으며 키가 더 컸네, 하고 말했다. 외할머니의 손에서 마늘 냄새가 났다. 소주를 마시던 손님들이 자리에서 일어나며 얼마예요? 물었다. 외할머니가 만팔천원이라고 대답했다. 나는 재빨리 아니에요, 이만사천원이에요, 끼어들었다. "족발 중, 만팔천원, 소주 두 병, 육천원. 아니에요, 할머니?" 안경을 쓴 남자가 이만오천원을 내더니 천원은 이 똑똑한 놈 용돈으로 주세요, 하고 말했다. 손님들이 나가고 난 뒤 외할머니는 오천원짜리를 반으로 접어 내 주머니에 넣어주었다. "외할머니, 나한테 뭐 할 말 없어?" 내가 물었다. 응, 사랑해. 외할머니가 대답해주었다. "사돈, 그 말이 듣고 싶은 게 아닐걸요." 외할머니가 끓인 콩나물국에 밥을 말아 먹던 할머니가 말했다. 할머니는 외할머니의 가게에 오면 언제나 콩나물국에 밥을 한 그릇씩 말아 먹었다. "솔직히 말해요. 무슨 일이 있죠?" 할머니는 앞치마의 얼룩들을 가리키며 사돈이 이렇게 지저분한 앞치마를 맨 것을 처음 본다고 했다. "맞아. 주방에 설거지 그릇들이 잔뜩 쌓였어. 바닥도 일주일은 안 닦은 것 같고." 내가 맞장구를 쳤다. 외할머니가 주먹으로 무릎을 툭툭 쳤다. 마치 가게가 지저분한 것은 아픈 무릎 때문이라는 듯이. 나는 외할머니에게 어머니가 보낸 엽서를 보여주었다. "닮았죠? 외할머니가 더 예쁘긴 하지만." 외할머니는 형광등 밑에 서서 오랫동안 엽서를 보았다. 외할머니는 한 번도 카메라를 사본 적이 없었다. 외할머니는 카메라 뷰파인더로 누군가를 바라보는 일이 어떤 것인지 궁금했다. 외할머니는 아장아장 걷는 어린 딸의 모습을 떠올렸고, 그 아이가 사각의 틀 밖으로 걸어나가기 전에 얼른 셔터를 누르는 자신의 모습을 상상해보았다. "두 달 전이었나." 외할머니가 입을 열었다. 어느 날 밤에 자다 등에 심한 담이 결렸다고. 약상자를 뒤져 파스를 찾아냈지만 결리는 부위는 아무리 해도 손이 닿지 않는 곳이었고, 결국 외할머니는 약국 문이 열릴 때까지 기다려야 했다. 처음에 간 약국의 약사는 젊은 남자였다. 외할머니는 다른 약국으로 갔다. 나이가 지긋한 남자가 있었다. "여덟 군데나 갔어요. 여자 약사를 찾아서." 외할머니는 마침내 찾은 여자 약사에게 파스를 붙여달라고 부탁을 했다. 약사의 손은 찼다. 등에 남아 있는 차가운 기운은 가게 문을 열고, 대걸레로 바닥을 닦고, 족발을 삶는 동안에도 가시지 않았다. 쓸쓸했다. 외할머니는 쓸쓸하다는 생각을 하지 않기 위해 평생 최선을 다해 노력을 하며 살았다. 외로움에 빠지지 않는 것, 그것이 외할머니가 가진 전부였다. "그런데 겨우 파스 하나 때문에." 그날부터 모든 게 귀찮게 느껴졌다. 단골 손님이 족발 맛이 달라졌다고 하자 그럼 앞으로 오지 마요, 하고 퉁명스럽게 대꾸했다. 외할머니가 갑자기 사진을 반으로 찢었다. "나도 그애랑 단둘이 찍은 사진이 없는데." 외할머니는 서랍에서 테이프를 꺼내 사진 반쪽을 카운터 뒤쪽 벽에 붙였다. 오른쪽 어깨가 잘린 어머니가 환하게 웃고 있었다. 외할머니는 나머지 사진 반쪽을 내게 주었다. "내가 훨씬 젊어. 난 이 할망구처럼 이마에 주름이 있지도 않잖아."

장거리 버스에서 잠을 자다가 아이의 자지러지는 울음소리에 놀라 잠을 깨면, 어머니는 내가 지금 뭐하는 거지, 의문이 들곤 했다. 교복을 입은 여학생들이 팔짱을 끼고 길을 걷는 것을 볼 때도, 빨랫줄에 걸린 빨래들이 바람에 흔들리는 것을 볼 때도 그런 생각이 들었다. 그러면 어머니는 불씨가 꺼져가는 난로 앞에서 손을 비벼가며 구구단을 외우던 어린 시절을 떠올렸다. 구구단을 외우다 막히면 머리카락을 몇 올 뽑아 난로 위에 올려보곤 했다. 머리카락은 눈 깜짝할 사이에 사라졌다. 어머니는 낮기온이 사십 도를 넘나드는 도시를 걸어가다 어릴 적 외할머니 가게에 있던 것과 똑같은 난로를 발견했다. 난로를 보는 순간 어머니는 이번 여행이 쉽게 끝나지 않을 것 같은 예감에 사로잡혔다. 난로 사진 뒤에는 '타임머신을 탄 기분이야'라고 적혀 있었는데, 나 역시 그 글을 읽으면서 부모님이 쉽게 돌아오지 않을 것만 같은 예감이 들었다. 내 시간과 부모님의 시간이 다른 속도로 흘러갈 것만 같았다.

내가 가장 좋아하는 엽서는 끝없이 펼쳐진 해바라기 밭을 찍은 사진이었다. '엄마가 어디 숨어 있는지 찾아봐라.' 할머니의 돋보기를 빌려 쓰고 아무리 들여다보아도 어머니의 얼굴은 찾을 수가 없었다. 어느 날 학교 운동장에 서서 내 키보다 그림자가 더 길어지는 것을 보다가, 운동장이 온통 해바라기로 채워진다면 어떨까, 상상해 보았다. 나는 가방에 모든 교과서와 공책과 준비물을 넣고 다녔다. 무거운 가방을 메고 등을 구부정하게 숙이며 길을 걷는 것이 좋았다. 아침마다 가방을 새로 쌀 필요가 없었다. 하지만 시간표를 보지 않게 되면서 요일이 자주 헷갈렸다. 부모님이 뒤집어진 버스 안에서 오 년째 살고 있다는 부부를 만났을 때 나는 소풍을 갔다. 어머니는 모닥불을 피워놓고 그들 부부와 소시지를 구워 먹는 아버지의 모습을 사진으로 찍었다. 혓바닥이나 데어라! 나는 사진을 보면서 중얼거렸다. 반 아이들 몇이 벌에 쏘여 구급차에 실려갔고, 나는 남아 있는 아이들에게 지구 저편에는 벌을 튀겨 먹는 사람들이 있다고 말해주었다. "거짓말." 누군가 말했다. 나는 일주일 동안 자전거 한 대를 먹는 사람도 있는데 벌 따위야 얼마든지 먹을 수 있는 거 아니냐고 대꾸해주었다. 버스에서 살고 있는 부부는 부모님에게 이런 말을 해주었다. "이 버스가 거꾸로 하늘을 달린다고 생각해봐요." 나는 마당에 누워서 허공을 향해 발을 굴러보았다. 하늘에 떠 있는 별을 보면서 허공에 발차기를 하다보면 자전거를 타고 하늘을 달리는 기분이 들었다. 치! 그걸 알기 위해 그 먼 곳까지 가야 하다니. 마당에 누워 자전거를 타는 내 모습을 사진으로 찍어 부모님에게 보내주고 싶었다. '그건 하나도 어려운 일이 아니에요' 라고 적어서. 부모님이 햄버거 많이 먹기 대회에 나가서 인기상을 수상했을 때, 나는 가을운동회 백미터 달리기에서 5등을 했고, 아무 상품도 받지 못했다. 콩밥 먹기에 도전을 했다가는 세 번 만에 성공을 했다. 내가 찡그린 얼굴로 콩밥을 삼킬 때 부모님은 녹물이 나오는 낡은 호텔에서 겨우 세수만 하고 잠이 들었다. 부모님이 키가 이 미터가 넘는 아들을 여덟 명이나 둔 노부부의 농장에서 살구를 따는 동안 나는 엄지발가락이 꽉 눌리는 운동화를 꾹 참고 신고 다녔다. 양말이 뚫어지는 것을 이상하게 여긴 할머니가 세 달 만에 운동화가 작아졌다는 것을 알아차렸고, 그제야 나는 새 운동화를 신게 되었다. 벼락 맞은 나무 아래에서 십 년째 기도를 올리는 남자의 이야기를 듣다 어머니는 눈물을 찔끔 흘렸다. 당신의 아들이 가을철 별자리 이름을 모두 외웠다는 것은 상상도 못한 채. 당신의 아들이 열번째 생일선물로 천체망원경을 받고 싶어한다는 것은 짐작도 못한 채. 내 그림자는 조금씩 길어졌고 가방은 조금씩 무거워졌다. 부모님의 옷은 태양빛에 조금씩 바래갔고 배낭은 조금씩 무거워졌다.

나는 '문득' 이라는 단어를 좋아하게 되었다. 국어책에서 문득 배가 고파왔습니다, 라는 문장을 읽게 된 후부터였다. 그 문장을 읽자 정말로 배가 고파졌다. 모두 '문득'이란 단어 때문이었다. 나는 '설마' 라고 말하던 말버릇을 없애고, '문득'으로 시작하는 문장을 만들어내기 시작했다. 문득 아무하고도 말을 하고 싶지 않았습니다, 문득 잠을 자고 싶었습니다, 문득 학교에 가고 싶지 않았습니다 같은 문장들. 그 문장들을 자꾸 중얼거리다보니 정말로 학교에 가고 싶지 않았다. 나는 학교 앞 문방구에 있는 오락기에 동전을 하나 넣었다. 등교시간이 지나도록 게임이 끝나지 않으면 오늘 학교는 하루 쉬어야지. 하지만 몇 초 지나지 않아 비행기가 폭탄을 맞았다. 이제 비행기는 두 대밖에 남지 않았다. 같은 반 아이가 너 뭐하니? 물었다. 응, 하고 대답하려는 순간 비행기 한 대가 추락을 했다. "선생님이 물어보거든 나 못 봤다고 해." 나는 초록색 버튼을 손톱이 아프도록 눌렀다. 마지막 비행기는 수십 대의 적군의 비행기를 물리치고 앞으로 나아갔지만 금세 어디선가 날아온 미사일에 맞고 공중분해되었다. 문방구 주인이 너 오락 엄청 못하는구나, 하고 말했다. "문득 게임을 그만하고 싶어진 거예요." "말이나 못하면." 문방구 주인이 웃었다.

바람이 불었고, 내 등 뒤로 비닐봉지가 바람에 날아갔다. 나는 바람에 날리는 봉지를 따라 걸었다. 비닐봉지는 멈출 듯 멈출 듯 멈추지 않았다. 나는 뛰지 않았다. 횡단보도에 서서 신호가 파란불로 바뀌기를 기다리는 동안 비닐봉지는 트럭의 바퀴에 깔렸다. 비닐봉지는 수족관이 파란 천으로 덮여 있는 횟집을 지나 일주일 전에 고양이가 차에 깔려 죽은 피아노학원 앞을 지났다. 누군가 먹다 버린 살구에 달라붙어 있는 개미들을 스쳐 지나간 뒤, 마침내 비닐봉지는 물웅덩이에 빠졌다. 나는 비닐봉지를 뚫어지게 바라보며 중얼거렸다. "문득 비닐봉지는 쓸쓸해 보였다." 나는 손목시계를 보았다. 등교시간은 이미 지나 있었다. 부모님이 내 나이의 소년에게서 산 시계였다. 부모님은 여행중에 나와 나이가 비슷한 아이들을 만나면 그 아이들이 갖고 있는 물건들을 샀다. 낡은 모자, 바람개비, 목이 늘어난 티셔츠, 물총 등등이 국제우편으로 배달되었다.

나는 편의점에서 빵과 우유를 샀다. 문득이란 단어를 말하기만 해도 자동적으로 배가 고파졌다. 빵봉지를 뜯다가 나는 내 이름이 새겨져 있는 것을 보았다. 나는 편의점 파라솔에 앉아 막걸리를 마시고 있는 아저씨에게 봉지에 왜 이름이 쓰여 있는지 물어보았다. "그건 제조자 이름이야." 아저씨가 말해주었다. "그러니까, 그 빵을 만든 사람이라고." 아저씨가 다시 한번 설명을 했다. 나는 다시 편의점에 들어가 빵을 하나 더 골랐다. 거기에는 다른 이름이 새겨져 있었다. 나는 두 빵을 한입씩 번갈아가며 먹었다. 내가 만든 빵이, 아니 나와 이름이 같은 누군가가 만든 빵이, 두 배는 더 맛있었다. 빵을 다 먹은 후, 내 이름이 새겨진 빵봉지를 잘 펴서 노트 사이에 끼워넣었다. 그날 나는 내 이름이 찍힌 빵봉지를 찾기 위해 학교 주변에 있는 가게들을 돌아다녔다. 빵을 뒤지기만 할 뿐 아무것도 사지 않자 아르바이트생이 화를 내기도 했다. "신선한 게 없어요." 나도 화를 냈다. 수업시간이 모두 끝날 때까지 나는 이름이 같은 제조자가 만든 빵을 세 개 더 발견했다.

나는 큰삼촌의 책장에서 지도책을 꺼내 빵공장이 있는 도시가 어디쯤에 있는지 찾아보았다. 나와 이름이 같은 사람은 오 년 내내 똑같은 빵을 만들었다. 나는 팔백 개가 넘는 빵봉지를 모았다. 그사이, 작은삼촌은 회사를 두 번이나 옮겼다. 나는 작은삼촌에게 빵을 하나 주면서, 이거 먹고 정신 좀 차려, 라고 말해주었다. 오 년 동안이나 먹어왔지만 늘 한결같은 맛이었다고. "이렇게 맛없는 빵을 오 년이나 먹다니. 그러니 네가 이렇게 뚱뚱해졌지." 작은삼촌이 내 배를 보더니 한숨을 쉬었다. 나는 '문득 부모님이 그리워졌다' 따위의 문장은 결코 생각하지 않았다. 그 문장이 떠오를 때면 나는 빵봉지에 새겨진 이름을 보면서 '문득 그 남자가 궁금해졌다' 라고 중얼거렸다. 사진 속의 부모님은 점점 말라갔다. 초등학교 마지막 운동회 날, 나는 백미터 달리기에서 7등을 했고 아무 상품도 받지 못했다.

나는 큰삼촌의 모자를 쓰고 가출을 했다. 모자는 여전히 컸다. 나는 삼촌의 모자가 내 머리에 맞는 날이 영영 오지 않기를 바랐다. 멀미가 날 때마다 모자를 얼굴에 대고 깊게 숨을 들이쉬었다. 할머니가 빨래를 하지 못하도록 모자를 옷장 깊숙한 곳에 숨겨두었건만 모자에서는 큰삼촌의 냄새가 나지 않았다. 모자에서 맡아지는 냄새는 나프탈렌 냄새뿐이었다. 원래 큰삼촌에게서 어떤 냄새가 났는지 기억조차 나지 않았고, 그걸 기억하지 못하는 스스로에게 적잖은 실망감이 느껴졌다. 버스가 급정거를 하는 바람에 혀를 씹었다. 피 맛이 느껴졌다. 혀를 내밀어 다친 곳을 보려 했지만 보이지 않았다. 버스가 터널을 지나갈 때 유리창에 혀를 비춰보았다. 그래도 다친 곳은 보이지 않았다. 나는 사이다를 한 모금 마셨다. 다친 혀가 따끔거렸다. 버스가 휴게소에서 잠시 정차했다. 나는 화장실로 달려갔다. 아주 오랫동안 오줌을 누고 비누질을 두 번이나 해가며 손을 닦았다. 다친 혀를 보고 싶었지만 참았다.

나는 가락국수를 먹고 있는 버스기사에게 다가갔다. 기사는 국수를 먹는 동안에도 선글라스를 벗지 않았다. "천천히 드세요." "버스가 기다리잖아." 기사가 국수를 씹으면서 대답했다. 나는 아저씨가 출발을 하지 않으면 그뿐인데 무슨 걱정이냐고 말해주었다. 기사가 후후 불어가며 국물을 마셨다. 버스기사는 국물도 남김없이 한 그릇을 다 먹었다. 기사는 자판기 커피를 뽑아 한 모금 마신 뒤 주머니에서 담배를 꺼냈다. "부모님은 어디 있니?" 기사는 주머니를 몇 번 더 뒤지더니 담배를 다시 갑에 넣었다. "부모님은 코트디부아르에 있어요." 사람들이 부모님에 대해 물으면, 나는 여섯 글자로 된 나라들의 이름을 말했다. 푸에르토리코나 코트디부아르라고 발음을 해보면 나도 모르게 어깨가 으쓱해지곤 했다. 나는 버스기사를 따라 버스로 돌아왔다. 버스에 타기 전에 기사가 물었다. "너 솔직히 말해. 버스 못 찾을까봐 날 기다린 거지?" 나는 아무 말도 하지 않고 어깨만 으쓱해 보였지만 순간, 할머니의 말투로 이렇게 말하고 싶은 생각이 들었다. 내가 문제가 아니라, 똑같이 생긴 버스들이 문제야. 버스기사가 통로에 서서 모두 탔습니까, 하고 물었다. 서로 모르는 사람들인데 누가 탔고 누가 안 탔는지 어떻게 알지? 의문이 들었지만 나도 모르게 네, 하고 대답했다. 버스가 이내 출발을 했고, 나는 눈을 감았다.

꿈을 꾸었다. 나는 혼자 그네를 타고 있었다. 눈 밑에 칼자국이 있는 남자가 내게 다가와 뭐하니? 하고 물었다. 나는 깜짝 놀랐는데, 그 남자가 무서워서가 아니라 생김새와는 달리 너무나 가느다란 목소리를 지녔기 때문이었다. 남자가 양복 안주머니에서 커다란 초코파이를 꺼냈다. 가게에서 파는 것보다 세 배는 큰 초코파이였다. "이 안에는 말이야, 하얀 구름이 들어 있단다." 나는 초코파이를 무릎에 올려놓고 손가락으로 뜯어먹었다. 마침내, 흰색의, 동그란, 마시멜로가 모습을 드러냈다. "달 같지 않니?" 남자가 말했다. 나는 그네에서 내려, 달 위를 걷는 사람처럼 아주 천천히 운동장을 걸었다. 운동장을 한 바퀴 돌고 난 뒤 나는 남자에게 혓바닥을 내밀어 보였다. "혀를 깨물었어요." 남자가 내 혓바닥 위에 마시멜로를 올려놓았다. 마시멜로가 혓바닥에서 녹는 동안 내 키는 쑥쑥 자랐다. 어른이 된 나는 버스를 타고 어디론가 가고 있었다. 내 옆에는 발이 바닥에 닿지 않는 꼬마아이가 앉아 있었다. "내 꿈은 말이에요, 요리사가 되는 거예요." 나는 아이에게 그거 멋진 일인데, 하고 말해주었다. 나는 마시멜로를 구워 먹어본 적이 있냐고 아이에게 물었다. 아이는 고개를 젓더니, 가방을 열어 수첩을 꺼냈다. 수첩에는 스티커가 잔뜩 붙어 있었는데, 모두 먹을 것들이 그려진 스티커였다. "나는 하루 세끼를 사먹는단다." 아이가 내 배를 보며 웃었다. "하나 드릴까요?" "그래." 아이는 계란프라이 스티커를 집었다가 이내 고개를 저었다. 그리고 스파게티와 햄버거 사이에서 한참을 망설이더니 햄버거 스티커를 떼어냈다. "여기에 붙여주렴." 나는 지갑을 꺼냈다. 아이가 스티커를 지갑에 붙이려는 순간, 누군가 내 어깨를 흔들었다. 버스기사였다. "다 왔어." 버스에서 내린 내 손에는 사이다가 들려 있었다. 나는 김이 빠진 사이다를 마셨다. 트림을 한 번 하고 난 뒤 나는 택시를 탔다. 그리고 택시기사에게 빵봉지를 건네주며 말했다. "여기 적힌 주소로 가주세요."

수위는 빵봉지에 찍힌 이름 때문에 공장까지 찾아왔다는 내 말을 믿지 않았다. “그럼 전국을 뒤져 너랑 이름이 같은 사람들을 다 찾아다닐 거니?” 선글라스를 낀 수위가 물었다. 옆에 앉아 있던, 코끝에 점이 있는 다른 수위가 이 도시엔 나랑 이름이 같은 사람이 적어도 열한 명 있어요, 하고 말했다. “전, 낯선 도시에 가면 공중전화부스에서 전화번호부책을 뒤져보는 버릇이 있거든요. 제 이름과 같은 사람이 얼마나 있는지 보려고요.” 코에 점이 있는 수위가 자리에서 일어나더니 어딘가로 전화를 걸었다. 한참이 지난 후, 수화기를 내려놓으면서 수위는 말했다. “지금 전화 받기가 힘든가보다. 메모 남겼으니 기다리렴.” 수위실 근처를 두리번거렸지만 그늘은 보이지 않았다. “배가 아픈데 화장실 좀……” 나는 두 손으로 배를 움켜쥐고 말했다. 선글라스를 낀 수위가 고개를 끄떡였고 코에 점이 있는 수위가 수위실 문을 열어주었다. “수위실 안에 화장실이 있어요?” 나는 일부러 놀란 표정을 지어 보였지만, 수위들은 아무 대꾸도 하지 않았다. 나는 변기에 앉아서 천까지 숫자를 세었다. 화장실에서 나와서는 에어컨 앞에 서서, 아직 여름도 아닌데 왜 이리 덥지, 하고 중얼거렸다. 코에 점이 있는 수위가 내 머리를 한 대 치면서 말했다. “너 솔직히 말해봐. 수위실에 들어오려고 화장실 간다고 거짓말했지?” 수위 아저씨들이 축구중계를 보는 동안 나는 CCTV 화면을 보았다. 검은 물체가 휙 하고 지나갔고, 놀란 나는 수위 아저씨들을 불렀다. “비닐봉지다.” 화면을 오랫동안 보고 있으니 바람이 불지 않는데도 나뭇잎이 흔들리는 것처럼 느껴졌다. 고양이와 오랫동안 눈싸움을 했다. 내가 저리 가, 하고 말하자 정말로 고양이가 화면 밖으로 사라졌다. 수위실 안에는 담배 냄새가 심하게 났는데, 이상하게도 중계가 끝날 때까지 아무도 담배를 피우지 않았다. "저 때문에 참는 거면 괜찮아요. 담배 피우세요." 자동차가 한 대 지나갔고, 수위 아저씨들이 동시에 일어나 거수경례를 했다. "우린 담배 안 피운다. 김씨가 골초였지." 어디선가 종소리가 들리는 듯했다. "갑자기 화면에 사람들이 많아졌어요. 다들 어디론가 걸어가요. 참, 김씨 아저씨는 어디 갔어요?" 나는 CCTV 화면 안으로 걸어들어오는 듯한 사람들을 뚫어지게 보았다. "점심시간이야. 그리고 김씨는 지난주에 죽었어." 나는 또 배가 아프네, 라고 중얼거리면서 자리에서 일어났다. 화장실에 들어가 손을 닦으며 거울을 보았다. 편지라도 써놓고 올걸. 할머니가 놀랐겠다. 나는 물이 묻은 손가락으로 거울에 내 이름을 썼다. 변기 물을 내리고, 심호흡을 한번 한 다음 밖으로 나오자 뚱뚱한 아주머니가 서 있었다.

"여자일 거라고는 생각도 못했어요." 나는 고개를 숙였다. 큰삼촌의 모자가 눈을 가렸다. 아주머니가 내게 손을 내밀며 악수나 할까, 말했다. "나는 멋진 청년인 줄 알았어요." 아주머니는 나를 직원식당으로 데리고 갔다. 가출을 하려면 식구들 몰래 집을 나와야 했을 테고, 그러면 밥은 당연히 못 먹었을 거라고, 아주머니는 추측을 했다. "어떻게 알아요?" "나도 많이 해봤으니까. 내 말이 맞죠?" 아주머니는 식권 두 장을 식권함에 넣었다. 배추된장국에 갈치 한 토막, 연근조림, 파래무침, 깍두기가 오늘의 메뉴였다. 아주머니는 밥을 빨리 먹었다. 내가 반도 다 먹기 전에 후식으로 준 요구르트까지 다 마셨다. "미안, 워낙 빨리 먹는 게 습관이 되어 있어서." 나는 파래무침을 싫어했고, 그래서 씹지도 않고 삼켰다. 배춧국에 들어 있는 배추의 물컹한 느낌도 싫었지만 깍두기와 같이 씹어넘겼다. 남김없이 밥을 다 먹고 나자, 나는 흰색 작업복을 입은 수많은 직원들 중 한 사람이 된 듯한 기분이 들었다. "요즘 빵 맛이 변했어요." 나는 가방을 열어 그동안 모은 빵봉지들을 보여주었다. 아주머니는 자신의 이름이 새겨진 빵봉지를 보았다. 그러고는 이것만 찾아서 먹었어요? 하고 물었다. 나는 몇 년째 돌아오지 않는 부모님에 대해 얘기해주었다. 그리고 수백 장의 엽서에 대해. 작년 내 생일에는 호텔방에서 두 분이 케이크를 앞에 놓고 노래를 부르는 모습을 찍어 보냈다. "나는 늘 생일 축하엽서를 생일이 지난 지 일주일 후에 받아요." 할머니가 끓인 미역국을 다 먹은 후, 고모가 사준 케이크도 다 먹은 후, 작은삼촌이 준 용돈을 다 써버린 후, 엽서는 도착했다. "이런 상상을 해봐요. 일주일 동안 생일 축하한다, 라는 말이 하늘을 날아다니는 장면." 그런 말을 한 후 아주머니는 눈을 감았다. 언젠가 보았던 영화들 중에 그와 비슷한 장면이 있었던 것만 같았다. 똑같은 속도로 찍혀나오는 빵을 종일 보고 나면 잠결에 들리는 자신의 숨소리조차도 지루하게 느껴졌다. 가끔은 손목의 맥을 짚어 지금 쉬고 있는 숨이 자신의 것인지 확인을 할 때도 있었다. 어디선가 종소리가 들렸고, 아주머니가 감았던 눈을 떴다. "공장 구경할래요? 방금 기계에서 나온 빵이 얼마나 맛있는지." "좋아요." 우리는 식판을 들고 자리에서 일어났다.

작업복을 입으면서 나는 집에 돌아가면 다이어트를 하리라 결심했다. 작업복은 단추 하나가 떨어져나가고 없었는데 그 사이로 뱃살이 비어져나왔다. "반장님, 누구예요?" 포장지를 접고 있는 사람이 물었다. "아들이지." 아주머니가 대답을 하고는, 몇 초가 지난 후에, 혼자 웃었다. 아주머니는 오븐에서 갓 나온 빵을 하나 집어들었다. 아주머니가 빵을 반으로 가르자 몇 년 동안 먹어왔던 빵과는 사뭇 다른 냄새가 났다. 방금 밥을 먹었는데도 허기가 느껴졌다. "먹어봐요." 아주머니는 반으로 가른 빵을 내게 주면서 빵 맛이 변했다고 한 말은 아마도 수정해야 할 거라고 말했다. 아주머니의 말이 맞았다. 나는 단 세 입 만에 빵을 다 먹었다. "하나 더 먹고 싶죠?" 나는 고개를 끄덕였다. 빵을 세 개나 더 먹고 나니 비로소 몇 분 전에 다이어트를 하리라 결심했던 것이 생각났다. 내가 뭐 그렇지. 나는 마지막 한 입을 삼키면서 중얼거렸다. "자, 그럼." 아주머니가 나를 옆방으로 데리고 갔다. 거기에는 장갑에 마스크까지 쓴 여자들이 빵을 상자에 담고 있었다. "먹었으니 일을 해야지." 아주머니가 나를 끄트머리 자리에 앉혔다. 아주머니는 기계에서 포장되어 나온 빵을 박스에 담았다. "이 박스에 열 개씩 담아요. 아, 담기 전에 봉지에서 바람이 새지는 않는지 확인하고." 그러더니 아주머니는 산더미처럼 쌓여 있는 빵들 중에서 하나를 집었다. 봉지를 손바닥으로 누르자 안에서 피식, 하고 바람이 새어나왔다. "어떻게 단번에 찾아내요?" 내 옆에서 일을 하던 여자가 마스크를 벗더니, 그럼 그것도 못 찾아내고 돈을 받아가려고? 말했다. 그 말이 끝나자마자 다른 세 명의 여자들이 동시에 빵더미에서 빵을 하나씩 골라냈다. 모두 밀봉이 덜 된 것들이었다. "그런데 이 청년은 누구예요, 반장님?" 안경을 쓴 여자가 물었다. "애인. 가난해서 돈 좀 벌라고."

어느 정도 시간이 지나니 요령이 생겼다. 밀봉이 덜 된 봉지는 손끝에 전해지는 느낌이 달랐다. 먼저 빵 다섯 개를 앞에 끌어다놓고 손가락 끝으로 봉지를 살짝 누른다. 모두 통과하면 박스에 한 줄로 세운다. 다시 빵 다섯 개를 손가락을 눌러본다. 빵을 다섯 개씩 두 줄로 채우면 박스 하나가 완성된다. 백 개의 빵을 박스에 담고 난 뒤 나는 기지개를 켰다. "저 백 개나 포장했어요." 아무도 수고했다는 말을 해주지 않았다. 벽에 걸린 시계는 초침이 없었고, 그래서인지 멈춘 듯한 착각이 들었다. 나는 일을 하다 말고 가끔씩 고개를 들어 시계의 분침이 움직이는 것을 쳐다보았다. 속으로 육십 초를 세어보았지만 시간이 흘러가는 속도를 맞추는 것은 생각보다 쉽지 않았다. "뭐하는 거니?" 옆에서 일을 하던 여자가 내 등을 쳤다. "저 시계요, 이상해요. 분침이 앞으로 가기 전에 뒤로 살짝 움직이는 것 같아요." 내 말에 모두들 일을 멈추고 시계를 올려다보았다. 일 분이 지나고, 분침이 한 눈금 앞으로 가기 전에 살짝 뒤로 움직였다. 마치 한 걸음 뒤로 물러났다가 두 걸음 앞으로 나아가는 것처럼. "정말이네." 모두들 마스크와 장갑을 벗더니 동시에 기지개를 켰다. 나도 따라 기지개를 켰다. 순간 의자에서 엉덩이가 살짝 들린 듯한 기분이 들었다. 자고 있는 큰삼촌의 얼굴을 빤히 내려다보다가 삼촌 코끝에 손가락을 대고는 숨쉬는지를 확인하던 어느 여름날이 생각났다. 나는 아직 기저귀를 차고 있었다. 아홉 살의 내가 작은삼촌이 던진 부메랑을 따라 뛰었다. 부메랑은 하늘을 한 바퀴 돈 다음 다시 삼촌의 자리로 돌아왔다. 열두 살의 나는 어느 날 앨범에 정리된 엽서들을 모두 꺼내 바닥에 늘어놓았다. 아무 엽서나 네 개씩 집어서 이야기를 만들곤 했다. 자전거를 타는 소녀, 공원 앞에서 사진을 찍는 모녀, 아버지의 낡은 운동화, 시장에서 예쁜 컵을 고르는 어머니. 네 장의 엽서를 연결하다보면 수십 가지의 이야기가 만들어졌다. 담임선생님은 국어교과서가 시시하다는 내 말을 믿지 않았고, 교과서에 낙서를 했다는 이유로 손바닥을 열 대나 때렸다. 이야기들을 연결하고 난 뒤에 엽서 뒤에 있는 날짜를 확인해보면 과거의 이야기와 미래의 이야기가 마구 뒤섞이는 듯했다. "그렇게 일하면 오늘 일당 없어요." 어느덧 아주머니가 내 뒤에 와 서 있었다. 의자에 살짝 떠 있던 엉덩이가 다시 아래로 내려왔다. 엉덩이가 차가웠다.

아주머니는 나를 정문까지 바래다주었다. 공장에서 회사 정문까지 걸어가면서 나는 수위 아저씨들이 CCTV 화면으로 나를 볼지도 모른다는 생각이 들었고, 그래서 카메라가 보일 때마다 손을 흔들었다. 아주머니는 빵공장에서 일을 한 지 이십오 년이 되었다고 말했다. "내가 열심히 일한 이유를 맞혀보렴." 아주머니가 첫번째, 하고 말을 했다. 헤어진 지 이십 년이나 된 아들이 있는데 지금은 어디서 사는지 알 길이 없다고, 아들이 여덟 살 때 헤어졌는데 남편이 아들을 주지 않았다고. "그 아들이 혹시 빵을 사먹다가 내 이름을 발견할지도 모르잖아요. 꼭 청년처럼. 그래서 일을 한 거지. 반장이 될 수 있게. 그리고, 두번째는……" 여덟 살 때 엄마와 헤어졌는데 그후로 한 번도 못 만났다고, 혹시나 빵을 사먹다가 딸의 이름과 똑같은 이름을 봉지에서 발견한다면 잠시라도 딸을 추억할지도 모른다고. "자, 첫번째 같아요? 두번째 같아요?" 코에 점이 있는 수위 아저씨가 수위실 문 앞에 서 있었다. "음, 두번째요." 내가 말했다. 만약 내가 맞다면 아주머니에게 외할머니의 이야기를 해주리라 마음먹으면서. 갑자기 아주머니가 고개를 뒤로 젖히고 깔깔거리며 웃었다. "정답은 없어요. 내가 비극의 주인공이라고 생각을 하면 아직 철이 들지 않은 소녀처럼 느껴지거든." 아주머니는 들고 있던 비닐봉지를 내게 건네주었다. 빵이 가득 담겨 있었다. "가출은 생각보다 시시하죠?" 아주머니는 내 주머니에 지폐 한 장을 넣어주었다. "일당." 나는 아주머니에게 고맙다고 말했다. "뭐가요?" 나는 뒷걸음질을 해서 정문 밖으로 걸어나갔다. "저한테 존댓말을 해주어서요." 나는 아주머니를 향해, 그 뒤에 있는 공장 건물을 향해, 인사를 했다.

10

할아버지는 아침잠이 많아졌다. 할아버지 말에 의하면, 아침잠이 많아진 것은 뒷산이 아파트 단지로 바뀐 뒤부터였다. 뒷산에는 약수터가 두 군데 있어서, 짝수 날은 오른쪽 약수터, 홀수 날은 왼쪽 약수터, 이렇게 번갈아 가는 재미가 있었다. 우리는 아침밥을 먹기 전에 할아버지가 떠온 약수를 한 잔씩 마셨다. "그게 너희들이 감기 한 번 안 걸린 비결이다." 할아버지는 늘 말했다. 할머니의 잔소리가 듣기 싫은 날에는 하루에 두세 번씩 올라갈 정도로 할아버지는 뒷산을 좋아했다. 뒷산이 없어지자 마땅히 갈 곳이 없어진 할아버지는 새벽마다 마당을 몇 바퀴 서성였다. 그러다 이내 마당이 너무나 좁아 보였고, 그 집에서 평생을 살다 죽을 것이라는 사실이 끔찍하게 느껴졌다. 할아버지는 새벽에 눈이 떠져도 이불 밖으로 나오지 않았다. 천장을 바라보고 이 생각 저 생각을 했다. 열세 살 무렵에 증조할머니에게 반항을 하다 종아리를 맞았던 기억이라든가, 태어나서 처음으로 얼음을 먹었을 때의 느낌 같은 것들이 떠올랐다. 회초리가 종아리에 닿았을 때의 날카로운 통증, 얼음을 깨물었을 때의 차가운 감각이 고스란히 느껴졌다. 오랜 세월이 지났는데도 그 느낌이 사라지지 않았다는 사실이 할아버지는 놀라웠다. 천장을 보며 뭉그적거리는 일이 생각보다 괜찮다는 것을 알게 된 할아버지는 점심시간이 다 되도록 자다 깨다를 반복하며 이불 속에서 나오지 않았다.

부모님이 오랫동안 여행에서 돌아오지 않자 할아버지는 뒷산을 허물고 지은 아파트 단지로 갔다. 박카스 한 박스를 사들고 경비실에 찾아간 할아버지는 경비 생활만 십 년이 넘는다는 박씨를 만나 이런저런 이야기를 나누었다. 박씨에게는 반신불수가 된 아내가 있었다. 그 말을 듣는 순간 할아버지는 저도 모르게 내 마누라도 치매요, 거짓말을 했다. 박씨를 만나고 돌아온 날, 저녁밥을 먹으면서 할아버지는 식구들에게 취직을 하겠다고 말했다. "어디에요?" "우리 같은 노인을 누가 써준대?" "이제 그만 쉬세요." 할아버지는 손가락으로 허공을 가리키며 말했다. "저쪽에 있는 아파트 있잖니, 거기 경비가 한 명 그만두었다는구나." 할아버지는 박씨에게 손 좀 잘 써달라고 십만원을 찔러준 것은 말하지 않았다. "거기 아는 사람이 있단다. 그 사람이 힘써준다고 그랬다." 할아버지는 남은 국에 밥을 말아 후루룩 마셨다.

일주일이 지나도 연락은 오지 않았다. 할아버지는 경비가 되어 아파트를 순찰하고 있는 자신의 모습을 상상해보았다. 고장난 차가 있다면 주인에게 어디가 어떻게 고장났는지 알려줄 수도 있을 것이다. 바가지를 쓰지 않도록. 택시회사에서 경리과장으로 일을 한 할아버지는 삼십 년의 세월 동안 어깨너머로 본 것들이 있어서 웬만한 고장은 알 수 있었다. 또 일주일이 지났다. 그사이 할아버지는 박카스를 한 박스 들고 다시 경비실에 찾아갔지만 그날은 박씨가 쉬는 날이었다. 몇 번의 전화 끝에 박씨와 연결된 할아버지는 이미 새로운 사람을 뽑았다는 사실을 알게 되었다. "미안해요." 박씨가 말했다. 전화를 끊은 할아버지의 눈앞에 박카스 두 박스와 십만원이 아른거렸다. 할아버지는 열무김치에 밥을 두 그릇이나 비벼 먹었다. "웬 밥을 그리 먹어?" 할머니가 숟가락을 들고 밥을 빼앗아 먹으려 하자 할아버지가 숟가락으로 할머니의 숟가락을 밀쳐냈다. "오늘은 밥 먹고 기운을 낼 일이 있어." 밥을 다 먹은 할아버지는 이를 닦았다. 그러고는 거울을 보면서 십만원 내놔요, 하고 말해보았다. 마지막으로 가그린으로 입을 헹구었다. 그 모습을 본 할머니가 혹시 바람피워? 하고 물었다. 할아버지는 아무 대답도 하지 않았다. 박씨에게 십만원을 돌려받으러 간다는 말을 할 수는 없었다. 아파트 상가 화장실에서 의식을 잃고 쓰러진 할아버지가 발견되었을 때 할머니는 바람피워? 하고 물었던 그 말을 후회하고 또 후회했다. 어쩌면 그것이 할아버지에게 한 마지막 말이 될 수도 있으니까.

박씨를 찾아 아파트로 가던 도중, 할아버지는 고물을 줍고 있는 사내를 만났다. 사내는 허리를 굽히고 언덕길을 힘들게 올라가고 있었다. 할아버지가 뒤에서 리어카를 밀었다. 언덕길을 다 오른 후에 사내가 고맙다고 인사를 했다. 뒷산 입구에서 막걸리와 파전을 팔던 사내였다. 할아버지는 가끔 그 집에 들러 안주 없이 막걸리 한 사발을 마시곤 했다. 막걸리를 두 사발 마시는 날에는 오늘은 기분이 좋으신가봐요, 그러고는 서비스라며 계란이 들어간 장조림을 내주던 이였다. 할아버지는 사내에게 알은체를 하지 않았다. 그사이, 사내의 허리는 보기 안쓰러울 정도로 굽었고 이마의 주름은 깊어졌다. 사내와 헤어져 길을 건던 할아버지는 갑자기 배가 아파오기 시작했다. 조금만 신경을 쓰면 금방 아랫배가 살살 아파오는 것은 증조할아버지 때부터 내려오는 집안 내력이었다. 할아버지는 아파트 상가로 뛰어갔다. 일층에 있는 남자화장실은 잠겨 있는 것 같지만 실은 문고리를 거꾸로 비틀어야 열렸다. 그것을 알려준 이는 박씨였다. 화장실 변기에 앉아 할아버지는 이마에 맺힌 식은땀을 닦았다. 파전을 팔던 사내가 왜 알은체를 하지 않았는지 궁금해졌다. 그래도 일주일에 두세 번은 들르던 단골이었는데. 혹시 내가 너무 늙어 보여 모른 척한 건가? 그런 생각을 하자 갑자기 화가 치밀었다. "자식이란 것들이 보약 한 제도 안 지어주고." 할아버지는 화장실 허공에 대고 소리쳤다. 화장실에는 휴지가 없었다. 할아버지는 팬티를 벗어 일을 해결하려다가 할머니가 바람피워? 하고 물었던 게 생각나서 참았다. 할아버지는 천천히 백을 세었다. 그동안 아무도 안 들어오면 양말이라도 벗어야겠다고 생각했다. 할아버지의 생일날 내가 선물한 양말이었다. 백을 다 세었는데도 아무도 들어오지 않았다. 할 수 없이 양말을 벗으면서 할아버지는 생일은 매년 찾아오니까, 생각했다. 양말 한 짝을 휴지통에 버리려는데 누군가 화장실로 들어오는 소리가 들렸다. 백을 세지 말고 천을 셀걸. 할아버지는 투덜대며 화장실 문을 열었다. 할아버지는 세면대에 서 있는 남자와 눈이 마주쳤다. "이런 물을 안 내렸네." 할아버지는 혼잣말처럼 중얼거렸다. 다시 몸을 돌려 변기의 물을 내리려는 순간, 할아버지는 남자의 옆에 여자아이가 서 있는 것을 보았다. 하얗게 질린 얼굴. 아이가 할아버지를 향해 손을 내밀었다. 할아버지는 남자가 여자아이의 치마 속에서 손을 빼내는 것을 놓치지 않고 보았다.

할아버지는 화장실 쓰레기통을 들어 남자의 얼굴을 향해 던졌다. 남자가 피했다. 휴지들이 바닥에 흩어졌다. 남자가 할아버지의 멱살을 잡고 벽으로 몰아붙였다. 숨이 턱 막혔다. 할아버지도 남자의 멱살을 잡았다. 팔 힘이라면 누구보다도 자신있었지만 남자의 힘도 만만치 않았다. 할아버지는 남자의 얼굴을 향해 힘껏 박치기를 했다. 남자의 이마에서 피가 흘렀다. 남자가 에이씨, 하고 도망을 갔다. "얘야, 괜찮니?" 할아버지가 세면대 아래 쪼그리고 앉아 있는 아이에게 물었다. 아이가 할아버지의 이마를 만졌다. "피가 나요." 할아버지가 괜찮다고, 피라는 건 원래 멈추기 마련이라고, 말했다. "가자, 엄마한테 데려다줄게." 할아버지가 아이의 손을 잡았다. 그 순간이었다. 다시 화장실 문이 열리더니 남자가 할아버지의 뒤통수를 각목으로 내려쳤다. 바닥에 쓰러진 할아버지는 아이의 손을 놓지 않았다. 다시 남자가 데려가지 못하도록. 아이는 방금 전에 할아버지가 한 말이 틀렸다는 것을 알았다. 할아버지의 머리에서 흐르는 피는 멈추지 않았다. 아이가 화장실이 울리도록 새된 소리로 악을 쓰기 시작했다. 의식을 잃으면서도 할아버지는 그놈 참 목청 크네, 하고 생각했다. "우리 손자 녀석도 목청이 크단다." 할아버지는 분명 그렇게 말했지만, 아이의 귀에는 아무 소리도 들리지 않았다.

아이의 소리를 들은 사람은 상가 이층에서 파마를 하던 여자였다. 여자는 파마를 말던 미용실 원장에게 무슨 소리 안 들려? 하고 물었다. 젊었을 적에 뚱뚱했던 여자는 사람들의 수군거리는 소리를 들으면서 자랐다. 여자는 늘 귀를 쫑긋하며 걸었다. 저 여자 좀 봐라, 하는 소리가 들리면 여자는 소리가 나는 쪽을 향해 침을 뱉곤 했다. 더 심한 소리를 하는 사람들에게는 쫓아가 심한 욕을 퍼붓기도 했다. "무슨 소리요?" 미용실 원장이 되물었다. 여자는 그후로 삼십 킬로그램이나 감량을 했지만 청각만은 여전해서 멀리서도 사람들의 말소리를 들을 수가 있었다. "틀림없어. 비명소리네." 미용실 원장과 여자는 파마를 하다 말고 자리에서 일어났다. 일층 화장실에서 아이와 머리에 피를 흘리며 쓰러져 있는 할아버지를 발견했을 때, 두 여자는 도대체 무슨 일이 일어났는지 짐작조차 할 수가 없었다. "왜 할아버지는 양말을 한 짝만 신고 있지?" 미용실 원장이 아이에게 물었지만, 아이는 비명을 멈추지 않았다. "미끄러졌나?" 여자가 추측해보았지만 화장실 바닥에는 물기가 하나도 없었다. 상가에 도착을 한 구급대원들은 더더욱 무슨 일이 일어났는지 짐작할 수 없었다. 구급대원의 눈에는 양말을 한 짝만 신은 할아버지보다도 파마를 반쪽만 말고 있는 여자가 더 이상했다. 구급대원이 아이를 잡고 있는 할아버지의 손가락을 폈다. 아이의 손목은 파랗게 멍이 들어 있었다. "죽었어요?" 아이가 물었다. 다른 구급대원들이 응급처치를 한 뒤 할아버지를 들것에 옮겼다. "아니야, 아직 숨을 쉬잖니." 아이가 손을 뻗어 할아버지의 코 밑에 손을 대보았다. 희미하게 숨결이 느껴지는 것 같았다. "따뜻한 물 한잔 줄까?" 구급대원이 물었다. 아이가 고개를 끄덕였다. 구급대원이 담요로 아이를 감싸자 그제야 아이는 울기 시작했다.

아이의 엄마는 찜질방에서 삶은 달걀을 여덟 개째 먹다가 전화를 받았다. 낯선 남자가 아이의 이름을 말하자 아이 엄마는 순간 가슴이 철렁 내려앉았다. 아이 엄마는 무엇이든 비관적으로 생각하는 버릇이 있었고, 그래서 머릿속에 처음으로 든 생각은 유괴를 당했구나, 하는 것이었다. 구급대원이 자초지종을 설명하기도 전에 아이의 엄마는 울며 애원했다. "제발요. 돈은 얼마든지 드릴게요." 같이 달걀을 먹던 여자들이 그 말을 듣고 놀라 아이 엄마를 쳐다보았다. 수화기 저편에서 아이의 울음소리가 들렸다. "걱정 마세요. 아이는 아무 일 없어요." 헛기침을 두어 번 한 뒤, 구급대원은 자신이 낼 수 있는 가장 부드러운 목소리로 말했다.

아이는 엄마를 보고도 울음을 그치지 않았다. 아이의 엄마는 딸의 피멍이 든 손목을 보면서 미안하다, 미안하다, 말했다. 아이 엄마는 그날 학교에서 돌아온 아이에게 점심으로 자장면을 시켜주었다. 아이는 가게에서 시켜먹는 자장면보다는 엄마가 끓여주는 자장라면을 더 좋아했다. 자장면은 불었고, 아이는 반쯤 먹다 남겼다. 아이를 피아노학원에 데려다주면서 아이의 엄마는 학원 끝나면 혼자 집에 올 수 있지? 하고 물었다. 아이가 고개를 끄떡였다. "비밀번호는?" 아이가 엄마의 귀에 대고 여덟 개의 숫자를 또박또박 말했다. 아이의 엄마는 어째서 딸이 상가에 갔는지 짐작할 수가 없었다. 피아노학원에서 113동으로 가는 길은 아파트 상가를 지나치지 않았다. 아이의 엄마는 딸의 손목을 가리키면서 누가 그랬어요? 하고 물었다. 구급대원은, 잘 모르지만 우리들이 발견했을 때는 어떤 할아버지가 아이를 붙잡고 있었어요, 하고 대답했다. 아이의 엄마가 어떤 놈인지 얼굴이나 봐야겠어요, 소리쳤다. "지금 수술중이에요." 구급대원이 말했다. "손목에 상처라도 나면 가만 안 둘 거야." 아이 엄마가 말했다. 그때였다. 아이가 울음을 멈춘 건. 아이가 울음을 멈추자 찢어진 상처를 꿰매지 않겠다고 소동을 피우던 환자가 놀라 입을 다물었다. 응급실이 조용해졌다. 그 순간을 놓치지 않고 간호사가 환자의 오른팔에 마취주사를 놓았다. "할아버지가 그런 게 아니야." 아이가 말했다. 너무 울어서 목소리가 쉬어 있었다. 수간호사가 아이에게 박하사탕을 건네주면서 잘했다, 하고 칭찬을 해주었다. 아이의 엄마는 피멍이 든 손목을 걱정했지만 멍은 이 주일쯤 지나면 흔적도 없이 사라질 것이다. 하지만 아이의 쉰 목소리가 돌아오지 않을 것이라고는, 아이의 엄마도, 구급대원도, 응급실의 간호사들도, 짐작조차 못 했다.

아이가 상가에 간 것은 일층과 이층 계단 사이에 그려진 낙서 때문이었다. 거기에는 물구나무를 선 사람들의 그림이 그려져 있었다. 아이는 우울한 날이면 상가에 가서 그 그림을 보았다. 몸을 숙여 가랑이 사이로 그림을 보곤 했는데, 그러면 물구나무 선 사람들이 두 팔을 들고 걸어가는 것처럼 보였다. 그림을 그린 사람은 상가 이층에 있는 태권도장에 다니는 청년이었다. 몇 년째 직장을 잡지 못한 청년은 어느 날 자신이 똑같은 잠옷을 삼 년째 입고 있다는 것을 깨달았다. 청년은 태어나서 한 번도 팔씨름에서 이겨보지 못했다. 고등학교 다닐 적에 같은 반 아이에게 돈을 빼앗겼던 기억이 떠올랐고, 그때 당당하게 대들지 못했기 때문에 지금까지 비루한 인생을 살게 된 것은 아닐까, 의심이 들었다. 청년은 어머니의 지갑에서 수표 한 장을 훔쳐서 태권도장으로 갔다. 태권도장에 갈 때면 청년은 언제나 비상계단을 이용했다. 중앙계단은 도복을 입은 초등학생들이 늘 오갔기 때문이었다. 운동을 마치고는 계단에 쪼그리고 앉아 담배를 한 개비씩 피웠다. 그리고 담뱃불을 끄기 전에 남아 있는 담뱃불로 계단 벽에 물구나무를 선 사람들을 하나씩 그렸다. 나도 언젠가는 이단옆차기를 할 수 있겠지, 상상하면서.

아이가 그림을 발견한 것은 청년이 그림을 그린 지 일 년 반이나 지난 뒤였다. 물구나무를 선 사람은 다섯 명으로 늘었다. 할아버지가 아이를 화장실에서 구한 날, 아이는 늘 그랬던 것처럼 가랑이 사이로 그림을 보고 있었다. "그때였어. 어떤 아저씨가 다가오더니 내 옆에 섰어." 남자는 아이처럼 몸을 숙이고 가랑이 사이로 그림을 보았다. 아이에게 이렇게 보면 재미있니? 물었다. 아이가 네, 하고 대답하니까, 남자가 저기 저 끝에 그려진 아이는 널 닮았구나, 하고 말했다. 거기까지 이야기를 하다가 아이는 말을 멈추었다. 남자가 화장실에 끌고 간 이야기를 해야 하는지 말아야 하는지 망설여졌다. 구급대원이 아이의 손을 잡고 그래서? 하고 물었다. 구급대원의 손은 따뜻했다. 아이는 자신의 손목을 잡고 놓지 않았던 할아버지의 따뜻한 손이 생각났다. "그 아저씨가 맛있는 걸 사준다고 했는데……" 아이의 엄마가 이야기를 듣다 말고, 엄마가 아무도 따라가지 말라 그랬지? 화를 냈다. 그러고는 이내 미안하다, 화를 내서, 하고 사과했다. "나를 막 끌고 화장실로 데리고 갔어. 그랬는데……" 아이는 응급실을 둘러보았다. 남자가 팬티 속으로 손을 집어넣으려 했다는 말은 하지 않겠어. 아이는 주먹을 쥐었다. 그런 말을 하기엔 자신을 쳐다보는 낯선 사람들이 너무 많았다. 하지만 구급대원은 아이가 주먹을 움켜쥐었을 때 모든 것을 파악했다. "그랬는데, 그 할아버지가 날 구해줬어." 마지막 말을 하고 나자 아이는 갑자기 졸리기 시작했다. 아이의 엄마가 아이를 껴안았고, 아이는 길게 하품을 했다.

구급대원이 경찰에 신고를 하는 동안, 아이의 엄마가 수술실 앞에서 할아버지의 수술이 끝나기를 기다리며 기도를 하는 동안, 아이가 엄마의 품에 안겨 편안하게 잠을 자는 동안, 경찰들이 상가 화장실에서 증거물을 수집하는 동안, 할머니와 나는 아무것도 모르는 채 긴 낮잠을 자고 있었다.

할아버지의 바짓주머니에는 천원짜리 세 장과 전단지를 잘라 만든 메모지가 들어 있었다. 할아버지는 전단지를 모아두었다가 메모지로 쓰곤 했다. 전단지를 여덟 등분으로 잘라 스테이플러로 묶음을 만들었는데, 그것 때문에 회사 동료들에게 자린고비라고 놀림을 받기도 했다. 할아버지는 그 메모지를 주머니에 넣고 다니면서 생각나는 것들을 적었다. '안녕하세요. 좋은 하루입니다. 둘 중 어느 것이 아침인사로 좋을까?' 할아버지가 경비로 취직을 했을 때를 생각하며 적은 메모였지만 경찰은 무심히 다음 장으로 넘겼다. '잇몸 피, 치약 교체.' '무말랭이, 무국, 호박볶음, 꽈리고추볶음, 가지무침, 달걀말이.' '세상이 공평할 거라고 생각하지 말자.' 이런 문구도 적혀 있었는데, 그걸 읽은 경찰이 고개를 갸웃거렸다. 다섯번째 장에서 경찰은 전화번호를 하나 발견했다. 이름은 적혀 있지 않았다. 경찰은 전화를 걸어 거기가 어디입니까? 하고 물었다. 탐정만화를 보면서 어린 시절을 보낸 경찰은 전화를 끊자마자, 뭔가 냄새가 나는데, 중얼거렸다. "전화를 받은 곳이 아파트 경비실인 게 이상하지 않아요? 혹시 계획된 살인사건 아닐까요?" 그러자 옆에 있던 선배 경찰이 뒤통수를 치면서 말했다. "이건 성추행사건이야. 할아버지 얼굴 사진 찍어서 얼른 경비실로 가."

경비실장이 각 경비초소에 전화를 해서 모두 모이라고 지시를 했다. 경찰은 할아버지의 사진을 보여주면서 혹시 아는 분이세요? 하고 물었다. 얼굴의 반이 붕대로 가려져 있는데다 휴대폰 화면이 너무 작아서 제대로 보이지 않았다. 그때 새로 경비가 된 장씨가 거 전화기 좀 바꿔요, 말하고는 휴대폰을 빼앗더니 이것저것 버튼을 눌렀다. 잠시 후 장씨의 휴대폰이 울렸다. "내 전화기로 사진을 옮겼어요. 좀 크게 보게." 장씨가 휴대폰 액정화면에 사진을 띄웠다. "난 모르는 사람 같은데." "글쎄, 어디선가 본 것도 같고." "혹시, 그 사람 아닌가. 저번에 박카스 한 박스 가지고 온 사람." 박씨가 고개를 갸웃거렸다. "닮은 것도 같고 아닌 것도 같고." 옆에 서 있던 사람이 박씨에게 돋보기를 건네주었다. 돋보기를 쓰고 다시 사진을 들여다보던 박씨가 맞네, 맞아, 중얼거렸다. 박씨가 달력 뒷장에 적어놓은 전화번호를 찾는 동안, 저녁밥을 지으면서 할머니는 이놈의 영감이 도대체 어디 간 거야, 하고 투덜거렸다. 압력밥솥에서 요란하게 김이 빠지는 소리가 들릴 때 더 요란하게 전화기가 울려댔다.

할아버지의 사건은 저녁 뉴스에 방송되었다. 카메라가 상가 화장실을 보여주었는데, 핏자국은 이미 지워진 뒤였다. 아이와 아이의 엄마는 모자이크 처리되었다. 음성이 변조된 목소리로 아이의 엄마가 할아버지가 깨어날 그때까지 기도를 하겠다고 말했다. 경찰은 최근 몇 달 동안 인근에서 비슷한 성추행사건이 일어났는데, 그와 동일범의 소행으로 보고 있다고 발표했다. 하지만 범인은 CCTV가 없는 곳만을 골라 범행을 저질렀고, 그래서 아직까지 범인의 얼굴조차 제대로 파악하지 못한 상태였다. 기자는 마지막으로 이렇게 말했다. "김할아버지가 이 사건의 유일한 목격자입니다. 하지만 할아버지는 아직 의식이 돌아오지 않고 있습니다."

할아버지는 중환자실로 옮겨졌다. 간호사 한 명이 매일같이 찾아와 할아버지의 손을 잡고는 꼭 일어나세요, 하고 말했다. 간호사는 어릴 적에 의붓아버지에게 성추행을 당한 적이 있었다. 이십 년이 지나도록 그 사실을 아무에게도 말하지 못했다. 의붓아버지가 간암으로 죽었을 때, 간호사는 울지 않았다. 병원으로 인삼이 한 박스 배달되기도 했다. 인삼을 배달한 사람은 두 달 전에 비슷한 사건을 당했던 딸의 아버지였다. "의사 선생님들, 이거 드시고 기운내서 할아버지를 잘 치료해주세요. 그리고 할아버지 꼭 일어나세요." 어린 아이가 쓴 편지가 같이 들어 있었다. 뉴스를 본 아이가 용기를 내어 할아버지에게 편지를 쓰고 싶다고 말했다. 약재상을 하는 아이의 아버지가 인삼 열 채를 상자에 담고 그 위에 아이가 쓴 편지를 올려놓았다. 나는 그 아이의 편지를 할아버지의 머리맡에 붙여주었다.

할아버지의 옆 침대에는 물에 빠져 의식을 잃은 청년이 누워 있었다. 친구들의 말에 의하면 술을 먹다 갑자기 물속으로 뛰어들었다고 했다. 삼겹살을 구워 먹던 청년들은 아무도 수영을 할 줄 몰랐다. 그들은 고등학교 동창이었는데, 운동장 한 바퀴도 제대로 뛰지 못하는 것을 보고 충격을 받은 교장선생님이 전교생을 대상으로 하프마라톤 대회를 개최했을 때 친해졌다. 아침 조회시간에 교장은 우승한 학생에게 특별 선물이 있을 거라고 했다. 그 선물이 졸업할 때까지 등록금과 급식비 면제였다는 것을 알았더라면 조금 더 열심히 했을 테고, 그러면 서로 친구가 되지 못했을 것이다. 아무튼, 그들은 그날 그 마라톤 대회에서 꼴찌를 했다. 자신이 꼴찌라고 생각한 한 학생이 달리는 것을 포기하고 보도블록에 앉아서 개미들이 어디론가 움직이는 것을 보고 있었을 때였다. 경보 선수처럼 엉덩이를 씰룩거리며 다른 학생이 걸어왔다. "넌 안 뛰어?" 개미를 보던 학생이 난 내가 꼴찌인 줄 알았는데 너구나, 하고 말했다. "아니야, 내 뒤로 세 명이나 더 있어." 두 학생은 나머지 세 명이 오기를 기다렸다. 결승지점까지 가려면 팔 킬로미터는 더 뛰어야 했다. 누군가 우리 학교 운동장으로 치면 스물일곱 바퀴야, 하고 말했다. 그들은 이름을 빼고는 모든 걸 속여 자신을 소개했다. "나한텐 여동생이 있어. 중학생인데 전교 1등이지." "이건 비밀인데, 우리 할아버지는 유명한 정치인이야. 아버지의 존재가 세상에 알려지면 발칵 뒤집힐 거야." "난 어릴 때 전기에 감전된 적이 있어. 그뒤로 심장이 나빠져서 달리기를 하면 안 돼." "형과 나는 어머니가 달라. 그래도 우리 둘은 똑같이 생겼어. 쌍둥이처럼." 팔 킬로미터를 걸어서 결승지점에 도착했을 때, 거기에는 아무도 없었고, 빈 물병들만이 바닥에 굴러다니고 있었다. 그들은 물병들을 뒤져 물이 남아 있는지를 살폈다. 남은 물들을 모으니 물병 두 개를 채울 수 있었다. 누군가 먹다 남은 종이컵에 물을 다섯 잔 따랐다. "건배." 그날 이후로, 그들은, 늘 그렇게 둥그렇게 모여 앉아 술을 마셨다. 친구가 물에 빠졌을 때 그들은 아무도 물속으로 뛰어들지 못했다. 그리고, 그제야 비로소 자신들이 달리기 말고도 못하는 것이 많다는 것을 알았다. 구급차가 도착했을 때 그들은 입고 있는 옷을 모두 벗어서 밧줄을 만들고 있었다. 그들은 산소마스크를 쓰고 있는 친구의 머리맡에 수영장 등록증을 붙였다. "어제 등록을 했어. 네가 퇴원할 때쯤이면 우린 모두 물개가 되어 있을 거야." 그들은 과장되게 웃었고, 아무도 웃지 않는 중환자실에서 그 웃음소리는 너무나 기괴하게 들렸다. 그들은 할아버지의 침대 머리맡에 붙어 있는 편지가 무엇인지 물어보았다. 나는 화장실에서 일어난 사건에 대해 얘기해주었다. 그리고 인삼 한 박스를 병원으로 보내준 그 아이에 대해서도. 편지 옆에는 사탕들이 하트 모양으로 붙어 있었다. "저 사탕은 뭐니?" 한 청년이 물었다. "저건 할아버지가 구해준 아이가 병문안을 올 때 붙인 거예요. 꽃다발을 선물하지 못한다는 것을 알고 나서 생각해낸 거래요. 할아버지는 그 아이의 손을 끝까지 놓지 않았어요." 나는 할아버지가 깨어나면 범인을 잡을 것이라고 말을 했다. 할아버지는 경찰을 도와 몽타주를 만들 것이고, 누군가 그 얼굴을 알고 있는 사람이 제보를 할 것이다. 청년들은 휴대폰을 꺼내 할아버지의 머리맡에 붙어 있는 편지와 사탕을 찍었다. 그리고 집으로 돌아가 각자 자신의 블로그에 그 사진을 올려놓았다.

사람들이 편지를 보내기 시작했다. 응급실로 편지가 배달된 것은 병원이 개원한 이래 처음 있는 일이었다. 병원 원장이 찾아와 할아버지의 손을 잡고 꼭 깨어나세요, 말을 했다. 홍보과 직원이 그 모습을 사진으로 찍었다. 사보에 내보낼 생각이었다. 병원에 입원한 사람들이, 퇴원을 하는 사람들이, 혹은 누군가의 병문안을 온 사람들이 '할아버지 힘내세요!' 하는 글을 적어 응급실 복도에 붙이기 시작했다. 소아병동에서 휠체어를 탄 아이들이 단체로 찾아와 복도에 사탕을 붙였다. 청소부 아주머니는 가끔 청소를 하다 힘이 들면 그 사탕을 몰래 먹곤 했다. 사탕을 먹은 후 사탕껍질 안에 휴지를 넣어두면 아무도 몰랐다. 병원에서 밥을 먹으면 밥에서도 소독약 냄새가 나는 것 같아서 늘 소화가 안 되었다. 하지만 이상한 일이었다. 아이들의 사탕을 먹으니 만성 소화불량이 저절로 낫는 것 같았다. 청소부 아주머니가 콧노래를 부르면서 응급실 복도를 닦고 있는 장면이 사람들에게 종종 목격되었고, 그걸 본 동료들은 혹시 늦바람이 난 건 아닌지 걱정을 했다.

할아버지는 마당에 서서 훌라후프를 돌리는 꿈을 꾸었다. 증조할아버지가 고무호스로 만들어준 훌라후프였는데, 호스에 모래를 넣어서 돌릴 때마다 쉭, 쉭, 하는 소리가 났다. 할아버지는 열 번을 넘기지 못했다. 증조할아버지는 마당에 쪼그리고 앉아 담배를 피우면서, 천 번을 돌리면 새 운동화를 사주마, 하고 말했다. 훌라후프가 한 바퀴 돌 때마다 할아버지의 머릿속에는 수많은 장면들이 스쳐 지나갔다. 운동장에 쪼그리고 앉아서 송충이가 기어가는 것을 한없이 보던 어느 여름날. 송충이의 털 위로 이마에 맺힌 땀 한 방울이 떨어지는 장면이 아주 느린 화면으로 지나갔다. 어찌나 느린지 누군가 리모컨으로 정지버튼을 누른 것처럼 느껴질 정도였다. 송충이가 할아버지 그림자 안으로 기어들어왔다. 할아버지는 고개를 들어 하늘을 보았다. 해가 바로 머리 위에 떠 있었는데 이상하게도 눈이 부시지 않았다. 비행기가 해를 반으로 가르면서 지나갔다. '다시 태어나면 파일럿이 될 거야.' 할아버지는 생각했다. 그러다가, 스스로 그런 생각을 했다는 것에 놀라 고개를 저었다. 하지만 몸이 말을 듣지 않았다. 훌라후프가 무릎 아래로 미끄러졌다. 증조할아버지가 박수를 쳤다. "이번엔 스무 번이나 돌렸구나." 할아버지는 심호흡을 하고 다시 훌라후프를 돌렸다. 깍두기 국물에 귀퉁이가 젖은 국어 교과서가 보였다. 할아버지는 교과서 앞장에 적은 이름을 지웠다. 그리고 옆 교실로 가서 책상 서랍에 들어 있는 누군가의 국어교과서와 자신의 것을 바꾸었다. 어느 여학생의 차비를 대신 내주기도 했다. 여학생이 고맙습니다, 라고 말할 때 눈밑이 파르르 떨리는 것을 할아버지는 놓치지 않았다. 할아버지는 여학생을 사랑하게 되었다. 그로부터 한 달 뒤, 그 여학생이 다니는 학교의 정문 앞에서 할아버지는 난 키 작은 남자는 싫어요, 라는 이야기를 들었다. 여학생은 할아버지의 손에 빌린 차비를 쥐여주었다. 할아버지는 얼굴이 붉게 달아오르는 것이 느껴졌다. 누군가 할아버지의 손을 잡고 어서 일어나세요, 라고 속삭이는 소리가 들렸다. 귀가 간지러웠다. 그래서 할아버지는 더욱더 세차게 훌라후프를 돌렸다. 나중에 아들이 생기면 같이 훌라후프를 해야지, 생각하면서.

아버지와 어머니는 백 살이 넘은 노인들이 서른 명도 넘게 산다는 마을을 찾아갔다. 마을 입구에는 세계 최고의 장수마을이라는 안내판이 적혀 있었다. 관광객 다섯 명을 태운 미니버스는 산길을 스물여덟 시간이나 달렸고, 그사이 두 번이나 산사태를 만나 죽을 뻔한 고비를 넘겼다. 부모님은 스물여덟 시간 내내 바나나만 먹었다. 백 살이 넘은 노인들은 하나같이 이가 거의 없었다. 어떤 노인은 어금니 두 개가 남은 이의 전부이기도 했다. 노인들은 나무 그늘에 앉아서 막걸리 비슷한 술을 마시면서 노닥거렸다. 그것이 장수의 비결이라고 그들은 말했다. 아버지는 우리도 집에 돌아가거든 마당에 독을 묻고 술을 담가요, 하고 어머니에게 말했다. 아버지는 노인들이 평상에 누워서 낮잠을 자는 장면을 찍었다. 카메라 셔터를 누르는 순간, 무엇인가 겨드랑이를 뚫고 등 뒤로 빠져나가는 느낌이 들었다. 갑자기 오한이 느껴졌고, 아버지는 어머니에게 감기에 걸릴 것 같아, 하고 말했다. 아버지가 저녁 아홉시면 불이 꺼지는 호텔에 누워 앓고 있을 때, 할아버지는 여전히 훌라후프를 돌리는 꿈을 꾸고 있었다. 할아버지의 훌라후프는 점점 커졌다. "이리 들어와." 할아버지가 손짓을 하자 훌라후프 안으로 어린 아버지가 뛰어들어갔다. 할아버지는 큰아들을 안은 채 훌라후프를 돌렸다. "나도, 나도!" 셋째아들과 막내딸이 손을 흔들었다. "둘째는 어디 있니?" 할아버지가 물었지만 아무도 대답해주지 않았다. 셋째아들과 막내딸도 훌라후프 안으로 들어왔다. 막내딸의 뒤꿈치에 걸려 훌라후프가 잠시 휘청했다. 세 아이를 안자 팔뚝의 근육이 불거졌다. 여전히 마당에 쪼그리고 앉아서 담배를 피우던 증조할아버지가 구백! 하고 소리쳤다. "이제 백 번만 더 하면 된단다." "네, 아빠." 그렇게 대답하고 나서야 할아버지는 한 번도 아빠라고 불러본 적이 없다는 것을 깨달았다. 아빠, 라고 말을 하는 순간 훌라후프가 다시 작아졌다. 할아버지의 키도 작아졌다. 다시 송충이가 기어가는 것을 보던 어느 여름날로 돌아갔다. 그 송충이를 발로 짓밟으며 할아버지는 침을 한 번 뱉었다. 그때였다. 증조할아버지가 박수를 쳤다. "잘했다, 천 번. 자, 운동화 사러 가야지." 저 멀리서 증조할아버지가 손을 내밀었다. 할아버지도 그 손을 향해 손을 내밀었다. "하나도 안 늙으셨어요." 할아버지가 말했다. 할머니는 할아버지의 손이 살짝 들리는 것을 보았다. 할머니가 할아버지의 손을 잡으면서 집에 가요, 하고 말했다. 할아버지는, 심장이 멈추기 전에 집에 가요, 하는 소리를 들었다. 그것은 처녀 시절의 할머니 목소리와 똑같았다. 할머니는 모르겠지만, 할아버지가 죽기 직전에 마지막으로 들은 말은 집에 가요, 였다. 그 말은 할아버지 할머니가 연애를 할 때, 할머니가 술 취한 할아버지에게 자주 하던 말이기도 했다.

11

뜨거운 물이 제대로 나오지 않는 호텔에서 지독한 감기를 앓는 동안, 아버지는 계속 똑같은 꿈을 꾸었다. 할아버지의 목말을 타고 어디론가 걸어가는 꿈이었다. 어린 아버지의 키를 넘는 선인장들이 눈앞에 끝없이 펼쳐져 있었다. "목말라요." 아버지는 말했다. 하지만 할아버지는 조금만 더 가면 된단다, 하고 대답했다. "목말라요." "조금만 더." 아버지와 할아버지는 오직 그 말만을 주고받았다. 잠에서 깨보면 마른 입술이 갈라져 피가 나고 있었다. 어머니가 젖은 수건으로 아버지의 얼굴을 닦아주었다. "집에 전화를 해야겠어." 아버지의 목소리는 심하게 갈라져 있었다. 전화는 쉽게 연결되지 않았다. 호텔 지배인은 웃는 얼굴로 걱정 마세요, 언젠가는 됩니다, 하고 말했다. 열 번도 넘게 시도를 한 끝에 전화벨이 울렸다. 얼른 돌아오라는 고모의 이야기에 어머니는 모든 짐들을 호텔에 버렸다. 아버지에겐 배낭을 멜 힘도 없었다. 가까스로 수소문을 해서 엄청

난 웃돈을 얹어주고 트럭 한 대를 빌렸다. 운전기사는 소아마비로 다리를 저는 딸을 둔 사람이었는데, 가족 중에 누군가 아프다는 이야기만 들어도 눈물을 흘릴 만큼 마음이 여린 사람이었다. 운전기사는 엄청난 속도로 길을 달렸고, 부모님은 이십사 시간 만에 도시에 도착했다. 거기서 다시 버스를 타고 수도로 이동을 하는 데 여덟 시간이 걸렸다. 그 나라의 유일한 국제공항에 도착을 해보니 한국으로 돌아오는 비행기는 일주일에 두 번밖에 없었다. 부모님은 동남아의 어느 도시를 두 군데나 경유한 끝에 마침내 인천공항에 도착했다. 부모님이 돌아오기를 기다리느라 할아버지의 발인은 하루가 늦어졌고, 사일장을 치르게 되었다.

장례식이 끝난 다음날, 할머니는 모처럼 밥솥 가득 밥을 했다. 제일 먼저 할아버지의 밥그릇에, 그다음에는 큰삼촌의 밥그릇에 밥을 담았다. 냉장고에 있는 반찬들을 꺼내 식탁에 올려놓고 할머니는 식구들을 깨웠다. 식탁은 어머니가 혼수로 해온 것이었다. 외할머니의 단골손님 중에 가구점 사장이 있었는데, 외할머니는 그 사람에게 딸이 식구가 많은 집으로 시집을 가게 되었다는 이야기를 하게 되었다. 술이 얼큰하게 취한 가구점 사장은 식탁을 선물하겠다고 말했다. 빈말인 줄 알았던 외할머니는 일주일 뒤에 배달된 식탁을 보고 깜짝 놀랐다. 외할머니는 사장에게 전화를 걸어 이렇게 비싼 걸 받을 수는 없다고 말했다. "그러니 얼마인지 알려줘요." 외할머니에게 마음이 있었던 사장은 삼백만원이에요, 하고는 웃었다. 무엇이든지 족발 값으로 계산하는 버릇이 있던 외할머니는 순간 족발이 이백 접시네, 중얼거렸다. "대신 일 년 내내 공짜 술을 주면 되잖아요." 사장이 말했다. 외할머니는 일 년이 아니라 평생 공짜 술을 주겠다고 약속했다. 어느 겨울날 술에 취한 사장이 외할머니의 손을 잡았을 때 외할머니는 평생 공짜 술을 주겠다는 약속을 후회했다. 식탁을 본 어머니는 결혼을 한다는 사실에 덜컥 겁이 났다. 사장이 선물한 식탁은 10인용이었고, 어머니는 그렇게 커다란 식탁에 사람들이 앉아서 밥을 먹는 장면이 쉽게 상상이 가질 않았다. 식탁이 배달된 날, 외할머니와 어머니는 식탁에 앉아서 밥을 먹어보았다. 외할머니는 이쪽 끝에 앉고 어머니는 다른 쪽 끝에 앉아서. 반찬에 손이 닿지 않아서 반찬을 먹을 때마다 엉덩이를 들어야 했다. 외할머니는 말했다. "의자 열 개도 모자라는 날이 올 거야. 네 뱃속에 있는 녀석까지만 해도 벌써 여덟이잖니." 그때 어머니는 대답했다. "엄마가 놀러 와도 충분해." 외할머니는 어머니가 아이를 세 명만 낳았으면 좋겠다고 생각했다. 그러면 열 개의 의자가 딱 맞을 테니까. 하지만 10인용 식탁에 열 사람이 앉아본 적은 단 한 번도 없었다. 식구들은 할아버지와 큰삼촌의 밥그릇을 보고도 아무 말도 하지 않았다. 할머니는 여느 아침처럼 태연하게 말했다. "오늘 국은 좀 짜네." 하지만 할머니는 모르고 있었다. 할아버지의 밥공기가 놓여 있는 자리에는 의자가 없다는 것을. 열 개의 의자 중 하나는 예전부터 밥솥을 올려놓았고, 다른 하나는 고모가 이층으로 가져가 화장대 의자로 쓰고 있었다. 하지만 아무도 할아버지의 자리에 의자가 없다고는 말하지 않았다. 식구들은 말없이 젓가락질만 했다. 나는 할머니 몰래 내 옆 의자 위에 쌓여 있는 신문들을 바닥에 내려놓았다. 큰삼촌의 자리였다.

할아버지가 남긴 유품은 얼마 없었다. 할머니는 할아버지의 옷가지들을 챙기다가 팔 년 전에 사준 겨울점퍼가 마지막이었다는 것을 뒤늦게 깨달았다. 그것도 육십 퍼센트 할인을 하는 이월상품이었다. 할아버지는 그것도 모른 채 옷에 붙은 가격표를 보고 깜짝 놀랐고 할머니는 큰맘 먹고 산 것이라며 큰소리를 쳤다. 할머니는 상자에 할아버지의 빛바랜 티셔츠들을 집어넣었다. 돋보기 두 개와 허리띠 한 개도 함께 넣었다. 허리띠는 캥거루 가죽으로 만든 것이었는데, 부모님이 결혼을 한 그해에 생일선물로 드린 것이었다. 아버지는 할아버지의 도장을 유품으로 물려받았다. "무슨 동물의 뼈라던데, 암튼 최고급이야." 할머니는 말했다. 몇 달 후, 아버지는 도장가게에 가서 할아버지의 이름을 지우고 그 위에 당신의 이름을 새겼다. 도장을 파는 남자는 제가 어렸을 때는 부모님이 자식들에게 도장을 선물해주곤 했어요, 하고 말했다. 중학교 입학식 날 상아로 만든 도장을 선물하면서 사람은 모름지기 도장을 잘 찍어야 한단다, 하고 남자의 부모님은 말해주었다. 남자는 도장을 새기러 오는 사람들에게 늘 그 말을 했다. "도장을 잘 찍으셔야 합니다." 남자는 아버지의 이름을 새긴 뒤 천천히 인주를 묻히고는 책상 서랍에서 오래된 노트 한 권을 꺼냈다. 맨 마지막 장을 펼쳐 거기에 아버지의 도장을 찍었다. 남자가 도장가게를 처음 시작하던 날 산 노트에는 그동안 자신이 팠던 이름들이 하나도 빠짐없이 찍혀 있었다. 아버지는 노트에 자신의 이름과 똑같은 이름이 몇개나 있을지 궁금했다. "자, 잘되었습니다. 여기 보세요." 남자가 노트에 찍힌 아버지의 이름을 보여주었다. 그 이름 뒤편 어딘가에 할아버지의 이름이 숨겨져 있을 것만 같았다. 그날 이후, 아버지는 통장을 만들 때나, 텔레비전 유선방송에 가입을 할 때나, 늘 도장을 사용했다. 서명하셔도 됩니다, 라고 직원이 말하면, 아버지는 도장을 꾹 누르면서 자랑스럽게 말했다. "그래도 도장만큼 믿을 수 있나요." 작은삼촌은 할아버지의 시계를 물려받았다. "그것 말고는 아무것도 없구나." 할머니는 말했다. 아무것도 물려받지 못한 고모는 할아버지의 옷가지를 담은 상자를 뒤져 손수건 두 장을 찾아냈다. 고모가 어렸을 때 용돈을 모아 어버이날 선물했던 것인데, 고모 자신조차도 그 사실을 기억하지 못했다. "어멈아, 미안하다, 너한텐 줄 게 이것밖에 없다." 할머니는 냉장고에서 할아버지가 즐겨 드시던 마늘차를 꺼내 어머니에게 주었다. 할아버지가 즐겨 먹던 것이었다. 마늘을 빻아, 흑설탕에 재우고, 일 년을 숙성시키는 일을 할아버지는 늘 손수 했다. 주무시기 전에 두 숟가락씩 뜨거운 물에 타 드셨는데, 그것이 일 년 내내 감기에 걸리지 않는 비결이라고 할아버지는 생각했다. 감기에 걸려 출근을 하지 못하던 어느 날, 주부들을 대상으로 하는 아침 방송에서 본 것이었다. 원래는 꿀을 넣는 것이었지만 꿀이 너무 비쌌기 때문에 할아버지는 대신 흑설탕을 넣었다. 어머니는 할아버지가 만든 마늘차를, 삼분의 이쯤 남은 마늘차를, 식구 수대로 탔다.

할머니는 마늘차를 마시는 식구들을 둘러보았다. 그러고는 마지막으로 할 말이 있다, 하고 말했다. 할머니는 할아버지가 남긴 통장을 보여주었다. 통장은 모두 일곱 개였다. 아버지와 작은삼촌의 눈이 동그래졌다. 출퇴근을 하는 데만 왕복 네 시간이 걸리는 작은삼촌은 이참에 회사를 그만두든지, 아니면 회사 앞에 오피스텔을 얻든지 둘 중 하나를 해야겠다고 생각했다. "기대는 하지 말고." 할머니가 아버지 앞으로 통장을 밀었다. 통장에는 잔고가 거의 남아 있지 않았다. 아버지가 일곱 개의 통장의 잔고를 모두 합해보았다. 이백사십만팔천원이 전부였다. 작은삼촌과 고모가 매달 내놓는 돈으로 생활을 하기에는 턱없이 부족했다는 것을, 그래서 그사이 두 사람의 결혼자금으로 모아두었던 돈을 야금야금 찾아 썼다는 것을, 할머니는 고백했다. "이게 다 니들이 아직까지 결혼을 안 하고 있어서야." 할머니는 말했다. 작은삼촌은 주말이면 밀린 잠을 자야 했기 때문에 연애를 할 시간이 없었다. 고모의 주변에는 결혼을 하지 못한 사람들이 많았고, 그들은 한결같이 말하곤 했다. 괜찮은 사람을 만나는 것이 생각보다 힘든 일이라고. 하지만 몇 번의 연애를 실패한 후 고모는 다른 생각을 하게 되었다. 어쩌면 괜찮은 사람을 만나는 것이 힘든 것이 아니라 나 자신이 괜찮은 사람이 아닐지도 모른다는. 아버지는 통장 일곱 개를 방바닥에 나란히 늘어놓으면서 말했다. "이제 제가 돌아왔잖아요." 할머니가 취직을 할 거니, 아버지에게 물었다. 아버지가 고개를 저었다. 아버지는 식구들에게 여행기를 책으로 쓸 거라고, 이미 제목도 정해두었다고, 식구들에게 말했다. "그러니 일 년만 기다려주세요."

아버지는 고등학교 때 국어선생님에게서 감수성이 뛰어나다는 칭찬을 들은 적이 있었다. 국어선생님은 모든 학생들에게 독서노트를 만들도록 했다. 한쪽 페이지에는 독후감을 쓰고, 다른 페이지에는 밑줄을 긋고 싶은 문장들을 옮겨적었다. 국어선생님은 학생들의 노트를 검사하다가 멋진 구절들을 발견하면 그것을 자신의 수첩에 옮겨적었다. 그리고 지방에서 생물선생님으로 있는 여자친구에게 편지를 보낼 때마다 마치 자신이 읽은 책인 양 그 구절들을 인용했다. 아버지의 독서노트에는 인용할 구절들이 많았다. 국어선생님은 종종 아버지 노트의 마지막 장에 붉은 펜으로 '괜찮았어'라고 적었다. 아버지는 어머니에게 그 이야기를 해주었다. "다른 친구들의 노트에는 A, B, C 중 하나가 적혀 있었어요. 그런 칭찬을 받은 사람은 전교에서 나 하나였다구요." 어머니는 믿을 수 없다고 말했다. 어머니는 아버지가 쓴 연애편지를 몇 통 가지고 있는데, 그다지 감수성이 뛰어난 문장이라고 느껴보지 못했기 때문이었다. 그것은 어쩌면 고등학생 시절에 펜팔을 했던 남학생이 어머니의 마음을 설레게 할 정도로 편지를 잘 썼기 때문일지도 모른다. 그후로 어머니의 눈에는 어떤 다른 편지도 들어오지 않았다.

아버지는 큰삼촌의 방을 서재로 쓰겠다고 했다. 아버지가 사온 노트북을 본 작은삼촌이 한글만 치면 될 걸 왜 이렇게 좋은 걸 샀어, 하고 물었다. "걱정 마. 이십사 개월 할부로 샀으니까. 그사이 책은 완성될 거야." 아버지가 말했다. 나는 아버지에게 큰삼촌의 방은 이미 오래전에 내 방이 되었음을 알려주었다. "그럼, 제가 아직도 부모님과 같은 방을 쓰는 어린아이인 줄 아셨어요?" 그제야 아버지는 내 키가 당신의 키와 엇비슷하다는 사실을 깨달았다. 아버지는 식탁 한켠에 스탠드와 노트북을 올려놓았다. 깜빡이는 커서를 보다가 별다른 생각이 나지 않으면 아버지는 싱크대로 가서 설거지를 했다. 쌓여 있는 그릇이 없는 날이면 냄비들을 뒤져 철수세미로

광을 내기도 했다. 한 달이 지나고 어머니가 뒤져본 아버지의 노트북에는 단 한 줄이 적혀 있었다. "비행기가 출발했다." 일주일이 지나자 그 문장은 이렇게 바뀌었다. "배낭은 무거웠다." 다시 일주일이 지나자 그 문장은 지워지고 처음으로 돌아가 있었다. "비행기가 이륙했다." 두 달이 지나고 드디어 문장은 두 개로 늘었다. "비행기가 이륙했다. 나는 눈을 감았다." 그날 어머니는 아버지에게 용기를 내요, 라고 말하면서 꿀물을 타주었다. 마침내 아버지는 식구들에게 백화점 문화센터에 등록을 해야겠다고 선언했다. 아버지가 식구들에게 팸플릿을 보여주었다. '소설의 읽기와 쓰기'라는 강좌에 동그라미가 쳐져 있었다. 그날 밤 어머니는 아버지의 노트북을 몰래 열어보았는데, 비밀번호를 입력하라는 메시지창이 떴다. 어머니는 설명할 수 없는 배신감을 느꼈다. 어머니는 노트북을 닫으면서 중얼거렸다. 겨우 두 문장밖에 못 쓴 주제에.

아버지가 등록한 강좌에는 모두 열다섯 명의 수강생이 있었다. 그중 남자는 아버지 혼자였다. 강사가 자기소개를 하라고 했을 때 아버지는 엉거주춤 일어나 겨우 이름만 말하고는 자리에 앉았다. 강사가 그만이요, 하고 말할 때까지 수강생들이 열렬하게 박수를 쳤다. 저녁밥을 먹으면서 아버지는 당신이 수강생들 사이에서 얼마나 인기가 많은지 짐작도 못할 거라고 자랑을 했다. "이래 봬도 내 얼굴이 아직은 쓸 만하지." 아버지는 두 볼을 손바닥으로 두드리며 말을 했다. "오늘 저녁엔 마사지라도 좀 해야겠어." 아버지가 수강생들에게 환호를 받은 이유는 얼굴이 잘생겼기 때문이 아니었다. 화요일 낮 두시에 백화점에서 글쓰기 강좌를 들을 만한 남자라면 사장 정도는 될 거라고 사람들이 짐작했기 때문이었다. 중소기업 사장까지는 못 되어도 웬만한 식당 한두 개는 경영하지 않겠느냐고, 몇 년째 문화센터에서 글쓰기 강의를 듣던 수강생들은 생각했다. 나중에 그 사실을 알게 되었을 때, 아버지는 늘 똑같은 티셔츠를 입고 수업을 들으러 갔던 당신의 모습을 생각하며 얼굴을 붉혔다. 할머니는 새벽에 화장실을 갈 때면 식탁에 앉아 무엇인가를 쓰는 아버지의 모습을 훔쳐보곤 했다. 할머니는 아버지가 곧 여행기를 써서 책으로 출간할 것이라고 믿었지만, 그때 아버지는 부모에게 막대한 유산을 물려받은 남자주인공이 등장하는 소설을 쓰고 있었다. 그 글을 마지막 수업에 꼭 발표하리라고 다짐을 하면서. 아버지는 어릴 적 아이스박스에 갇혀 죽을 뻔했던 이야기를 금괴가 들어 있는 대형 금고에 갇혀 죽을 뻔한 이야기로 살짝 바꾸었다. 아버지의 여행기는 "비행기가 이륙했다. 나는 눈을 감았다"라는 문장에서 멈춘 지 오래였다. 어떤 날은 그 파일을 열어 이렇게 문장을 고치기도 했다. "비행기가 이륙하는 순간 나는 눈을 감았다." 그러다, 팔짱을 끼고, 문장을 노려보다가, 다시 "비행기가 이륙했다. 나는 눈을 감았다"라고 고쳤다.

아버지가 삼 개월 과정의 문화센터에 두번째 등록을 하자 어머니는 아침밥을 먹고 나면 외할머니의 가게로 가서 저녁때가 되어서야 돌아오곤 했다. 같이 여행을 다닐 때는 하루 종일 붙어 있어도 지루하지 않았는데, 식탁에 앉아서 나 커피 한잔만, 하고 말하는 아버지가 어머니는 못 견디게 답답했다. 어머니는 부엌에 가는 게 싫어졌다. 물을 마시고 싶어도 방에 누워서 꾹 참았다. 아버지의 여행기는 여전히 하늘 어디엔가 머물고 있었다. 실은, 아버지는 비행기가 착륙했다, 라는 문장을 쓰기가 두려웠다. 아버지는 여행지에서 왜 여행을 하는지 스스로에게 수십 번도 더 묻고 수십 번도 더 대답했다. 하지만 정작 문장으로 옮기려니까, 어떤 질문도, 어떤 대답도 할 수 없는 상태가 되었다. 글을 써본 적이 없는 아버지였지만 주인공이 일단 걷기 시작하면 질문도 시작되기 마련이라는 것을 알고 있었다. 그래서 아버지는 비행기에서 내리지 못한 채 계속 머뭇거렸다.

어머니는 카운터에 앉아서 삼십오 년도 넘은 금고를 보았다. 귀퉁이에 거의 다 뭉개진 스티커가 붙어 있었다. 외할머니가 금고를 산 것은 강도가 들어 전대를 통째로 빼앗긴 뒤였다. 외할머니가 부엌에서 음식을 준비하는 동안 혼자 앉아서 술을 마시던 남자가 갑자기 칼을 들고 자리에서 일어났다. "뒤돌아보지 마!" 강도는 외할머니의 등에 칼을 대고는 소리쳤다. 두꺼운 조끼를 입고 있던 외할머니는 그 칼이 진짜인지 가짜인지 알 수 없었다. 그래서 외할머니는 그거 장난감 칼인 거 다 알아요, 오늘 술값 안 받을 테니 얌전히 나가세요, 하고 말했다. 할머니의 말이 끝나자마자 허리에 찬 전대가 바닥으로 뚝 떨어졌다. 강도가 칼로 전대의 끈을 끊은 것이었다. "이래도." 강도가 말했다. 외할머니는 전대를 주워 강도에게 주었다. 강도가 떠난 뒤 외할머니는 금고를 파는 가게로 갔다. 외할머니는 작지만 단단한 금고를 주문했다. 그리고 그 금고를 계산대로 쓰는 철제 책상 위에 붙여버렸다. 만약 강도가 금고를 들고 가려면 책상까지 같이 훔쳐가야 했다. 실제로, 외할머니가 옆 가게로 밥 두

공기를 빌리러 갔을 때 금고를 훔치려던 손님이 있었다. 금고가 계산대에 붙어 있을 거라고는 짐작도 하지 못한 도둑은 금고가 무거운 것인지 자신이 힘이 없는 것인지 고민을 하다 외할머니에게 붙잡혔다. 금고에 희미하게 남아 있는 스티커는 분홍색 하이힐 한 짝이었다. 어머니는 그것이 어릴 적에 자신이 붙여놓은 스티커라는 것을 기억해내지 못했다. 머리에 왕관을 쓰고 레이스가 달린 분홍색 드레스에 분홍색 하이힐을 신은 공주였는데, 다 뭉개지고 하이힐 한 짝만이 남은 것이었다. 어머니는 스티커를 손톱으로 벗겨냈다. "엄마, 단골손님들, 아직 그대로 와요?" 외할머니가 대답했다. "죽은 사람은 안 오고 산 사람은 오지." 어머니의 기억에 의하면 단 한 번도 달력 위치가 바뀐 적이 없었다. 달력을 들춰보면 거래처의 전화번호가 적혀 있는 벽이 나타날 것이다. 수많은 여행지에서 수많은 기적들을 보았지만 늘 똑같은 곳에 달력이 걸려 있는 가게에서 홀로 늙어가는 어머니보다 더 놀라운 것은 없다는 생각이 들었다. "엄마, 나 이 가게에 취직할까?" 어머니의 말에 외할머니가 주방 바닥에 물을 뿌리면서 얼른 집에 가, 가서 밥해라, 하고 말했다. "그딴 이야기 하려거든 다신 오지 말고." 어머니는 분홍색 하이힐 한 짝을 다 벗겨내기도 전에 자리에서 일어나야 했다. 외할머니는 어머니가 집으로 돌아간 뒤에도 화가 풀리지 않았다. 내가 저를 어떻게 키웠는데. 외할머니는 족발을 썰면서 중얼거렸다. 외할머니는 어머니를 낳을 때 어떤 일이 있어도 딸의 손에서는 늘 로션 냄새만 나게 하리라 결심했다. 당신의 화장품은 제대로 산 적이 없었지만 베이비로션은 늘 최고급으로 샀었다.

마지막 손님이 모두 떠나고 가게 문을 닫던 외할머니는 가슴에서 덩어리 같은 것이 울컥하며 올라오는 듯한 기분이 들었다. 얼굴이 달아올랐다. 외할머니는 밤공기를 쐬며 집까지 걸었다. 길을 걷다 빈 캔이 보이면 발로 걷어찼다. 캔이 골목 저편으로 사라지는 것을 보면 기분이 좋아졌다. 어떤 캔은 쓰레기봉투를 맞췄고, 어떤 캔은 대문을 맞췄고, 어떤 캔은 언덕 아랫길을 하염없이 내려갔다. 집에 거의 다 왔을 때, 외할머니는 마지막으로 맥주 캔을 하나 발견했다. 어머니가 자주 마시던 맥주였다. 외할머니는 망할 년이라고 소리치면서 있는 힘껏 캔을 걷어찼다. 순간, 무릎에서 툭, 하고 무엇인가 끊어지는 소리가 들렸다. 절룩이며 간신히 집에 도착한 외할머니는 파스를 세 개나 붙이고 잠을 잤다. 아침에 눈을 떴을 때 외할머니는 혼자서 화장실도 갈 수가 없었다. 병원에서 깁스를 하는 동안 외할머니는 이게 다 너 때문이야, 하고 어머니에게 화풀이를 했다. "네가 내 속을 뒤집어서 그런 거라고." "나 때문이라면 속병이 나야지, 뼈에 왜 금이 가요?" 최소한 두 달은 일을 하지 말라는 의사의 말에 외할머니는 한숨을 한번 내쉬고는 어머니에게 가게를 부탁했다. "그사이 단골이 떨어져나가면 다 네 책임이야." 외할머니는 본인이 병원비를 내겠다고 고집을 피웠다. "딸이 엄마 병원비도 못 내?" 어머니가 화를 냈다. 외할머니는 계산은 똑바로 하는 게 좋아, 하고는 덧붙였다. "그러니까, 가게 수입도 정확히 계산하자. 칠대 삼이다. 칠은 물론 주인 몫이지."

어머니는 손님들에게 주인 바뀌었어요? 하는 이야기를 수십 번도 더 들었다. 어떤 손님은 문을 열었다가 주방에서 어머니가 나오는 걸 보고는 다시 문을 닫고 나가기도 했다. 처음에는 딸이에요, 하고 대답했다가 나중에는 내키는 대로 대답했다. 새로 가게를 인수한 주인이라고 했다가, 가게 주인에게 빚을 못 갚아 대신 일을 하는 중이라고 했다가, 분점을 내기 위해 음식 비결을 배우는 중이라고 했다. 어머니의 거짓말에 속는 사람은 많지 않았다. "혹시, 딸 아니에요?" 손님들은 물었다. 외할머니와 닮았다는 이야기를 들어본 적이 없던 어머니는 손님들이 왜 그렇게들 물어보는지 궁금했다. 어머니는 몰랐지만, 눈 밑에 주름이 늘면서 어머니는 점점 외할머니를 닮아가고 있었다. 게다가 무엇엔가 집중할 때 자기도 모르게 입을 실룩거리는 버릇이 똑같았다. 이십오 년째 단골이라는 손님은 어머니를 보고는 처음으로 외할머니의 가게에 오던 날을 떠올리기도 했다. 이십오 년 전 단골은 회사 동료들과 삼차를 왔다. 월급은 네 달째 밀려 있었고, 장난꾸러기 막내아들은 동네 유리창을 깨고 다녔다. 유리창을 갈아주고 나면 일주일 내내 콩나물국만 먹어야 했다. 술을 마시고 단골은, 동료들에게 막내아들이 깬 유리창이 스무 개도 넘는다며 엄살을 부렸다. 동료 중 누군가가 회사 복사기라도 훔쳐다가 팔자고 제안을 했다. "좋아." 그들은 건배를 했다. 누군가 돼지 발톱을 보고는 깔깔거리며 웃었다. "이 발 좀 봐. 정말 웃기게 생겼어." 다른 사람들도 돼지 발톱을 보고는 깔깔거리며 웃었다. 계산대에 앉아서 공부를 하던 어머니는 술에 취해 젓가락질도 제대로 못하는 남자들이 낄낄거리며 웃는 것을 오랫동안 바라보았다. "그게 그렇게 웃긴가. 죽기 전까지 자기 똥을 밟고 있던 발가락인데."

어머니가 중얼거렸다. 그 소리가 단골의 귀에 선명하게 남아 있었다. "많이 컸네요." 계산을 하면서 단골은 거스름돈을 받지 않았다.

어머니는 여행지에서 만난 수많은 사람들의 이야기를 누구에게든 들려주고 싶었다. 하지만 외할머니의 가게에 오는 손님들은 이야기를 듣고 싶어하지 않았다. 모두들 제 이야기를 하고 싶어했다. 혼자 온 사람들은 벽을 보고 이야기를 했고, 둘셋씩 온 사람들은 서로의 잔을 보고 이야기를 했다. 주방의 간이의자에 앉아서 공중에 떠도는 말들을 듣다보면 지구 저편의 낯선 언어처럼 들렸다. 눈을 감고 귀에 들려오는 단어들을 모아 어머니는 문장을 만들었다. 어떤 날은 손님들 모두 똑같은 이야기를 하는 날도 있었다. 서로 모르는 사람들이, 서로 다른 테이블에 앉아서, 같은 이야기를 하고 있다는 것을 알면 자신이 얼마나 시시하게 느껴질까. 어떤 날은 지구 저편을 헤맬 때 듣고 보았던 그런 기적 같은 이야기를 듣는 날도 있었다. 그럴 때면 어머니는 자리에서 일어나 손님의 자리에 합석을 하고 싶어졌다. 우리 엄마는 수십 년을 이곳에 앉아 있었구나. 어머니는 군데군데 타일이 떨어져나간 주방을 보며 생각했다. 어머니가 어깨에 멍이 들 정도로 무거운 배낭을 짊어지고 지구를 헤맬 동안 외할머니는 주방 간이의자에 앉아서 어머니가 보았던 이야기보다 더 많은 이야기를 듣고 있었다.

12

외할머니의 낡은 연립에는 엘리베이터가 없었다. 깁스를 하고 계단을 오를 수 없었던 외할머니는 당분간 우리집에서 지내기로 했다. "불편해서 싫다." 외할머니는 목발을 짚고 천천히 계단을 오르내리면 된다고 우겼지만 이층까지 올라가다가 결국 아버지의 등에 업히고 말았다. "매일 이렇게 업힐 수도 없잖아요?" 아버지의 말에 외할머니는 그럼 깁스를 풀 때까지만이다, 말을 했다. 아버지는 당분간 나와 함께 지내겠다고 말을 했다. "장모님이 이 사람하고 같이 방을 쓰세요." 그 말을 들은 할머니가, 사돈은 나와 함께 있으면 어떻겠어요? 하고 말을 했다. 할머니는 당신의 방이 우리집에서 가장 크다는 점을 강조했다. 하지만 그런 이유 때문에 할머니가 외할머니와 같은 방을 쓰려는 것은 아니었다. 할아버지가 돌아가신 후, 할머니는 새벽이면 꼭 잠에서 깼다. 어디선가 희미하게 할아버지의 냄새가 나는 듯했고, 그 냄새가 정확히 어떤 냄새인지 기억을 하려고 몸을 뒤척이다보면 어느새 날이 밝았다. 외할머니의 몸에서는 한약 달인 냄새가 났다. 그 냄새를 맡는 순간 새벽마다 느껴지는 할아버지의 냄새가 잊힐 것만 같았다. 외할머니와 같이 잠이 들던 날 할머니는 오랜만에 푹 잠을 잤다. 하지만 외할머니의 몸에서 나는 냄새 때문은 아니었다. 외할머니의 코 고는 소리 때문이었다. 할머니는 평생 할아버지의 코골이에 맞춰 잠을 잤고, 오랜만에 그 소리를 듣자 숙면을 취할 수 있었다. 외할머니와 같은 방을 쓰는 동안, 할머니는 할아버지가 돌아가셨다는 사실을 잊을 정도로 늘 편안한 잠을 잤다. 잠을 자다 몸을 뒤척일 때면 옆에서 자고 있는 사람이 할아버지라고 착각을 했다. 어느 날 아침에는 여보, 아직도 자? 하고 말을 하기도 했다. 외할머니는 아니라고 대답을 해야 할지 모르는 척 계속 잠을 자야 할지 몰라 할머니가 눈치를 챌 때까지 몸을 뒤척였다. 할머니가 잠을 푹 자는 반면 외할머니는 여러 번 잠에서 깼다. 할머니가 한평생 혼자 방을 써본 적이 없는 것과 반대로 외할머니는 지난 삼십여 년을 늘 혼자서 잠을 잤다. 그래서, 잠결에 옆에 누군가가 자고 있다는 것을 느낄 때면 깜짝 놀라 일어나곤 했다. 누군가 옆에 있는 것이 거추장스러웠고, 그제야 외할머니는 지금까지 당신이 얼마나 외롭게 살아왔는지 깨닫게 되었다.

낮에는 할머니와 외할머니 그리고 아버지만이 집에 있었고, 점심은 늘 아버지 담당이었다. 비가 오는 날이면 전을 부쳤고 날이 좋으면 국수를 말았다. 소파에 앉아 텔레비전을 보면서, 할머니와 외할머니는 부엌에서 새어나오는 음식 냄새를 맡으며 잔소리를 했다. "기름을 적당히 두르고 노릇노릇하게 구워야 해." "국에 간이 너무

된 거 아닌가. 냄새가, 좀, 짠 듯해." "국수 넘친다. 찬물 부어라." 아버지는 냄새만 맡고도 부엌에서 일어나는 일들을 맞힌다는 것이 놀라웠기 때문에 잔소리를 듣는 것이 싫지만은 않았다. 아버지는 여러 종류의 부침개를 만들었고, 냉장고에는 늘 막걸리를 채워두었다. 할머니와 외할머니가 술을 한잔씩 마시면 아버지는 부침개에 고추장아찌를 얹어서 할머니들의 입에 넣어드렸다. "돈 안 버는 것 말고는 나무랄 데가 없는 아들이에요." 할머니가 외할머니에게 말했다. 할머니는 아버지를 볼 때마다 임신을 했을 때 기뻐하지 않았던 것이 떠올라 약간의 죄책감이 들었다. 할머니와 할아버지는 경양식집에서 맞선을 보았다. 할머니는 그날 태어나서 처음으로 돈가스를 먹어보았다. 경양식집에는 테이블마다 커튼이 쳐져 있었는데, 할아버지는 할머니가 긴장하지 않도록 그 커튼의 반을 열어두었다. "사돈, 그 모습이 얼마나 괜찮아 보였는지 몰라요." 할머니는 막걸리를 외할머니의 잔에 따라주면서 말했다. 할아버지가 할머니의 돈가스를 잘라주었다. 허겁지겁 돈가스를 먹다가 고개를 들어보니 할아버지가 반도 먹지 않고는 흐뭇한 미소를 지으며 할머니를 보고 있었다. "더 먹을래요?" 할아버지가 할머니의 접시에 고기 몇 점을 옮겨주었다. 갑자기 할머니는 창피해졌다. 원래는 이렇게 많이 먹지 않아요, 말하고 싶었으나 말이 나오지 않았다. 그때였다. 신발이 없어서 한쪽 발을 비닐로 감싼 거지가 커튼 사이로 손을 내밀었다. 어찌나 냄새가 심했는지 입안에서 돌던 향긋한 돈가스 소스의 맛이 사라질 지경이었다. 할머니는 소리쳤다. "저리 가요!" 그러고 저도 모르게 재수없게, 중얼거렸다. 거지가 포크 하나를 집어 주머니에 넣었다. “너는 얼마나 깨끗해서. 나중에 나 같은 애나 낳아라.” 거지가 소리쳤다. 경양식집의 손님들이 할아버지와 할머니의 자리를 쳐다보았다. 얼굴이 붉어진 할머니가 커튼을 닫았다. 아버지를 임신했을 때 할머니는 거지가 했던 그 말이 자꾸만 떠올랐다. 거지의 턱밑에 달린 혹이 생각날 때면, 할머니는 하늘을 보고는 잘못했어요, 잘못했어요, 중얼거렸다. 아버지가 태어났을 때, 사람들은 눈이 너무 작다고 말을 했지만 할머니의 귀에는 그런 말이 들어오지 않았다. 그럼 어때, 얼굴에 혹이 없는데! 할머니는 생각했다. 낮술을 하면서 할머니는 외할머니에게 어째서 아이를 넷이나 낳게 되었는지 얘기해주었다. 그 넷을 낳는 동안 단 한 번도 태몽을 꾸지 않은 것도 이상하다고. 할머니가 백과사전을 읽었다고 얘기하자 외할머니는 할머니의 잔에 넘치도록 술을 따르면서 존경한다고 말을 했다. “우리 애가 뱃속에 있을 때, 전 술값을 내지 않으려는 손님들과 싸워야 했어요.” 할머니는 그래도 다 소용이 없는 일이라고 손사래를 쳤다. “적어도 한 놈 정도는 판사나 교수가 됐어야 하는 거 아니겠어요.”

외할머니가 거실 소파에 누워 텔레비전을 보는 시간이 점점 길어졌다. 리모컨을 배 위에 올려놓고 다친 다리를 팔걸이에 올려놓으면 이 세상에서 가장 게으른 사람이 된 것만 같았다. 외할머니의 가게에는 텔레비전이 없었다. 국가대표 축구시합이나 한국시리즈 같은 야구경기가 있는 날이면 손님 중 몇몇은 텔레비전을 틀어달라고 말을 했다. “텔레비전이 없어.” 외할머니가 말을 하면 손님들은 돈 벌어 텔레비전 좀 사라고 농담을 했다. 화를 내며 나가는 손님도 있었다. 외할머니는 손님들이 텔레비전을 보면서 술을 마시는 것이 싫었다. 술을 마시러 왔으면 서로의 얼굴을 바라보며 서로의 이야기를 해야 하는 것이 아닌가. 외할머니에게 족발 삶는 법을 가르쳐 준 사장은 늘 그렇게 말했다. 텔레비전을 틀어놓으면, 서로의 이야기를 하다가도 드라마에 나오는 연예인이나 뉴스에 나오는 정치인들의 험담으로 이야기가 옮겨가곤 했다. 외할머니는 그런 이야기 끝에 싸움이 난다고 생각했다. 딸이 집을 나가겠다고 소리를 질렀다거나, 부인이 쌍꺼풀 수술에 실패를 했다거나, 아들이 난 커서 아빠 같은 사람은 안 될 거라는 말을 했다거나, 하는 이야기를 주고받는 동안에는 절대 싸움이 일어나지 않았다. 하지만, 어느 여배우가 두 번 이혼을 했는지 세 번 이혼을 했는지를 놓고 멱살잡이를 하는 경우는 흔했다. 외할머니는 텔레비전 채널이 칠십 개가 넘는다는 사실이 놀라웠다. 칠십여 개의 채널을 다 돌려가며 무엇을 볼지 결정하는 데만 한 시간이 걸렸다. 십여 년 전에 상영했던 드라마가 다시 나왔고, 외할머니는 2회부터 마지막회까지 빠짐없이 보았다. 그러고는 처음 1회를 놓친 것을 아쉬워했다. "그렇게 재미있으세요?" 할머니가 물으면, 외할머니는 저 배우요, 암으로 죽지 않았어요? 하고 말을 했다. 외할머니는 암으로 죽은 배우를 가리키며 오 년 후에 자신이 아플 것은 상상도 하지 못한 채 저렇게 철없이 웃는 것이 슬프다고 했다.

할머니는 드라마를 별로 좋아하지 않았다. 할머니는 퀴즈 프로그램을 좋아했는데, 도전자가 마지막 관문에서 성공을 하면 덩달아 눈물을 흘리곤 했다. 외할머니는 손바닥을 맞대고 기도하는 자세로 퀴즈 프로그램을 보는 할머니를 이상하게 바라보았다. "제발." 할머니는 도전자가 문제를 맞힐 때마다 박수를 쳤다. 상금은 칠백만원에서 천사백만원으로 올라갔다. "저 돈 진짜 줄까요?" 외할머니가 물었다. "당연하죠." 할머니가 대답했다. 외할머니는 기껏 단어 몇 개를 맞힌다고 그렇게 많은 돈을 준다는 사실이 믿기지 않았다. 족발로 환산해보면 팔백 접시는 족히 넘었다. 도전자가 다음 문제도 맞혔다. 할머니가 다시 한번 박수를 쳤다. "사돈, 이게 훨씬 드라마 같지 않아요? 저 사람은 상금을 타면 딸에게 피아노를 사주겠다고 하네요." 할머니가 퀴즈 프로그램에 빠지게 된 것은 할아버지 때문이었다. 할아버지는 매주 금요일마다 퇴근 후 회사에 남아 지난 일 주일 치 신문과 세 권의 주간지를 읽었다. 그리고 주간지에 나오는 퀴즈에 빠짐없이 응모를 했다. 그렇게 여러 번 퀴즈에 응모를 했지만 당첨이 된 것은 딱 한 번뿐이었다. 마침 상품이 배달된 날은 할머니의 생일이었고, 상품은 할머니가 그토록 갖고 싶어했던 커피잔이었다. 잔이 생기자 쓰다고만 생각했던 커피가 구수하게 느껴졌다. 그후로 잔은 손잡이가 세 번이나 떨어졌고, 그때마다 할머니는 순간접착제로 손잡이를 붙였다. "이제 좀 버려." 할아버지가 새로운 잔을 사주겠다고 하면 할머니는 입을 삐죽이고는 똑같은 걸로 구해주면, 하고 대답했다. "드디어 마지막 문제입니다!" 사회자의 말에 도전자가 주먹을 불끈 쥐고는 아자! 하고 소리쳤다. 최종 상금은 오천만원이었다. "오천만원을 타간 사람은 많지 않아요. 지난 두 달 동안은 한 명도 없었죠." 도전자가 생각이 날 듯 말 듯한 표정을 지으며 입술을 깨물었다. 그때 외할머니의 머릿속에 어떤 생각이 스쳐 지나갔다. 백과사전을 읽었다 했지. "사돈, 저 프로에 나가봐요." 할머니가 뒤를 돌아 소파에 누워 있는 외할머니를 보았다. "무슨 소리예요?" 제한시간이 지났다는 버저가 울렸다. 도전자가 손바닥으로 자신의 이마를 때렸다. 외할머니는 할머니에게 백과사전을 다 읽은 사람이 이 세상에 얼마나 있겠느냐며 돈이 드는 것도 아닌데 한번 도전을 해보자고 말했다. "솔직히, 돈도 필요하잖아요." 할머니는 외할머니가 어떻게 돈이 없다는 것을 알아챘는지 궁금했지만 자존심이 상해 묻지 않았다. "심심한데, 그럼 어디 나가볼까요?" 할머니는 기지개를 켜는 시늉을 했다. 생각해보니 언젠가 열 문제를 모두 맞힌 적도 있었다. 그래, 못할 것도 없지.

할머니가 퀴즈 프로그램에 나간다고 말을 했을 때, 작은삼촌은 창고에 보관되어 있던 백과사전을 팔아 영화를 보러 갔던 일이 생각났다. 두 형들은 서로 말이 잘 통했다. 작은삼촌은 그 사이에 끼지 못했고, 창고에 들어가 낡은 물건을 뒤지며 혼자 놀았다. 사전은 사다리 아래에 있었는데, 삼촌은 사다리에 올라앉아서 밑줄이 그어진 사전을 읽었다. 사전 여기저기에 메모가 적혀 있었다. 한 자리 국번으로 시작되는 전화번호라든지 친척의 결혼식 날짜 같은 것들이었다. 책을 읽다가 전화가 왔을 때 적어둔 것이리라. 'ㄹ과 ㅁ' 사이에는 코스모스 꽃잎이 끼워져 있었다. 종이에 흐릿하게 분홍색 물이 들어 있었다. 작은삼촌은 고물장수에게 백과사전을 판 후, 문방구로 달려가 코스모스를 코팅해서 책갈피로 만들었다. 어버이날 할머니에게 그 책갈피를 선물했고, 할머니는 가을도 아닌데 코스모스를 어디서 구했는지 신기하다며 웃었다. 작은삼촌은 엄마 드리려고 작년 가을에 따둔 거예요, 거짓말을 했다. 작은삼촌은 백과사전을 판 돈으로 세탁소 건물 지하실에서 불법으로 상영하는 영화를 보았다. 영화 속 주인공을 흉내낸다며 이층에서 뛰어내렸고, 다리가 부러졌다. 작은삼촌은 할머니에게 시사상식 문제집을 사드리면서 아직도 코스모스 책갈피를 가지고 있느냐고 물어보았다. 할머니는 화장대 서랍에서 책갈피를 꺼내 문제집 사이에 끼웠다. 그날 밤, 작은삼촌은 할머니가 퀴즈대회에서 받은 상금으로 자동차를 사는 꿈을 꾸었다. 꿈을 꾸면서도 작은삼촌은 그런 생각을 하는 자신이 부끄러웠다.

할머니는 외우는 것 하나만은 자신이 있었다. 아침에 자리에서 일어나면 할머니는 전국의 산 이름을 암기하곤 했다. 할머니는 웬만한 친척들의 전화번호는 모두 기억했고, 동네 중국집과 치킨집의 전화번호도 외우고 있었다. 그랬던 할머니지만 뜻대로 공부가 되지 않았다. 문제집을 펼치기만 하면 잠이 쏟아졌다. 한 페이지도 못 넘기고 낮잠을 자는 할머니를 보고는 외할머니가 텔레비전을 껐다. "사돈, 안 되겠어요. 나랑 공부해요." 외할머니가 문제를 내고 할머니가 문제를 맞혔다. 할머니가 문제를 틀리면 외할머니가 땡, 하고 말했다. 그러면 할머니는 틀린 문제를 노트에 적었다. 두 할머니는 공부를 시작한 지 며칠이 지나지 않아 두통에 시달렸다. 두 눈이 아프고 멀미할 때처럼 속이 미식거렸다. 내과에 갔더니 의사가 과민성 소화불량이라고 말을 했다. "미식거리지만 소화는 잘돼요." 외할머니가 말했다. 외할머니는 소화불량이라는 단어가 싫었다. 공부도 많이 하신 분들이 왜 그런 말밖에 생각을 못 할까? 외할머니는 약을 먹으면서 생각했다. 분명 소화불량이라는 단어 말고 더 그럴듯한 단어가 있을 것만 같았다. 약을 먹어도 증상이 나아지지 않자 아버지는 내시경이라도 받아봐야 하지 않겠냐며 걱정을 했다. "이참에 종합검진을 받아보세요." 아버지는 말했다. 할머니와 외할머니는 한 번도 종합검진을 받아본 적이 없었다. 부모님은 뒤늦게 자신들이 얼마나 무심했는지를 깨달았다. 그제야 부모님의 눈에 할머니의 이마에 팬 주름이 보였고 외할머니의 어금니가 하나 없는 것이 보였다. 어머니는 아버지에게 봉투 하나를 주었다. "가장 좋은 병원을 예약해요." 봉투에는 가게 수입금을 속여 모아둔 돈이 들어 있었다.

종합검진 결과 외할머니는 골다공증이 있는 것 말고는 양호하다는 진단이 나왔고, 할머니는 대장에 용종이 있으니 앞으로 고기를 좀 줄이라는 진단이 나왔다. "세 달째 김치찌개만 먹었는데 무슨 고기?" 할머니가 아버지에게 투덜댔다. 심지어 김치찌개에 돼지고기 몇 점도 넣지 못했다고. 옆에서 외할머니가 고개를 끄덕였다. "깁스를 하고 있는데도 사골 한번 안 끓여줬는데, 뭘." 아버지는 봉투를 들여다보았다. 병원비를 내고 나니 몇만원도 남지 않았다. 아픈 데도 없는데 괜히 종합검진을 했나, 아버지는 생각했다. 그냥 내시경만 할걸. 아버지는 남은 돈으로 종합비타민을 두 통 샀다. "매일 한 알씩 드세요. 그리고 오래 사세요." 할머니들은 아침식사 후 비타민을 한 알씩 드셨다. 할머니는 학교에 가기 전에 내 입에 비타민을 한 알 넣어주었고, 외할머니는 가게로 출근하는 어머니의 손에 비타민을 한 알 쥐여주었다. 비타민을 먹어도 두통은 사라지지 않았다. 오천만원의 상금을 타간 도전자는 아직 나오지 않았다. "어쩌면 안 쓰던 머리를 써서 두통이 온 거 아닐까요?" 외할머니가 거실에 쌓여 있는 문제집들을 보면서 말했다. 하지만 두통은 오랜만에 공부를 해서 생긴 것이 아니었다. 할머니들은 도수가 맞지 않는 돋보기를 쓰고 있었고, 책을 읽거나 노트에 무엇인가를 쓸 때마다 미간을 찌푸려야 했다. 두통은 그래서 생긴 것이었다. 고모가 월급을 타서 할머니들에게 돋보기를 새로 맞춰드렸다. 새 돋보기를 쓴 할머니는 고모의 얼굴을 보고는 깜짝 놀랐다. "세상에! 네 얼굴에 왜 이렇게 주근깨가 많니?" 외할머니는 하루 종일 할머니에게 문제집을 읽어 주어도 피곤하지가 않았다. 두 할머니는 소파 이쪽 끝과 저쪽 끝에 앉아서, 열여섯 여자아이들처럼, 까르르 웃어가며 공부를 했다.

고모는 고등학교 동창들과 두 달에 한 번씩 만나 저녁을 먹었다. 모임을 만든 것은 삼 년 전쯤이었다. 고등학교 삼학년 때 짝이었던 친구의 결혼식에 갔다가 고모는 삼학년 이반 친구들을 만나게 되었다. 결혼식이 끝난 뒤, 뒤풀이는 자연스럽게 동창 모임으로 이어졌다. 일차로 예식장 근처의 호프집에서 맥주를 한잔했다. 그때 누군가가, 고모의 기억에 의하면 영어선생님의 팔자걸음을 곧잘 흉내내던 동창이 가까운 곳에 자기 단골집이 있다면서 이차를 가자고 했다. 시댁에 가야 한다며 한 사람이 빠지고 나머지는 그 동창을 따라갔다. 그곳은 단골집이 아니라 본인이 경영하는 술집이었다. 서비스라며 양주 한 병을 내왔다. 누군가 술집을 하는 친구를 붙잡고 울었다. "네가 이렇게 잘살고 있다니 기쁘다." 술값이 꽤 많이 나왔고 부반장을 했던 동창이 인원수대로 나누어서 돈을 걷었다. "커피나 한잔하자." 술집에서 나오자 한 동창이 말했다. 저녁밥을 차려야 한다며 몇몇 동창들이 서둘러 돌아갔다. 커피를 마시며 모두들 술집을 하는 동창의 욕을 했다. "계산서 봤어? 한 푼도 안 깎아줬어." "어떻게 거길 데려갈 생각을 하니. 독하다. 하나도 안 변했어." "양주도 뚜껑이 따져 있었어. 손님이 먹다 남긴 거 아닐까." 그때, 술자리에서 한마디도 하지 않던 동창이 말했다. "난 솔직히 걔가 어떤 애였는지 생각이 안 나." 커피를 마시다보니 술이 깼고, 그래서 마지막으로 맥주를 한잔 더 하기로 했다. 맥주를 마시는데 여기저기서 전화가 울려댔다. 남편의 전화를 받은 친구들이 하나둘씩 자리에서 일어났다. 결혼식 뷔페에서 점심을 먹은 지 열두 시간이 지났을 때, 술집에는 네 명의 동창만이 남았다. 네 명은 그날 결혼식 축의금보다 더 많은 돈을 술값으로 썼다. 헤어지면서 서로에게 진작 널 알았으면 좋았을걸, 하고 말했다. 한 동창은 고모에게 미안한데 네 이름이 뭐더라, 묻기도 했다. 네 명은 주말이면 잠옷을 입은 채로 하루 종일 소파에 누워 지낸다는 공통점이 있었다. 매운 음식을 좋아하는 것과 공포영화라면 질색을 하는 것도 똑같았다. 네 사람은 두 달에 한 번씩 만나 낙지볶음에 소주를 마셨고, 드라마 줄거리 이야기를 하다가 헤어졌다.

네 명 중에서 봄에 생일인 사람이 세 명이나 되었다. 그래서 4월 모임에는 늘 세 명의 생일파티를 같이 했다. 낙지볶음 대신 매운 갈비찜을 먹었고, 생일 축하한다는 말을 서로에게 했고, 선물은 주고받지 않았다. 갈비찜 양념에 밥을 비벼 먹으면서 고모는 우리 엄마는 지금 퀴즈대회에 나가려고 공부중이야, 하고 말했다. "우리 엄마는 우울증을 앓고 있어." "멋지다. 우리도 나가볼까. 상금은 무조건 나누기." "차라리, 복권을 사." 고모는 친구들에게 어째서 할머니가 퀴즈대회에 나가게 되었는지를 말해주었다. 이야기 도중에 자연스럽게 할아버지가 돌아가신 이야기가 나왔고, 그 이야기를 들은 친구들은 서운한 표정을 감추지 않았다. 두 달에 한 번씩 만나는 친구들이건만 정작 할아버지가 돌아가셨을 때 알리지 않았던 것이다. "왜 그랬어." "어쩌면 그러니. 함께 밤이라도 새워줬을 텐데." 고모는 미안하다고 말하는 대신 친구들의 잔에 술을 한 잔씩 따랐다. "인라인스케이트라도 배울까봐." "난 등산을 할까 해. 『한국의 명산』이란 책도 샀어." "다시 대학에라도 들어갈까." "선이라도 볼래. 그럼 엄마 우울증이 나아질까." "벌써부터 무릎이 아파." 넷은 해파리무침을 안주 삼아 소주 한 병을 더 마셨다. 그리고 평소와 달리, 커피 한잔도 하지 않고, 맥주로 입가심도 하지 않고, 헤어졌다.

월요일이 되었고, 고모는 옆자리 직원에게 취미가 무엇이냐고 물었다. 고모의 오른쪽에 앉은 직원은 주말이면 테니스를 친다고 말했고, 왼쪽에 앉은 직원은 오 년 후에 빵집을 차릴 생각으로 제빵학원에 다니고 있다고 대답했다. 고모는 오 년 후에 나는 에베레스트산에 갈 거예요, 하고 속삭였다. 그리고 고모는 회사를 그만두었다. 할머니는 하루에 백 개 이상의 단어들을 외우는 데 온 정신을 쏟는 바람에 고모가 회사를 그만두었다는 사실을 알아차리지 못했다. 고모는 똑같은 시간에 일어나 아침을 먹었고 똑같은 시간에 집을 나섰다. 하지만 평소의 할머니라면 알아차렸을 것이다. 고모는 늘 립스틱을 바른 후에 밥을 먹었다. 그래서 고모가 출근을 하고 난 뒤 식탁에는 립스틱 자국이 묻어 있는 물컵이 놓여 있었다. 고모가 회사를 그만둔 뒤로 더이상 물컵에는 립스틱 자국이 남지 않았다.

할머니는 IMF나 OECD 같은 답을 맞히는 문제를 가장 어려워했다. "영어는 당최 못 맞히겠어. ISO는 뭐고 IOC는 뭐야." "맞아요. 안 헷갈리는 사람이 이상한 거죠." 외할머니가 맞장구를 쳤다. 작은삼촌은 그럼 그냥 길게 이름을 외우세요, 충고해주었다. 할머니는 ISO 대신 국제표준화기구라고 외웠고 IOC 대신 국제올림픽위원회라고 외웠다. "훨씬 쉽다." 일곱 권의 문제집을 모두 푼 뒤에 할머니는 퀴즈 프로그램의 예선전에 응모를 했고, 신청자 백 명 중에서 2등을 했다.

고모는 할머니에게 옷을 사드렸다. "회사에서 보너스가 나왔어요." 고모는 옷을 사지 않겠다는 할머니에게 거짓말을 했다. 나는 플래카드를 만들었고 작은삼촌은 월차를 냈다. 방송국으로 가는 길에 고모는 할머니가 우승을 하게 되면 그때 회사를 그만두었다는 이야기를 하리라고 마음먹었다. 그 옆에서 작은삼촌은 그 돈으로 차를 사리라고 결심을 했다. 아버지는 할머니에게 드릴 우황청심환을 만지작거렸다. 할머니는 고모가 사준 옷이 꽉 껴서 숨을 쉴 때마다 배에 힘을 주어야만 했다. 대기실에서 순서를 기다리는 동안 할머니는 단추를 하나 풀었고, 아버지가 건네준 우황청심환을 먹었다. 집에 도둑이 들었을 때도 먹지 않았던 우황청심환이었다. 할머니는 자다 말고 소변을 보는 버릇이 있었는데, 그것 때문에 자기 전에 늘 거실 바닥을 깨끗이 정리해두어야 했다. 화장실에 가다 장난감 자동차를 밟아서 뒤꿈치에 피가 난 적도 있었고 리모컨을 밟는 바람에 텔레비전이 켜져 놀란 적도 있었다. 도둑이 들던 날도 화장실 때문에 새벽 세시쯤 자리에서 일어났다. 화장실은 불이 켜진 채 문이 열려 있어서 거실을 더듬거리며 걷지 않아도 되었다. 할머니는 화장실에서 나와 검은콩과 보리를 함께 넣고 끓인 물을 컵에 따랐다. 그때였다. 현관에서 잠금쇠 돌아가는 소리가 들렸다. 할머니는 발뒤꿈치를 들고 현관 쪽으로 걸어갔다. 천천히 문이 열리더니 검은 옷을 입은 남자가 고개를 내밀었다. 할머니는 남자와 눈이 마주쳤다. 몇 초 동안 서로를 노려보다가 남자가 천천히 문을 닫았다. 마당을 가로질러 달려가는 소리가 들렸다. 그제야 할머니는 무슨 일이 일어났는지를 깨달았다. 할머니는 뒤늦게 현관을 향해 들고 있던 컵을 던졌다. 현관 유리가 깨졌고, 그 소리에 놀라 온 식구들이 뛰쳐나왔다. "무슨 일이야!" 할아버지가 물었다. 할머니는 도둑이 들었다고 말했다. 할머니는 깨진 현관 유리가 아까웠고, 또 그걸 가지고 할아버지가 잔소리를 할까봐 거짓말을 했다. "그놈이 날 덮치려 하잖아. 그래서……" 작은삼촌이 유리 파편이 흩어져 있는 현관을 치웠다. 잔은 놀랍게도 손잡이만 떨어졌을 뿐 깨지지 않았다. "내가 이 컵으로 도둑의 얼굴을 맞혔어. 피가 났다고." 할머니는 손잡이를 본드로 붙인 컵을 볼 때마다 말했다. 스태프가 대기실 문을 열고는 다음 출연자 대기해주세요, 하고 말했다. 할머니는 허공에 대고 크게 숨을 쉬어보았다. 우황청심환 냄새가 나는 것 같았다. 할머니는 물을 마시고 또 마셨다. 퀴즈를 풀다 오줌이 마려우면 어쩌지, 하는 걱정이 들었지만 갈증은 사라지지 않았다.

고모는 맨 앞줄에 앉아야 한다고 우겼다. 작은삼촌은 그러면 텔레비전에 얼굴이 나올지도 모른다며 세번째 줄에 앉자고 했다. "왜, 누구 돈이라도 떼먹었어?" 고모가 농담을 했다. "옛 애인들이 보고 그리워할까봐." 작은삼촌이 대답했다. 응원석에 도착해보니 맨 앞 줄만 빼고 빈자리가 없었다. 첫번째 도전자는 아이들과 부인이 캐나다에 있다는 가장이었다. "어떨 때 가족이 제일 보고 싶으세요?" 사회자가 물었다. "오늘 아침에 옷을 입다가 바지에 발가락이 걸려 넘어졌는데 괜히 눈물이 나더라고요." 첫번째 도전자는 말했다. 작은삼촌은 문지방에 부딪혀서 엄지발가락에 피멍이 들었던 때와 샤워를 하다가 비누를 밟아 넘어졌던 때를 생각했다. 그럴 때면 괜히 엄살이 부리고 싶어졌다. 누군가에게 투정을 부리고 싶다는 생각이 들 때마다 작은삼촌은 진지하게 결혼에 대해 고민을 했다. 카메라가 응원석을 비추면 작은삼촌은 플래카드를 들어 얼굴을 가렸다. 첫번째 도전자는 네번째 문제에서 탈락을 했다. 두번째 도전자는 주부였다. 병원에 입원한 딸에게 엄마도 할 수 있다는 것을 보여주기 위해 출연하게 되었다고 주부는 말했다. 나는 두번째 도전자가 오천만원의 상금을 탔으면 좋겠다고 생각을 하다가 이내 머리를 흔들었다. 행운은 그렇게 모든 사람에게 오지는 않으니까. 주부는 일곱번째 문제까지 잠깐의 고민도 하지 않고 수월하게 맞혔다. 여덟번째 문제에서는 전화찬스를 사용했다. 주부는 병원에 입원한 딸에게 전화를 걸었고, 아파서 이 년이나 학교를 쉬었다는 딸은 문제를 맞히지 못했다. "몰라도 괜찮아." 주부는 말했다. "그래도 보너스 문제를 맞혀서 냉장고를 받았어." 고모는 할머니가 오천만원을 탈 수 없다면 적어도 상품이 걸린 문제만은 꼭 맞혔으면 좋겠다고 생각했다. 그리고 그 상품이 동남아 여행권이라면 더더욱 좋겠다고 생각했다.

드디어 세번째로 할머니가 나왔다. 사회자는 공부를 하는 데 뭐가 가장 힘들었냐고 물었다. "책만 펼치면 졸린 거요. 앞으로 우리 손자한테는 공부하라고 잔소리하지 않을 거예요." 고모가 날 보더니 너 좋겠다, 하고 말했다. 그때 옆에 앉아 있던 어머니가 말했다. "그런 소리 마요. 여기 잔소리할 엄마가 남아 있으니까." 할머니는 손수건을 꺼내 손바닥을 닦았다. 그리고 버튼 위에 손을 올려놓았다. "자, 이제 시작해볼까요." 사회자가 말했다. 첫번째 문제가 나왔다. '다음 중 소녀시대의 멤버는 모두 몇명일까요?' 문제를 다 들은 할머니가 응원석 쪽으로 고개를 돌려 나를 바라보았다. "2번 아니면 3번일 것 같은데요." 할머니가 말했다. 2번은 세 명이고 3번은 여섯 명이었다. 할머니는 눈을 감고 생각했다. 그래도 확실히 1번은 아니야. 두 명이 답이라면 그건 너무 쉽잖아. "3번이요." 할머니가 말했다. 퀴즈 프로그램이 시작된 지 오 년 동안 첫번째 문제에서 탈락한 사람은 단 한 명뿐이었다. 오십대 여자였는데, 박찬호 선수의 등번호를 맞히지 못했다. 할머니는 첫번째 문제에서 탈락한 두번째 출연자가 되었다.

녹화가 모두 끝난 뒤에도 할머니는 자리에서 일어나지 않았다. 할머니는 거실에 있는 24인치 텔레비전을 떠올렸다. 고모가 고등학교 삼학년이 되던 해에 산 텔레비전이었다. 교육방송을 봐야 한다며, 학원에 다니는 것보다 그게 더 경제적이라며, 고모는 할머니를 한 달이나 졸랐다. "텔레비전이 너무 작아. 글씨가 잘 안 보인단 말이야." 고모는 교육방송을 보는 척하면서 드라마를 보았고, 그 사실을 몰랐던 할머니는 열두 달 동안이나 할부 값을 갚았다. "텔레비전이 너무 작아." 할머니는 십육 년 전에 고모가 할머니에게 했던 대로 중얼거렸다. "아홉 명이라니. 그렇게 많으니, 우리집처럼 작은 텔레비전으로는 안 보인 거야." 외할머니는 맞아요, 텔레비전 탓이에요, 하고 맞장구를 쳐주었다. 대기실을 정리하던 작가가 피식거렸다. "아가씨, 뭐가 웃겨?" 할머니는 탁자를 손바닥으로 내리쳤다. 작가는 퀴즈 프로그램을 하기 전에 세상의 기인들을 소개하는 프로그램을 했었는데 그러면서 이상한 사람들을 많이 만났다. 자기 뜻대로 번개를 치게 할 수 있다는 남자 때문에 북한산까지 올라가기도 했지만, 산 정상에 서서 두 팔을 벌리고 하늘을 향해 무엇인가를 중얼거리던 남자는 결국 비가 오는 날 다시 만나면 안 될까요, 하고 말했다. 한번은 네 발로만 걷는다는 사내를 촬영했는데, 방송이 나가고 난 뒤 사내는 두 발로 걷는 평범한 사람이라는 시청자 제보가 들어왔다. 열 건의 제보 중에서 거의 아홉이 거짓이었다. 거짓을 밝혀내는 일을 오랫동안 하다보니 작가는 저도 모르게 사람들을 비웃는 버릇이 생겼다. 작가는 할머니에게 사과를 했다. "나는 예선전에서 2등을 했던 사람이라고." 할머니가 말했다. "작가 아가씨, 미안하면 남은 문제를 좀 보여줘요." 나머지 아홉 문제를 풀지 못한다면 깨끗하게 포기하겠다고 할머니는 말했다. 아니면 평생 억울할 것만 같다고. 다시 출연을 시켜달라는 사람들은 많았지만 문제를 보여달라는 사람은 처음이었다. 남은 문제는 다음주에 써야 하지만 작가는 왠지 할머니에게 보여주고 싶었다. 예선전을 통과했다는 전화를 걸었을 때 할머니는 작가에게 이렇게 말했다. "이렇게 좋은 소식을 전해주다니. 아가씨는 올해 좋은 일만 있을 거예요." 그 말을 듣고 작가는 복권가게에 가서 복권을 샀다. 오천원이 당첨되었고, 그걸로 다시 복권을 샀다. 그랬더니 이번에는 육만오천원이 당첨되었다. 티셔츠를 하나 사고 남은 돈으로 다시 복권을 샀다. 작가는 할머니에게 남은 문제들을 보여주었다. 지갑에 들어 있는 복권을 생각하며 작가는 할머니가 아가씨는 복 받을 거예요, 라고 말해주길 바랐다.

할머니는 아홉번째 문제까지 단번에 답을 맞혔다. 그때마다 작은삼촌은 아깝다, 라고 중얼거렸다. 보너스 문제의 상품이 식기세척기였다는 사실을 알게 된 고모는 별로 갖고 싶지 않은 물건이었다는 사실에 약간의 위로를 받았다. 할머니가 첫 문제를 틀린 이유는 어쩌면 사회자의 말 때문이었는지도 몰랐다. 사회자는 첫번째 문제를 말하기 전에 늘 똑같은 말을 했다. "누구나 풀 수 있는, 일종의 선물로 드리는, 첫번째 문제입니다." 오 년 동안 멘트는 변한 적이 없었다. 그래서 할머니는 한 번도 첫번째 문제를 주의 깊게 본 적이 없었다. 할머니는 늘 두번째 문제부터 집중해서 문제를 풀었다. 할머니는 마지막 열번째 문제를 읽더니 고개를 갸웃거렸다. "할머니, 이것도 아는 문제야?" 내가 물었다. 할머니가 돋보기를 벗어 탁자에 내려놓고는 두 눈을 손바닥으로 비볐다. "저녁이나 먹으러 가자." 할머니가 말했다.

대기실을 나오기 직전 작은삼촌은 작가에게 무엇인가를 물어보았다. 수첩에 메모를 하는 작은삼촌을 보면서 고모는 전화번호 물어보는 거 아니야? 하고 할머니에게 귓속말을 했다. "너무 말랐어." 할머니는 만약 작은삼촌이 작가와 사귀게 된다면 어떻게든 졸라서 다시 한번 출연을 하리라고 생각했다. 방송국을 나온 삼촌이 수첩을 꺼내들고 앞장서서 길을 걸었다. "뭐야?" 고모가 물었다. "약도. 그 작가분이 맛있는 집을 알려줬어." 우리들은 약도를 따라 골목길을 걸었다. 우회전을 두 번 하고, 좌회전을 한 번 하고, 다시 우회전을 하니 돼지갈빗집이 나왔다. "오늘은 내가 쏠게." 작은삼촌이 말했다. 언제는 안 그랬나, 라고 고모가 혼잣말처럼 중얼거렸다. 고모 뒤에 서 있던 아버지는 기분이 언짢아졌다. "책이 거의 완성되어가." 아버지는 자기도 모르게 거짓말을 했다. 고기를 구우면서 작은삼촌이 물었다. "그런데 마지막 문제는 아는 문제였어요, 모르는 문제였어요?" 할머니는 그게 뭐가 중요해, 하고 대답했다. 고모가 할머니의 옷에 묻은 고추장을 젖은 수건으로 닦아주었다. "엄마, 새옷인데 깨끗이 입어." 일곱 명이 십오 인분의 돼지갈비를 먹었고, 후식으로 나온 수정과를 두 잔씩 마셨다.

13

외할머니는 세 달이나 물리치료를 받았지만 무릎을 굽힐 때마다 통증이 찾아왔다. 퀴즈대회에서 탈락한 할머니가 속이 곯은 참외를 사온 어머니를 구박하는 것을 본 날, 외할머니는 내가 왜 우리집을 놔두고 여기에 있는 거지? 하는 생각이 들었다. 할머니는 어머니에게 참외를 바꿔오라고 했고, 그날따라 손님이 많아서 세수할 기운조차 남아 있지 않은 어머니는 그냥 버리려고 했다. "이 아까운 걸. 얼마 주고 샀는데?" 할머니가 물었다. 어머니는 제가 택시 한 번 안 타면 돼요, 하고 말했다. 할머니는 참외의 속을 긁어냈다. "내가 다 먹으마. 돈 버는 너는 쉬어라." 할머니는 정말 참외를 다 먹었고, 밤새 화장실을 들락거렸다. 할머니는 화장실에 갈 때마다 외할머니의 발을 밟았다. 그때마다 외할머니는 '엄마, 불 끄고 자요' 라고 스위치 옆에 낙서가 되어 있는 안방과 큰맘먹고 산 거위털이불이 그리워졌다. 아침에 일어나자마자 외할머니는 할머니에게 이제 집으로 돌아가고 싶다고 말을 했다. "왜요. 나 때문이에요?" 할머니는 혹시 실수를 한 게 있는지 생각해봤지만 딱히 떠오르는 일이 없었다. 돈내기 화투에서 삼만이천원을 잃은 것 때문에 그런가? 할머니는 차마 그 일 때문에 그러느냐고 묻지 못했다. 할머니는 가방을 싸는 외할머니의 등을 보았다. "사돈!" 할머니가 외할머니를 불렀다. 외할머니가 천천히 고개를 뒤로 돌렸다. "언제든지 다시 오고 싶으면 와요. 특히, 등에 파스를 붙여야 하는 날에는 꼭." 외할머니가 그러마 하고 약속을 했다. 외할머니는 늦잠을 자는 어머니를 깨우지 않았다. 할머니는 외할머니가 탄 택시가 사거리에서 신호에 멈춰 서 있는 것을 오랫동안 바라보았다.

싱크대 위에는 썩은 사과가 하나 놓여 있었다. 외할머니는 몸을 부르르 떨었다. 오랫동안 보일러를 꺼놓았던 집 안은 한기가 맴돌았다. 외할머니는 사과를 손가락으로 찔러보았다. "망할 년." 외할머니는 어머니 욕을 했다. 어머니는 외할머니에게 일주일에 한 번씩 들러 청소도 하고 환기도 시키겠다고 약속을 했다. 외할머니는 보일러 온도를 24도에 맞춰놓았다. 그리고 자리에 누워 거위털이불을 덮었다. 역시 내 집이 최고야, 생각하면서. 하지만 하룻밤을 자고 나자 외할머니는 무엇을 해야 할지 몰랐다. 심심해, 라고 중얼거린 뒤에 외할머니는 깜짝 놀랐다. 그 말은 평상에 앉아서 마당에 널린 빨래의 그림자가 길어지는 것을 보던 아홉 살 무렵에 써보고는 한 번도 말해본 적이 없는 단어였다. 된장찌개를 끓이려고 냉장고를 열어봤더니 썩은 양파와 시든 호박이 하나 보였다. 외할머니는 지갑을 들고 밖으로 나왔다. 양파와 호박 그리고 버섯을 샀다. 집으로 돌아온 외할머니는 멸치육수를 냈다. 쌀통에는 쌀벌레가 들끓었다. 쌀보다 쌀벌레가 더 많은 것처럼 보였다. 외할머니는 다시 지갑을 들고 밖으로 나왔다. 즉석밥을 두 개 사고 두부도 한 모 샀다. 계단을 오를 때마다 무릎에 통증이 느껴졌다. 외할머니는 이층에서 한 번, 삼층에서 한 번, 걸음을 멈추어야 했다. 무릎 사이에 바늘이 박혀 있는 것 같았다. 간신히 집에 도착해보니 물이 끓어넘치고 있었다. 외할머니는 불을 줄이고 냄비 뚜껑을 열었다. 육수는 다 졸아 얼마 남아 있지 않았다. 다시 물을 붓고 된장을 풀었다. 그리고 썰어놓은 야채들을 넣었다. 찌개가 다 끓자 외할머니는 전자레인지에 즉석밥을 데웠다. 식탁에 밥과 찌개를 올려놓았다. 다른 반찬은 없었다. 오늘 찌개는 어때? 짜요? 하고 묻는 어머니의 목소리가 어디선가 들리는 듯했다. 된장찌개는 맛이 없었다. 된장찌개를 한 숟가락 떠먹은 후에야 외할머니는 찌개를 끓이는 동안 한 번도 간을 보지 않았다는 사실을 떠올렸다. "그래도 먹을 만하네." 외할머니는 중얼거렸다. 밥을 다 먹고 나서 설거지를 하다가 외할머니는 싱크대 위에 놓인 검은 봉지를 보았다. 두부였다. 두부도 안 넣다니. 설거지를 하다가는 그릇을 깼다. 깨진 그릇을 개수대 안에 그대로 둔 채 외할머니는 고무장갑을 벗었다. 외할머니는 설거지를 하지 않고 살 수 있는 방법은 없을까, 하고 생각했다. 슈퍼마켓에 가서 일회용 접시들을 사야겠다고 외할머니는 생각했다. 외할머니는 다시 방으로 가서 거위털이불을 덮고 자리에 누웠다. 방바닥은 따뜻했고 무릎은 시큰거렸다.

할머니에게 회사를 그만두었다는 말을 하지 못한 고모는 동네 도서관으로 출근을 했다. 도서관은 열시에 문을 열었고, 여덟시에 집을 나서야 하는 고모는 도서관 벤치에 앉아서 문이 열리기를 기다렸다. 고모처럼 정장을 입고 도서관을 오는 사람들은 많았다. 서류가방에 넥타이까지 맨 남자들은 도서관 벤치에 앉아 자판기 커피를 마시고 담배를 피워댔다. 고모는 도서관 홈페이지 게시판에 일반 회사도 아홉시면 업무가 시작인데 열시에 문을 여는 것은 시대에 맞지 않는다는 글을 남겼다. 댓글이 수십 개가 달렸지만 담당자의 답변은 올라오지 않았다. 도서관 식당의 라면이 지겨워질 무렵, 아침 공기가 서늘해져서 삼십 분 이상 벤치에 앉아 있기가 힘들어질 무렵, 고모는 용기를 내어 고백을 하기로 결심을 했다. "엄마, 요즘 회사가 어려워. 아무래도 회사를 그만둬야 할 것 같아." 고모의 말에 할머니가 대답했다. "그만두고 싶다니. 벌써 그만둔 거 아니었어?" 고모가 아침밥을 먹은 후 다시 양치질을 하지 않는 것을 보고 진작에 할머니는 눈치를 챘다. 할머니의 기억에 의하면, 취직을 한 뒤로 고모는 아침에 늘 양치질을 두 번 했다. 밥을 먹기 전에 한 번, 밥을 먹은 후에 한 번. 특히 그날은 청국장을 먹었다. 청국장을 먹은 날이면 고모는 이를 두 번 닦은 후에 가그린으로 다시 입을 헹구었다. 양치질을 하지 않은 채 고모가 출근을 한다며 집을 나서자 할머니는 신발장을 열어보았다. "넌 지난 한 달 동안 한 번도 굽 높은 구두를 신지 않았어. 게다가 네가 마신 물컵에 립스틱 자국도 없었고." 할머니는 말했다. 립스틱을 바르기 전에 물을 마시라고 할머니는 잔소리를 하곤 했다. "한 달 안에 다시 취직을 하거나, 일 년 안에 결혼을 하거나." 할머니는 둘 중 하나를 고르라고 했다. "삼 개월 안에 독립을 하겠어!" 고모는 식구들에게 큰소리를 쳤다.

할머니에게 회사를 그만두었다고 고백을 한 다음날 고모는 늦잠을 잤다. 열시 반쯤 일어나 잠옷을 입은 채로 아침밥을 먹었다. 역시 늦잠을 잔 어머니가 기지개를 켜며 부엌으로 건너왔다. "오늘 반찬은 뭐예요?" "뭇국이요." 고모는 뭇국에 밥을 말았다. 동치미 국물을 한 모금 마신 어머니가 딱 알맞게 익었네, 하고 말했다. "그런데 왜 출근 안 했어요? 오늘 일요일인가?" 그때, 거실 소파에 앉아 있던 할머니가 소리쳤다. "놔둬라. 삼 개월 안에 독립한다니까. 너 돈 꿔주지 마라." 고모가 밥을 먹다 말고 어머니의 얼굴을 뚫어져라 바라보았다. "아가씨, 난 돈 없어요." 어머니가 말했다. 고모는 어머니의 눈 밑을 가리켰다. "제가 기미 없애는 화장품 선물할게요." 고모는 할머니가 듣도록 거실을 향해 큰 소리로 말했다. 그러고는 어머니만 들을 수 있도록 작은 소리로 말을 했다. "그러니까 새언니, 족발가게 같이 동업해요."

족발가게에서 일을 하고 싶다는 고모의 말을 들은 외할머니는 족발 값을 올려야 하는 게 아닌지 잠시 고민을 했다. 그러지 않고는 두 사람에게 돈을 나눠주면 남는 것도 없을 듯싶었다. 도서관에서 고모는 전국에 백 개가 넘는 체인점을 둔 식당 사장의 자서전을 읽었다. 노숙자였던 남자는 주머니에 남아 있던 돈으로 컵라면을 사먹은 뒤 이틀을 굶었다. 구걸을 할 용기는 차마 생기지 않았다. 하염없이 길을 걷다가 후미진 골목 모퉁이에 있는 식당에 들어갔다. 테이블이 몇 개 없는 작은 식당이었다. 남자는 김치찌개를 시켰다.

밥 한 공기를 먹고 공깃밥 하나를 더 추가했다. 그러자 계란프라이와 함께 밥이 나왔다. "계란은 서비스예요." 남자는 마지막 숟가락을 뜨기 전에 텔레비전을 보고 있는 가게 주인에게 고추볶음을 좀 더 달라고 말을 했다. 주인이 주방으로 들어간 사이 남자는 도망을 쳤다. 가게 문에 달린 종에서 땡그랑, 소리가 났는데 그 소리가 너무나 크게 들렸다. 도망을 가는 남자의 등에 대고 가게 주인이 소리쳤다. "뛰지 마요. 배 아파요." 고모는 그 이야기를 외할머니에게 들려주었다. "그 남자는 백 개가 넘는 체인점을 둔 식당의 사장이 되었어요. 하지만 김치찌개가 먹고 싶은 날이면 어김없이 그 가게를 찾아간다데요. 물론 공깃밥도 추가해 먹고요." 외할머니는 고모에게 그런 이야기라면 가게에 앉아서 수도 없이 들을 수 있다고 말을 했다. "그러니까요." 고모가 얼른 말을 받았다. "저도 그런 가게 주인이 되고 싶어요." 외할머니는 무릎을 주무르면서 생각했다. 김치찌개니까 공짜로 주지. 족발을 어떻게 공짜로 줘. 외할머니는 나도 한 달에 쌀 한 가마니씩 기부를 한다오, 하고 말을 하려다가 말았다. 거지들이 찾아오면 콩나물국에 밥을 한 그릇씩 대접하곤 했다는 말도 하지 않았다. "내 딸 힘들게 하지 말고, 가게를 두 배로 늘려놓아야 해." 외할머니가 말했다.

가게 인테리어를 새로 하자며 고모는 적금통장을 내놓았다. 취직을 하고, 신용카드를 만들고, 어느 은행의 적금이 이율이 좋은지를 고민할 때만 해도 고모에게는 많은 계획이 있었다. 처음에는 월 이십만원씩 이 년짜리 적금을 부었다. 적금 만기를 여섯 달 남기고 할아버지의 어금니 두 개가 빠졌다. 다음에는 조금 무리해서 월 삼십만원짜리 적금을 부었다. 만기를 얼마 앞두고 작은삼촌이 사고를 쳤다. 술을 먹다가 옆자리 사람들과 시비가 붙었는데 그만 상대방의 이가 나간 것이다. 작은삼촌은 그저 밀기만 했는데 술에 취한 남자가 넘어지면서 탁자 모서리에 이를 부딪힌 거라고 변명을 했다. 고모는 모아놓은 돈이 한 푼도 없는 작은삼촌이 한심했다. "그래가지고 어디 결혼이나 하겠어?" 작은삼촌이 난 월급의 전부를 어머니에게 드려, 하고 말했다. 고모는 해약을 한 적금통장을 작은삼촌에게 주었다. "이제는 생판 모르는 남자의 이까지 해줘야 하다니." 체육시간에 축구를 하다가 인대가 늘어났던 나는 작은삼촌과 고모에게 이제 더이상 물리치료를 받지 않겠다고 말을 했다. "병원비도 아낄 겸 집에서 찜질을 할게." 고모가 내 병원비를 내주었다. 해약을 하지 않고 만기가 될 때까지 적금을 부은 적은 단 한 번이었다. 고모는 그 돈에 맞춰 해외여행지를 물색해두었다. 서른 살이 되는 기념으로 여행을 갈 생각을 하니 퇴근을 하고 집에 돌아올 때마다 익숙한 공간이 그렇게 지루하게 느껴질 수가 없었다. 텔레비전 옆에 놓여 있는 고장난 리모컨, 오 초에 한 방울씩 물이 떨어지는 수도꼭지, 오른쪽만 두 개가 남은 실내화. 그 모든 것이 십 년 동안 변함없이 같은 자리에 있었다. 고모는 〈소년소녀가장 돕기〉라는 프로그램을 보다가 눈물을 흘렸다. 이대로 사는 건 의미가 없어. 고모는 중얼거렸다. 그러고는 해외여행을 갈 돈을 모조리 기부를 했다. 고모가 건네준 적금통장을 본 어머니는 아가씨, 아직 세 달이나 남았어요, 하고 말했다. "그냥 해약해요. 내가 붓는 적금은 늘 그랬어요."

어머니와 고모는 타일 하나를 고르는 데도 신중했다. 미끄러지지는 않는지, 때가 잘 타지는 않는지, 잘 깨지지는 않는지…… 그런 것을 고르는 동안 어머니는 고모와 잘 맞지 않을 것 같다는 생각이 들었다. 취향이 같은 것이 하나도 없었다. 고모는 가게 앞에 '새 단장중입니다. 가게 주인은 바뀌지 않았으니 다시 찾아주세요'라는 플래카드를 걸었다. 고모가 인테리어에서 가장 중요하게 여긴 것은 카운터였다. 인체공학적으로 설계를 했다는 의자를 몇십만원이나 주고 샀다. "사돈어르신이 여기 앉아 계셔야 해요. 저기 구석진 자리까지 모두 볼 수 있다는 듯이." 고모는 외할머니에게 염색을 하지 말라고 말했다. 머리가 희끗한 주인이 카운터에 앉아 있는 것만으로도 가게는 전통이 생긴다고 고모는 생각했다. 고모는 더도 말고 덜도 말고 분점을 열 개만 내자고 어머니에게 말했다. 고모보다 먼저 장사를 시작한 어머니는 그 말이 얼마나 어려운 일인지 알았지만 고모에게 희망을 주기 위해 우리 오 년 안에 해봐요, 하고 대답했다.

가게를 새로 오픈하는 날, 작은삼촌은 직장동료들을 열 명이나 데리고 왔다. 외할머니는 불과 몇 달 전까지만 해도 그렇게 편하게 앉아서 가게를 보게 될 거라고는 상상도 하지 못했다. 외할머니는 손님들의 돈을 앉아서 받아본 적이 없었다. 부엌에서 일을 하다보면 여기 계산이요, 하는 소리가 들렸다. 그러면 물기 묻은 손을 앞치마에 닦은 후 돈을 받았다. 삼촌의 직장동료들은 족발 두 접시와 보쌈 두 접시를 먹었다. "정말 맛있네요." "앞으로 자주 올게요." 그들은 똑같은 말을 하고 또 했다. 그러고는 계산도 하지 않고 떠났다. 외할머니는 십이만팔천원이라고 적은 영수증을 누구에게 줘야 할지 몰라 앞장이 떨어져나간 외상장부 사이에 끼워두었다. 그러면서 아는 사람이랑 동업을 해서는 안 되는 건데, 후회를 했다. 작은삼촌이 군대에 있을 적에 홀쭉이라는 별명으로 불렸던 친구가 찾아왔다. 제대를 하고 소식이 끊어진 홀쭉이가 작은삼촌을 다시 찾게 된 것은 퀴즈 프로그램 때문이었다. 우리가 응원하는 모습을 본 홀쭉이는 살이 빠진 작은삼촌을 단번에 알아보았다. 퀴즈 프로그램의 작가는 쉽게 번호를 알려주지 않았다. 기인 소개 프로그램을 할 때 방송에 나온 사람이 오래전부터 찾고 있던 친구라며 연락처를 알려달라는 시청자가 있었다. 작가는 아무 의심 없이 전화번호와 집주소를 알려주었다. 며칠 후 경찰서에서 전화가 왔을 때에야 작가는 연락처를 알려준 것이 얼마나 큰 잘못이었는지 알게 되었다. 전화를 건 시청자는 약혼자의 배신으로 자살기도를 한 딸의 아버지였다. 자살에 실패한 딸은 반신마비가 되었고, 딸을 버린 남자가 텔레비전에 나온 것을 보게 된 아버지는 복수를 계획했다. 딸이 겪은 고통의 반이라도 느끼게 되길 바랐다고 딸의 아버지는 진술했다. 하지만, 십여 년 전에 약혼자를 버린 남자는 겨우 허벅지를 열 바늘 꿰맸을 뿐이었다. 그 사건으로 고통을 받은 사람은 남자가 아니라 작가였다. 작가는 개인정보를 유출했다는 이유로 프로그램을 그만두어야 했다. 작가가 홀쭉이에게 연락처를 알려주지 않은 것은 그래서였다. 할 수 없이 홀쭉이는 삼촌과 같이 찍은 사진을 들고 방송국을 찾아갔다. 작가는 홀쭉이와 사진을 번갈아 보면서 예전과 많이 다르시네요, 하고 말했다. 살이 적당히 붙은 홀쭉이는 더이상 군대에서 괴롭힘을 당하던 그런 남자가 아니었다. “번호를 알려주시면 오늘 저녁 살게요.” 홀쭉이는 말했고 작가는 얼른 번호를 알려주었다. 작은삼촌과 홀쭉이는 계속해서 잔을 부딪혔다. 테이블을 정리하던 아버지는 너무 많이 마시는 것 아니냐고 한마디를 했다. 아버지는 자신을 보고 찾아온 손님이 한 명도 없다는 사실에 울적해졌다. 아버지가 초대하고 싶은 사람들은 너무나 먼 곳에 있었다.

아버지는 저녁마다 어머니의 다리를 주무르면서 손님이 많아서 다행이라고 말했지만, 본심은 달랐다. 손님들로 북적이는 가게를 보면서 아버지는 장사가 잘되지 않았으면 좋겠다고 생각했다. 아버지는 그런 생각을 하는 자신이 비굴하게 느껴졌고, 그래서 마음을 다스리기 위해 요가학원에 등록을 했다. 할머니는 퀴즈대회에 떨어진 이후로 신문의 십자말풀이를 하기 시작했다. 일주일에 한 번씩 엽서에 정답을 적어 보냈지만 드라이어 하나도 상품으로 받지 못했다. 고모는 앞머리가 조금씩 빠지기 시작하는 아버지를 보면서 가게에서 배달을 시작하면 어떨까, 생각을 했다. 어머니가 생각했던 것보다 가게는 장사가 잘되었지만, 고모가 생각하는 이상과는 거리가 멀었다. 가게가 너무 작아서 아무리 손님이 많아도 한계가 있었다. 게다가 수입을 나누다보니 고모 앞으로 떨어지는 돈은 많지 않았다.

몇몇 손님이 빈자리를 기다리다가 그냥 돌아가던 어느 날, 고모는 외할머니에게 배달을 하면 어떻겠느냐고 제안을 했다. “사돈아가씨, 난 반대예요. 아이가 학교 갔다 돌아왔을 때 부모 중 한 명은 집에 있어야 해요. 난 꼭 우리 손자에게 그렇게 해주고 싶어요.” 어머니는 더더욱 반대를 했다. "오토바이는 너무 위험해요, 아가씨." 하지만 아버지는 고모에게 진지하게 생각해보겠다고 대답했다. 아버지는 오토바이 가게로 가서 스쿠터를 빌렸다. 이러다가 십오 평짜리 족발가게에서 온 식구들이 일을 하게 되는 건 아닌가. 아버지는 낯선 나라에서 식당을 하는 이민자 가족이 된 듯한 기분이 들었고, 그러자 아무리 노력해도 영원한 이방인이 될 것만 같은 불안감에 사로잡혔다. 말이 통하지 않는 나라의 뒷골목을 돌아다닐 때도 느끼지 못했던 불안감이었다. 헬멧을 쓰고 팔목 보호대까지 찬 다음 스쿠터를 몰고 아무 길이나 달렸다. 눈에 보이는 간판들이 온몸을 통과하는 것 같았다. 아버지는 입을 크게 벌려 공기를 들이마셨다. 횡단보도에서 하품을 하며 파란불로 바뀌기를 기다리는 사람의 얼굴이, 쓰레깃더미에 묻혀 있는 바람 빠진 축구공이, 귀퉁이가 깨진 어느 가게의 입간판이 선명하게 보였다. 이상한 일이었다. 스쿠터의 속력을 올리면 올릴수록 세상은 점점 조용해졌고 풍경은 점점 선명해졌다.

외할머니의 족발가게에 도착한 아버지는 외할머니에게 인사도 않고 곧장 주방으로 들어갔다. 족발을 삶던 어머니가 놀라 국자를 떨어뜨렸다. 외할머니가 헬멧을 벗지 않은 아버지의 뒤통수를 향해 쟁반을 내리쳤다. "누구야!" 그제야 아버지가 헬멧을 벗고는 저예요, 대답했다. "도둑인지 알았잖아." 어머니가 화를 냈다. 아버지가 어머니의 손을 잡았다. "여보, 난 배달은 하지 않겠어." 스쿠터를 타다가 아버지는 왜 매번 첫 문장에서 글쓰기를 멈추었는지 깨닫게 되었다. 아버지는 비행기를 탄 순간부터 돌아올 때까지 하나의 이야기로 연결하고 싶었다. 그것은 결국 큰삼촌의 죽음부터 할아버지의 죽음까지를 하나로 연결하는 일이었다. 하지만 아버지가 본 풍경들은 사진들 속에 멈추어 있었다. 연결되지 않은 채로. "말이 너무 많았던 거야. 나는 어떤 글도 쓰지 않겠어." 여행을 다니는 동안 부모님은 사진을 찍고, 엽서로 쓸 사진을 고르고, 아들에게 전할 단 한 문장을 위해 밤을 새웠다. "그거면 되는 거야, 여보. 우리가 할 말은 거기 다 있잖아." 아버지는 내게 보낸 그 엽서들이 수많은 별들이 될 거라고 생각했다. 아버지가 할 일은 검은 하늘을 만드는 일이었다. 그러면 그 별들이 빛이 날 거라고. 그 별들을 보는 사람들이 각자 별자리를 만들 거라고.

아버지는 내게 엽서를 돌려달라고 했다. 나는 75점을 받은 수학 시험지가 들어 있는 책가방을 벗어던지며 화를 냈다. "그건 아무에게도 보여주고 싶지 않아요." 부모님이 긴 여행에서 돌아온 후 나는 앨범들과 빵봉지들을 상자에 담아서 옷장 깊숙한 곳에 감추어두었다. 상자를 테이프로 밀봉을 하면서 훗날 내 아이가 생길 때까지 절대 열지 않겠다고 다짐을 했다. "그 사진들은 내가 찍은 거야." 아버지가 말했다. 나는 책가방을 발로 걷어찼다. 나는 화가 난 이유가 아버지 때문인지, 수학점수 때문인지, 아니면 하굣길 버스에서 만난 어느 여학생이 여드름 좀 봐, 하며 비아냥거린 것 때문인지, 잘 알 수가 없었다. 확실한 것은 그저 화가 난다는 것뿐이었다. 아버지는 화를 내는 나를 보면서 너무 까마득해서 이제는 기억조차 나지 않는 중학생 시절의 자신을 생각해보았다. 연년생인 세 동생들은 사소한 일로 자주 싸웠다. 늘 시끄러운 집에서 아버지는 제대로 화 한 번 내보지 못하고 학창 시절을 보냈다. "차는 김에 이것도 차라." 아버지는 코가 뭉개진 낡은 곰인형을 던졌고, 나는 발로 걷어찼다. 할아버지가 소파에 누워 텔레비전을 볼 때 베개로 사용했던 인형이었다. 아버지는 옆구리가 터진 인형을 쓰레기봉지에 담고는 그것을 내게 쥐여주면서 말했다. "갖다 버리고 와. 마당에서 심호흡 한번 하고."

나는 옷장에서 상자를 꺼냈다. 앨범은 모두 세 권이었다. 한 장을 제외하고는 모든 엽서가 다 들어 있었다. 나는 아버지에게 외할머니가 화가 나서 엽서를 한 장 찢어버렸다는 말은 하지 않았다. 아버지는 앨범을 들여다보면서 그런데 무슨 순서대로 사진을 꽂은 거니? 물었다. 당연히 날짜 순서대로 앨범을 정리했을 거라고 생각한 아버지는 두번째 장에 꽂힌 엽서를 보고는 고개를 갸웃했다. "이건…… 내가 마지막으로 찍은 건데." 나는 엽서가 도착한 순서대로 정리를 한 것은 오래전 일이었다고 대답했다. 잠이 오지 않는 날이면 엽서들을 방바닥에 늘어놓고 네 개씩 사진들을 짝지어 새로운 이야기를 만들고는 했다. "덕분에 심심하지 않게 초등학교 시절을 보낼 수 있었어." 아버지는 네가 조금 더 컸으면 같이 다녔을 것이라고 변명을 했다. 내가 일부러 아버지 앞에서 어깨를 구부린다는 것을 아버지는 아직 몰랐다. 아버지는 내가 정리한 앨범을 보다가 새로운 생각이 하나 더 떠올랐다. 책에 실을 엽서를 고르는 일을 나와 함께 해야겠다는 것이었다.

어머니가 가게 문을 닫고 집에 돌아오면 우리 셋은 넓은 식탁에 둘러앉아 사진들을 골랐다. “누가 그 책을 사겠니?” 할머니는 당최 아버지의 말이 무슨 뜻인지 이해할 수 없었다. 아버지가 아들에게 보낸 엽서를 누가 읽는다는 것인지. 또 낯선 나라의 우표와 낯선 지역의 우체국 소인만으로 충분히 여행기를 만들 수 있다는 것이 무슨 말인지. 식탁에 늘어놓은 사진 때문에 할머니는 상을 펴고 바닥에 앉아서 밥을 먹었다. 할머니는 앉았다 일어날 때마다 일부러 아이고, 소리를 냈다. “반드시 셋이 공동저자여야 해. 당신 이름으로만 책을 내기만 해봐.” 어머니는 하품을 하면서 말했다. 어머니가 고른 사진과, 아버지가 고른 사진과, 내가 고른 사진이 제각각이었다.

셋이 의견일치를 보지 못하고 매일 밤 싸우자 마침내 고모가 나서서 한 가지 제안을 했다. “책을 3부로 나누어서 각자 하고 싶은 대로 해.” 그래서 1부에는 아버지가 고른 사진을, 2부에는 어머니가 고른 사진을 싣기로 했다. 아버지는 기적처럼 살아남은 사람들의 사진을 골랐다. 물론, 여행지에서 처음으로 만난, 투신자살을 한 여자 때문에 죽을 뻔한 남자의 사진이 가장 첫 장에 실렸다. 나와 똑같은 날, 똑같은 시간에 태어난 남자아이의 사진도 골랐다. 나는 시차가 있는데 어떻게 똑같은 시간이라고 할 수 있는지 묻고 싶었지만 참았다. 그냥 믿어라, 뭐, 그리 어려운 일도 아니잖니, 라는 대답을 들을 게 뻔했다. 어머니는 시간이 정지한 듯한 풍경들을 골랐다. 빨랫줄에 걸린 늘어진 브래지어, 아스팔트 바닥에 버려진 아이스크림, 관중이 한 명도 없는 운동장에서 야구경기를 하는 아이들, 혼자 시소를 타는 안경 쓴 남자아이, 바람에 흔들리는 그네…… 그런 풍경들을 보다보면, 어머니는 운동장에 쪼그려앉아 개미들이 나뭇잎을 옮기는 것을 구경하던 어린 시절이 생각났다. 어머니는 여행 내내 다리가 저렸다. 나는 사진을 뒤집어보지 않아도 그 뒤에 적힌 글들을 모두 외울 수 있었다. 이응이 찌그러지지 않고 동그란 것은 모두 어머니의 글이었다. 아버지가 여행기를 쓴다고 했을 때 나는 솔직히 어머니가 쓰는 게 더 낫지 않을까 생각했다. 나를 감동시킨 글은, 교과서에 실린 글보다 더 아름답다고 느낀 글은, 모두 이응이 찌그러지지 않은 글씨로 쓴 글들이었다. 3부를 맡은 나는 나라별로 한 장씩 사진을 골랐다. 사진으로 세계지도를 완성한다는 것이 내 생각이었다. 나는 아버지에게 카메라를 빌려달라고 했다. 우리집 대문을, 아직 할아버지의 문패가 걸려 있는 대문을, 한 장 찍었다. 그리고 내 이름이 새겨진 빵봉지도 한 장 찍었다. 외할머니의 가게에 가서 설거지를 도와드리고 주름이 자글자글한 외할머니의 손등도 찍었다. 그 세 장은 3부의 마지막 장에 실릴 사진들이었다. 소인이 없는 것은 그냥 사진일 뿐 엽서가 아니라며 아버지는 책에 실을 수 없다고 우겼다. 나는 우체국에 가서 우표 세 장을 샀다. 사흘 후, 소인이 찍힌 사진 세 장이 집으로 배달되었다. 아버지는 대문을 찍은 사진을 받았고 어머니는 빵봉지를 찍은 사진을 받았다. 외할머니의 손등을 찍은 사진은 내가 받았다. 나 자신에게 편지를 쓰기는 처음이었다. "이제 됐죠?" 나는 아버지에게 말했다.

14

아버지의 책은 서너 군데 출판사에서 출간을 거절당했다. 하지만 그때마다 아버지는 유명 작가들도 다 그렇게 거절당하곤 했다고 식구들에게 말했다. “정말이에요. 선생님이 그랬어요.” 아버지의 노트북에는 글쓰기를 가르쳐주던 백화점 문화센터의 선생님이 했던 말들이 적혀 있었다. 하나같이 멋진 말들이었다. 언젠가 술자리에서 글쓰기 선생은 서른 번도 넘게 신춘문예에서 떨어졌다고 고백을 했다. 아버지는 식구들에게 서른 번도 넘게 떨어진 사람도 있는데 너무 걱정하지 말라고 했다. 고모는 아버지에게 집에서 멀지 않은 곳에 도서관이 있다는 이야기를 해주었다. “거기에 가면 여행책들도 많더라고.” 아버지는 고모가 알려준 도서관으로 갔다. 아버지는 여행코너에 서서 저자 이름이 ㄱ으로 시작하는 책들을 모조리 꺼냈다. 가장 먼저 저자의 사진들을 보았다. 하나같이 구릿빛 피부에 단단한 몸매를 지닌 사람들이었다. 아버지는 수첩을 펼쳐 ‘책을 내기 전에 뱃살을 뺄 것'이라고 썼다. 아버지는 마음에 드는 책들을 골라냈고 그 책을 낸 출판사들의 주소를 수첩에 적었다. 우선, 열 군데의 출판사에 먼저 원고를 보냈다. 사진이 대부분이었기 때문에 컬러 프린터로 인쇄를 해야 했고, 프린트 비용이 만만치 않게 들었다.

아버지의 원고는 대부분 이면지로 재활용되었다. 여행에세이를 주로 내는 어느 출판사의 신입직원은 교정을 볼 때면 뒷면에 어떤 글이 인쇄가 되었는지를 살펴보는 버릇이 있었다. 지난 원고의 교정지일 때가 대부분이었다. 그걸 보다가, 뒤늦게 오자를 발견하고는, 혼자 마음을 졸인 적도 있었다. 신입직원은 지루한 프랑스 소설을 교정보다가 깜빡 잠이 들었다. 옆자리 선배가 점심 먹으러 가자며 신입직원의 책상을 손바닥으로 탁 쳤다. 직원은 교정을 보던 원고를 뒤집어두었다. 누군가 자신의 작업을 보는 것이 부끄러웠다. 자장면을 먹고 돌아온 신입직원은 커피믹스 두 봉지를 커다란 잔에 탔다. 커피잔을 뒤집어둔 원고 위에 올려놓고 신입직원은 맨손체조를 했다. 교정지에 잔 자국이 동그랗게 남았다. 직원은 휴지로 커피 자국을 닦으면서 이면지의 원고를 읽었다. 어디서 많이 본 듯한 사진이 거기 있었다. "내가 이걸 어디서 보았지?" 신입직원은 다음 장을 넘겨보았다. 거기에도 사진이 있었다. 대학 때 사진반에서 취미활동을 했던 신입직원은 그 사진이 결코 잘 찍은 사진이 아니라는 것을 알 수 있었다. 하지만 그 사진들은 이상하게도 하나의 정지화면으로 보이지가 않았다. 신입직원은 지루한 프랑스 소설을 읽는 것을 멈추고 모든 이면지를 뒤져서 아버지의 원고를 읽기 시작했다.

회사에서 집까지 버스를 세 번이나 갈아타야 하는 신입직원은 퇴근하고 집에 가면 잠자는 것 말고는 아무것도 할 수 없을 만큼 피곤해졌다. 마을버스를 타면 늘 졸았고 정거장을 지나치는 일도 잦았다. 마을버스 기사가 앞서 달리던 자전거를 피해 급정거를 하는 바람에 신입직원은 의자의 손잡이에 이마를 부딪쳤다. 꿈을 꾸고 있는 건지 꿈에서 깬 건지 잘 구별이 되지 않았다. 신입직원은 이마를 만지며 주변을 두리번거렸다. 내려야 할 정거장은 이미 지난 뒤였다. 몇 정거장이나 지나쳤는지를 헤아리다가 신입직원은 아, 그 사진, 하고 중얼거렸다. 배낭여행중 만났던 사람이었다. 대형 할인마트에서 일을 하던 어머니가 디스크 수술을 받게 되자 신입직원은 휴학을 하고 어머니를 대신해서 일을 했다. 신입직원의 꿈은 배낭여행을 떠나보는 것이었다. 그래서 어머니에게는 한 달에 백만원을 받는다고 거짓말을 했다. 실은 한 달에 백이십만원을 받았고, 거기에 어머니 몰래 과외를 한 돈을 보태 한 달에 오십만원씩 적금을 부었다. 복학을 한 달 앞두고 신입직원은 배낭여행을 떠났다. 신입직원이 눈에 익다고 생각한 사진은, 그 사진 속의 할아버지는, 배낭여행중 만났던 사람이었다. 감기에 걸려서 예정일보다 며칠 더 머물러야 했던 게스트하우스에서였다. 게스트하우스 입구 의자에 앉아서 하루 종일 박하사탕을 먹던 할아버지. 여행에서 돌아온 신입직원은 부은 다리를 주무르며 텔레비전을 보고 있는 어머니에게 그 할아버지의 이야기를 들려주었다. 게스트하우스 입구에 앉아 손님들에게 오로지 '굿 바이'라는 말만 한다고. 눈앞에서 부인이 죽는 것을 목격한 이후에 그렇게 되었다고. 그후로 이십 년 동안 할아버지는 아무것도 기억하지 못하는 사람이 되었다고. "그런데 엄마, 놀라운 건, 그전의 일들은 너무나 선명하게 기억을 한다는 거야." 마을 사람들은 옛 기억을 두고 싸움을 벌이다 해결이 나지 않으면 할아버지를 찾아왔다. 어르신, 우리 아들이 열세 살 때 옆집 창문을 깨서 물어준 적이 있죠? 하고 물으면 할아버지는 아주 세세한 것까지 대답해주었다. 창문을 깰 때 같이 있었던 녀석들과, 바람이 나서 도망을 간 유릿가게 사장의 이름과, 당시 유리의 가격까지도. 할아버지는 삼십 년 전에 누구네 집 생일잔치에 어떤 음식을 차렸는지는 기억해도 정작 자신의 손자는 알아보지 못했다. 손자가 첫 월급으로 박하사탕을 한 박스나 사왔다는 것도. "슬픈 일이네." 딸의 이야기를 들은 신입직원의 어머니는 말했다. 이렇게 허리가 아픈데 나중에 내 손자라도 업어줄 수 있을까, 생각하면서. 마을버스에서 내린 신입직원은 지나친 길을 되짚어 걸어가면서 휴대전화를 꺼내 단축번호 1번을 길게 눌러보았다. 아무도 받지 않았다. 오로지 안녕이라는 말밖에 못한다 해도, 아니 아무 말도 못한다 해도, 그런 어머니라도 곁에 있으면 얼마나 좋을까. 신입직원은 어머니의 냄새가 아직 배어 있는 집에서 이제는 이사를 가야겠다고 생각했다.

다음날 신입직원은 아침 일곱시에 출근을 했다. 사진 속의 할아버지를 다시 확인하고 싶었다. 지팡이 때문에 잘 보이진 않지만 분명 박하사탕처럼 하얗고 작은 것을 손에 쥐고 있었다. 그 사진 뒤에 적힌 편지를 보니 더더욱 확실해졌다. '우리도 아주 나중에, 늙게 되면, 손자손녀들에게 박하사탕을 선물받게 될까? "엄마, 구멍이 뚫려요, 구멍이." 이 말이 네가 박하사탕을 처음으로 먹던 날 한 말이란다.' 신입직원은 박하사탕을 먹고 난 다음 입을 벌리고 운동장을 달려본 적이 있었다. 부모님이 이혼을 한 후의 어느 날이었다. 신입직원은 용기를 내어 편집장에게 아버지의 원고를 보여주었다. 원고를 본 편집장은 이 책을 왜 내야 하는데? 물었다. "가족신문이나 만들라고 해." 신입직원은 편집장에게 혹시 다른 원고를 보다가 스트레스를 받으면 가벼운 마음으로 한 번만 읽어봐달라고 부탁했다. 편집장이 아버지의 원고를 싫어했던 이유는 아버지가 원고 맨 앞에 붙인 편지의 첫 문장 때문이었다. 이것은 제 가족의 이야기입니다, 라고 아버지는 적었다. 그간 이십이 년의 경험으로 볼 때, 그런 편지와 함께 투고된 원고치고 좋은 건 하나도 없었다. 하지만 편집장은 그런 말을 신입직원에게 하지 않았다. 신입직원이라면 아직 지루한 원고들을 더 읽을 필요가 있다고 생각했기 때문이었다. 편집장은 그래, 알았어, 하고 대답했다. 편집장은 원고를 책상 한쪽에 던져두었다. 며칠이 지나자 아버지의 원고 위로 다른 원고들이 쌓이기 시작했다. 신입직원은 퇴근을 하기 전에 편집장의 자리에 가서 밑에 깔린 아버지의 원고를 맨 위로 올려놓았다. 편집장은 일요일에 빈 사무실에 앉아 있는 것을 좋아했다. 늦은 아침을 먹고 열한시쯤 출근을 했다. 커피를 세 잔씩 마셔가며 책을 한 권 읽고 나면 오후 세시가 되었다. 책상 정리를 하고, 메일함을 열어 일주일 동안 쌓인 스팸메일을 지우고, 그리고 창밖으로 지는 해를 오랫동안 바라보았다. 하지만, 10월의 마지막 주 일요일엔 지는 해를 보지 못했다. 편집장은 책상 정리를 하다가 한쪽에 쌓아둔 원고뭉치 속에서 아버지의 원고를 발견했다. 신입직원의 제발요, 하는 목소리가 떠올라 원고를 읽어보기 시작했다. '중간에 사라진 원고는 못 찾겠어요.

그래도 주소하고 전화번호는 찾아냈어요.' 마지막 장에 신입직원은 메모를 남겼다. 숫자 9를 알파벳 g처럼 썼다. 편집장은 수화기를 들고 9가 네 번이나 들어가는 우리집 전화번호를 눌렀다.

중국집에서 자장면 세 그릇이 배달되던 순간에 전화벨이 울렸다. 아버지는 전화를 받으면서 배달원에게 잠깐만 기다리세요, 하고 말했다. 수화기 저편에서 편집장이 아버지의 이름을 말했다. 아버지는 혹시 카드회사에서 온 전화가 아닌지 마음을 졸였다. 결혼기념일에 어머니에게 목걸이를 하나 선물했는데, 카드 대금을 아직 결제하지 못했던 것이다. 편집장이 원고 이야기를 꺼내자 아버지는 저도 모르게 안도의 한숨을 내뱉었다. 소파에 누워 있던 작은삼촌이 아버지를 쳐다보았다. 음식을 거실에 내려놓고 돈을 받기를 기다리던 배달원도 아버지를 쳐다보았다. 아버지가 발로 작은삼촌을 툭, 툭, 쳤다. 그리고 송화기를 손으로 가린 다음 얼른 계산해, 하고 말했다. 편집장이 언제 한번 출판사로 나와달라고 말을 했다. 아버지는 내일 가겠습니다, 라고 대답하려다가 너무 조급해 보이지 않을까, 하고 생각했다. "수요일쯤 어떨까요? 그날 시간이 가능합니다." 수화기를 내려놓은 아버지는 작은삼촌을 발로 다시 찼다. "넌 먹지 마!" 배달원이 만이천원입니다, 하고 대답했다. 아버지는 만오천원을 주면서 거스름돈은 됐다고 인심을 썼다. "웬일이야?" 작은삼촌은 버스비를 아끼기 위해 왕복 한 시간 거리의 마트도 걸어다니는 아버지가 어쩐 일로 삼천원이나 팁으로 주었는지 궁금했다. "안 가르쳐줘." 아버지는 부엌 입구에 달린 벨을 눌렀다. 벨소리가 이층

전체에 울렸다. 나는 읽던 만화책을 내려놓고는 일층으로 내려갔다. 벨을 설치한 것은 아버지의 생각이었다. 기상시간이나 식사시간을 알리는 벨이었지만 할머니는 등이 가려울 때도 벨을 누르곤 했다. "오늘 저녁은 자장면이다." 아버지가 내게 말했다. 나는 종일 잠옷 바람으로 소파에 뒹굴고 있던 두 남자를 쳐다보고는 한심하다는 듯 고개를 흔들었다. 자장면을 먹다 아버지와 내가 마지막 남은 단무지를 동시에 집었다. "전화가 왔었어." 아버지가 귓속말을 했다. 나는 아버지의 그 말이 무슨 뜻인지 단번에 알아들었다. 마지막 단무지를 아버지에게 양보했다. "엄마한테 전화했어요?" 나는 먹던 자장면을 내려놓고는 외할머니 가게로 전화를 걸었다. 전화를 받은 외할머니가 바쁘다며 전화를 바꿔주지 않았다. "외할머니! 엄마한테 집에 올 때 족발 한 접시만 가지고 오라고 해주세요. 파티할 일이 있다고요." 내 말에 외할머니가 이만삼천원이란다, 농담을 했다.

족발 파티를 하면서 아버지는 작은삼촌과 고모에게 출판사에서 전화가 왔었다고 이야기를 꺼냈다. 아버지는 취했고, 작은삼촌에게 책이 팔리면 차를 사주겠다고 큰소리를 쳤다. 고모에게는 시집을 가면 모든 가전제품을 다 사주겠다고 했다. 그러고는 엉엉 울면서 안방 문을 붙잡고 울었다. "어머니, 주무세요? 제가 유럽여행을 보내드릴게요." 할머니는 동네 할머니들이랑 설악산에 이박삼일 놀러 갔기 때문에 안방에는 아무도 없었고, 그래서 식구들이 아버지의 등뒤에서 킥킥대며 웃었다. 그날 할머니는 백담사에서 돈 만원을 내고 기왓장에 식구들의 이름을 새겼다. 집에 돌아와 아버지가 책을 내게 되었다는 소식을 들은 할머니는 모든 게 자신의 기도 덕분이라고 공치사를 늘어놓았다.

아버지는 책이 나올 때까지 아침 여섯시에 일어나 조깅을 했다. "배 나온 중년 아저씨가 쓴 책이라고 하면 누가 좋아하겠니." 아버지는 조깅을 하기 전에 이층으로 올라와서 나를 깨웠다. "배 나온 소년이 쓴 책을 누가 좋아하겠니." 나는 뱃살이 문제가 아니라 여드름이 더 큰 문제라고 말했다. 아버지는 땀을 흘리면 여드름은 곧 없어질지도 모른다고 했다. 그 말에 속아주는 셈 치고 딱 한 번 아버지를 따라 조깅을 했다. 하지만, 너무 피곤해서 오전 수업 내내 졸아야 했다. 조깅 대신 일주일에 두 번씩 피부과에 다녔지만 효과는 없었다. 어머니는 눈 밑의 주름과 기미가 신경쓰였지만 가게가 워낙 바빠 따로 손볼 여력이 없었다. 책에 넣을 가족사진을 찍던 날, 어머니는 자꾸만 왼쪽으로 고개를 돌렸다. 왼쪽 눈 밑에 기미가 더 많아서였다. 그 사실을 눈치챈 사진작가가 어머니에게 다가와 제가 다 지워드릴게요, 걱정 마세요, 말했다. 책 출간은 더디게 진행되었다. 아버지는 화요일 심야에 하는 책 프로그램을 꼬박꼬박 보면서 더딘 시간을 견뎠다. 아버지는 자신감에 차서 작은삼촌에게 이 형이 말이다, 라는 말을 자주 하게 되었다. 나는 친구들에게 자랑을 했지만 아무도 믿어주지 않았고, 단짝친구가 없다는 사실을 새삼 깨달았다. 수학선생님은 '어떤'이란 말을 자주 썼는데, 나는 수업시간에 선생님이 '어떤'이란 단어를 몇 번이나 쓰는지를 세면서 지루한 수학시간을 보냈다. 세 달 후 평균을 내보니 세상에나, 백스물아홉 번이나 되었다. 겨울이 지나갔다. 아버지와 어머니는 작가 프로필에 나이를 한 살 더 올려야 한다는 사실에 실망을 했다. "뭐 그래봤자 똑같은 사십대잖아요." 내가 말했지만 아무 위로도 되지 못했다.

어머니가 가게 앞 가로수의 은행나무에서 새싹이 돋는 것을 무심히 바라보던 어느 날 드디어 책이 나왔다. "생각보다 반응이 좋아요." 편집장은 말했다. 신입직원은 책을 만드는 동안 잘 팔리지 않으면 어쩌나, 걱정을 했고 그것 때문에 소화불량에 걸리기도 했다. 하지만 이 주일 만에 2쇄를 찍으면서 소화제를 먹지 않게 되었다. 작은삼촌은 자신이 사고 싶은 차를 사기 위해서는 삼만 권의 책을 팔아야 한다는 사실을 알고는 그동안 모아둔 자동차 카탈로그를 쓰레기통에 버렸다. "형, 책이 잘 팔리면 집수리나 하자." 집은 점점 낡아갔고 겨울을 나기가 힘들 정도로 난방상태가 좋지 않았다. 집에서도 내복을 입고 있어야 하다니. 작은삼촌은 내복을 볼 때마다 아직 삼십대인 자신이 폭삭 늙은 기분이 들었다. 나는 작은삼촌에게 인세는 어머니 통장으로 들어온다는 사실을 알려주었다. "그러니까, 삼촌, 아빠는 자전거 한 대도 못 사줄걸요." 첫 인세로 아버지는 할머니에게 홍삼 엑기스를 한 박스 사드렸다. 할머니는 백담사에 가서 기도까지 했는데 고작 홍삼이야? 하고 투덜댔지만 홍삼을 드시고 나서는 꼭 거실 한가운데서 팔굽혀펴기를 했다. 젊었을 적에는 팔굽혀펴기를 오십 개 이상 했다는 할머니는, 자식들이 잘못을 하면 종아리를 때리는 대신 팔굽혀펴기를 시켰다. 아버지는 할머니에게 팔힘을 물려받았다. 할머니는 그것 말고도 장점이 많은 분이셨다. 하지만 그 장점들은 아버지 밑의 세 동생들이 골고루 나누어 물려받았다. 외할머니에게는 투피스 정장을 한 벌 사드렸다. "이제는 회장님처럼 가게에 앉아 계셔야 해요." 카운터에 앉아서 손님들이 맛있게 음식을 먹는 모습을 지켜보는 일이 평생 식당을 해 온 사람의 가장 아름다운 마지막 모습이라고 아버지는 외할머니에게 말했다. 외할머니는 내가 있을 곳은 여기가 아니라 부엌이야, 라고 말하고 싶었지만, 투피스를 만지면서 색이 곱네, 고마워, 하고 말했다.

주말이면 우리들은 지방의 서점으로 사인회를 하러 다녔다. 네 시간이나 버스를 타고 간 어느 도시에서는 겨우 열일곱 명에게 사인을 해주기도 했다. 사인회가 끝나면 우리들은 텔레비전에 나왔다는 맛집을 찾아가 근사한 저녁을 먹었다. 저녁 밥값에, 어머니 대신 가게 일을 하는 작은삼촌에게 주어야 하는 일당에, 또 새로 산 옷값에…… 생각보다 돈이 많이 들었다. 이 기회가 아니면 언제 또 이렇게 전국 여행을 다니겠냐고 아버지는 말했다. 어머니도 그건 맞아, 하고 맞장구를 쳤다. 지도를 보고 맛집을 찾아가는 부모님을 보면 두 분이 어떻게 여행을 했을지 상상이 되었다. 갈림길이 나올 때마다 멈추어서 아버지는 오른쪽이겠지? 하고 물었다. 그러면 어머니는 아마도, 하고 대답했다. 굳이 갈림길에 서서 그렇게 묻지 않아도 될 정도로 쉬운 길에서도 두 분은 그렇게 묻고 답했다. 마침내 찾고 있던 목적지에 도착을 하면 그 앞에서 아버지와 어머니는 하이파이브를 했다. 어릴 때 보던 만화의 한 장면 같았다. 아버지와 어머니의 손바닥이 부딪치는 순간, 나는 두 분의 다리가 공중에서 오 센티미터 정도 떠 있는 것 같은 착각에 빠지곤 했다.

독자들이 질문을 할 때마다 아버지는 머리를 긁적이며 대답했다.

"저도 생각보다 겁쟁이인걸요." 독자들은 아버지가 겸손하게 말을 한다고 생각했지만 정말로 아버지는 겁쟁이였다. 여덟 살이 되던 해에 아버지는 입학할 초등학교에 재래식 화장실밖에 없다는 사실을 알고는 밤마다 화장실에 발이 빠지는 꿈을 꾸었다. 아침에 자고 일어나면 아버지의 요는 땀으로 젖어 있었다. 중고등학생 때는 아래로 떨어질까봐 유리창 청소를 하지 못했다. 연애를 할 적에는 어머니를 한 번도 집까지 바래다준 적이 없었다. 외할머니가 사는 동네는 가로등이 몇 개 없었고, 아버지는 어머니를 바래다주고 그 골목길을 혼자 걸어나올 자신이 없었다. 아버지가 그렇게 오래 여행을 다닐 수 있었던 것도 어떻게 보면 겁이 많았기 때문이었다. 횡단보도가 없는 팔차선 도로를 건널 때면 아버지는 낯선 나라에서 교통사고로 죽는 것만큼 슬픈 죽음은 없다고 생각했다. 생전 처음 보는 음식을 맛볼 때면 아버지는 낯선 나라에서 식중독으로 죽는 것만큼 비참한 죽음은 없다고 생각을 했다. 아버지는 길을 건널 때도, 밥을 먹을 때도, 물을 마실 때도, 조심하고 또 조심했다. 그러다보니 저녁이 되면 피곤했고 아홉시가 되기도 전에 곯아떨어졌다. 새벽에 일어나 창밖을 보면 늘 해와 달이 동시에 떠 있었고, 그러면 아버지는 마치 자신이 죽은 후의 세계를 미리 보는 듯한 착각에 빠졌다. 아버지는 독자들에게 그 느낌에 대해 설명하고 싶었지만 정확히 그 느낌이 어떤 것인지 스스로도 알지 못해서 말할 수 없었다. 그래서 아버지는 사인을 해달라고 책을 내미는 독자들에게 너무나 평범하게 '행복하세요' 라고 적었다. 더 멋진 구절을 적고 싶었지만, 여행기의 첫 문장을 썼다 지웠던 그 많은 날들처럼, 적당한 말이 떠오르지 않았다. 행복하세요, 라고 적을 때마다 내가 이렇게 진부한 사람이었다니, 아버지는 생각했다.

부모님은 독자들을 만나면 사진에 숨겨진 이야기를 해주었다. 갓난아기일 때 눈이 안 보이는 아버지에게 밟혀 절름발이가 된 여자아이의 신발을 찍은 사진을 보며 아버지는 말했다. "자세히 보면 오른쪽이 닳아 밑창이 뚫어졌어요." 장님인 여자아이의 아버지는 평생 딸에게 죄책감을 갖고 살아야 했다. 그때마다 여자아이는 괜찮다고, 얼굴을 밟지 않은 게 얼마나 다행이냐고, 아버지에게 말했다. 아버지가 몰라서 그러는데 이 동네에서 자기가 가장 예쁜 아이라고. 여자아이는 다리를 심하게 절었다. 오른발을 내디딜 때마다 몸이 넘어질 듯 오른쪽으로 휘청거렸다. "하지만 이 절름발이 덕분에 목숨을 건졌어요." 여자아이가 어느 공사현장을 지날 때였다. 이층에서 일하던 인부가 스패너를 떨어뜨렸고, 학교를 마치고 돌아오던 여자아이가 마침 그 아래를 지나가고 있었다. 스패너는 여자아이의 왼쪽 어깨를 아슬아슬하게 스쳐 왼쪽 허벅지를 맞혔다. 만약 여자아이가 정상적으로 걸었다면 스패너는 여자아이의 머리를 맞혔을 것이다. 하지만 오른쪽으로 몸이 휘는 바람에 스패너는 허벅지 위로 떨어졌다. 세 바늘을 꿰매면서 여자아이는 만약 다리를 절지 않았다면 머리를 수십 바늘 꿰맸을 거라고 생각했다. 아버지가 이런 이야기를 하면 신기하게도 누군가 손을 들고는 말했다. "저도 그런 사람을 알아요." 그러고는 다리를 저는 바람에 목숨을 건졌던 어느 아가씨에 대해 이야기해주었다. 일곱 번이나 번개에 맞았지만 죽지 않았다는 어느 나무와, 그 나무 아래에 앉아서 아무도 사지 않는 음료수를 팔고 있는 노파의 이야기를 하면 또 누군가 손을 들었다. "우리 고향에도 그런 나무가 있어요. 물론 나무 아래 노파가 앉아 있고요." 나는 빵봉지에 대해서는 아무에게도 이야기하지 않았다. 저도 똑같은 이름을 가진 사람을 찾아가본 적이 있어요, 하고 누군가 말할 것만 같았기 때문이었다.

아버지는 책을 낸 뒤 약간의 우울증을 앓기 시작했다. 생각했던 것만큼 기쁘지가 않았다. 인쇄된 책은 자신의 것 같지가 않았다. 아무리 들여다보아도 거기에는 다른 사람의 삶만 있을 뿐이었다. 아버지는 곧 오십대가 된다는 사실이 두려웠고, 자신의 이름으로 된 것이라곤 겨우 책 한 권뿐이라는 사실이 한심하게 느껴졌다. 새벽이슬이 내려앉은 마당을 맨발로 걸으면서 아버지는 큰삼촌을 떠올렸다. 에이, 형 왜 그래. 큰삼촌이 권투를 하듯 주먹으로 어깨를 툭, 툭, 쳐주었으면 좋겠다는 생각을 했다. 아버지는 몸을 부르르 떨었다. 아버지는 불이 켜진 내 방을 올려다보면서 그래도 이 세상에 날 닮은 사람이 저기 한 명 있지, 중얼거렸다. 아버지가 새벽마다 불이 켜진 내 방을 올려다본다는 사실을 안 다음부터 나는 항상 불을 켜놓고 잠을 잤다. 다행히도 아버지는 밤새 공부를 하는 녀석이 왜 그렇게 공부를 못하냐? 하고 묻지 않았다.

실연을 한 뒤 삼 년 동안 세계여행을 했다는 전직 아나운서가 쓴 여행기가 베스트셀러에 올랐다. 서점에 다녀온 아버지는 우리의 책이 더이상 여행 베스트셀러 코너에 꽂혀 있지 않다는 사실을 알려주었다. 아버지는 새로운 책을 써야겠다고 말했다. "이번에는 국내편으로 말이야." 독자들을 만나면서 부모님은 여행을 하는 동안 보았던 기적 같은 일들이 실은 그다지 특별하지 않다는 것을 알게 되었다. 그런 이야기는 먼 곳에만 있지 않았다. "이번에는 그걸 찾는 거야." 아버지가 말했다. 아버지는 카메라를 새로 장만했다. 예전에 쓰던 카메라는 나에게 주었다. 나는 귀퉁이에 흠집이 난 카메라를 만지작거렸다. "네 엄마가 그걸로 호두를 깨 먹어서 그래." 아버지가 눈을 찡긋거렸다. 아버지는 내게 카메라로 당신을 찍어달라고 했다. 아버지는 그것이 우울증을 해결할 방법이라고 생각했다. 부모님은 아들의 카메라에 당신들의 모습이 어떻게 담길지 궁금했다. 부모님은 계속해서 다른 사람들의 삶을 바라볼 것이다. 구경을 하는 동안 부모님은 자신을 잊을 것이다. 그러니 부모님을 구경할 또 다른 사람이 필요했다. 나는 뷰파인더로 아버지를 들여다보았다. 얼굴을 반으로 자른 다음 셔터를 눌렀다. 찰칵, 하는 소리에 맞춰 숨을 멈추었다.

15

사과나무에 열매가 맺히지 않았다는 사실을 식구들은 가을이 지나서야 알아차렸다. 새벽에 사과나무 주변을 빙빙 돌면서 우울증을 극복하려고 노력했던 아버지도, 일주일에 한 번씩 마당 한켠에 있는 아홉 개의 항아리를 닦던 할머니도, 일을 마치고 집에 돌아올 때마다 한 집에서 죽을 때까지 사는 것이 과연 행복인지 아닌지에 대해 생각하던 고모도, 전혀 눈치채지 못했다. 심지어 가끔씩 나뭇가지를 꺾던 작은삼촌도 몰랐다. 작은삼촌은 꺾은 나뭇가지를 지휘자처럼 저으며 노래를 흥얼거리곤 했다. 버스정류장까지 그렇게 걷다 보면 출근하는 일이 그다지 힘들게 느껴지지 않았다. 그 모습을 본 어느 여자가 작은삼촌이 예술가일 거라고 짐작했다. 여자는 작은삼촌이 나타날 때까지 버스를 타지 않고 기다렸다. 할머니는 모든 게 자신의 탓이라고 말했다. 식구들이 마당에 앉아서 고기를 구워 먹던 옛일이 생각날 때면 할머니는 수도꼭지에 호스를 연결해서 나무에 듬뿍 물을 주곤 했다. "하지만 올해는 한 번도 안 했어. 내가 뭐에 정신이 팔렸는지." 동네 할머니들과 이박삼일로 설악산 여행을 다녀온 뒤로 할머니는 옆 골목에 사는 피아노 할머니네로 자주 놀러 다녔다. 할머니는 식구들과 심심풀이로 고스톱을 칠 때까지만 해도 자신이 그렇게 고스톱을 잘 치는 줄은 몰랐다. 외할머니의 돈을 딸 때도 그저 운이려니 했다. 하지만 할머니는 이박삼일 동안 한 달 치 용돈보다 더 많은 돈을 고스톱을 쳐서 땄다. 여행이 끝나자 할머니는 정확히 딴 돈의 반을 떼어서 많이 잃은 순서대로 나누어 주었다. 그러자 새로 한 이가 맞지 않아서 여행 내내 음식을 제대로 못 먹었던 박할머니가 피아노 할머니 집에서 매일 고스톱 판이 벌어진다는 사실을 알려주었다. "그래서 얼마나 땄는데?" 작은삼촌이 물었다. 할머니는 너희들이 주는 용돈은 한 푼도 안 쓰고 저금을 했단다, 하고 대답했다. "그런데 왜 그 할머니는 피아노 할머니가 되었어?" 고모가 할머니에게 물었다. 고모의 기억에 의하면 그 집에서 피아노 소리가 들린 적은 한 번도 없었다. "응, 그 여편네가 자기는 대학에서 피아노를 전공했다고 우리한테 거짓말을 했거든." 할머니는 그 거짓말에 모두가 속아주는 척했다고 말했다. 피아노 할머니는 알코올중독자였던 아버지 밑에서 초등학교를 간신히 졸업하고 어느 중소기업 사장의 집에서 식모살이를 했다. 모두들 집을 비울 때면 몰래 피아노를 쳐보곤 했다고, 독학으로 동요 몇 곡은 칠 수 있게 되었다고, 피아노 할머니가 술을 먹고 고백을 한 적이 있었다. 고모는 요리 프로그램에 나간 뒤로 너무 바빠져서 집에 돌아오면 세수하는 일조차도 귀찮을 지경이었다. 여학생이었을 때는 『나의 라임오렌지나무』 같은 책을 읽고 나무 아래에 앉아 몇 시간이고 비밀이야기를 중얼거리기도 했던 고모였지만 이제는 여성지도 읽을 시간이 없었다.

외할머니의 가게가 요리 프로그램에 나가게 된 것은 퀴즈 프로그램의 작가 덕분이었다. 작은삼촌의 친구인 홀쭉이는 여자친구를 데리고 종종 가게로 왔다. 홀쭉이의 여자친구는 외할머니를 볼 때마다 그동안 잘 계셨어요, 하고 인사를 했다. 일 년이 지나서야 그 여자가 퀴즈 프로그램의 작가였다는 것을 알아차린 외할머니는 주방으로 들어가 비빔국수 두 그릇을 내왔다. "이건 서비스요." 작가는 후루룩 소리를 내며 국수를 먹었다. "우리 사돈은 아직도 퀴즈 실력이 좋다오." 작가는 퀴즈 프로그램을 그만두었기 때문에 외할머니의 부탁을 들어줄 수 없었다. 작가는 요리 프로그램의 메인작가가 되어 있었다. "만약 족발을 방송하게 되면 꼭 연락을 줄게요." 어머니와 고모는 칼질을 연습했다. "방송에서 보면 일류 요리사들은 칼질이 예술이더라고요." 어머니와 고모는 무를 한 박스 사놓고 일정한 크기로 채를 치는 연습을 했다. 족발가게에는 무채 반찬이 새로 추가되었다. 어머니는 자주 손을 베었고 아버지는 밤마다 반창고를 붙여주면서 화를 냈다. 여행을 다닐 적에는 횡단보도를 건널 때도, 버스에서 내릴 때도, 심지어 뜨거운 음식을 먹을 때도, 늘 조심하라고 말해주던 아버지였다. "조심해." 그렇게 아버지가 말하면 어머니는 아직 결혼을 하지 않은 연인들인 것처럼 느껴졌다. 어머니는 베인 손을 보면서 화를 내는 아버지가 고마웠고, 그래서 미안한 마음이 들었다. 사실, 어머니는 꽤 오랫동안 아버지가 지겹다는 생각을 했다. 잠을 자다가 아버지의 숨소리가 느껴지면 저도 모르게 몸을 돌렸다. 특히 하루 종일 입고 있는 잠옷이 어머니는 너무나 지겨웠다. 잠옷에 새겨진 곰돌이 푸우마저 지겨웠다. 푸우가 자기 배만한 꿀단지를 끌어안고 있는 것이 미련 맞아 보였다. 아버지의 배는 점점 푸우를 닮아가고 있었다. 어머니는 아버지에게 새 잠옷을 선물했다. 아버지는 그 잠옷을 입어보고서야 지난 몇 년 동안 자신이 얼마나 살이 쪘는지를 깨달았다. 어머니가 사준 잠옷은 한 치수가 작았고, 아버지는 어머니 몰래 허리를 잡아당겨 고무줄을 늘려야 했다. 고모와 어머니는 요리 프로그램에 나가 현란한 칼솜씨를 보여주지 못했다. 그저 외할머니의 뒤에 서서 외할머니가 족발 삶는 것을 지켜봤을 뿐이다. 방송이 나간 뒤로 거기 위치가 어디죠? 라고 묻는 전화가 자주 걸려왔다.

아버지는 낡은 중고차 한 대를 산 뒤 전국을 돌아다녔다. "내가 재를 임신했을 때 뭘 잘못 먹은 게 틀림없어." 어머니는 가게 일을 하랴, 가끔 아버지를 따라 여행을 다니랴, 그리고 아주 가끔 집 안 청소를 하랴, 늘 바빴다. 게다가 공부 못하는 나 때문에 바쁜 와중에도 틈틈이 한숨쉬는 것을 잊지 않았다. 작은삼촌은 버스정류장에서 자신을 기다리던 이상한 여자 때문에 악몽 같은 여름을 보냈다고 말했다. "왜, 생긴 건 참하던데." 고모는 작은삼촌이 긴 생머리의 여자와 포장마차에서 술을 마시는 것을 본 적이 있었다. "매일 소설책 한 권 분량의 이야기를 만들어내는 여자야. 여섯 번쯤 만났는데, 아버지 직업이 여섯 번이나 바뀌었다니까." 식구들의 생각과 달리 사과나무가 열매를 맺지 않은 이유는 다른 데 있었다. 할머니는 혼자 저녁을 먹는 날이 많아졌다. 밥을 하는 게 번거로운 날이면 찬밥을 뜨거운 물에 말아 먹었다. 반찬은 오이지무침 한 가지였다. 사과나무는 거실에 앉아 연속극을 보면서 밥을 먹는 할머니의 등을 오랫동안 바라보았다. 새벽마다 마당에 나와서 한숨을 쉬는 아버지도, 가끔씩 맨발로 아침이슬이 내려앉은 마당을 걷는 나도, 술이 얼큰하게 취해 나무 밑동에 오줌을 누면서 무슨 말인지를 중얼거리는 작은삼촌도, 사과나무는 오랫동안 바라보았다. 그러다 문득, 열매를 따기 위해 까치발을 해야 하는 아이가 있는 집에서 다시 태어나고 싶다는 생각이 들었다. 나무 끝에 달린 잎을 만지고 싶어서 폴짝 뛰는, 그러나, 닿을 듯 말 듯 번번이 실패를 하는 그런 아이가 있는 집에서 싹을 틔우고 싶었다. 사과나무는 꽃을 피우지 않았고 열매를 맺지 않았다. 그리고 눈을 감고 긴 잠을 잤다.

아버지는 고등학생 때 일주일이나 무단결석을 한 적이 있었다. "고등학교 이학년 때였지. 기말고사를 며칠 앞두고." 중간고사를 망쳤던 아버지는 무슨 일이 있어도 밤을 새워 공부를 하겠다고 결심을 했다. 아버지는 책상을 깨끗하게 정리했다. 내친김에 가방까지 싸두었다. 이제 아침마다 허겁지겁 가방을 싸지 말아야지, 결심도 했다. 밤을 새우지는 못했지만 그래도 새벽까지 수학문제집을 풀었다. 배추된장국에 밥을 말아먹은 뒤 아버지는 평소보다 이십 분이나 일찍 등교를 했다. 밖은 환했는데 가로등이 아직 켜져 있었다. 하늘에는 해와 달이 동시에 떠 있었다. "버스정류장에는 양복을 입은 중년 남자가 앉아 있었어." 남자는 아버지에게 일찍 학교에 가는

구나, 하고 말했다. 아버지는 남자의 와이셔츠에 김칫국물이 묻어 있는 것을 보았다. 트럭 한 대가 신호를 무시하고 달렸다. 뒤이어 온 택시 한 대도 빨간불인데 멈추지 않았다. 드디어 아버지가 기다리던 버스가 왔다. 차 문이 열리자, 사람들이 어깨를 붙이고 서 있는 게 보였다. 아버지는 갑자기 그날이 목요일이 아니라 수요일이라는 생각이 떠올랐다. 책가방을 잘못 쌌던 것이다. 아버지는 버스를 타지 않았다. 집으로 돌아갈 것인지 말 것인지를 고민하는데 한 번도 타본 적이 없는 노선의 버스가 도착했다. 아버지는 그 버스를 타고 종점까지 갔다. 그후로 일주일 동안 아버지는 아무 버스나 타고 종점까지 갔다가 되돌아왔다. 낯선 동네에 내려 골목길을 걷다가 놀이터가 나오면 그네에 앉아 시간을 보냈다. "그래서 내가 너한테 공부하라고 잔소리를 안 하는 거야." 아버지가 말했다. 조수석에 앉아 있던 어머니가 얼굴에 선크림을 바르면서 도대체 무단결석과 성적이 무슨 상관인데요? 물었다. "나도 모르지만…… 하지만 엄마는 내가 일주일이나 학교에 가지 않았다는 것을 알고도 모른 척해주었어. 내가 공부를 하기 시작한 것은 그뒤였고." 나는 운전석과 조수석 사이로 얼굴을 내밀고는 저도 다음주부터 공부할게요, 하고 말했다. 아버지의 낡은 중고차는 시속 백 킬로미터를 넘지 못했다. "차가 너무 후져." 나는 천장에 난 담뱃구멍들에 손가락을 넣어보았다. 누군가 병신이라고 낙서를 해두었다. 나는 그 차를 몰았던 전 주인을 상상해보았다. "보통 아들들은 이렇게 말해. 아버지, 제가 나중에 돈 벌면 차 사드릴게요." 아버지가 차선을 바꾸면서 말했다. 저 멀리 톨게이트가 보였다. "나는 돈 벌면 작은삼촌 차 사드릴 거예요." 내가 말했다. 아버지가 나에게 톨게이트 요금을 내라고 우겼다.

삼십 년 동안 혼자 집을 지었다는 남자는 이가 몇 개 남아 있지 않았다. 남자는 웃을 때마다 손바닥으로 입을 가렸다. 어머니에게 K읍에 가면 기괴한 집이 있다고 말을 해준 사람은 족발가게에 온 손님이었다. 오 년 전인가 칠 년 전인가, 암튼 그 근처를 지나가다 본 적이 있다고 했다. 하도 희한해서 동네 주민에게 물었더니 어머니가 돌아가신 뒤로 이십여 년을 혼자 집을 짓는다고 했다. 아버지는 사진기를 꺼내 손톱이 갈라진 남자의 손을 찍었다. 나는 남자의 손을 찍는 아버지를 찍었다. 집은 첨성대를 닮아 있었다. 남자는 돌을 구하기 위해 전국을 다녔다고 설명했다. "이 돌은 다섯 형제가 모두 대학교수가 된 집의 기둥을 받치고 있던 거예요. 마을이 댐에 수몰되기 전에 얻어왔죠." 남자가 손바닥으로 돌을 두 번 두드렸다. 어머니가 돌에 손을 올려놓고는 무슨 말인가 중얼거렸다. 남자가 돌로 집을 짓는 이유는 흙으로 만든 집에서 부모님이 돌아가셨기 때문이었다. 산비탈에 흙으로 지은 집에서 남자는 태어났다. 외양간 하나에 방이 두 개 있는 집이었다. 결혼을 해서 도시로 나간 큰형은 명절에도 집에 오지 않았다. 산사태로 집이 흔적도 없이 사라진 뒤에야 큰형은 집에 왔다. 진흙범벅이 된 동생이 울고 있었다. 눈물조차 황토색으로 보였다. 포클레인이 시체를 찾고 있었다. 하지만 찾아낸 것은 새끼를 밴 소 한 마리뿐이었다. "여기가 그 자리예요. 어머니가 돌아가신 곳." 남자는 무너진 집터에 돌로 집을 짓기 시작했다. "안에 들어가보실래요?" 남자가 대문을 열었다. 어디선가 서늘한 바람이 불어왔다. 나도 모르게 어깨를 움츠렸다. "한여름에도 에

어컨이 필요 없죠. 하하하." 남자가 웃었다. 남자의 웃음소리가 돌에 부딪치며 여러 겹으로 울려퍼졌다.

거실 한쪽에는 식탁이 놓여 있었다. 밖에서 보면 몇 층 되어 보였지만 안에 들어와보니 천장이 아주 높은 일층짜리 집이었다. 나는 거실 한가운데 서서 구멍이 뚫린 천장을 올려다보았다. 비만 오지 않는다면 세상에서 가장 근사한 창문이 될 수도 있을 것이다. "여기 앉으세요." 남자가 레스토랑의 웨이터처럼 의자 하나를 뒤로 빼더니 어머니가 다가오기를 기다렸다. 어머니는 식탁에 앉으면서 돌로 만든 집이라면 당연히 돌로 된 식탁이 있을 줄 알았다고 말했다. "그럼 돌로 만든 컵에 차를 마셔야 하게요." 남자가 부엌으로 가서 휴대용 가스버너에 주전자를 올려놓았다. 남자는 장미꽃이 그려진 찻잔에 커피를 내왔다. 남자는 생각보다 많은 사람들이 지나가다가 들러준다고, 그래서 커피잔 세트는 갖추어놓고 산다고, 말했다. 나는 잔 밑바닥에 붙어 있는 가격표가 찍힌 스티커를 남자 몰래 떼어냈다. 유행이 한참 지난 꽃무늬 잔이었다. 얼마나 오랫동안 이 잔들이 찬장에 있었을까 생각해보았다. 아버지는 남자에게 눈이 내리지 않는 어느 나라에서 비슷한 건물을 짓는 사람을 본 적이 있다고 말해주었다. 어머니는 그런 사람을 언제 보았는지 생각이 나지 않아 고개를 갸웃거렸다. "그 사람은 왜 그런 집을 짓고 있었죠?" 남자가 묻자 아버지가 식탁 위에 손가락으로 무슨 글자를 썼다. 남자가 그걸 보기 위해 엉덩이를 살짝 들었다. 그건 아버지가 처음으로 갖게 된 자전거의 이름이라는 것을 나는 알고 있었다. 자전거를 깡패들에게 어이없이 빼앗긴 뒤에 아버지는 부끄러운 생각이 들 때마다 자전거의 이름을 빈 허공에 손가락으로 써보곤 했다. 세월이 지나자 그것은 버릇처럼 굳어졌다. 그래서 아버지는 아무 때나, 심지어 자기도 모르는 순간에도, 손가락으로 자전거 이름을 쓰곤 했다. "아마 당신처럼 어머니를 잃었을 거예요." 아버지가 고개를 들지 않고 말했다. "별이 보이나요?" 어머니가 고개를 들어 하늘을 보았다. 해가 지는 것이 보이지 않았는데도 나도 모르게 해가 지고 있네, 하고 생각했다. 남자가 자리에서 일어나더니 거실 한가운데 누웠다. "사실 전 늘 이렇게 자요." 사실 남자가 탑처럼 집을 지은 이유는 아무리 해도 천장을 완성할 수 없었기 때문이었다. 날마다 조금씩 안쪽으로 돌을 쌓으면 천장이 만들어지리라고, 언젠가는 비가 새지 않는 집을 만들 수 있으리라고, 남자는 생각했다. "어리석은 생각이라고 비웃지 마세요." 남자는 손바닥으로 하늘을 가렸다. "이제 조금만 더 쌓으면 저 하늘과도 안녕이에요." 아버지는 바닥에 누워 있는 남자의 모습을 찍었다.

사진기를 목에 걸고 아버지는 집 내부를 한 바퀴 돌았다. 마치 미술관에 온 사람처럼 아버지는 돌 하나하나를 구경했다. 어느 돌은 가까이 다가가서, 어느 돌은 뒤로 한발 물러나서. 남자가 미처 몰랐던 글자가 돌에 쓰여 있는 것을 아버지는 발견했다. 어느 유명 화가의 산수화를 닮은 돌무늬도 찾아냈다. "여기에 액자를 만들어 걸어놓으면 좋겠는걸." 아버지가 농담을 했다. 나는 갑자기 아버지가 시시하게 느껴졌다. 그저 팔짱을 끼고 구경하다가 사진을 몇 장 찍는 것이라면 무엇 때문에 그 무거운 배낭을 메고 다녔던 것일까. 그럴 바에는 빵봉지 이백 개를 모으는 게 더 그럴듯하지 않을까. 아버지가 이놈은 좀 이상하게 생겼네, 하고 입구 옆에 있는 돌을 가리켰다. 흰색 돌 가운데 동그란 갈색 얼룩이 보였다. "자세히 보라고. 흰색 돌 안에 갈색 돌이 들어 있는 것 같아." 어머니가 손끝으로 돌을 만져보았다. "정말! 무늬가 아닌가봐. 두 돌이 느낌이 다른데." 갈색이 아니라 노란색이었다면 저 돌을 계란프라이라고 부를 텐데. 그런 뜬금없는 생각이 들자, 유치한 농담을 하는 아버지를 시시해했던 나 자신이 부끄러워졌다. 아버지가 돌을 손바닥으로 탕, 탕, 두 번 쳤다. 처음 집에 들어섰을 때 남자의 웃음소리가 여러 겹으로 울려퍼졌듯이, 아버지의 손바닥 소리가 돌에 부딪치며 여러 겹으로 울렸다. 소리는 끊어지지 않고 울려퍼졌다. 그 집을 지은 수많은 돌들이, 그 조각들 하나하나가, 모두 소리를 뱉어낸 것처럼. 그때였다. 맨 꼭대기에 있던 돌 하나가 거실 가운데로 떨어졌다. 누군가 리모컨의 일시정지 버튼을 누른 것처럼 돌이 허공에 멈추었다. 분명 내 눈에는 그렇게 보였다. 그러다 잠시 후, 아주 빠른 속도로 돌이 바닥에 떨어졌다. 쿵, 소리가 났다. 집이 흔들렸다. 나는 문에 등을 기댔다. 나가야지, 하는 생각보다 더 빠른 속도로 하늘에서 다시 돌이 떨어졌다. 아버지와 어머니는 당신들의 발이 공중으로 떠오르는 것을 느꼈다. 아버지는 그 기분이 너무 익숙해서 지금 자신이 어디에 있는지를 도저히 알아차릴 수가 없었다. 어머니는 허리까지 내려오던 긴 머리를 자른 어느 날이 떠올랐다. 바람이 목을 스쳐 지나갈 때마다 한기가 느껴져 어머니는 몸을 움츠렸다. 아마도 한여름이었을 것이다. 앞으론 평생 머리 따위는 기르지 않을 거야, 하고 중얼거리던 사춘기 소녀 시절을 떠올리다가 어머니는 자신의 두 다리가 허공 위를 걷고 있다는 것을 알아차렸다.

꼭대기에 있는 돌 하나가 거실 가운데로 떨어진 뒤, 아주 잠깐 동안, 어디선가 가래 끓는 소리가 났다. 나중에 그날을 떠올릴 때마다, 나는 집이 무너지는 소리라면 폭우가 쏟아지기 직전의 천둥소리를 닮았어야 했다고 생각했다. 그랬다면 재빨리 문을 열고 밖으로 나왔을 텐데. 하지만 그것은 분명 가래 끓는 소리였다. 할아버지의 친구 중에서 하나뿐인 외동딸을 하늘나라로 보낸 뒤에 알코올중독자가 된 박씨 할아버지에게서 늘 그런 가래 끓는 소리가 났었다. 가래 끓는 소리가 어디서 나는지 알아볼 겨를도 없이 집이 무너졌다. 아버지는 두 손으로 머리를 감쌌다. 어머니는 내가 어디에 있는지 보려고 고개를 돌렸다. 돌은 그 위로 떨어졌다. 부모님은 미처 떠올리지 못했겠지만, 십여 년 전 곤충박물관에서 지진을 만났을 때와 너무나 똑같은 장면이었다. 지진으로 박물관이 흔들리자 아버지는 두 손으로 머리를 감싸고 주저앉았다. 어머니는 고개를 돌려 나를 찾았다. 그때 나는 장수하늘소나 뭐 그런 곤충을 구경하고 있었을 것이다. 지진이 난 것도 모른 채. 하지만 이번에는 달랐다. 나는 어머니와 눈이 마주쳤고, 우리 둘은 서로를 향해 눈을 한 번 깜빡였다. 겁쟁이였던 아버지는 여행지에서는 함부로 무단횡단을 하지 않았다. 끓인 음식이 아닌 것도 웬만해선 먹지 않았다. 아버지는 시금치를 싫어했지만 꾹 참고 먹었다. 보름달이 뜨는 날이면 그 달을 보면서 온 가족의 건강을 빌어보기도 했다. 아침마다 팔굽혀펴기를 했고 저녁이면 간단한 체조를 했다. 한때 카레이서가 꿈인 적도 있었지만, 비 오는 날 우산을 들고 버스정류장에서 아들을 기다리는 할머니의 모습을 보고는 단번에 꿈을 접기도 했다. 웃통을 벗고 세수를 하는 나를 보면서 저놈은 나중에 어떤 여자를 만날까, 하는 상상을 하다가는 혼자 가만히 웃었다. 아직 남아 있는 많은 날들 때문이었다. 아버지는 허공을 걷는 기분이 들었다. 고개를 숙여 아래를 내려다보니 돌무더기에 깔린 누군가의 몸이 보였다. 그 몸이 자기 자신임을 깨닫는 데는 한참이 걸렸다. 푸른색 셔츠 자락이 자신이 좋아하는 셔츠임을 알게 되자 온몸에서 통증이 느껴졌다. 어머니는 살면서 어처구니가 없는 수많은 죽음을 목격했다. 밥을 너무 많이 먹어 죽은 거지도 있었다. 모든 기억들이 흑백으로 남아 있던 어린 시절의 일이었다. 동네에서 환갑잔치가 열리던 날이었다. 거지는 밥을 일곱 그릇이나 먹었다. 그리고 식혜를 한 대접 마시고는 아, 잘 먹었다! 하고는 자리에서 일어났다. 거지는 한 걸음밖에 내디디지 못했다. 왼발을 내딛는 순간 거지는 배를 움켜쥐고는 그 자리에서 쓰러졌다. 그것이 어머니가 본 최초의 죽음이었다. 중학생 때는 교통사고를 당한 어린아이를 보았다. 버스에 치인 아이였는데 머리에서 끝없이 피가 흘렀다. 중학교 이학년 때는 유리창 청소를 하다가 떨어진 친구가 있었다. 이층밖에 되지 않았는데 하필이면 화단을 만들기 위해 쌓아놓은 벽돌 모서리에 머리를 부딪쳐 그 자리에서 즉사를 했다. 유리창 청소는 금지되었고, 얼룩진 창 밖으로 지는 해를 보게 되었다. 코끼리 변비를 치료하기 위해 관장을 하던 수의사가 코끼리가 눈 똥더미에 파묻혀 죽었다는 뉴스를 보았을 때도 어머니는 웃지 않았다. 어머니는 해외토픽에 나오는 황당한 죽음을 보면서 웃긴 죽음이라는 것이 실은 얼마나 슬픈 일인지를 늘 생각했다. 슬픈 죽음이란 거의 비슷비슷한 사연을 담고 있다. 하지만 웃긴 죽음이란 모두 제각각 다른 이야기를 품고 있었다. 그 이야기는 돌고 돌게 될 것이다. 어머니는 이런 상상을 해보았다. 수의사의 어머니가 아들의 죽음을 겨우 이겨내고 살아가던 어느 날, 누군가가 그 어머니에게 글쎄요, 어느 동물원에서는 코끼리 똥에 묻혀 죽은 사람이 있다네요, 하는 이야기를 들려주는 장면을. 그러면 수의사의 어머니는 그것이 당신의 아들 이야기라는 것도 모른 채 우리 아들도 그랬다오, 하고 대꾸할지도 모를 일이다. 어머니는 피가 흐르는 두 다리를 어루만졌다. 하지만 만져지지 않았다. 당연히 피가 흐르는 다리를 만지던 두 손에도 피가 묻지 않았다. 손에 피가 묻지 않았다는 것을 알게 되자, 몸이 허공에 떠 있다는 것을 알게 되자, 어머니는 억울하다는 생각이 들었다. 뭐가 억울한지는 생각하지 않았다. 그저 억울해, 하고만 중얼거렸다.

부모님은 눈을 감고 하나에서부터 백까지 숫자를 세고 있는 나를 바라보았다. 나는 무너진 현관문 아래에 깔렸다. 문은 돌무더기 위로 쓰러졌고 그 바람에 그 아래 한 사람이 누울 정도의 작은 틈이 생겼다. 정신을 차렸을 때, 제일 먼저 보인 것은 현관문에 달린 어안렌즈였다. 포클레인이 돌무더기를 치우는 동안 구급대원은 내가 의식을 잃지 않도록 계속해서 말을 걸었다. 곧 자신의 아내가 아이를 낳는다고, 삼 년 후면 분양을 받은 아파트로 이사를 갈 것이라고, 작년에는 트럭에 깔린 일곱 살짜리 아이를 구했는데 뼈가 부러진 곳이 하나도 없었다고, 구급대원은 쉴새없이 이야기를 했다. 나는 조심스럽게 부모님은요? 하고 물었다. 구급대원은 괜찮아, 괜찮아, 하고 두 번 연거푸 말했다. 하지만 그 말을 듣는 순간 나는 부모님이 괜찮지 않다는 것을 알아차렸다. 두 분이 괜찮다면 어디선가 내 이름을 불렀을 것이다. 하지만 들려오는 소리라곤 구급대원들의 거친 숨소리뿐이었다. 나는 고개를 살짝 움직여 오른손을 보았다. 손은 현관문의 손잡이를 잡고 있었다. 집이 무너지기 전에 잡은 것인지, 문이 내 앞으로 쓰러질 때 잡은 것인지, 도통 기억이 나지 않았다. 하지만 그 순간 혼자 밖으로 나가려 했던 것만은 분명했다. 비겁한 자식! 나는 중얼거렸다. 그 말은 좁은 공간 안에서 울려퍼지고 또 울려퍼졌다. 만약 어머니가 살아 있다면 나라도 그랬을 거야, 하고 말해주었을 것이다. 그랬더라면 나는 텔레비전을 보고 웃다가, 혼자 맛있는 음식을 먹다가, 내가 이래도 되나, 하고 죄책감에 시달리는 어른이 되지는 않았을 것이다. 만약 어머니가 살았다면, 십 년 후 어머니는 체인점이 스무 개가 넘는 족발집의 사장이 되었을 것이다. 나보고 음식 솜씨가 좋은 여자를 사귀어야 한다고 매일 잔소리를 했을 것이다. 벚꽃 피는 봄이면 가게 문에 '우리는 소풍 갑니다' 라고 써붙이고 경주로 벚꽃여행을 떠날 것이다. 스무 개가 넘는 체인점의 모든 직원들도, 그리고 모든 아르바이트생들도, 경주로 모일 것이다. 흩날리는 벚꽃을 맞으며 자전거를 탈 것이다. 어머니는 당신이 생각보다 훨씬 너그러운 사람이라는 것을 그제야 비로소 알게 될 것이다. 외할머니가 난방이 되지 않는 가게에서 쪽잠을 자면서 뱃속에 있는 아이에게 너는 나보다 더 멋진 삶을 살게 될 거란다, 라고 날마다 기도를 했다는 것을, 어머니는 죽은 후에야 알게 되었다. 뱃속에 있던 몇 달 동안의 기억이 토막토막 떠올랐다. 외할머니가 양잿물을 마시려고 할 때, 외할머니의 배를 발로 힘껏 걷어찼던 것도 생각났다. 세상 밖으로 나왔을 때 가장 먼저 본 것이 동상에 걸려 진물이 흘러나오는 외할머니의 손가락이었다는 것도 생각났다. 어머니가 나를 낳았을 때도 가장 먼저 본 것은 손가락이었다. 엄지가 뭉뚝한 손가락을. 아버지는 자신의 손가락과 똑같은 손가락을 가지고 태어난 아들이 그저 신기했다. 하지만 아버지가 무너진 돌무더기에서 살아났다면 그 아들이 점점 더 자신을 닮아간다는 이야기를 듣게 되었을 것이다. 아버지의 오십대 사진 옆에 내 오십대 사진을 걸어놓으면 누구나 같은 사람이라고 착각하게 될 것이다. 아버지는 죽을 뻔했지만 기적적으로 살아난 사람들과 모임을 만들 것이다. 그리고 그 사람들과 일 년에 한 번씩 국토횡단을 하게 될 것이다. 뱃살이 저절로 줄어들게 될 것이고, 비행기 추락사고에서 살아남은 어느 여자를 보고 잠깐 가슴이 설레기도 할 것이다. 아버지는 그 여자의 집 앞을 서성이다가 가로등 아래에 길게 늘어진 그림자를 보고 깜짝 놀라게 될 것이다. 등이 구부정한 그림자는 도통 자신의 것 같지가 않을 것이다. 아버지는 내가 스무 살이 되어서야 자전거를 배운다는 것도 영영 모르리라. 내가 그 자전거에 아버지가 처음으로 가졌던 자전거의 이름을 붙여준다는 것도 모를 것이다. 나는 초등학교 운동장에서 자전거를 배울 것이다. 아무도 뒤에서 잡아주지 않았지만, 그래도 나는 아빠 놓지 마, 놓으면 안 돼, 하고 말할 것이다. 넘어져서 무릎이 까지면 어린아이처럼 엉엉 울기도 할 것이다. "거의 다 되었다." 구급대원이 말했다. 나는 여전히 현관문 손잡이를 잡고 있었다. "이제 눈을 감아라." 구급대원이 말했다. 포클레인이 현관문을 들어올리는 것이 느껴졌고, 그제야 나는 손잡이를 놓았다. 어디선가 카메라 셔터 소리가 들렸다. 나는 새끼발가락이 부러졌다. 새끼발가락이라니! 나는 온몸에 붕대를 감은 채 침대에 누워서 꼼짝도 못하는 환자가 되고 싶었다. 눈물이 흘러도 깁스를 한 두 팔 때문에 그 눈물을 닦을 수 없도록. 나는 죽을 때까지 발가락이 낫지 않기를 빌었다. 뼈가 아물 때면 나는 부러진 발가락으로 담벼락을 걷어차곤 했다.

16

장례식이 끝난 후, 할머니는 예전과 똑같은 시간에 일어나 아침밥을 지었다. 할머니는 일주일에 한 번씩 항아리 뚜껑을 닦았고, 현관에 서서 학교 다녀올게요, 하고 말하는 내게 종합비타민을 먹였다. 하지만 창문을 열고 밖을 내다보는 일은 하지 않았다. 다른 건 몰라도 할머니는 창틀 하나만은 늘 깨끗하게 닦아놓는 사람이었다. 할머니는 소녀 시절에 어느 잡지에서 창틀에 걸터앉아서 밖을 하염없이 내다보는 여자의 사진을 본 적이 있었다. 그 모습에 반한 할머니는 무엇인가 생각할 때면 늘 창틀에 앉아서 밖을 내다보곤 했다. 새색시였을 때 할머니는 시집살이를 시키는 증조할머니 때문에 장롱 깊숙한 곳에 보따리를 싸두었다. 거기에는 옷 두 벌과 돈 몇 푼이 숨겨져 있었다. 그 보따리를 볼 때마다 난 언제든지 도망갈 수 있어, 하고 할머니는 다짐을 했다. 할아버지는 월급을 타면 증조할머니에게 모두 드렸기 때문에 할머니는 돈 몇 푼을 모으는 일이 쉽지 않았다. 할머니는 깨진 달걀을 반값에 주고 사거나, 시금치 한 단을 산다고 하고 반단만 사거나, 만든 지 며칠이 지난 두부를 헐값에 사는 식으로 돈을 모았다. 그렇게 모은 비상금을 보따리에 넣어두었다. 뱀이 옹달샘에서 똬리를 틀고 앉아 있는 꿈을 꾼 할아버지가 자고 있는 할머니를 깨웠다. 꿈 이야기를 들려주면서 아무래도 태몽인 것 같다고 할아버지는 말했다. 그제야 할머니는 몇 달 동안 생리를 하지 않았다는 것을 깨달았다. 할머니는 장롱에 숨겨놓은 보따리를 풀었다. 옷 두 벌은 반듯하게 개서 서랍에 넣고, 비상금을 들고 시장에 가서 순대를 한 접시 사먹고 임신복을 한 벌 샀다. 부모님이 돌아가신 후 할머니는 그때의 일을 생각하고 또 생각했다. 할아버지가 태몽인가봐, 하고 말했을 때 할머니는 조금도 기쁘지 않았다. 입덧이 심해서 음식을 제대로 먹지 못하는 날이면 할머니는 자리에 누워 일 년 내내 눈이 내린다는 어느 도시를 상상해보았다. 아이들 키보다 더 높이 쌓인 눈을, 어디가 길이고 어디가 낭떠러지인지 알아차릴 수 없이 쌓인 눈을 상상하다보면 어느새 메슥거리던 속이 가라앉았다. 할머니는 아, 팥빙수 한번 먹어봤으면, 하고 중얼거렸고, 그러면 자기도 모르게 눈물이 났다. 할머니가 더이상 창틀에 걸터앉아 밖을 내다보지 않는다는 것을, 더이상 꽃무늬 잔에 커피를 마시지 않는다는 것을, 세면대에 물을 틀어놓고 멍하니 거울만 바라본다는 것을, 아무도 눈치채지 못했다.

외할머니는 냉장고에 있는 음식을 모조리 버렸다. 냉장고에는 양념에 재워둔 갈비와 파김치와 사골국물이 들어 있었다. 음식은 모두 상했고, 그래서 반찬그릇을 열 때마다 온 집 안에 악취가 퍼져나갔다. 외할머니는 숨을 참지 않았다. 양념갈비와 파김치는 어머니의 생일에 맞춰 준비해둔 것이었다. 어머니는 양념갈비를 파김치에 싸 먹는 것을 좋아했다. 사고가 난 그날 아침, 외할머니는 가게에 출근하기 전에 갈비를 재워 냉장고에 넣어두었다. 외할머니는 모두를 초대해서 어머니의 생일잔치를 열어줄 생각이었다. 파김치도 일주일 전에 해두었고, 잡채 거리도 사서 다듬어두었다. 외할머니는 물컹거리는 검은 비닐봉지들을 버렸다. 그 안에는 아마도 도라지, 꽈리고추, 시금치, 당근 등등이 들어 있을 것이다. 도라지무침과 꽈리고추볶음은 일을 마치고 돌아오면 할 생각이었다. 발인을 하는 날이 어머니의 생일이었다. 나는 그날을 위해 세 달이나 용돈을 모았고, 고모는 이미 스카프를 사두었고, 할머니는 미역국을 끓이기 위해 단골 정육점에 양지머리를 좋은 걸로 남겨두라고 당부를 해두었다. 외할머니는 사십육 년 전에 점을 본 적이 있었다. 여러 산을 돌아다니며 도를 닦았다는 점쟁이는 음식을 먹고는 돈을 내지 못했다. 마침 가게 주인이 자리에 없었고, 그래서 종업원이었던 외할머니는 얼른 가세요, 하고 말했다. 그러자 점쟁이가 밥값이라며 점을 봐주겠다고 했다. 가게 쪽방에서 잠을 자고 있던 어머니가 깨어나 울었다. 외할머니는 얼른 방으로 달려가 어머니를 안았다. "딸인가, 그놈 잘생겼네." 점쟁이가 말했다. 외할머니는 점쟁이에게 어머니의 사주를 불러주었다. 점쟁이가 보따리에서 한지를 한 장 꺼내더니 거기에 한문으로 글자들을 써내려갔다. 그렇게 한참 글을 쓰던 점쟁이가 갑자기 손바닥으로 탁자를 탁, 내려쳤다. 외할머니가 왜요? 물었다. 겨우 다시 잠이 들었던 어머니가 그 소리에 깨어나 울기 시작했다. "사주가……" 점쟁이가 말끝을 흐렸다. 급한 마음에 외할머니가 주머니에 있던 천원짜리 한 장을 점쟁이의 손에 쥐여주었다. 점쟁이는 어머니가 큰 사고를 여러 번 겪게 될 사주라고 했다. 물에는 가까이 가지도 못하게 해요, 주의를 줬다. 점쟁이는 한지를 접어서 다시 보따리에 넣었다. "그럼, 이만." 점쟁이는 자고 있는 어머니의 볼을 쓰다듬으면서 중얼거렸다. "거 잘생겼네. 이틀만 더 참았다 태어나지. 그럼 천하를 호령했을 텐데." 외할머니는 점쟁이가 혼자 중얼거린 그 말을 잊지 않았다. 외할머니는 방에 걸려 있던 달력을 떼어냈다. 달력에는 어머니의 생일에 동그라미가 쳐 있었다. 외할머니는 달력을 태웠다. 그리고 맥주회사에서 주고 간, 수영복을 입은 여자들이 바위에 앉아 있는 사진이 인쇄된 달력을 걸었다. 외할머니는 어머니 생일 이틀 뒤의 날짜에 동그라미를 그리고, 그 아래 생일이라고 적었다. 어머니는 돌아가시는 그날까지도 당신의 진짜 생일을 알지 못했다. 어머니가 진짜 생일에 생일잔치를 한 것은 돌잔치뿐이었다. 돌잔치라고 해봤자 가게 주인과 외할머니, 셋이서 미역국을 끓여 먹은 게 전부였지만. 마침내 냉장고가 텅 비었다. 외할머니는 아직 먹을 만한 김치까지도 모조리 버렸다. 냉장고에서 문을 닫으라는 신호음이 들렸다. 외할머니는 냉장고 플러그를 뽑았다. 오래된 냉장고였다. 어머니는 집에 들를 때마다 냉장고 좀 바꾸자, 하고 잔소리를 했다. 한번은 카탈로그를 가지고 와서 냉장고를 고르라고 조르기도 했다. "돌아가다 멈추면 그때 바꾸마." 외할머니는 말했다. 언제가 될지 모르지만 냉장고가 저절로 멈출 때까지 외할머니는 기다려주고 싶었다. 냉장고뿐만 아니었다. 세

탁기도, 텔레비전도, 가스레인지도, 모두 이십 년은 족히 넘은 것들이었다. 외할머니는 어머니의 생일이, 그러니까 당신이 가짜로 만들어준 그날이, 사실은 진짜라고 믿었다. 원래 출산예정일은 이틀 뒤였으니까. 만삭의 외할머니는 가게 일을 쉴 수가 없었다. 주방에서 설거지를 하는데 발밑으로 쥐가 지나갔다. 외할머니가 외마디 비명을 지르고 자리에 주저앉았다. 그때 양수가 터졌다. 만약 쥐 때문에 놀라지 않았다면 어머니는 예정일에 태어났을 것이고, 그랬다면 제대로 된 자신만의 사주를 갖게 되었을 것이다. 외할머니는 쓰레기봉지를 묶으면서 중얼거렸다. "그 쥐새끼만 아니었어도."

고모는 너무 바빠 슬퍼할 겨를도 없었다. '족발을 사랑하는 사람들'이라는 동호회 사람이 글을 남기면서 찾아오는 손님들이 더 많아졌다. 넋 놓고 앉아 있는 외할머니 때문에 신경쓸 일이 한두 군데가 아니었다. 외할머니는 3번 테이블 손님을 4번 테이블 손님으로 착각해서 계산을 했다. 하루 수입을 정산해보면 늘 오만원 이상이 비었다. 가게 벽에는 요리 프로그램에 나갔을 때의 사진이 걸려 있었다. 외할머니가 가운데 있고 그 양옆으로 고모와 어머니가 서 있는 사진이었다. 외할머니는 삶은 족발을 썰고 있었다. 액자는 외할머니가 앉은 카운터에서 정면으로 보였다. 외할머니는 사진을 보지 않기 위해 고개를 숙여야만 했다. 예전 같으면 가게를 둘러보다가 손님이 젓가락만 떨어뜨려도 재빨리 가져다주는 분이었다. 손님들에게 친절한 가게라는 평을 받았다. 하지만 외할머니는 여기 물 좀 주세요, 하고 손님이 소리쳐도 잘 듣지 못했다. 외할머니는 고모에게 액자를 떼었으면 좋겠다고 말했다. 고모는 어머니가 나오지 않는 화면을 찾아 다시 액자로 만들 생각을 했다가, 그런 생각을 하는 자신에 소스라치게 놀랐다. 고모는 액자를 떼어서 신문지로 쌌다. 그리고 집으로 가져와 학창 시절 아버지가 읽던 책 옆에 두었다. 액자가 걸렸던 자리에 네모나게 흔적이 남았다. 외할머니는 그 자리에 투명한 액자가 걸려 있다는 상상을 했다. 어머니가 어떤 웃음을 짓고 있었는지, 어머니의 오른손이 어떻게 도마를 만지고 있었는지, 앞치마의 무늬는 어땠는지, 모든 것이 생생하게 눈앞에 보였다. 사회자가 외할머니에게 고모와 어머니를 가리키면서 이 두 분은 누구세요? 하고 묻던 것도 기억났다. 그때 외할머니는 내 딸들이에요, 하고 대답했다. 하지만 지금 사회자가 묻는다면 외할머니는 그렇게 대답하지 않으리라. 외할머니는 종종걸음으로 주방과 홀을 왔다갔다하는 고모를 보면서 생각했다. 아무리 그래도 내 딸은 하나밖에 없으니까.

고모는 집에 오면 잠만 잤다. 어느 날 작은삼촌과 부엌에서 물을 마시다 마주쳤는데 작은삼촌이 오랜만이다, 하고 인사했다. 작은삼촌은 수염이 길고 얼굴이 까맣게 그을려 있었다. 그제야 고모는 작은삼촌과 얼굴을 마주한 게 세 달 만이라는 것을 깨달았다. 한집에서 어떻게 그럴 수가 있지. 고모는 미안한 마음에 작은삼촌의 뺨을 두 손바닥으로 쓰다듬으며 농담을 했다. "그사이 왜 이렇게 멋있어졌어? 모델 같네." 작은삼촌은 장례식이 끝난 후에 앨범 사이에 끼워둔 종이 한 장을 꺼냈다. 그것은 오래전 아버지가 집을 물려받지 않겠다고 쓴 서약서였다. 작은삼촌은 그것을 아직까지 간직했던 자신이 한심해졌다. 아버지가 여행에서 돌아온 후 작은삼촌은 혹시나

형이 약속을 취소한다고 하면 뭐라고 대답하지, 생각하곤 했다. 그동안 생활비를 번 것은 자신이었다. 하지만 아버지는 한 번도 작은삼촌에게 수고했다고 말하지 않았다. "이제부턴 내가 책임지마." 작은삼촌은 그 말을 기다리고 또 기다렸다. 작은삼촌은 식탁에 늘어놓은 사진들을 보면서 기껏 이딴 것을 찍으려고 그 먼 곳까지 간 거야, 하고 비웃었다. 소파에 누워서 케이블 텔레비전만 보아도 다 알 수 있는 것들이었다. 작은삼촌은 마라톤대회에 참가했다. 달리기라고는 팔 년 전인가 구 년 전인가 술에 취해 길을 걷다가 미친개에 쫓겨 뛰어본 것이 마지막이었던 삼촌이지만 그래도 하프코스를 완주했다. 완주를 마친 삼촌은 백화점에 가서 가장 비싼 운동복을 샀다. 러닝화도 샀다. 그리고 주말마다 삼촌은 운동장을 달렸다. 삼촌은 달리면서 막내로 태어나 장남이 되어버린 자신의 운명에 대해 생각했다. 아직 고등학생인 조카와 시집도 안 간 여동생을 영영 책임져야 할 것 같았다. 아버지는 그런 뜻이 없었지만, 작은삼촌은 그 대가로 집을 물려받은 셈이 되고 말았다.

작은삼촌은 나를 볼 때마다 잔소리를 했다. "선생님 말 잘 듣고." "머리는 감았니?" "단추를 위까지 채워라." 작은삼촌은 할머니가 잔소리를 할 때마다 그만, 하고 두 손으로 귀를 막던 사람이었다. 나도 작은삼촌의 잔소리를 들을 때마다 그만, 하고 두 손으로 귀를 막았다. 나는 속으로 결혼도 안 한 노총각이 갑자기 아버지 행세를 하려니 저런 거지, 하고 생각했다. 나는 자주 결석을 했다. 버스정류장까지 갔다가 몇 대의 버스가 지나가는 것을 본 다음 다시 집으로 돌아왔다. 그러곤 이층의 내 방으로 올라가 저녁때까지 숨어 있었다. 신발만 감추면 아무도 몰랐다. 할머니가 이층으로 올라오지 않은 지는 이미 꽤 오래되었다. 고모가 출근을 하고 나면 나는 고모 방과 작은삼촌의 방을 돌아다니며 서랍을 뒤져 옛날 일기나 수첩 따위를 찾아 읽었다. 작은삼촌은 멋진 스포츠카를 갖는 게 소원이었다. 작은삼촌은 행글라이더를 배우고 싶어했고, 피아노를 전공한 여자를 사귀고 싶어했다. 식구들 몰래 모은 돈으로 주식투자를 했다가 돈을 전부 날리기도 했다. 나는 커튼을 열지 않았다. 요를 펴지 않고 늘 맨바닥에서 잠을 잤다. 다시 태어나 내가 작은삼촌의 형이 되는 꿈을, 고모의 언니가 되는 꿈을 꾸었다.

결석이 잦아지자 담임선생님이 집으로 찾아왔다. 할머니는 냉장고를 뒤져 썩은 사과 두 알을 찾아냈다. 썩은 부분을 도려내니 몇 조각밖에 나오질 않았다. 커피는 굳어 있었다. 할머니는 뜨거운 물을 커피 통에 부어 간신히 커피 물을 우려냈다. 하지만 프림이 없었다. 할머니는 대신 설탕을 네 스푼이나 넣었다. 할머니가 좋아하는 커피의 비율은 커피 두 스푼, 프림 두 스푼 반, 설탕 세 스푼이었다. 커피를 마신 담임이 얼굴을 찌푸렸다. 담임은 단것을 싫어했다. 일곱 살 무렵에 집을 나간 엄마가 마지막으로 준 음식이 설탕물이었다. 담임은 두 동생들과 난방이 되지 않는 반지하방에서 설탕물을 마시며 아침이 되기를 기다렸다. 커피를 마시다가 담임은 이제는 얼굴조차 기억나지 않는 엄마를 떠올렸고, 그러고는 갑자기 무단결석을 한 나를 용서하기로 마음먹었다. "너무 걱정 마세요." 담임은 할머니를 위로했다. 비록 공부는 잘 못하지만 의젓한 데가 많은 아이라고 하자 할머니는 그건 맞아요, 하고 맞장구를 쳤다. "한번은 말이죠." 담임은 내가 몸이 불편한 아이를 업고 등교를 하는 것을 본 적이 있다고 말했다. 그렇게 말해놓고 담임은 그 아이가 나인지 아니면 나와 비슷하게 생긴 다른 아이인지 헷갈렸다. 학기 초였고 아직 반 아이들의 이름을 외우기 전의 일이었다. "성격이 꼼꼼해서 지우개밥도 함부로 바닥에 버리지 않더라고요." 담임의 말처럼 나는 글씨를 지우고 나면 지우개밥을 책상 한구석에 모아두었다. 수업시간이 지루할 때마다 나는 지우개밥을 동그랗게 말아 가지고 놀았다. 할머니는 담임선생님에게 다시는 결석을 못하게 하겠노라고 말했다. 그리고 허리를 구십 도 굽혀 인사를 했다.

담임선생님이 돌아가자 할머니는 작은삼촌에게 전화를 걸어 그동안 내가 결석을 하고 있었다고 말을 했다. 작은삼촌은 거래처 사람들과 저녁약속이 있는 것도 취소를 하고 집으로 달려왔다. 작은삼촌은 배신감을 느꼈다. 작은삼촌은 매일 아침마다 나와 버스정류장까지 나란히 걸어갔다. 작은삼촌은 조카와 같이 버스를 기다리는 일이 좋았다. 그것 때문에 매일 회사에 십오 분씩 늦었고 늘 부장의 잔소리를 들어야 했지만 그래도 포기할 수 없는 행복이었다. 작은삼촌은 내게 둘 중 하나를 선택하라고 했다. "첫째, 학교를 안 갈 거면 하루에 삼만원 이상씩 벌어올 것. 둘째, 돈 벌 자신이 없다면 매일 이십 킬로미터씩 달리기를 할 것." 할머니는 학교에 가지 않는 나를 이해할 수 없었다. 할머니의 소원은 학교에 다녀보는 것이었다. 하지만 할머니는 그런 이야기를 내게 하지 않았다. 자식 넷을 키워본 결과 절실한 이야기들은 잔소리가 되기 쉬웠다. "좋아." 내가 말했다. "외할머니한테 취직시켜달라 그럴 거야." 나는 원래 일요일에는 학교에 가지 않으니까 돈도 일주일에 육 일만 벌겠다고 말했다.

외할머니는 조금이라도 꾀를 부리면 일당을 주지 않겠다고 으름장을 놓았다. 내가 일을 하기 시작한 후로 고모는 설거지를 하지 않았다. 고모는 일부러 음식물쓰레기를 바닥에 버렸다. 손님이 먹던 음식에서 머리카락이 나오자 고모는 그 머리카락이 내 거라고 우겼다. "내 머리카락은 길어. 억울하면 DNA 검사를 하든가." 외할머니는 일당에서 만팔천원을 제했다. 손님에게 음식값을 받지 못했으니 그걸 내가 대신 내야 한다는 것이었다. "치사하다." 나는 행주를 바닥에 던졌다. "행주값 천원도 뺀다." 분명히 족발을 시킨 손님이 음식이 나오자 보쌈을 시켰다고 우겼다. 외할머니 혼자 장사를 할 때부터 드나들던 단골이었다. 할 수 없이 다시 보쌈을 내왔고, 외할머니는 족발값을 또 내 일당에서 뺐다. 고모는 점심 저녁으로 매일 똑같은 밥을 주었다. 콩나물국에 김치가 전부였다. "외할머니네 콩나물국이 최고야, 하고 넌 늘 말했어." 외할머니가 콩나물국에 밥을 말아 드시면서 말했다. 일주일 만에 나는 일을 그만두었다. 일주일 동안 일당 삼만원을 온전히 받은 날은 하루밖에 되지 않았다. "힘들어서가 아니야. 치사해서지." 나는 작은삼촌에게 차라리 달리기를 하겠다고 말했다. 매일 출근을 하는 삼촌이 어떻게 달리기를 감시할 수 있겠어, 하고 나는 생각했다. 삼촌은 내가 달리기를 하겠다고 하자 퇴근길에 등심 두 근을 사왔다. 할머니는 고기를 몇 점 먹지 않았다. "내일부터 힘들 텐데 너나 많이 먹어라." 할머니는 말했다.

밥을 다 먹은 후 작은삼촌은 내게 지도 한 장을 주었다. “이 길로 달리면 딱 이십 킬로미터가 돼.” 작은삼촌은 말했다. 지도에는 중간중간에 붉은 별 표시가 되어 있었다. “이게 뭐야, 삼촌?” 그러자 삼촌이 말했다. “네가 달렸는지 안 달렸는지 어떻게 알겠니. 내가 그 가게 주인들에게 말해놓았으니까 거길 지날 때마다 사인을 받아 와.” 방금 먹은 고기를 뱉어내고 싶은 심정이었다. 부러졌던 새끼발가락이 아직도 욱신거린다고 말하고 싶었지만 참았다. 담벼락을 발로 걷어차면서 돌 틈에 낀 이끼를 향해 한없이 침을 뱉는 그런 아이가 되고 싶은 생각이 들었다. 나는 삼촌이 준 지도를 반으로 접었다. 그리고 다시 반으로 접어 주머니에 넣었다.

아침에 일어나보니 머리맡에 운동화와 운동복이 보였다. ‘깨끗하게 빨았다.’ 옷 위에 메모가 놓여 있었다. 전날 밤, 작은삼촌은 신발장에서 내 운동화를 꺼내 살펴보았다. 무엇인지 갈색의 끈끈한 액체가 묻어 있었다. 자판기 커피를 마시다 흘린 자국이었는데, 작은삼촌은 혹시 피일지 모른다는 생각에 손가락에 침을 묻혀 닦아보았다. 작은삼촌은 신발 사이즈를 보고는 자신과 똑같다는 사실에 깜짝 놀랐다. 이제 내년이면 나보다 더 큰 신발을 신겠네. 세 형제들 중에서도 작은삼촌의 발이 가장 컸다. 작은삼촌은 카펫을 걷어내고 거실 한가운데 희미하게 남아 있는 내 첫 발자국을 찾아냈다. 그리고 양말을 벗은 뒤 맨발을 그 위에 대보았다. 지하철역에서 보았던 어떤 풍경이 떠올랐다. 여자는 맨발로 지하철을 기다리고 있었다. 작은삼촌이 여자의 옆에 섰다. 삼촌이 고개를 숙여 여자의 발을 내려다보니 여자가 말했다. "제 발이랑 딱 맞아요. 마치 이 발을 대놓고 그린 것처럼." 여자가 줄을 서라는 표시로 그려놓은 발바닥 그림에 자신의 발바닥을 올려놓았다. 바닥에 그려진 발바닥 위에 여자의 발이 포개졌다. 지하철이 다가왔다. 그 순간 삼촌은 저도 모르게 여자의 옷을 잡아당겼다. 여자가 삼촌을 보았다. 잠시 후, 삼촌의 놀란 눈빛을 뚫어지게 보던 여자가 깔깔거리며 웃었다. "저 안 죽어요. 안 뛰어든다고요." 삼촌은 그 사건 이후로 지하철을 탈 때마다 항상 같은 자리에 서서 여자를 기다렸다. 한 번도 다시 만난 적은 없지만. 혹시 만나게 되면 커피 한잔하실래요, 하고 말하겠다고 삼촌은 다짐했다. 작은삼촌은 자신이 처음으로 마라톤대회에 나갔을 때 신었던 운동화를 빨았다. 칫솔로 운동화를 빨다가 삼촌은 그 칫솔이 아버지가 쓰던 것일지도 모른다고 생각했다. '형, 애 발이 이렇게 자랐어. 형보다 발이 큰 아들을 둔 기분이 어때?' 작은삼촌은 중얼거렸다. 삼촌은 밤새 드라이어로 운동화를 말렸다. 그리고 자고 있는 내 머리맡에 운동화와 운동복을 두었다. 방을 나가기 전에 삼촌은 내 옆에 누워보았다. 자신이 나보다 조금 더 크다는 사실에 안도의 한숨을 쉬었다. 내가 쪼그리고 잔다는 것은 생각도 못한 채.

처음 삼 킬로미터 정도는 뛰는 게 즐거웠다. 부러졌던 새끼발가락에서 통증이 느껴질 때마다 지금 내가 무엇을 하는 거지? 하는 질문이 선명하게 떠올랐다. 하지만 그 질문에는 어떤 대답도 할 수가 없었다. 대답을 생각하기에는 숨이 너무 가쁜 탓이라고 스스로에게 변명을 해보았다. 제자리에 서서 숨을 고를 때에도 대답은 떠오르지 않았다. 삼촌이 말해준 첫번째 가게로 들어갔다. 편의점이었다. 점장이 웃으면서 종이에 사인을 해주었다. 나는 삼각김밥을 하나 사먹었다. 걷다 뛰다를 반복하며 두번째 가게에 도착했다. 도장 가게였다. 가게 주인이 거의 걸어오더구먼, 하고 말했다. "도장을 찍어줄 수 없어. 다시 뛰어와." 그렇게 말하고 가게 주인은 다시 도장을 파기 시작했다. 나는 운동복의 윗도리를 벗어 땀에 젖은 러닝셔츠를 보여주었다. "이것 봐요. 뛰었단 말이에요." 그래도 가게 주인은 아무 말 없이 도장만 팠다. 한참이 지나서야 종이 줘봐, 하고 가게 주인이 말했다. 편의점 점장의 사인 아래에 방금 판 도장을 찍었다. "잘 파졌네." 세번째 가게로 가는 길은 공사중이었다. 나는 약국 건물에 기대어 서서 하수관을 놓는 것을 구경했다. 저것들이 집집마다 연결되어 있다니. 나는 땅 밑의 세상만 그린 지도가 있다면 얼마나 재미있을까, 하고 생각했다. 떡볶이 포장마차에서 사인을 받으니 지도의 반이 지났다. 떡볶이 아줌마는 내게 어묵국물을 공짜로 주었다. 아줌마는 어쩌다 그랬니, 어쩌다가, 하고 중얼거리면서 주걱으로 떡볶이를 저었다. "뭐가요?" 나는 어묵국물을 한 국자 더 마시면서 물었다. "친구를 때려 이가 네 개나 나갔다며. 네 삼촌이 합의금으로 이천만원이나 들었다고 하더라." 떡볶이 아줌마는 한심하다는 듯이 나를 보았다. 비록 길거리에서 떡볶이 장사를 하지만 쌍둥이인 두 아들은 전교 1, 2등을 놓고 서로 싸울 정도로 공부를 잘한다고 했다. "너도 참, 얼른 뛰어라." 달리다 뒤를 돌아보니 떡볶이 아줌마가 내 뒷모습을 계속 바라보고 있었다. 내가 손을 흔들자 국자를 든 손을 흔들었다. 네번째 사인을 받을 곳은 약국이었다. 약국 주인은 내게 박카스 한 병을 주었다. 자기도 학창 시절에 부모속을 많이 썩였다며 나이들어 후회할 짓은 하지 말라고 잔소리를 했다. 나는 박카스를 따지 않고 다시 돌려주었다. 마지막 가게에 도착할 때까지는 걸어야 했다. 무릎이 시큰거려 도저히 뛸 수가 없었다. 부모님은 여행을 가면 그 도시에서 열리는 마라톤대회를 구경하곤 했다고 했다. 전 세계 어디를 가도 달리는 모양은 똑같다고 아버지는 말했다. 우는 모습, 웃는 모습, 그리고 달리는 모습은 같은 법이라고. 나는 걷다 말고 길가에 쪼그리고 앉아서 아버지의 얼굴에 점이 몇개 있었는지, 어머니 쌍꺼풀이 왼쪽이 더 짙었는지 오른쪽이 더 짙었는지를 생각해보았다. 하지만 전혀 생각나지 않았다. 내가 세 살인가 네 살 무렵에, 저 풀은 강아지풀이라고 한단다, 말해주던 아버지의 목소리만 생생하게 떠올랐다. 차가운 내 손을 잡고 입김을 불어주던 어머니의 붉게 상기된 두 볼도 기억났다. 아버지의 첫사랑은 어머니였을까? 영영 알 수 없는 질문을 던져보기도 했다.

달리기를 시작한 지 두 시간 십 분 만에 마지막 사인을 받을 가게에 도착했다. 앞치마를 두른 아주머니가 혼자 앉아 칼국수를 먹고 있었다. 문에는 종이 달려 있어서 내가 들어오는 소리가 들렸을 텐데 아주머니는 뒤를 돌아보지 않았다. 나는 아주머니 앞으로 다가가 종이를 내밀었다. "사인해주세요." 겉절이김치를 반으로 찢던 아주머니가 놀라 젓가락을 놓쳤다. "누구?" 아주머니가 물었다. "달리는 사람이요. 삼촌이 부탁했을 텐데." 아주머니는 내 말을 알아듣지 못했다. 할 수 없이 나는 친구를 때려 이를 네 개나 부러뜨린 놈이요, 하고 말했다. 아주머니가 깔깔거리며 웃었다. "김사장이 말한

애가 너구나." 아주머니는 바닥에 떨어진 젓가락을 주워 앞치마에 대충 닦고는 다시 칼국수를 먹기 시작했다. 나는 아주머니가 칼국수를 다 먹을 때까지 맞은편에 앉아서 기다렸다. 아주머니는 그릇을 들어 국물까지 다 마셨다. "사람 패는 놈은 굶겨야 해. 그래야 주먹에 힘이 빠지지." 그렇게 중얼거리더니 아주머니는 가게 문을 열고 밖으로 나갔다. 나는 종이를 반으로 접고 또 접었다. 그리고 다시 펼쳐 맨 아래에 아무 사인이나 그렸다. 생각해보니 삼촌이 사인까지 알 리는 없었다. 삼촌이 거짓말을 했으니 나도 거짓말을 하는 거야. 가게를 나서려는데 젓가락 그림이 그려진 티셔츠를 입은 청년이 들어왔다. "주인 없어요." 내가 말했다. 그러자 청년이 말했다. "내가 주인인데." 청년은 아주머니가 앉았던 테이블로 가더니 빈 그릇을 들었다. 그릇 아래에 오천원이 있었다. "에이, 팁 좀 주고 가시지." 청년은 돈을 주머니에 넣더니 티셔츠와 똑같은 그림이 프린트된 앞치마를 둘렀다. "너 주머니에 돈 얼마 있어?" 청년이 물었다. 갑작스런 질문에 놀란 나는 주머니에 손을 넣고는 있는 돈을 다 꺼내 보였다. 천오백원이 있었다. "천오백원밖에 없는 놈이 이천만원짜리 이를 날려?" 청년은 내가 들고 있는 종이를 빼앗다시피 가로채 종이의 반을 차지할 정도로 커다랗게 사인을 했다. 나는 속으로 굶어 죽더라도 이 가게에서 음식은 안 사먹는다고 다짐을 했다. 가게를 나와 집을 향해 걷기 시작하는데 누군가 앞에서 큰 소리로, 달려야지! 하고 외쳤다. 신호등 옆에 돗자리를 펼쳐놓고 나물을 파는 아주머니였다. 조금 전에 칼국수를 먹던. 나는 보란 듯 그 앞을, 천천히, 걸어갔다.

작은삼촌은 퇴근을 하자마자 내 운동화부터 살펴보았다. "정말 달렸네." 나는 작은삼촌에게 사인받은 종이를 주었다. "두 시간 삼십 분 걸렸어." 나는 자랑스럽게 말했다. 작은삼촌이 종이를 보더니 맨 아래에 있는 사인을 가리키며 말했다. "이거 니가 몰래 하려다 실패한 거지?" 할 말이 없어진 나는 작은삼촌에게 조카를 폭력청소년으로 만들어서 좋았냐고 되물었다. 사실대로 말하려다가 작은삼촌이 거짓말쟁이가 될까봐 꾹 참았다고 나는 덧붙였다. 내 뒤통수를 때릴 줄 알았지만 작은삼촌은 예상과 달리 내 두 손을 잡고는 미안해, 하고 말했다. "불쌍한 놈이 되는 것보다는 한심한 놈이 되는 게 더 나을 것 같았어." 작은삼촌이 말했다. 나는 햇볕에 그을린 작은삼촌의 얼굴을 보았다. "작은삼촌!" 나는 조용히 불러보았다. 작은삼촌이 왜? 하고 대답했다. 나는 고개를 저었다. 그리고 속으로 작은삼촌, 작은삼촌, 하고 두 번을 더 불러보았다. 영원히 작은삼촌이라고 불려야 한다는 것을 어떻게 참고 있었을까. 또 고모가 막내오빠라고 부를 때마다 어떻게 견뎠을까? 내겐 이젠 삼촌이 한 명밖에 남지 않았고 고모에게도 오빠는 한 명밖에 남지 않았는데, 왜 우리는 삼촌, 오빠, 라고 부르지 않는 걸까. "사인한 종이, 선물로 줄게요." 나는 작은삼촌에게 학교에 가겠다고 약속을 했다. 학교도 가고 일요일마다 달리기도 하겠다고 나는 말했다.

17

다시 학교에 가니 내 책상이 없어졌다. 그사이 전학생이 생겼고, 무단결석을 하는 내 자리를 전학생에게 내준 것이었다. 며칠 후 새 책상이 도착했지만 전학생은 쓰던 책상이 좋다며 자리를 옮기지 않았다. 그래서 내가 다시 학교에 갔을 때 교실에 빈자리라고는 아직 톱밥 냄새가 남아 있는 듯한 새 책상밖에 없었다. "이건 원래 내 책상이야. 바꿔줘." "싫어." 전학생이 말했다. 책상 위에는 내가 일 년 동안 공들여 그린 그림이 있었다. 새학기가 시작되었을 때, 새벽 다섯시에 등교를 해 옛 교실에서 옮겨오기까지 했던 책상이었다. 졸업을 할 때 집으로 가져갈 마음까지 먹고 있었다. "이게 뭔지 알아?" 나는 네시 사십분에 멈춰 있는 시계 그림을 가리키며 물었다. "글쎄, 새벽 네시는 아닌 것 같고. 혹시 학교에서 뛰쳐나가고 싶은 시간?" 전학생은 오후 네시가 넘어 해가 기울기 시작할 때가 되면 이상하게 교실을 박차고 나가고 싶은 생각이 들었다. 먼저 다니던 학교는 언덕에 있었는데, 오후 네시가 되면 아래로 보이는 동네의 지붕들이 그렇게 아름답게 보일 수가 없었다. 어느 집 옥상에는 마른 빨래가 바람에 펄럭였고 그러면 그림자도 같이 펄럭였다. 전학생은 그때마다 눈을 비볐다. 빨래의 그림자가 보일 정도로 가까운 거리가 아니었는데도 선명하게 그림자가 보였다. 그러다가 빨래가 바닥으로 툭 하고 떨어지기라도 하면 저도 모르게 벌떡 자리에서 일어났다. "뭐야?" 선생님이 놀라 물으면 대답할 말이 없어진 전학생은 화장실 좀, 하고 거짓말을 했다. 전학생은 이사를 오면서 새로 갈 학교는 평지에 있었으면 좋겠다고 생각했다. 창밖으로는 그저 텅 빈 운동장만 보였으면 좋겠다고. "아니야. 수업하다 말고 어딜 뛰쳐나가!" 나는 전학생에게 틀렸으니 내 책상을 돌려달라고 말했다. 전학생이 새 책상으로 자리를 옮기면서 좋아, 오늘만 봐준다, 하고 중얼거렸다.

전학생이 말한 것처럼 다음날 학교에 가보니 다시 책상이 바뀌어 있었다. "억울하면 일찍 와서 가져가." 전학온 지 이틀 만에 시험을 치르게 된 전학생은 기대 이상의 성적을 냈다. 모르는 문제가 나올 때마다 내가 책상 귀퉁이에 그린 주사위들로 답을 찍었고, 놀랍게도 찍은 문제가 거의 맞았다. 책상 오른쪽에 주사위들을 그려놓은 것은 전학생이 한 것처럼 시험문제의 답을 찍기 위해서였다. 주사위는 모두 열두 개였는데, 순서에 상관없이 무작위로 그려놓았다. "너도 이걸로 시험문제 찍지?" 전학생이 물었다. 나는 대답하지 않았다. "주사위 숫자가 1부터 4까지밖에 없는 걸 보고 알았어." 나는 무엇인가를 결정해야 할 때마다 주사위를 손가락으로 짚어가며 어느 것을 할까요, 알아맞혀보세요, 라고 중얼거리곤 했다. 주사위 그림 위로 연필을 굴려 멈춘 숫자를 적기도 했다. "그럼 너도 새 책상에 주사위를 그려." 내가 말했다. "싫어, 이 책상이 운이 좋은 거라고." 전학생은 모든 사물에는 다 거기에 맞는 운명이 깃들어 있는 법이라고 생각했다. 그것은 삼 대째 물려받은 어머니의 바늘쌈지를 보면서 든 생각이었다. 그 쌈지를 물려받은 여자는 단 한 명도 행복하게 살지 않았다. 그것은 그 여자들의 운명이 아니라 바늘쌈지의 운명이라고 전학생은 생각했다. 하지만 내 책상이 얼마나 운이 없는 물건인지 전학생은 모르리라. "내일은 내가 다시 찾아올 거야." 나는 톱밥 냄새가 날 것 같지만 실은 전혀 톱밥 냄새가 나지 않는 새 책상 앞에 앉았다. 책상이 조금 더 커진 듯한 느낌이었다. 나도 모르게 낙서를 했다가 지우개가 반이 닳도록 지우고 또 지웠다.

아침도 먹지 않고 등교를 하겠다는 나를 보고 작은삼촌은 학교에 가는 게 맞는지 의심을 했다. 학교에 도착하니 전학생이 벌써 와 있었다. 만날 코피를 쏟지만 반에서 10등 안에도 못 드는 녀석과 전학생, 단둘이 교실에 앉아 있었다. "두고 봐." 다음날, 간발의 차이로 책상을 찾아왔다. 책상을 차지하기 위해서 우리는 한 달 내내 일찍 등교를 했다. 물론 코피를 쏟는 녀석을 이기지는 못했지만. "저 녀석은 도대체 언제 오는 거야?" "혹시 학교에서 사는 게 아닐까?" 한 달이 지나자, 천성이 게으른 우리들은 책상 하나 때문에 아침 단잠을 포기한다는 게 얼마나 어리석은 짓인지를 깨달았다. "앞으론 가위바위보로 결정하자." 전학생이 말했다. "좋아. 내가 하고 싶은 말이야." 내가 대답했다. 우리는 그후로, 졸업을 할 때까지 지각을 밥 먹듯이 했다. 그리고 매일같이 가위바위보를 해서 책상을 바꾸었다.

전학생은 열여섯 살 때 짝사랑에 빠진 적이 있었다. 눈이 내리는 겨울이었다. 잠결에 무슨 소리가 들리는 것 같아서 깨어보면 사방이 너무나 고요한 그런 날이었다. 자신을 깨운 게 소리가 아니라 침묵이었다는 것을 알아차린 전학생은 홀로 낯선 공간에 버려진 듯한 기분이 들었다. "그런 날은 창문을 열어보면 영락없이 눈이 내리고 있었어. 그것도 함박눈이." 아직 해가 뜨기 전이었지만 사방이 환했다. 멀리 눈 덮인 비닐하우스들을 보고 있자면 마치 언 호수 위에 쌓인 눈을 보는 것 같은 기분이 들었다. 전학생은 아침이 될 때까지 창문을 닫지 않았다. 눈이 방 안으로 들이칠 수 있도록. 하지만 바람 한 점 불지 않는 날이었고, 단 몇 개의 눈송이만이 창틀 위에 내려앉았다가 이내 녹았다. 전학생은 아버지가 입다가 물려준 잠옷을 보았다. 보라색 줄무늬였는데, 화장실에 갈 때마다 밑단을 밟아 넘어질 뻔한 적이 한두 번이 아니었다. "언젠가는 자랄 거잖니." 전학생의 어머니는 그렇게 말하고는 밑단을 줄여주지 않았다. 처녀 시절에는 쇼핑을 즐기던 여자였는데, 결혼을 한 뒤에는 립스틱 하나로 오 년을 버티게 되었다. "우리 아버지가 말도 못하게 짠돌이거든."

가스비가 평소보다 천원만 더 나와도 이유를 따지는 남편을 볼 때마다 전학생의 어머니는 첫사랑의 남자와 결혼을 하는 게 더 나았을지도 모른다는 생각을 했다. 첫사랑의 남자는 술만 취하면 사람들에게 시비를 걸었다. 사람이 보이지 않으면 애꿎은 입간판들을 부숴다. 옆자리 남자들이 자신을 보고 웃었다며 이 두 개를 부러뜨린 적도 있었다. 코밑에 붙어 있는 밥풀 때문에 웃음이 나왔다고, 이가 부러진 사람이 말했다. 전학생의 어머니는 남자의 인중에 밥풀이 붙어 있는 것을 보고서도 말하지 않았다. 음식을 다 먹은 후 웃으면서 얼굴에 밥풀이 묻은 것도 몰랐지! 하고 골려줄 생각이었다. 시골에 계신 남자의 부모님이 소를 팔았다. 전학생의 어머니는 사람을 팰 때마다 소를 판다면 나중에 집도 팔게 될지 모른다는 생각이 들었다. 그래서 남자에게 헤어지자는 편지를 보냈다. 남자가 몇 번 집으로 찾아왔지만 만나주지 않았다.

전학생은 잠옷 단을 접은 후 방에서 나왔다. 어머니가 아침밥을 하고 있었다. "엄마, 눈 와요." 전학생이 말했다. 어머니는 대답이 없었다. "엄마!" 그러자 어머니가, 왜, 세수하게 보일러 틀어줘? 하고 대답했다. 전학생은 쌀을 씻고 있는 어머니에게 다가가 그릇을 빼앗았다. "이리 와보세요." 전학생은 어머니의 손을 잡고 거실 창 앞으로 갔다. "이것 봐요. 눈이 와요. 저기 호수에도 눈이 쌓였어요." 전학생은 멀리 비닐하우스가 있는 곳을 가리키며 거짓말을 했다. "정말! 언제부터 호수가 있었지?" 어머니가 말했다. 이사를 온 지 오 년이 넘었건만 전학생의 어머니는 거실 창으로 밖을 내다본 적이 별로 없었다. 아침에 일어나면 밥을 해야 했고, 마트로 출근을 해서 하루 종일 계산을 해야 했다. 퇴근을 하고 돌아오면 밖은 늘 깜깜했다. 전학생은 호수에 가면 오리들도 볼 수 있다고 말했다. 그때 뜬금없이 어머니가 첫사랑에 대해 말을 했다. 오리배를 자주 탔다고. 군고구마가 식지 않도록 가슴에 품고 온 적도 있었다고. "성공을 하면 내 이름으로 된 빌딩을 지어주겠다고 했는데." 그때, 방에서 아버지가 나왔다. "밥 안 하고 뭐해." 아버지가 말했다. "아버지, 오늘 아침은 빵을 먹어요. 제가 사올게요." 전학생이 말했다. 전학생의 아버지는 부모님이 돌아가시던 날을 빼고는 아침밥을 거른 적이 없는 사람이었다. "너나 먹어라. 난 밥." 전학생이 아버지에게 눈이 내려요, 하고 말했다. "이런 날까지 엄마가 밥을 해야겠어요?" "그럼 저 북극에 사는 사람들은 누가 밥을 하나! 거긴 종일 눈이 내릴 텐데." 아버지가 더 말하기 귀찮다는 듯 손을 내저었다.

전학생은 방으로 들어가 옷을 입었다. 밖으로 나온 전학생은 가게에 들어가 유통기한이 지난 소보로빵을 하나 샀다. 빵을 주머니에 넣고 하염없이 걸었다. 얼마쯤 걷다 뒤돌아보면 흰 눈 위에 자신의 발자국만 보였다. 한참을 걸어 비닐하우스가 있는 곳에 도착을 했다. 전학생은 문이 잠겨 있는 비닐하우스를 기웃거렸다. 그러다가 자물쇠가 채워지지 않은 비닐하우스 한 동을 발견했다. 버섯을 재배하는 비닐하우스였다. 전학생은 구석으로 가서 플라스틱 의자에 앉아 빵을 먹었다. 비닐하우스 안은 더웠다. 금방 속옷이 땀에 젖어 축축해졌다. 바지 안에 잠옷을 입은 것을 이내 후회했다. 이대로 죽게 된다면, 병원 간호사들이 이틀이나 갈아입지 않은 팬티와 무릎이 튀어나온 잠옷을 보고 웃을지도 모른다는 생각이 들었다. 그러자 저도 모르게 눈물이 나왔다. 빵을 먹다 말고 가슴을 쳤다. 무슨 버섯인지 모르지만, 전학생은 나무에 자라는 버섯 하나를 따서 먹었다. 몇 번 씹다가 이내 바닥에 뱉었다. 밖으로 나온 전학생은 집을 향해 달렸다. 가게 주인들이 문 앞에 쌓인 눈을 쓸고 있었다. 누군가 이런 날도 운동을 하는구나, 하고 말했다. 또 누군가는 넘어지지 않게 조심해라, 하고 말해주었다. 전학생은 십자수가게 앞에서 눈을 쓸고 있는 여자를 보았다. 여자의 빗자루에 발이 걸려 넘어질 뻔했다. "어머." 여자가 전학생의 팔을 잡았다. 언젠가 전학생은 십자수를 하는 여자를 본 적이 있었다. 여자의 옷은 앞가슴이 깊게 파여 있었고, 여자가 고개를 숙여 수를 놓을 때마다 가슴골이 보였다. 전학생은 빨간 목도리를 한 여자를 보자 몰래 훔쳐보았던 가슴이 떠올랐다. 갑자기 심장박동이 빨라졌다. 안녕하세요, 하고 인사를 하려 했지만 전학생은 자기도 모르게 에취, 하고 기침을 했다. 전학생은 감기에 걸려본 적이 없었다. 감기 걸렸니? 하고 여자가 묻자 전학생이 다시 에취, 하고 대답했다. 따뜻한 물이라도 마시고 가지 않겠냐고 여자가 권했을 때 전학생은 괜찮아요, 하고 대답하려 했지만 역시 에취, 하고 기침이 나왔다. 여자는 휴대용 가스레인지 위에 손잡이가 녹아버린 주전자를 올려놓았다. 탁자 아래에서 네모난 상자를 꺼냈다. 거기에 있는 다양한 종류의 차들 중에서 여자는 신중하게 하나를 골라냈다. 여자가 목도리로 주전자 손잡이를 감싼 다음에 물을 따랐다. 전학생은 여자의 생일에 멋진 주전자를 선물하리라, 생각했다. 그러다 문득 여자의 생일은 영영 알 수 없게 될 것이라는 사실을 깨닫게 되었고, 아주 잠깐 동안이지만 실연의 상처가 어떤 것인지 알 것도 같았다. 전학생은 차를 한 모금 마셨다. 금세 가슴속이 환해졌다. "감기에 좋은 차야." 여자가 말했다. 전학생은 차를 두 모금 만에 다 마시고는 자리에서 일어났다. 아무 인사도 하지 못하고 가게 문을 열고 도망치듯 밖으로 나왔다. 전학생은 지독한 독감에 걸리고 싶었다. 점퍼를 벗고 전학생은 달렸다. 눈발이 다시 날리고 있었다. 사실은 눈이 내리는 것이 아니라 나뭇가지에 쌓여 있던 눈들이 바람에 날리는 것이었지만, 전학생은 그 사실을 몰랐다. 달리면서 입을 크게 벌렸다. 입속으로 눈들이 들어왔다. 환해졌던 가슴속이 더 환해지는 것만 같았다. 마침내 집에 거의 도착했을 때 전학생은 횡단보도 앞에 서서 숨고르기를 했다.

전학생은 횡단보도를 건너다 도로 한가운데서 넘어졌다. 멀리서 달려오던 차 한 대가 전학생의 앞에 멈추었다. "그때 오른쪽 다리가 부러졌어. 여기 새끼손가락하고." 전학생이 내게 오른쪽 새끼손가락을 보여주었다. 자세히 보면 약간 휜 것처럼 보였다. 전학생의 이야기를 들으면서 나는 어떤 일이 있어도 발가락이 부러진 이야기는 하지 않을 거라고 결심을 했다. 깁스를 한 전학생은 부끄러워 견딜 수가 없었다. 눈에 미끄러져서 넘어진 것도 아니었고 달리기를 하다 넘어진 것도 아니었다. 적어도 눈이 오는 날 다리가 부러졌다면 조금 더 근사한 핑곗거리가 있어야 하는 법이라고 전학생은 생각했다. 전학생이 넘어진 이유는 누군가 먹다 버린 사과를 밟았기 때문이었다. 사과는 혼자 사는 회사원이 출근길에 먹던 것이었다. 회사원은 그즈음 얼굴이 푸석해진 느낌이 들었다. 그래서 매일 과일을 먹겠다고 새해 결심을 세웠다. 사과를 한 박스 구입했고, 버스정류장까지 걸어가는 동안 사과를 한 알씩 먹었다. 하지만 전학생이 넘어진 날 먹었던 사과는 썩어 있었다. 반쯤 먹다 말고 회사원은 사과를 길가에 버렸다. 영어학원에 가던 고등학생이 보도블록에 버려진 사과를 발로 걷어찼다. 그렇게 해서 먹다 남은 사과가 횡단보도 한가운데까지 굴러온 것이다.

자린고비 아버지였지만 그래도 다친 아들을 위해서 1인용 의자를 사주었다. 등받이를 뒤로 젖히면 발걸이가 앞으로 나오게 되어 있는 의자였다. 전학생은 의자에 앉아서 멀리 비닐하우스에 쌓인 눈들이 녹는 것을 보고 또 보았다. 깁스를 풀면 가장 먼저 십자수가게로 달려가리라고 생각했다. 가서 가슴이 환해지는 차를 한잔 더 달라고 말을 하리라. 전학생은 아버지가 사준 의자에 누워 계절이 바뀔 때마다 여자와 소풍을 가는 꿈을 꾸었다. 창밖을 보며 실없이 웃는 아들 때문에 전학생의 어머니는 한약을 한 제 해먹여야 하는 것은 아닌지 고민을 했다. 전학생의 어머니는 아들에게 한약을 지어주기 위해서 하루에 두 시간씩 연장근무를 시작했다. 마침내 봄이 되고 전학생은 깁스를 풀었다. 전학생은 절뚝이며 십자수가게로 걸어갔다. 유리창 청소를 하고 있던 여자가 전학생을 보자 말했다. “어머, 너 왜 이렇게 뚱뚱해졌니?” 전학생도 여자를 보는 순간 말했다. “머리는 왜 잘랐어요?” 머리를 자르자 여자는 십 년은 더 늙어 보였다. 전학생은 가슴이 환해지는 차를 마시지도 않고 집으로 돌아왔다. 고작 머리카락 하나 때문에. 전학생은 주먹으로 자기 머리를 때렸다. “그러니까 그때 난 알았어. 내가 시시한 놈이라는 것을.” 전학생이 말했다. 나도 그래, 하고 나는 속으로 대꾸했다.

전학생과 나는 학교 앞에서 왕만두를 자주 사먹었다. 왕만두를 반으로 갈라, 뜨거운 김이 허공에 서서히 퍼지는 것을 구경하는 일이 전학생은 세상에서 세번째로 좋다고 했다. "두번째와 첫번째는?" "비밀." 전학생은 말했다. 나는 전학생에게 오래전부터 떠도는 만둣집의 소문에 대해 말해주었다. "이 가게의 만두가 맛있는 이유는……" 내가 말하려고 하자 갑자기 전학생이 내 입을 막았다. "일단 시킨 음식을 다 먹은 후에 이야기해줘. 그리고, 사람 고기는 아니겠지?" 전학생이 급히 왕만두 네 개를 먹었다. "이 만두의 소는 바로 이 옆 식당에서 버린 음식물 찌꺼기래." 나는 그 이야기를 고등학교 일학년 때 짝에게 들었다. 무엇인가를 끼적이는 것을 좋아하는 짝은 삼십 년의 전통을 자랑하는 문학부에 가입을 했다. 그랬더니 선배들이 만둣집에 관해 떠도는 소문을 들려주고는 신입생들에게 신고식이라며 만두를 먹였다고 했다. 만둣집 옆 식당은 부대찌개를 팔았는데, 두 집의 사장이 부부라는 소문도 있었다. 두 가게 사장이 일요일이면 늘 같은 돈가스집에 들러 점심을 먹는 것이 종종 목격되었다. 전학생이 입맛을 다시더니 햄 맛은 전혀 안 느껴지는데, 하고 말했다.

만둣집의 비밀을 이야기한 지 며칠이 지나서 전학생은 낡은 캠코더를 하나 가지고 왔다. "어디서 났어?" "훔쳤어. 그건 그렇고 오늘 수업 끝나고 남아." 전학생이 말했다. 전학생은 만둣집 소문을 파헤치기만 하면 엄청난 뉴스가 될 거라고 말했다. 나는 유명 족발집 손자로서 식당을 염탐하는 일은 하고 싶지 않다고 대답했다. "텔레비전에 돈을 주고 팔 수도 있어. 꽤 받을지도 몰라." 곧 할머니의 생일이 다가온다는 것이 생각났다. 모아놓은 돈은 하나도 없었다. "그럼 이번 한 번만이다." 나는 마지못해 승낙하는 척을 했다. 우리는 가게의 뒷문 쪽에 숨었다. 두 가게는 뒷문이 나란히 붙어 있었다. 전학생이 라면박스 두 개를 가져왔고 우리는 그걸로 몸을 가렸다. 검은 쓰레기봉지 사이로 고양이들이 지나갔다. 나는 기침이 나려는 것을 억지로 참아야 했다. 왜 이런 한심한 짓을 해야 해? 라고 전학생에게 묻고 싶었지만 참았다. 만둣집 주인은 자주 담배를 피웠다. 부대찌개집 주인도 자주 담배를 피웠다. 하지만 두 가게 사이로 어떤 것도 오가지 않았다. 전학생은 가게 주인이 문을 닫고 열쇠를 화분 밑에 놓는 것을 놓치지 않고 보았다. 우리는 주방 문을 따고 가게 안으로 들어갔다. 주방 바닥에는 물이 흥건했다. 전학생은 캠코더의 녹화버튼을 눌렀다. 냄비를 열어보고, 쓰레기통을 뒤져봤지만, 어디서도 부대찌개의 흔적은 보이지 않았다. 결국 우리가 알아낸 것은 만둣집 주인은 화장실에 갔다 온 후에 손을 씻지 않는다는 사실뿐이었다. 만두의 소도 정상적으로 만들어졌다. 만둣집과 부대찌개집의 주인들은 바람을 피우고 있었다. 두 사람은 나란히 담배를 피우면서 서로의 배우자를 험담했다. 그리고 일요일에 돈가스집에서 열두시에 만나자는 약속을 했다. 전학생은 더이상 만두를 먹으러 가지 않았다. "손을 안 씻다니. 차라리 부대찌개 찌꺼기가 더 나았어. 적어도 거긴 햄이라도 남아 있을 거 아냐." 전학생이 말했다.

캠코더 놀이에 빠진 전학생은 그후로도 무엇이든 찍고 다녔다. 예전에는 몰랐던 것들이 보였다. 우선, 전학생의 어머니는 밥이 뜸들기를 기다리면서 무엇인가를 중얼거렸다. 전학생이 몇 번이나 화면을 뒤로 돌려보았지만 무슨 말인지는 알 수 없었다. "혹시, 너희 아버지가 너무 미워 주문을 외우는 거 아닐까?" 내 말에 전학생이 그 밥을 나도 같이 먹는데 그럴 리가 있겠어, 하고 대답했다. 버스 정류장에서 종종 마주치는 대머리 아저씨는 소매치기였다. 여학생의 주머니에 손을 넣었다 빼는 장면이 캠코더에 찍혔다. 운전기사는 룸미러로 자주 승객들을 보았다. 캠코더로 녹화를 하는 전학생과도 눈이 서너 번 마주쳤다. "혹시, 이 소매치기와 운전기사가 한패인 거 아닐까." 전학생의 말에 의하면 둘이 형제처럼 닮았다고 했다. "게다가 차선을 바꿀 때도 깜빡이를 켜지 않아." 나는 차선을 바꾸는 거랑 소매치기랑 무슨 상관이냐고 물으려다 말았다. 담임선생님은 지각을 자주 했다. 교무실까지 전력질주를 하는 모습이 종종 찍혔다. 매일 코피를 쏟던 녀석은 우리의 농담처럼 정말 학교에서 살고 있었다. 전학생이 빈 교실을 몰래 촬영한 것은 아무도 없는 교실에 유령이 살고 있을지도 모른다는 생각 때문이었다. 유령을 찍으면 비싼 가격에 팔 수도 있을지 모른다고 전학생은 말했다. 코피를 쏟는 녀석은 다른 친구들과 같이 하교를 했다. 누군가 창문을 제대로 닫지 않아서 커튼이 바람에 펄럭였다. 캠코더에는 바람에 흔들리는 커튼만이 찍혔다. 삼십 분 정도 지나자 다시 교실 문이 열리고, 아무도 없는 빈 교실로 녀석이 다시 돌아왔다. 녀석은 창가 자리에 앉아서 운동장을 바라보았다. 다른 친구들의 자리를 돌아다니며 책상 서랍에 있는 노트와 책을 꺼내 읽어보기도 했다. 글씨가 하나도 보이지 않을 정도로 어두워지자 녀석은 휴대폰을 꺼내 그 빛으로 책을 읽었다. 녀석이 휴대폰을 껐다. 녹화된 화면도 깜깜해졌다. 교실 문이 열렸다가 다시 닫히는 소리만 들렸다. "아마 경비 아저씨일 거야. 녀석은 책상 밑에 숨었나?" 나는 어두운 빈 교실에 혼자 앉아 있을 녀석을 상상해보았다. 책상을 옮기는 소리가 들렸고 희미하게나마 무엇인가 움직이는 것도 보였다. 녹화는 거기서 끝나 있었다. 배터리가 다했기 때문이었다. "집에 버려둔 전기장판이 하나 있는데 녀석에게 가져다주면 어떨까?" 전학생은 녀석이 학교에서 자는 걸 들키면 그날로 학교를 그만둘지도 모른다고 생각했다. "그냥 모른 척하자." 그렇게 말은 했지만 전학생은 학교에 침낭 하나를 가지고 왔다. 침낭은 사물함에 들어가지 않을 정도로 컸다. "무슨 침낭이야?" 담임선생님이 물었다. "점심시간에 낮잠을 자려고요." 전학생은 담임선생님에게 빈혈이 있다고 거짓말을 했다. "의사선생님이 꼭 낮잠을 자래요." 전학생은 점심시간이면 오 분 만에 밥을 먹고는 교실 뒷자리에 침낭을 펴놓고 낮잠을 잤다. 전학생은 내게 코피를 흘리는 녀석이 자기 침낭을 몰래 쓰는 것 같다고 말했다. "나쁜 녀석! 내 걸 몰래 쓰다니." 전학생은 만둣집을 지나가면서 코를 벌름거렸다. "내가 종잇조각을 끼워놓았는데 아침에 보니까 종이가 바닥에 떨어져 있더라고." 나도 과자 한 봉지를 책상 위에다 놓고 왔는데 다음날 학교에 가보니 없어졌더라고 투덜댔다. "녀석이 훔쳐간 거야." 우리는 버스정류장에 쪼그리고 앉아서 나오지도 않는 침을 억지로 뱉었다. "그런데 말이야, 왜 열여덟 살짜리 남자애들은 길거리에 침을 뱉을까?" 전학생이 물었다. "몰라. 네 캠코더로 밝혀봐. 왜 그런지." 나는 말했다. 스무 살이 넘으면 나아지겠지, 하고 전학생이 중얼거렸다. 전학생은 그 말을 좋아했는데, 그것은 전학생의 아버지가 자주 쓰는 말이기도 했다. 전학생의 아버지는 이십대 때 서른 살이 되면 나아지겠지, 하는 말을 입에 달고 살았다. 하지만 삼십대가 되어도 나아진 것은 하나도 없었고 그래서 마흔 살이 넘으면 나아지겠지, 하고 말을 바꾸었다. 지금 전학생의 아버지는 쉰 살이 넘으면 나아지겠지, 하는 말을 아침에 눈을 뜰 때마다 했다. "일요일날 우리집에 놀러 올래?" 나는 침을 한번 더 뱉은 다음 말했다.

작은삼촌은 전학생을 보자마자 우리 어디서 만난 적 있니? 하고 물었다. 할머니는 작은삼촌의 군대 친구인 홀쭉이를 닮았다고 말했다. "아니에요. 홀쭉이는 쌍꺼풀이 있고 얘보다 턱이 더 길어요." 할머니는 내가 친구를 데려온다는 말에 흥분을 해서는 잡채와 불고기를 했다. "처음으로 데려온 친구야." 할머니는 전학생에게 말했다. "저도 친구네 집에는 처음 와봐요." 전학생은 잡채와 불고기에 들어 있는 버섯을 골라내지 않고 먹었다. 급식으로 나오는 버섯을 볼 때마다 난 버섯이 정말 싫어, 라고 말을 하던 녀석이었다. "너희들 화투 칠 줄 아니?" 밥을 다 먹은 작은삼촌이 화투장을 꺼냈다. 설거지를 하던 할머니가 혀를 끌끌거렸다. 작은삼촌이 서른다섯을 넘기면서부터, 할머니는 작은삼촌이 무슨 말만 하면 옆에서 못마땅한 표정을 지으며 혀를 찼다. "화투를 쳐봐야 인간성을 알지." 작은삼촌이 말했다. "그건 사윗감이 왔을 때나 하는 짓이지." 할머니가 말했다. "얘는 우리집 장손이라 친구를 잘 만나야 하거든." 작은삼촌이 마루에 담요를 깔았다. 작은삼촌은 능숙하게 화투패를 갈랐다. 전학생이 세 판을 내리 땄다. 그다음에는 내가 한 번. 그리고 작은삼촌이 한 번. 다시 전학생이 세 판을 이겼다. "너 처음 해보는 거 맞아?” 작은삼촌은 전학생이 이길 때마다 물었다. 전학생은 머리를 긁적이면서 그러게 말이에요, 하고 대답했다. 그때 문득 작은삼촌은 전학생을 어디에서 보았는지 생각났다.

열 살 무렵 작은삼촌은 똑같은 꿈을 반복해서 꾸었다. 한여름이었고 골목길을 혼자 걷고 있었다. 오른손에는 풍선껌이 쥐여져 있었다. 작은삼촌은 어느 집 담벼락 아래에 멈추어 서서 풍선껌을 씹었다. 한 개, 두 개, 세 개…… 한 통을 다 씹었지만 풍선은 불어지지 않았다. 바보라고 낙서가 되어 있는 담벼락에 기대어 풍선이 불어지지 않는 풍선껌을 씹고 있는 자신을 작은삼촌은 꿈속에서 오랫동안 바라보았다. 중학생이었을 때 그 꿈을 아버지에게 이야기한 적이 있었지만 그때 아버지는 작은삼촌의 말을 귀담아듣지 않았다. 늘 좋은 형이 되고자 노력을 했지만, 대학생이었던 아버지는 동생들 문제 말고도 고민해야 할 것들이 너무 많았다. 작은삼촌은 마을버스가 빙판길에 미끄러져 앞차를 들이받고 간신히 멈추었던 어느 날, 어쩌면 그 꿈이 평생 자신을 따라다닐지도 모른다는 생각을 했다. 버스에서 옆자리에 앉은 여학생이 창가에 입김을 불어 사랑이란? 따위의 낙서를 할 때, 가로수를 발로 걷어찼는데 그 나무에 나뭇잎이 단 한 개만 달려 있었을 때, 그럴 때마다 작은삼촌은 영원히 풍선껌을 불지 못하는 아이가 될 것만 같은 생각이 들었다. 그때 그 풍선껌을 불던 꿈속의 어린아이가 전학생을 닮았다. 작은삼촌은 화투패를 내리면서 어릴 적 즐겨 부르던 동요를 흥얼거렸다. 어쩐지 꿈속이지만 그 아이가 날 안 닮았더라. 풍선껌을 불지 못하던 열 살짜리 남자아이는 내가 아니었어. 그런 생각을 하자 삼촌은 갑자기 기분이 좋아졌다. "작은삼촌은 돈을 잃고도 기분이 좋아?" 내가 면박을 주었다. 전학생이 삼만이천원을, 내가 이만원을 땄다. "난 안 해. 이것들 알고 보니 사기꾼들이야." 작은삼촌이 소리쳤다. 그러자 전학생이 웃으며 말했다. "그렇게 화내다간 장가도 못 가겠어요." 작은삼촌에게 딴 돈을 주머니에 넣고 우리는 밖으로 나왔다. 그제야 비로소 우리는 작은삼촌이 그런 식으로 우리에게 용돈을 주었다는 것을 알게 되었다.

천원짜리 서른두 장을 넣자 전학생의 주머니가 불룩해졌다. 나는 점퍼의 안주머니에 돈을 넣었다. "쪽팔리게. 주려면 만원짜리로 주지." 내가 중얼거렸다. "난 한 번도 지갑을 가져본 적이 없어." 전학생이 말했다. 전학생의 아버지는 먼 친척이 전기담요를 팔러 왔다가 사은품으로 준 비닐로 된 지갑을 가지고 있었는데, 거기에는 늘 오천원이 들어 있었다. 전학생은 백만원 이상 넣고 다닐 만큼 돈을 벌기 전까지는 절대 지갑 따위는 쓰지 않겠다고 했다. 흑염소집 앞에 있는 인형 뽑는 오락기에 오백원을 넣었다. 전학오기 전에 뽑기의 황제였다고 큰소리를 쳤으나 전학생은 토끼인형의 귀 하나 건드리지 못했다. "그런데 좀 웃기지 않니? 왜 이런 데 오락기가 있는 거야?" 전학생이 낄낄거렸다. 전학생의 말처럼 누린내를 맡아가면서 인형을 뽑을 초등학생은 많지 않을 것이다. "흑염소 주인이 인형 뽑는 걸 좋아하나보지." 전학생은 네 판을 하고 포기를 했다. 우리는 다시 길을 걸었다. 패스트푸드점에 들어가 팥빙수와 감자튀김을 사먹었다. 가게에는 갓난아이를 안고 있는 여자들로 가득했다. 한 아이가 울면 다른 아이도 따라서 울었다. 실내에는 겨울도 아닌데 캐럴이 울리고 있었다. "이게 뭔 일일까?" 전학생이 팥빙수를 한 입 먹고는 허공을 향해 입김을 불었다. 나는 감자튀김을 집어먹은 손을 바지에 문질렀다. 청바지에 두 손가락 모양의 기름 자국이 남았다. 우리는 팥빙수를 반이나 남겼다. "왜 캐럴을 틀었는지 알아?" 전학생이 추측한 바에 의하면 패스트푸드점에 있는 아이들은 크리스마스이브에 태어났을 것이라고 했다. "인터넷 동호회 모임이지. 크리스마스이브에 태어난 아이를 둔 어머니들의 모임." 나는 캐럴을 틀어야만 울지 않는 아이가 있어서 그런 게 아닐까 하고 조심스럽게 추측해보았다.

우리는 계속 길을 걸었다. 달리기를 할 때 처음으로 도장을 찍었던 편의점이 보였다. 나는 가끔 그곳에 들러 비타민이 첨가된 음료수를 사먹곤 했다. "저 편의점 보이지?" 나는 전학생에게 편의점 점장은 두 다리가 없다고 거짓말을 했다. "의족을 했어. 트럭이 깔고 지나갔대." 실제로 나는 한 번도 점장이 카운터 의자에서 일어서는 것을 본 적이 없었다. 손님이 와도 늘 앉아서 인사를 했다. 가게 앞을 지나가면서 보니 점장은 카운터에 턱을 괴고 멍하니 CCTV 화면을 보고 있었다. 나는 나를 보지도 않는 점장을 향해 손을 흔들었다. "우리, 모자 안 살래?" 전학생이 모자를 파는 리어카를 가리켰다. 지난주까지만 해도 보이지 않던 리어카였다. 전학생은 검은색 스포츠모자를 써보았다. 며칠 머리를 감지 않은 듯한 남자가 깨진 거울을 내밀었다. "생각보다 안 어울리는데." 내가 웃었다. "좋아하는 야구팀 없어?" 전학생이 물었다. 스포츠모자를 고를 때 가장 편한 법은 좋아하는 메이저리그 야구팀 모자를 사는 것이라고 전학생이 말했다. 우리는 둘 다 좋아하는 야구팀도 좋아하는 축구팀도 없었다. 우리는 열여덟 살짜리 남자애들이 가장 많이 찾는 모자를 골라달라고 했다. 남자가 챙이 나달나달하게 닳은 모자를 골라주었다. "어때?" 모자를 푹 눌러쓰자 전학생의 눈이 보이지 않았다. "마음에 들어." 내가 챙을 손바닥으로 툭, 쳤다. "똑같은 거 두 개 주세요." 전학생이 말했다. 남자는 잠깐만, 하고 말하더니 리어카 아래에 넣어둔 박스를 꺼냈다. 남자가 다섯 개의 박스를 뒤지는 동안 우리는 보도블록에 쪼그리고 앉아 지나가는 사람들의 신발을 구경했다. "여기 있다." 남자가 마침내 똑같은 모자를 찾아냈다. "하나, 둘, 셋." 우리는 동시에 모자를 썼다. 모자를 쓰자 나도 모르게 전학생과 어깨동무를 하고 싶은 생각이 들었다. 나는 살면서 나와 똑같은 옷을 입은 사람을 만나본 적이 없었다. 생각해보면 그것은 참 이상한 일이었다. 공장에서는 똑같은 옷이, 똑같은 모자가, 똑같은 신발이, 수없이 찍혀나올 텐데. 그것들은 모두 어디로 가는 걸까?

"앞으로 달리기를 할 때는 이 모자를 쓸게." 전학생은 내가 달리기를 하는 게 믿기지 않는다고 말했다. 달리기를 하는 사람치곤 몸매가 형편없다는 것이었다. "너는 턱걸이도 못하잖아. 다섯 개 넘긴 적 있어?" 나는 전학생에게 친구와 싸워 이를 네 개나 부러뜨린 적이 있다고 말했다. 전학생이 믿을 수 없다는 표정을 지었다. 전학생은 믿기 어려운 이야기를 들었을 때는 항상 이마를 찡그리고 입술을 왼쪽으로 씰룩거렸다. 전학생은 마흔이 넘으면 이마에 굵은 주름이 질 것이다. 그러면 그토록 싫어하는 아버지의 얼굴이 자기의 얼굴 안에 들어 있다는 것을 알게 될 것이다. 나는 전학생에게 따라

오라는 손짓을 하고는 달리기 시작했다. 오른발, 왼발, 오른발, 왼발. 달리기를 할 때는 오직 그 두 단어만을 생각했다. 숨이 가빠지면 왼발과 오른발 사이에 많은 것들이 스쳐 지나갔다. 부모님이 보내준 엽서들보다 더 많은 풍경들이. 도장가게 주인은 시계를 닦고 있었다. 나는 가게 앞에 멈춰서 숨을 깊게 들이마셨다 내뱉었다. 전학생이 숨을 헐떡였다. "저 주인 아저씨의 등에는 용 문신이 새겨져 있어." 가게로 들어가니 요구르트 두 병이 꺼내져 있었다. 나는 말없이 요구르트를 들었다. 나를 보고 전학생도 요구르트를 마셨다. 나와 전학생은 일주일 동안 도장을 파간 사람들의 이름을 구경했다. 전학생이 능숙하게 한자로 된 이름 하나를 읽었다. "똑똑하네." 도장 아저씨가 나보다 전학생이 훨씬 마음에 든다고 요구르트 하나를 더 주었다. 도장가게를 나오면서 전학생이 내게 속삭였다. "사실 아까 그 이름, 우리 아버지 이름이랑 한자가 같았어." 떡볶이 아줌마는 나를 보자 또 고개를 저었다. 나를 볼 때마다 떡볶이 아줌마는 합의금 이천만원이 생각났고, 그럴 때마다 쌍둥이인 아이들이 더더욱 소중하게 느껴졌다. 떡볶이 아줌마는 전학생에게 너는 뭔 사고쳤니? 물었다. 나는 이쑤시개로 어묵만을 골라 먹으면서 이 녀석은 친구에게 돌을 던져 이마를 찢어놓았어요, 하고 대답했다. 전학생은 내 이야기를 듣고 깜짝 놀랐다. 그것은 진짜로 전학을 오기 전 학교에서 있었던 일이었다. 약국 앞을 지나가면서 나는 약사에게 손을 흔들었다. 하지만 가게 안으로 들어가지는 않았다. 약사는 우울증에 시달렸고 손님이 와도 안녕하세요, 라고 말하지 않았다. "저 약사는 변비환자야. 한 달에 두 번도 못 간대." 전학생은 이 세상에서 변비라는 말이 가장 웃겼다. 칼국숫집에 도착을 하자 전학생의 몸에서 땀냄새가 났다. 나는 부모님에게 물려받은 칼국숫집을 지키기 위해서 대기업의 연구원을 그만둔 남자가 있다고 말을 했다. "그런데 그 칼국숫집은 손님이 한 명도 없어." 전학생이 맛은 있어? 하고 물었다. 나는 한 번도 먹어본 적이 없다고 말했다. 굶어 죽어도 그 가게에서 절대 음식을 사먹지 않겠다는 결심을 했다고 하자, 전학생이 결심이란 그런 하찮은 데 쓰는 법이 아니라고 말했다. "맛있으면 먹고 맛없으면 안 먹는 거지, 결심은 왜 하냐." 가게 주인은 여전히 젓가락이 그려진 티셔츠를 입고 있었다. "칼국수 사먹을 돈이 어디 있어? 모아서 합의금 갚아야지." 전학생이 제가 낼 거예요, 하고 대답했다. "전 남의 이를 부러뜨리지 않았거든요." 청년이 그릇이 넘치도록 칼국수를 담아왔다. 우리는 깍두기를 다섯 번이나 더 달라고 했다. "밀가루보다 무가 더 비싸." 청년이 구시렁거렸다. "칼국수보다 깍두기가 더 맛있어요. 김치장사 하세요." 내가 말했다. 전학생은 칼국수를 다 먹었고 나는 조금 남겼다. 집으로 돌아와 나는 모자를 벽에 걸었다. 옆에는 오래전에 큰삼촌이 물려준 모자가 걸려 있었다. 나는 모자 두 개가 나란히 걸려 있는 벽을 오 초 정도 바라보았다.

내가 친구를 데려왔다는 말을 들은 고모는 왜 가게에 들르지 않았냐며 섭섭해했다. "별게 다 섭섭하네." 할머니는 붕어빵을 먹는 고모를 못마땅하게 보았다. 고모는 일을 마치고 집으로 돌아오는 길이면, 집 앞 골목 입구에서 붕어빵을 샀다. 붕어빵을 파는 남자는 고모의 초등학교 동창이었다. 고모는 남자를 알아보았지만 동창은 고모를 알아보지 못했다. 자신보다 공부도 훨씬 잘했던 남자였다. 달리기를 잘해서 체육대회 때면 항상 계주선수로 나왔다. 오학년 때 같은 반이 된 적이 있었는데, 그때 남자가 고모에게 독한 년이라고 욕을 한 적이 있었다. 동창은 장갑을 끼고 일을 했다. 손에 심한 흉터가 있을지도 모른다고 고모는 생각했다. 고모는 붕어빵을 꼬리부터 먹었다. 고모도 친구를 집에 데려온 적이 있었다. 내가 마루를 기어다닐 무렵이었다. 고모의 뒷자리에 앉는 아이였는데, 체육시간이면 항상 이상한 티셔츠를 입었다. 체육복은 짙은 감색 바지에 흰 티셔츠를 입도록 되어 있었다. 바지는 반드시 사야 했지만 티셔츠는 아무것이나 흰색이면 상관이 없었다. 뒷자리에 앉은 친구는 등에 커다란 글자가 새겨진 티셔츠들을 입었다. '제2회 결식아동 돕기 걷기대회' '참숯찜질방' '사랑의 교회 여름캠프' 같은 글이 새겨진 티셔츠였다. 체육선생님이 바꿔 입으라고 하면 어쨌든 흰색이잖아요, 대꾸를 했다. 점심 도시락을 늘 혼자 먹던 그 아이와 어떻게 해서 친하게 되었는지 고모는 기억나지 않았다. 할머니는 고모의 친구에게 떡볶이를 해주었다. 큰삼촌과 작은삼촌은 괜히 목이 마르다며 부엌을 왔다갔다했다. "형제가 많아서 좋겠다." 떡볶이를 먹으면서 고모의 친구가 말했다. 친구가 돌아간 후, 마루에 있던 스노볼이 없어졌다. "네 친구가 가져간 거야." 할머니가 말했지만 고모는 그럴 리가 없다고 말했다. "혹시 얘가 먹었나." 고모는 마루를 기어다니며 먼지를 주워먹는 내 배를 만졌다. "가서 엑스레이 찍어보자." 고모의 말에 식구들이 비웃었다. "그걸 어떻게 먹냐? 먹기도 전에 입이 찢어지겠다." 고모의 친구는 전학을 갔다. 그리고 몇 달 후 고모 앞으로 소포가 배달되었다. 거기에는 잃어버린 스노볼이 들어 있었다. 고모는 그 스노볼을 마당 한구석에 버렸다. 작은삼촌은 식구들 몰래 친구들을 데리고 왔다. 주로 술에 취한 친구들이었다. 새벽에 몰래 들어와 까치발을 해서 이층까지 올라갔다. 오줌이 마려워도 화장실을 갈 수 없었기 때문에, 작은삼촌은 방에 늘 빈병들을 숨겨두었다. 한번은 똥이 마려운 친구가 과감하게 일층 화장실을 쓴 적이 있었다. 그때 자다 깬 할머니가 셋째니? 하고 물었다. 친구가 네, 하고 대답했더니 할머니가 식탁 위에 꿀물 있다, 마셔라, 하고 말했다. 작은삼촌의 친구는 식탁 위의 꿀물을 마셨다. 큰삼촌의 친구들은 항상 대문 밖에 서서 삼촌의 이름을 불렀다. 할머니의 기억에 의하면 대문을 열고 안으로 들어온 친구들은 없었다. 아버지도 친구를 데려온 적이 없었다. "아, 결혼 전에 어느 여자가 대문 앞을 서성인 적은 있었지." 할머니가 말했다. "하지만 대문을 열고 처음으로 이 집에 들어온 친구는 네 엄마였어."

18

고모는 가게 일을 마치고 셔터를 내릴 때마다, 등뒤에서 누군가 자신을 쳐다보고 있는 것만 같은 느낌이 들었다. 하지만 뒤를 돌아보면 취객들이 하도 오줌을 누어서 지린내가 밴 전봇대만 서 있을 뿐이었다. 외할머니는 가게 문을 닫기 전에 설거지를 하고 모아둔 물을 전봇대에 버리곤 했다. 그러면 냄새가 좀 사라지는 것 같았다. 손을 잡고 술 좀 따르라고 말하는 손님이 있는 날이면 외할머니는 전봇대에 물을 두 양동이씩 부었다. 그러고 나서 하늘을 올려다보면 전봇대가 좀 자라 있는 것처럼 보였다. 동화책을 한 번도 읽어본 적 없는 외할머니는 어린 어머니에게 들려줄 이야기가 별로 없었다. 그래서 전봇대가 자라는 이야기를 해주었다. 고모는 작은 화분들을 사서 전봇대 아래에 놓아두었다. 전봇대에 오줌을 누는 사람들이 줄어들었고, 고모는 문을 닫기 전에 화분들에 물을 주는 것을 잊지 않았다. 가게를 나서면서 화분들을 향해 내일 보자, 라고 중얼거리기도 했다. 마을버스를 기다리면서 고모는 아직 불이 환하게 켜진 가게들을 보았다. 온통 음식점들뿐이었다. 먹고, 먹고, 먹고……라고 고모는 중얼거렸다. 고모는 나는 얼마나 더 살 수 있을까? 생각했다. 그것은 두 오빠들이 죽기 한참 전부터 고모를 따라다니던 질문이었다. 고모가 즐겨 읽던 동화책에는 난로도 켜지 못하는 방에서 기침을 하며 죽어가는 아이가 나왔다. 고모는 이름이 민지인지 민정인지 하는 짝과 동화책에 나오는 비극의 여주인공들처럼 행동하기 시작했다. 아무 때나 기침을 했고, 아무 때나 머리를 만지면서 어지럽다고 중얼거렸다. 길을 걷다가 쓰러지고 싶기도 했지만 그것은 차마 용기가 없어서 하지 못했다. 민지인지 민정인지 하는 짝은 시한부 인생을 살고 있는 주인공 역을 연기하기에는 지나치게 튼튼했다. 고모는 아침마다 기침을 하며 자리에서 일어났다. 그랬더니 할머니가 하루 종일 도라지를 달였다. 초등학교 일학년이 먹기에는 도라지 달인 물은 지나치게 썼다. 고모는 비극의 여주인공 놀이를 그만두면서 짝에게 이렇게 말했다. “우리집엔 난로도 없고 침대도 없어. 방바닥이 너무 따뜻해서 그 아이처럼 되기가 너무 힘들어.” 초등학교 이학년이 되었을 때, 담임선생님이 병으로 입원을 했다. 맹장수술이니 걱정 말라고, 선생님은 마지막 수업시간에 웃으면서 말했다. 반장이 선생님에게 편지를 쓰자고 했고 아이들은 맞춤법이 틀린 철자로 편지를 썼다. 하지만 담임선생님은 돌아오지 않았다. 새로 담임이 된 선생님이 너희들 선생님은 사정이 있어서 멀리 외국으로 이사를 가셨단다, 하고 말했다. 선생님이 수술을 하다 죽었다는 소문이 학생들 사이에 퍼졌다. 맹장수술을 하다가 죽는 것만큼 슬픈 죽음은 없을 거라고 고모는 생각했다. 고모는 담임선생님을 생각하며 울었다. 그런데 울다보니 어느새 담임선생님의 얼굴이 잘 생각나지 않았다. 언젠가는 나도 죽을 거야, 하는 생각이 들기 시작한 것은 그 무렵부터였다. 고모는 고등학생 때 맹장수술을 하게 되었는데, 수술에서 깨어났을 때 병실에서 서럽게 울었다. "누가 보면 죽을병에 걸린 줄 알겠다." 할아버지가 농담을 다 할 정도였다. 고모는 식구들 중에서 가장 몸이 튼튼했다. 병원에 간 것은 맹장을 수술할 때와 사랑니를 뽑을 때밖에 없을 정도였다. 그런데도 고모는 늘 오래 살지 못할 것 같은 막연한 예감에 사로잡혔다.

삼십 분에 한 대씩 오는 버스의 막차가 도착했다. 고모는 버스를 탔다. 처음 보는 기사였다. "새로 오셨나봐요?" 고모가 물었다. 기사가 예, 하고 대답했다. 막차를 운전하는 기사는 모두 네 명이었다. 고모는 그 기사들과 가벼운 날씨 이야기를 주고받았다. 고모가 자리에 앉자 휴대전화가 울렸다. "고모, 편의점에 들러 삼각김밥 좀 사와." 내가 말했다. 고모가 응, 하고 대답했다. 지난 일주일 동안 고모의 휴대폰으로 전화를 건 사람은 나밖에 없었다. 고모는 두 오빠들이 죽었을 때마다 왜 내가 아니었을까? 하고 생각했다. 난 일찍 죽을 거야, 라고 말하던 철없는 어린아이가 늘 고모를 따라다녔다. 길을 걷다 뒤돌아보면 머리를 양갈래로 땋은 어린 시절의 자신이 뒤에 서 있었다. 미안해. 그러니 이제 그만 따라다녀. 새로 온 운전기사는 룸미러로 맨 뒷자리에 앉은 고모를 보았다. 승객은 고모 한 명밖에 없었다. 저 여자는 왜 저렇게 혼잣말을 하지? 기사는 고개를 갸웃거렸다. 기사는 라디오 볼륨을 줄였다. 그리고 신호를 지켜가며 천천히 운전을 했다. 고모는 창에 비친 자신의 모습을 보았다. 머리가 하얗게 세어 있었고, 눈 밑의 주름도 깊어졌다. 그 얼굴은 할머니와 놀랍게 닮아 있었다. 늙기도 전에 이미 늙어버린 기분이 어떤 것인지 알 것도 같았다. 차가 고모가 내려야 할 정류장에 멈추었다. 고모가 기침을 한번 하고는 버스에서 내렸다.

외할머니는 염색을 하지 않았다. 머리가 하얗게 센 외할머니가 카운터에 앉아 있는 것만 보고도 손님들은 음식이 맛있을 거라고 짐작을 했다. 외할머니는 가게에 대형 텔레비전을 설치했다. 그리고 종일 텔레비전을 보았다. 외할머니는 세계의 유명 관광지를 소개하는 케이블 방송을 즐겨 보았는데, 손님들이 야구나 축구 시합을 틀어달라고 해도 채널을 돌려주지 않았다. 외할머니는 한 손에는 계산기를, 한 손에는 리모컨을 들고는, 죽기 전에 하늘을 한 번만 날아봤으면 좋겠다는 상상을 하며 하루를 보냈다. 외할머니는 지구 저편에 사는 어느 노인이 아흔 살 생일 기념으로 스카이다이빙에 도전을 했다는 해외 뉴스를 본 후로는 하루 종일 스카이다이빙을 하는 상상을 했다. 심장이 좋지 않아 하루에 한 알씩 아스피린을 먹는 외할머니로서는 위험한 도전이었다. 외할머니는 스카이다이빙을 하다가 하늘에서 심장마비로 죽는 것도 나쁘지는 않을 거라 생각했다. 아무도 없는 방에서 혼자 죽는 것보다는 나아 보였다. 하지만 스카이다이빙 강사를 만났을 때 그런 이야기는 하지 않았다. 아스피린을 먹는다는 이야기도 하지 않았다. 강사는 몇 해 전에 하늘을 날아보는 게 소원이라던 할아버지를 태웠다가 죽을 뻔한 적이 있었다. 젊은 시절 한때 유도선수였다는 그 할아버지는 덩치가 강사보다 더 좋았다. 하지만 강하를 하자마자 기절을 했다. 강사는 외할머니에게 죄송하지만 너무 늦었어요, 하고 말했다. "늦다니, 뭐가?" 외할머니가 발을 굴렀다. 강사가 사무실 벽에 걸려 있는 사진들을 가리켰다. 스카이다이빙을 하는 사진들이었다. "여길 보세요. 다 젊은 사람들이잖아요." 외할머니는 하나밖에 없는 아들이 군대에서 헬기 추락사고로 죽었다고 거짓말을 했다. "내 아이가 있는 곳에 조금 더 가까이 가고 싶을 뿐인데." 외할머니는 말했다. 외할머니의 거짓말은 며칠 전에 텔레비전에서 본 어느 노부부의 이야기였다. 부부는 아들이 죽은 후 매일같이 산에 올랐다. 노부부가 산 정상에 서서 아들의 이름을 부르는 것을 보며 외할머니는 망할 년, 하고 욕을 했다. 가게를 청소하던 고모가 저요? 하고 물었다. "둘 다." 외할머니가 대답했고, 고모는 그 말이 무슨 말인지 어렴풋하게 짐작을 했다. 강사는 한숨을 한번 쉬었다. 해병대를 나온 강사는 군대에서 사고로 죽은 동료가 생각났고, 아들의 영정사진을 붙잡고 울던, 다리를 저는 동료의 어머니가 생각났다. "좋습니다. 한번 해보죠." 강사가 말했다.

외할머니는 스카이다이빙을 하고 나면 일주일에 한 번씩 가게를 쉬리라고 다짐을 했다. 무릎에 파스를 붙이고서라도 전국의 유명 사찰들을 돌아보리라고도 다짐했다. 내친김에 할머니에게 전화를 걸어 같이 여행을 다니지 않겠느냐고 물었다. "사돈, 집 나가면 고생이에요." 할머니가 말했다. "결혼도 안 한 자식들 아침밥을 해주느니 여행을 다니는 게 낫지 않겠어요?" 외할머니가 말했다. 그러자 할머니가 망할 것들이라고 욕을 했다. 또 외할머니는 색이 바랜 벽지를 걷어내고 꽃무늬 벽지로 집을 단장하리라고 다짐을 했다. 집 앞에 있는 지물포에 가서 벽지를 구경했다. 예쁜 것이 너무 많아서 선뜻 결정을 내릴 수가 없었다. 외할머니는 마라톤경기를 앞둔 선수의 마음을 이해할 수 있을 것 같았다. 정육점에 가서 1등급 한우 등심을 샀고, 저녁마다 구워 먹었다. 아침에는 닭가슴살 샐러드를 먹었다. 사과주스를 갈아 먹었고, 아침 일곱시 십분에 방송되는 〈건강한 아침〉이란 프로그램을 틀어놓고 체조를 따라 했다. 스카이다이빙을 처음 하는 날 아침, 외할머니는 대중목욕탕에 가서 목욕을 했다. 태어나서 처음으로 때밀이에게 몸을 맡겼다. 머리를 말리는데 검은 머리카락들이 보였다. 외할머니는 몸을 거울에 바짝 붙인 채 머릿속을 들여다보았다. 뿌리들이 검게 변해 있었다. 이 나이에 다시 검은 머리가 나다니. 외할머니는 놀라 뒤로 물러섰다. 거울에 새겨져 있는 '영남 산악회 증' 이라는 글자가 선명하게 보였다. 평소 같으면 보이지 않을 글자였다. 외할머니는 몸서리를 쳤다. 자신이 징그럽게 느껴졌다. 외할머니는 드라이어에 백원짜리 동전을 넣었다. 머릿속이 금방 따뜻해졌다. 머리를 반도 말리지 못했는데 드라이어가 멈추었다. 외할머니는 두 볼이 발갛게 상기된 채 목욕탕 밖으로 나왔다. 에취, 기침이 나왔다. 에취. 기침을 하며 외할머니는 하늘에서 딸의 이름을 한번 불러본 다음 다시는 그리워하지 않을 것이라고 다짐했다.

마당에 항아리를 묻은 사람은 할아버지와 아버지였다. 이사를 온

다음해의 일이었다. 증조할머니는 이삿짐을 나르던 인부들에게 항아리를 깨기만 하면 일당은 없을 줄 알라고 잔소리를 했다. 하지만 인부 하나가 트럭에서 항아리를 내리다가 귀퉁이를 깼다. "할머니, 죄송해요." 남자가 항아리에서 새어나오는 간장을 손으로 막았다. 목장갑이 검게 물들기 시작했다. 대학에 다니다가 학비가 없어서 휴학을 한 남자는 하도 물건을 많이 깨서 제대로 일당을 받은 날이 거의 없었다. 할머니가 접시를 깼을 때도 이틀 동안이나 역정을 내시던 증조할머니는 이상하게도 화를 내지 않았다. "내년엔 학교에 다니고." 증조할머니는 사장 몰래 휴학생에게 일당을 더 얹어주었다. 학교에 다녀본 적이 없어서 한글을 쓸 줄 몰랐던 증조할머니는 대학생이라는 말만 들으면 마음이 약해졌다. 그 다음해, 간장을 달이던 날, 휴학생이 찾아왔다. 커다란 항아리 하나를 가지고였다. "제 어머니한테 물어보니까 오늘이 길일이라 그래서요. 틀림없이 간장을 달일 것 같았어요." 휴학생은 할머니가 들고 있던 나무주걱을 빼앗아 간장을 저었다. 이제 그 사람도 늙었겠지. 할머니는 이를 닦다 말고, 콩나물국에 간을 하다 말고, 걸레질을 하다 말고, 이제 그 사람도 늙었겠지, 중얼거렸다. 학생 물 좀 마셔요, 라고 말해본 것이 전부였는데도 할머니는 휴학생이 오래도록 생각났다. 할머니가 내민 물컵을 받아든 남자는 한 번에 들이켰다. 그때 손이 스쳤던가. 할머니는 옛 기억을 떠올려보려고 노력했다. 하지만 물컵을 주고받던 두 손이 스쳤는지 스치지 않았는지는 도통 기억이 나지 않았다. 남자가 선물로 가지고 온 항아리는 가을이 될 때까지 장독대 한구석에 놓여 있었다. 항아리는 간장을 담기에는 지나치게 컸다.

가을이 되자 할아버지는 장독대 옆에 땅을 팠다. 김장김치를 보관하기 위해서였다. 할아버지가 땅을 파는 것을 큰삼촌과 작은삼촌과 고모가 마당에 쪼그리고 앉아서 구경을 했다. 할아버지 옆에서 교련복을 입은 아버지가 숫자를 세었다. 스물여덟, 스물아홉, 서른. 그러자 할아버지가 삽질을 멈추고 삽을 아버지에게 건네주었다. 아버지는 서른을 세며 삽질을 했다. 그렇게 둘이 서른 번씩 삽질을 주고받았다. 부엌에서 할머니가 칼국수를 다 끓일 때쯤에 항아리가 들어갈 정도로 커다란 구멍이 생겼다.

땅에 파묻은 항아리에 김치를 보관하지 않은 지도 십 년이 지났다. 할머니는 마당으로 나가 항아리를 덮은 널빤지를 걷어냈다. 항아리 뚜껑을 열고 그 안을 향해 아, 하고 소리를 내보았다. 소리가 여러 겹으로 울렸다. 하지만 그 소리는 도통 자신의 목소리와 닮아 있지 않았다. 혼자 땅속에 파묻혀 있는 항아리라니. 할머니는 옷소매로 눈물을 훔쳤다. 드라마에서 아무리 슬픈 이야기가 나와도 눈물은커녕 저게 말이나 되냐고 오히려 투덜대던 할머니였다. 그랬는데 언제부턴가 길모퉁이에 버려진 침대 매트리스만 보아도 눈물이 나곤 했다.

할머니는 늦잠을 자고 있는 작은삼촌을 깨웠다. "일요일 하루 정도는 좀 쉽시다." 작은삼촌이 이불을 뒤집어쓰면서 말했다. "마당에 묻은 장독을 꺼내야겠어." 할머니는 이불을 들췄다. 작은삼촌은 팬티만 입고 있었다. 할머니는 창문을 열었다. "추워." 작은삼촌이 말하자 할머니가 추우면 옷 입어라, 하고 대꾸했다. "대신 저녁에 백숙 해줘야 해요." 작은삼촌은 무릎이 튀어나온 추리닝으로 갈아입었다. 창고에서 낡은 삽을 한 자루 꺼냈다. 할머니는 항아리를 깨기만 하면 백숙은 고사하고 한 달 동안 고기반찬은 없을 줄 알라고 잔소리를 했다. 작은삼촌은 땅을 파기 시작했다. “이 항아리를 묻던 날 기억나? 항아리 안에 들어가겠다고 얼마나 졸랐는지 아니?” “어떻게 그런 걸 다 기억해요.” 말은 그렇게 했지만 작은삼촌은 그때의 일이 기억났다. 할아버지가 작은삼촌의 양쪽 겨드랑이를 잡고 항아리 안에 넣어주었다. 작은삼촌은 항아리 안에서 몸을 동그랗게 말았다. “생각보다 따뜻해, 아빠.” 그러자 할아버지가 그럼, 거기서 살아라, 하고는 뚜껑을 닫았다. 작은삼촌은 금방 울음을 터뜨렸다. “항아리는 왜 파내는 건데요?” 할머니는 쉽게 대답을 할 수가 없었다. “글쎄다, 나도 잘 모르겠다.” 막 얼기 시작한 땅은 쉽게 파지지 않았다. 작은삼촌이 내 방 쪽을 향해 소리를 질렀다. “공부 안 하는 거 알아. 이리 나와.” 내가 마당으로 나왔을 때는 작은삼촌의 겨드랑이가 땀으로 흠뻑 젖어 있었다. “젊은 놈이 좀 파라.” 작은삼촌이 삽을 내게 건네주었다. 나는 항아리를 들여다보았다. “이거 생각보다 큰데요. 내가 들어가도 되겠어요.” 그러자 작은삼촌이 한번 들어가볼래? 하고는 내 등을 살짝 밀었다. 나는 삽을 들어 항아리 주위를 넓게 파기 시작했다. 겨드랑이보다 등이 먼저 젖기 시작했다. 작은삼촌은 항아리를 파던 할아버지의 굵은 팔뚝이 생각났다. 항아리를 묻고 그 주위의 흙을 발로 꼭꼭 밟아 다지던 것도 기억났다. 그때 큰형이 무슨 노래를 불러줬는데. 작은삼촌은 그 노래가 뭐였는지 기억해보려고 했지만 도통 기억이 나지 않았다. “너 아는 노래 없니. 한 곡 불러봐.” 작은삼촌이 내게 삽을 건네받으면서 말했다.

"작은삼촌, 난 음치야. 음악 실기점수가 늘 C라니까." "나도." 작은삼촌이 나지막이 휘파람을 불었다. 무슨 노래인지는 알 수 없었다. 작은삼촌이 갑자기 삽질을 멈추고는 할머니에게 엄마라도 노래 좀 불러줘요, 하고 말했다. 할머니는 싫다, 싫어, 하며 손사래를 쳤다. "나도 음치야." 할머니는 햇볕이 드는 현관 계단에 앉아서 작은삼촌과 내가 삽질을 하는 것을 구경했다. 우리들은 아주 오랫동안 땅을 팠다. 작은삼촌은 어렴풋하게나마 할머니가 왜 항아리를 꺼내려는지 알 것도 같았다. 해가 집 뒤로 넘어갔다. 현관 계단에도 그늘이 졌다. "사내놈들이 왜 이렇게 힘이 없어." 할머니는 엉덩이가 시려왔지만 자리에서 일어나지 않았다. "에취." 할머니가 기침을 했다. "우리가 알아서 할 테니까 얼른 집 안으로 들어가요. 노인네 감기 걸려 우리 속 썩이지 말고." 작은삼촌이 말했다.

고모가 마을버스에서 기침을 하는 순간, 지구 저편에서 누군가 꽃에 물을 주다가 우연히 네잎클로버를 발견하거나, 연인에게 목도리를 선물하려고 뜨개질을 하다 실수로 코를 빠뜨리거나, 사랑한다는 말을 하려는데 자신도 모르게 배가 고프다는 말이 나와버리거나…… 하는 일은 일어나지 않았다. 봄까지 나뭇가지 안에 잠들어 있어야 하는 새순이 기침소리에 놀라 밖으로 나오는 일도 일어나지 않았다. 고모의 기침으로 움직일 수 있는 것은 고작 기침소리에 놀란 버스기사가 자신도 모르게 브레이크 등을 밟았다 뗀 정도뿐이었다. 뒤따라오던 승용차가 버스의 브레이크 등이 켜졌다가 이내 꺼지는 것을 보았지만 그뿐이었다. 아무 일도 일어나지 않았다. 하지만 그 기침소리를 들은 사람은 운전기사 말고 한 명이 더 있었다. 고모가 편의점에서 삼각김밥을 사오기를 기다리다 깜빡 잠이 든 내 귀에 대고 아버지는 말했다. 네 고모 감기 들었나보다. 버스에서 기침하더라. 나는 아래층으로 내려가 장식장 맨 아래 서랍을 열었다. 거기에는 할아버지가 회사 창립 50주년 때 선물로 받아온 커다란 약상자가 있었다. 약상자를 열어보니 쌍화탕이 두 병 보였다. 나는 두 병을 모두 꺼냈다. 그리고 부엌으로 가 냄비에 쌍화탕 두 개를 붓고 반으로 졸 때까지 끓였다. 고모는 집 앞에 와서야 삼각김밥을 사오지 않았다는 게 생각났다. 고모는 다시 골목길을 내려가야 할지 말아야 할지 잠깐 고민을 했다. 다 팔렸다 그러지, 뭐. 고모는 소리가 나지 않도록 조심스럽게 대문을 열었다. 문을 열 때마다 대문에서 쇳소리가 난 지 오래되었지만 작은삼촌은 고칠 생각을 하지 않았다. 고모가 세수를 하고 이층 방으로 올라왔을 때 화장대에는 쌍화탕이 놓여 있었다. 고모는 에취, 하고 기침을 한번 한 다음 쌍화탕을 마셨다. 그리고 삼각김밥을 사올걸, 하고 후회를 했다. "고모, 뭐 잊은 거 없어?" 내가 맞은편 방에서 소리쳤다. "다 팔렸더라고. 네가 싫어하는 불고기김밥만 남았어." 고모가 방문을 열고는 고개만 밖으로 내민 채 말했다.

고모의 감기는 금방 나았다. 하지만 기침은 내게로 옮아왔다. 병원을 세 군데나 옮겨보았지만 기침은 쉽게 낫지 않았다. 수학문제를 풀 때도, 화장실에 앉아 있을 때도, 급식으로 나온 두부조림을 먹을까 말까 망설일 때도, 간이 맞지 않은 국을 먹으면서 할머니에게 맛있다고 거짓말을 할 때도 기침이 나왔다. "에취." 기침을 하니 어머니의 뱃속에서 듣던 옆집 아이의 피아노 소리가 들렸다. 그 아이가 치던 곡이 무엇이었는지 뒤늦게 떠올랐다. 음정박자가 하나도 맞지 않아 어머니도 외할머니도 무슨 곡인지 맞히지 못했던 노래였다. 새 신을 신고 뛰어보자 팔짝~ 하고 부르는 동요였다. "에취." 기침을 하니, 넥타이를 맬 줄 모르는 스물다섯 살의 내가 보였다. "에취." 장난감 포클레인을 갖고 싶다고 가게 앞에서 울던 일곱 살짜리 내가 보였다. "에취." 늘 앞머리에 딸기 모양의 핀을 꽂던 여학생의 뒤를 쫓아가던 중학생의 내가 보였다. 나는 큰삼촌의 수첩에 적혀 있던 멋진 구절들을 인용해가며 여학생에게 편지를 썼다. 몰래 뒤쫓아 알아낸 여학생의 집 편지함에 편지를 넣었다. "에취." 다시 기침을 하니, 그 편지가 여학생에게 전달되지 않았다는 것을 알게 되었다. 여학생은 그 집에 세를 들어 살았는데 편지는 주인집 딸이 발견했다. 주인집 딸은 죽을 때까지 그 편지가 자기 앞으로 온 것이라고 믿고 살았다. 훗날, 자신의 딸에게 이 엄마도 학교 다닐 때는 인기가 많았다, 라고 말을 할 것이다. 기침을 하는 동안 나는 많은 것을 보았다. 살을 뺀다고 줄넘기를 하다가 다리가 부러질 것이고, 친구들과 낚시를 하러 갔다가 바늘에 눈이 찔려 실명을 할 뻔하고, 와이셔츠에 김칫국물이 튀는 것을 견디지 못하는 회사원이 되기도 할 것이다. 나는 기침을 한번 할 때마다 식구들에게 말했다. "내가 첫 월급을 타면 할머니에게 장갑을 사주게 돼." "내 아이는 작은삼촌을 닮았어." "고모가 끓여준 시금칫국을 나는 세상에서 가장 좋아하게 될 거야." 나는 지금은 입에도 대지 않는 시금치를 서른다섯 살이 넘기 시작하면서 먹게 된다는 이야기를 고모에게 해주었다. 기침을 한 지 한 달이 넘었다. 할머니는 아침마다 내게 도라지 달인 물을 먹였다. 내가 도라지 달인 물을 먹을 때마다 고모가 이마를 찡그리며 쓰지? 하고 물었다.

전학생은 반장에게 캠코더로 촬영을 해달라는 부탁을 받았다. "공짜로?" 전학생이 말했다. 반장은 대신 기말고사 전까지 암기과목 요약한 노트를 빌려주겠다고 했다. "얼른 하자." 옆에서 내가 말했다. 반장은 태어나서 한 번도 이사를 가본 적이 없었다. 심지어 자기는 병원이 아니라 그 집에서 태어났다고 했다. "그런데 그 동네가 재개발에 들어가게 되었거든." 반장은 다섯 살 때 자전거를 타다가 넘어져 팔이 부러졌던 언덕길을 영영 잃어버리게 되었다. 반장은 그 모든 것을 기록해두고 싶어했다. 자신이 태어난 집을, 아버지가 직접 페인트칠을 한 초록색 대문을, 어머니가 늘 다니던 생선가게를, 교복 바지의 단을 줄여주던 세탁소를 반장은 저장해두고 싶었다. 전학생은 반장에게 혹시 문설주 어딘가에 키가 자랄 때마다 그어두었던 눈금이 남아 있는지 물었다. 반장은 고개를 끄덕였다. "좋아, 그럼 할게. 대신 점심으로 자장면을 사줘야 해." 전학생이 나를 보았다. "난 볶음밥." 내가 말했다.

재개발을 축하한다는 건설회사의 플래카드가 걸린 동네에 들어서자 전학생이 캠코더의 전원을 켰다. 전학생은 빨래가 널려 있는 어느 집의 옥상을 찍었다. "저 집은 딸이 다섯 명인데 한 명도 대학에 못 갔어." 반장이 말했다. 전학생이 너는 다 좋은데 조금 재수가 없어, 하고 대꾸했다. 어느 집 마당에 버려진 항아리를 찍었다. 대문에 꽂혀 있는 우편물을 찍었다. 반장의 어머니가 일주일에 두 번씩 가던 생선가게는 아직 문을 닫지 않았다. 전학생은 가게 안에서 텔레비전을 보고 있는 주인의 옆모습을 찍었다. "우리 아버지는 갈치를 좋아하셨지." 반장이 말했다. "우리 아버지는 고등어를 좋아하셨어." 전학생이 말했다. 나는 두 친구를 이상한 눈으로 보았다. 정작 아버지가 없는 사람은 난데 왜 녀석들은 과거형으로 말을 하는 걸까. "왜?" 녀석들이 물었지만 나는 아무 대답도 하지 않았다. "너희들 둘이 찍고 와. 나는 여기 있을게." 나는 친구들에게 말했다. 나는 아무도 살지 않는 빈집에 들어가고 싶지 않았다. 현관에 버려진 신발 한 짝을 보고 싶지 않았다. 깨진 항아리도 보고 싶지 않았다. "에취." 나는 하루 세끼를 꼬박꼬박 챙겨먹는 어른이 될 것이다. 극장도 가지 않고, 야구경기도 보지 않고, 일요일이면 신발장에 있는 신발을 모두 꺼내 구두에 광을 내는 그런 사람이 될 것이다. 나는 담벼락에 등을 기대고 서서 이삿짐을 나르는 사람들을 구경했다. 삐쩍 마른 남자가 텔레비전을 트럭에 간신히 올렸다. 트럭 위에는 스티커가 덕지덕지 붙은 농이 보였다. 여자아이가 있는 집일 거라 짐작이 갔다. 죄다 공주 캐릭터의 스티커였다. 인부 두 명이 커다란 식탁을 들고 나왔다. 우리집에 있는 식탁과 비슷했다. 그 시각, 외할머니는 머리를 반만 말린 채 목욕탕을 빠져나왔다. 외할머니는 목욕탕에는 왜 공짜 드라이어가 없는지 모르겠다며 투덜거렸다. "에취." 외할머니가 기침을 했다. 곧 하늘을 날 사람인데 감기 따위야 우습지, 외할머니는 생각했다. 감기가 올 것 같으면 외할머니는 늘 생강차를 한잔 마시고 잠을 잤다. 외할머니는 가게에 들러 생강을 사야겠다고 생각했다. "에취." 외할머니는 다시 기침을 했다. 그 순간, 담벼락에 기대어 해바라기를 하던 나도 기침을 했다. "에취." 식탁을 나르던 인부 한 명이 휘청거렸다. "학생, 놀랬잖아!" 인부가 말했다. 하지만 미안하다고 말할 수가 없었다. 기침을 하는 순간 숨이 턱 막히더니 고개를 들 수가 없었다. 나는 천천히 심호흡을 했다. 몸을 움직여보려 했지만 움직여지지 않았다. 식탁 의자를 마지막으로 싣고 트럭은 떠났다. 나는 전학생과 반장이 촬영을 마치고 돌아올 때까지 담벼락에 등을 기댄 채 꼼짝도 못하고 그대로 서 있어야 했다.

기침을 하다가 갈비뼈가 부러진 경우는 살다 처음 본다며 의사는 말했다. "저도 처음이에요." 나는 농담을 했지만 의사는 웃지 않았다. 하지만 옆에 서 있던 간호사는 손으로 입을 가리고 웃어주었다. 전학생은 꽃다발을 사가지고 문병을 왔다. "어울리지 않게 이게 무슨 짓이냐." 내 말에 전학생이 일 년에 한 번씩은 어울리지 않는 짓을 해야 심심하지 않은 법이라고 말을 했다. 나는 병원 침대에 누워 하루 종일 잠을 잤다. 잠을 자다 눈을 뜨면 같은 병동에 입원해 있는 꼬마 녀석이 나를 빤히 보고 있었다. "왜?" 오토바이에 치였다는 꼬마는 눈을 깜빡거리며 꼼짝도 안 해서 죽은 줄 알았어요, 하고 대답했다. 나는 작은삼촌과 같이 마당에 묻은 항아리를 꺼내는 꿈을 꾸었다. 아무리 삽질을 해도 땀이 나지 않았다. 이참에 수영장이라도 만들까? 작은삼촌이 말했다. 그럴까요. 내가 대답했다. 할머니가 현관 계단에 앉아 사내놈들이 왜 이리 힘이 없어, 하고 잔소리를 했다. 할머니 노래 불러줘. 나는 삽을 땅에 꽂고 기지개를 켰다. 할머니가 나지막이 노래를 불렀다. 나는 꿈속에서 할머니가 부르는 노래를 따라 불렀다. 옆 침대에 누워 있던 꼬마 녀석도 내가 부르는 노래를 따라 불렀다. 나는 눈을 떴다. 햇빛에 눈이 부셨다. 누군가 커튼을 쳐주었으면. 나는 생각했다. 갈비뼈가 붙으려면 한참은 있어야 할 것이다. ■

작가의 말

연재를 했던 글을 묶는다. 얼마 전의 일인데도 꽤 오래전의 일인 것처럼 느껴진다. 새벽 세시에 일어나 달이 어디쯤 떠 있는지를 확인하고, 따뜻한 차를 한잔 마시고, 그리고 낡은 노트북의 전원을 켰다. 하루 치의 원고를 넘기고 나서 창밖을 보면 아침 출근준비로 집을 나서는 사람들이 보였다. 회를 거듭할수록 주인공들은 여행에서 돌아올 줄을 몰랐고, 날은 점점 쌀쌀해져갔다. 그러면 나는 노트북을 무릎 위에 올려놓고 글을 썼다. 노트북은 난로처럼 따듯했고, 아주 잠깐이지만, 평생 아무도 만나지 않고 글만 쓸 수 있으면 좋겠다는 생각이 들기도 했다. 그 순간이 그립다.

연재를 시작하며 쓴 작가의 말 일부분을 여기에 옮긴다.

최근에 저는 삶이란 이런저런 것들을 쳐다보고 그냥 어리둥절해하는 일은 아닐까, 하고 생각한 적이 있습니다. 저는 저 자신에게 무엇이 있는지, 무엇이 없는지, 잘 모르겠거든요. 저 자신을 들여다보는 일도 이러한데 다른 사람들의 삶을 들여다보는 일은 또 오죽할까요. 그래요, 솔직히 말하면, 저는 잘 모르겠습니다. 존 버거의 말을 빌리자면 "일어나는 일마다 이름을 붙여 부를 수 있다면 이야기를 한다는 일은 불필요한 행위가 될 것"입니다. 삶은 언제나 우리가 쓰는 단어들을 넘어서 있습니다. 그래서 어떤 작가들은 그 단어에 자유를 주기도 합니다. 어떤 작가들은 그 단어들을 초월한 이야기를 만들어내고요. 저는 최선을 다해 이런저런 것들을 쳐다보기로 했습니다. 최선을 다해 어리둥절해하기로 했습니다. 미로를 헤매다보면 뭔가 희미하게나마 알게 되겠지요.

나뿐만 아니라 이 소설 속의 '나'도 여전히 어딘가를 헤매고 있다. 부러진 갈비뼈는 영원히 붙지 않을지도 모른다. 우리는 자신을 어느 정도까지 경험할 수 있는 것일까? 겨우 한 귀퉁이 정도만 볼 수 있는 것이라면 그 나머지는 누가 보는 것일까? 그 나머지의 공간, 그 나머지의 경험, 그 나머지의 이야기들은 어디를 떠돌게 되는 것일까? 나는 늘 그것이 궁금했다.

문학동네 장편소설
구경꾼들
© 윤성희 2010

1판 1쇄 | 2010년 10월 5일
1판 8쇄 | 2021년 8월 2일

지은이 윤성희

책임편집 조연주 | 편집 최유미 박지영 | 디자인 윤종윤 유현아
마케팅 정민호 이숙재 우상욱 정경주
홍보 김희숙 함유지 김현지 이소정 이미희 박지원
제작 강신은 김동욱 임현식 | 제작처 한영문화사

펴낸곳 (주)문학동네 | 펴낸이 염현숙
출판등록 1993년 10월 22일 제406-2003-000045호
주소 10881 경기도 파주시 회동길 210
전자우편 editor@munhak.com | 대표전화 031)955-8888 | 팩스 031)955-8855
문의전화 031) 955-3578(마케팅) 031) 955-8864(편집)
문학동네카페 http://cafe.naver.com/mhdn

ISBN 978-89-546-1280-7 03810

* 이 도서의 국립중앙도서관 출판예정도서목록(CIP)은 서지정보유통지원시스템 홈페이지(http://seoji.nl.go.kr)와 국가자료공동목록시스템(http://www.nl.go.kr/kolisnet)에서 이용하실 수 있습니다.(CIP제어번호: CIP2010003513)

잘못된 책은 구입하신 서점에서 교환해드립니다.
기타 교환 문의: 031) 955-2661, 3580

www.munhak.com